近代中日文艺学话语的转型及其关系之研究

Modern Sino-Japanese Literary Discourse A Study of
the transformation of their relationship

彭修银
皮俊珺 /等著

本课题得到国家社科基金和教育部人文社会科学研究项目的资助
出版得到中南民族大学重点学科资助

人民出版社

目　　录

上　篇

中　篇

下　篇

绪　论

一、日本作为输入西方文艺理论的"中间人"对中国现代文艺学的影响

历史上，日本一直是在学习中国文化的过程中形成并发展着自己的文化。但近代以来这种状况却发生了逆转。近代日本在吸收和融会西方文化方面取得了重大的成就，成为东西方思想的交汇点。在社会科学的各个领域——包括文艺学领域内，日本对于中国学术近代化的完成都起到了传播西方思想和学说之"中间人"的重要作用。

"文艺学"作为一种现代形态的学科，在我国虽然是在 20 世纪中、后期才得以建立和发展，但 20 世纪初的"西学东渐"以及新文化运动将西方一些近现代的学术思想、观念、体系、方法译介到中国，对中国文艺学学科的创立起到了重要作用。文艺学"西学东渐"的途径包括两个方面：一是直接从西方输入，一是间接从日本输入。其中，近代日本作为输入西方文艺观念、文艺理论、艺术批评和艺术史学的"中间人"，对中国文艺学科由古典形态向近代形态的转换产生了重大的影响，为现代形态的中国文艺学科的建立和发展奠定了基础。

1. 西学东渐对中日两国的影响

16 世纪末到 18 世纪中期西方耶稣会士东来及其"学术传教"活动是历史上东西方文化的第一次大碰撞，学术界称之为第一次西学东渐。这对中日两国来说都是前所未有的接受西方先进文化

的契机，但两国的统治者和知识分子对待西方文化的不同态度，导致了此后两国文化发展的不同进程。

西学进入中国以明末（明万历十年，即 1852 年）意大利传教士利玛窦来华传教为开端。西方传教士们在传播天主教教义的同时，著刊了大量介绍西方文化的书籍，向中国知识界传授西方科学技术及一些世俗文化知识，其中以天文学和数学为主要内容。中国明清两代的统治者对传教士带来的西学采取的态度可谓一波三折，先是排斥、怀疑，然后在一定程度上信任并加以利用，但最终因其不能为稳固统治发挥作用，还是坚决地将西方学者驱逐出境，从此失去了与西方文化交流的机会。而当时中国一些代表进步思想的启蒙学者与科学家，虽然已经认识到了西学的优点，并在实践中有所应用，但民族文化的优越感使他们把比较与会通中西文化的结论最终归结为"西学中源"说。中国人这种妄自尊大的思想倾向的结果只能是排斥并打击外来文化，而盲目排外的代价就是科学上和制度上的进一步落后。到十九世纪后半叶，中国社会延续两千多年的封建统治日渐衰败，长期处于封闭状态下的中国人仍然陶醉在"天朝上国"的迷梦中。然而事实上，不论是在科学技术层面、社会制度层面还是思想文化层面，中国都已经远远落后于西方国家。1840 年的鸦片战争，西方列强用坚船利炮强行打开了中国的大门。在内忧外患的情境之下，先进的中国知识分子开始"睁眼看世界"。他们不仅仅以科技层面的声光电化之知识、坚船利炮之技艺为满足，还要求进一步探究西方的政治制度、政治思想以及哲学社会科学思想和学说。可以说直到这时，中国人才开始真正认识到西方文化的先进性和全面学习西方文化的必要性与紧迫性。以各种哲学社会科学思想学说为中心的西方文化思想开始广泛传入中国，在中国知识界形成了第二次"西学东渐"的热潮。

在日本，西学的传入可以分为两个阶段：1640 年以前的南蛮文化和此后的"兰学"。同样是由传教士带来的西方文化对日本的影响是多方面的，突出表现在宗教信仰、社会思想和伦理观念方面。南蛮文化时期大量传入的西方科学技术如天文历法、地理学、航海术等经过曲折的发展，为日本近代文化的产生作了准备，并在此基础上兴起了"兰学"。兰学时期，大部分日本知识分子对西学基本持肯定、欢迎态度，而且不遗余力地进行翻译和宣传，对兰学在日本的发展作出了巨大贡献。而幕府统治者对西方文化在采取了长期的反对甚至镇压政策之后，也逐渐认识到兰学对于发展生产和巩固统治的积极作用。因此，19 世纪初，兰学成为被统治阶级所承认、为政权服务的"公学"，得到幕府的保护和支持。这些积极的外部条件使得兰学能够在日本得以长期稳步地发展并不断得到普及。兰学通过近百年的科学研究活动，加深了对西方科学内涵以至社会原理的体系性理解，并形成了一个独立从事西方科学研究的社会群体。由此，"兰学"成为日本社会与西方先进文化联系的纽带，为"明治维新"和日本近代文化的崛起打下了制度上、科学上以及思想上的坚实基础。

2. 中国古典文艺学的局限及其近代化形态的确立

十九世纪末二十世纪初的西学东渐带来了近代形态的西方文化，对于中国古典形态的文艺学来说，也同样经历了一次近代化的启蒙。西方近代美学和文艺思想的输入推动了中国的文艺学从古典向现代的转变，这一转变涉及其性质、内容、形式、方法、体例及思维方式等各个方面，从而使中国文艺学的近代化成为可能。

首先，中西美学和文学思想在接触和撞击中初步融会与结合，呈现出建构现代文艺学科的趋向。我国古代的文艺思想不仅非常丰富而且源远流长，但与中国传统文化特有的思维方式有关，中国古典文艺学呈现为一种直觉体验或艺术感悟性质的"发散性"理论话语形式。许多丰富、精辟的文艺思想和美学见解都以诗论、文论、书论、画论或乐论等形式出现，而几乎没有系统阐述文艺学或美学理论的专门著作。可以说，中国古代没有形成独立的"文艺学"学科体系，也没有关于文学和艺术基本理论的自觉的探讨。近代以来，在中西文化融合的大背景下，西方近代学术思想成为中国建立近代文艺学体系的参照，中国的启蒙学者开始有意识、有目的地运用西方哲学、美学、文学、艺术等观念和学说建构自己的文艺理论体系，或以之为理论方法阐释中国具体的文艺现象。通过他们的努力，近代形态的文艺学体系初步形成，并逐渐开始具有了自己的理论形态，在内容上主要包括：一、文艺学的研究对象初步确立，"美"作为一个明确的范畴从各种艺术论中独立出来；二、从概念层次上对人类审美活动内在性质进行界定，文学和美学中的许多概念和范畴开始有了明确的规定；三、从审美的意义上探索文学和艺术的特点，赋予文艺批评以独立的地位和价值；四、在中国古典艺术实践基础上结合西方学术话语，造就了不少适于凝聚和传达中国艺术经验的理论话语；等等。

其次，西方形式逻辑和理论思辨方法的引进从方法论层面促进了中国近代文艺学的发展。在整体直觉思维传统下，中国古典文艺学的不足主要表现为：对自然界和人类社会各种审美对象仅仅满足于浑然整体的大致把握，不去做更加细致深入的研究；而在具体的形而下研究中，又缺少将基础理论概括提升的整合功能。这说明，在中国古典文艺学传统中，在最高哲学本体论与形而下对具体文艺现象的研究中，缺少一个能够联结、综合二者的中介环节，从而使实证研究失去了学科形态基础理论的依托而流于零碎的片段。这也是中国古代无法形成独立的文艺学学科体系的症结所在。造成这一现象的根本原因就在于，作为"一切法之法"（严复语）的形式逻辑这一关于人类思维的科学在中国古典时代的缺席。王国维曾直陈传统学术的重大缺陷："我国人的特质，实际的也，通俗的也；西洋人之特质，思辨的也，科学的也，长于抽象而精于分类，对世界一切有形无形之事物，无往而不用综括及分析之二法"，"抽象与分类二者，皆我国之人所不长，而我国学术尚未达自觉之地位也。"[①] 西方新的思维科学的引入彻底改变了中国人学术研究的方式。在文艺学研究方面，近代

---

① 王国维：《论新学语之输入》，见《王国维论学集》傅杰编校，中国社会科学出版社 1997 年版，第 386 页。

文学和美学理论家运用西方哲学社会科学的理论思辨方法，注重逻辑思维的周密，并因此不再满足于传统以鉴赏、评点为主的批评方法，进而追求理论阐释的系统和完整。应该说，近代中国学者在从知识层面上接受、认同西方文艺思想的同时，更关注这种知识体系本身对于研究中国文艺学问题的方法论意义。方法论上的自觉使得中国古典文艺学的近代转型成为一种必然。

　　再次，运用西方学术规范，对文艺学研究对象的内在性质进行了界定，将审美活动与人类其他活动如宗教、政治等相区别。中国古典文艺学建立在两千年来一直被统治阶级奉为正统的儒家思想的基础上，其文艺观念和审美观念以载道言志为核心，以温柔敦厚和等级观念为基本内容，带有浓厚的封建社会的气息。近代进步的美学和文学思想家否定及批判封建正统文艺思想的最有力的武器，是从西方接受的审美无利害和艺术超政治、超功利的思想。他们将审美从封建礼教的束缚中解放出来，把审美活动界定为富有创造性的"爱美的要求及活动"①，并明确指出"美之性质，一言以蔽之曰：'可爱玩而不可利用者是已'"②；旧的文学观和审美观被彻底抛弃，代之而树立起以个性、自由、博爱、同情、人格独立等为主要内容的近代意义上的新型文艺观念。以这种新型文艺观念为指导，他们还为通俗文艺正了名，使千百年来一直被视为"末技"的通俗文艺如小说、戏曲、俗乐、白话文等文艺形式提高了社会地位，成为文艺学中的主要门类。这些学术活动一方面具有反封建的性质和意义，另一方面也表现出中国的文艺理论家们已经开始具有近代学术研究的视野。

　　19 世纪末 20 世纪初的学术启蒙告诉我们，中国近代文艺学运动的展开、文艺思潮的变化，是不可能从古典文艺学内部产生的，即中国近代文艺学并不全是古典文艺学的自然延伸，事实上，由于受封建文化的局限，中国古典文艺学立足于农业文明上

---

　　①　梁启超：《什么是文化》，见《梁启超论著选粹》陈其泰等编，广东人民出版社 1996 年版，第 193 页。
　　②　王国维：《古雅之在美学上之位置》，见《王国维论学集》傅杰编校，中国社会科学出版社 1997 年版，第 298 页。

的文艺观与美学观难以产生出近代文艺学的思想和观念；而立足于工业文明之上的美学是西方资本主义高度发展的思维的产物，它产生了西方近现代文艺学的思想和观念。两种文明培养出两种不同的文艺学形态，显示着不同的美学价值取向。可以说，没有西方近现代美学与文艺理论的大量翻译、介绍，就没有中国近代文艺学的启蒙运动，中国的文艺学从古典到现代的转型也就无从寻找到可资为据的参照。而由启蒙所引发的科学的文艺学学科定位及其研究对象和范围的确立，则奠立了文艺学学科在中国人文学术领域中存在的合理性。

3. 日本文艺学的近代化历程

日本社会在经历了明治维新以后，在文化上，政府开始推行"文明开化"运动，西方先进的近代文化大规模地传入并冲击着日本的传统文化。而自十六世纪末开始接触西方文化以来，日本一直没有断绝同西方的联系，因而在面对如潮水般涌入的先进的西方近代文化时，其传统文化具有一定的适应性。可以说，与中国相比，日本的传统文化具有较为成熟的内部反应机制，因此，日本近代文化转型的过程也就显得较中国更为顺利。

就文艺学和美学领域来看，近代西方美学对日本来说也是全新的知识。传统的日本文艺带有浓厚的东方特质，即文学与艺术"仅仅是通过创作和享受而成立的，含有广泛的陶冶人的作用"①。它是一个带有伦理、宗教成分的综合文化价值领域，其中"美"并没有被作为一个特殊的文化价值部门独立出来，也就是说，纯粹的知识体系的分化所构成的固定领域，即系统的文艺学或美学并未形成。同整个东方艺术精神相一致，日本传统文艺的理论反思倾向于直接的洞察，而不是体系的思索与组织的把握。明治时代开始的日本文艺学的近代转型，使日本学者充分认识到日本艺术所具有的泛律性和综合性与西方"美的"理论的自律性和分化

---

① ［日］山本正男：《东西方艺术精神的传统和交流》，理想社 1966 年版，第 17 页。

性之间的差别。因此，日本学者选择作为艺术结构核心的美学为突破口，通过翻译和撰著的方式大量引进西方美学思想。

西周最早吸收了孔德、穆勒的哲学思想和美学思想，撰写了《百一新论》，迈出了介绍西方美学思想的第一步。此后，他又写出日本第一部独立的美学专著《美妙论》，第一次给予美学独立的地位，称作"善美学"，将引进的西方美学思想根植于东方美学思想的土壤之中。随后，中江兆民译介了维隆的《美学》即通常所谓的《维氏美学》，从实证主义和进化论出发，主张艺术的真实与个性，并将美学定义为"谈论艺术之美的学问"，初步阐明了艺术之美的意义和本质。菊池大麓译介《修辞与文采学》，除了介绍西方修辞学之外，还运用心理学美学来探讨语言种类和效果，以及诗的本质和分类。这类对于西方美学著作的大量翻译与介绍，在促使日本更全面地摄取西方艺术精神的同时，也促进了日本新的文艺思潮的形成。此外，值得一提的是，美国的东方美术学家芬诺洛萨在日本发表了题为"美术真髓"的讲演，提出了他以"妙想"为本质的美学观，同时强调了振兴日本面临危机的传统艺术精神的重要性和必要性。芬诺洛萨的美学思想从西方人的视角对日本传统艺术精神进行审视和评价，对东西艺术精神的交流起到了极大的启示作用。此后，坪内逍遥、二叶亭四迷、森欧外、大村西崖、夏目漱石等日本学者积极吸取西方思想资源，分别创立了日本近代文艺学中的现实主义、浪漫主义等理论，并结合东西方不同的文艺精神，展开了具有近代意义的文艺理论和文艺批评活动。西方近代艺术精神的传播及其与日本传统艺术精神的交流与融合贯穿了整个明治时代，为日本近代文艺学的建构奠定了思想上、理论上和实践上的坚实基础。

在一定意义上，日本文艺学近代化的历程不仅是一个不断向西方学习的过程，也是一个不断认识自身的过程。因此，依据日本传统艺术精神与异质的西方艺术精神交流、融合的方式，可以将这一过程分为如下三个阶段：

第一，明治前期文艺学的启蒙思潮。明治前期又被称为日本文化的"欧化时代"。日本传统艺术在西方艺术的冲击下开始趋于衰落，而由西方移植进来的艺术，包括绘画和雕塑等，开始为众人所接受和欣赏。但是，这些新引进的西方艺术并不十分成熟，而且在艺术的实践和美学的理论之间，还不曾发生深刻的关联。或者说，在这一时期，日本仅仅移植了一些西方的艺术形式，而这些艺术形式还远远没有成熟到需要有体系的理论为其支撑的程度。与此同时，日本旧有的传统艺术也不具备足以接受美学这一新知识的基础。作为日本近代文艺学和美学的开端，明治前期美学思想的特点也具有启蒙时代的性质：首先，美学是作为西方哲学体系和知识体系中的一个部门被引进的，因此它也当然地具有当时被引入日本的西方哲学思想的性质，即启蒙的、实证的倾向；其次，这一时期的美学思想并没有和日本当时的艺术潮流结合起来，而是相互游离、相互隔绝的。但这一时期的思想启蒙使日本的学术界产生出一种学习西方美学新思潮的强烈要求，再加上客观上已经形成的日本传统艺术精神和西方艺术精神的交流，新的近代形态的文艺学便逐渐兴起了。

第二，明治中期文艺学的批评意识。明治前期文艺领域的启蒙思潮在明治十年以后渐渐转为一种反思与批评的思想倾向，日本近代文艺学的发展进入了一个"批评时代"。这种转变的原因首先是由于明治时代新艺术运动的不断发展，开始向美学求取其理论基础，另一方面也来自于美学和文艺思想在其自身发展过程中的内在要求。这一时期的日本文艺学不仅仅注重理论形态上的完善，不断吸取西方的哲学和美学思想作为基础，而且也在不断接近当时艺术的实际。因此，与前一个时期相比，批评时代的美学思想呈现出如下的特点：首先，美学已不再被当作是哲学体系的一个部门，它作为一种为艺术活动提供理论基础的学问，被看作艺术活动的准绳，从理论和实践的实际需要出发被广泛接纳；其次，美学思想与时代的艺术活动紧密地联系在一起，从而使美学思想的任务变为专门对艺术活动进行批评与指导。随着这两大特点逐步明确和不断发展，日本文艺学近代转型过程中出现的一个根本性困难——在其自身内部存在的理论与实际、方法与对象之间的矛盾——也开始凸显出来。

第三，明治后期文艺学的反思倾向。明治后期及其后的大正时代，是日本文艺学近代化历程中的反思时期。批评时期由于日本文艺学自身的方法和对象的二重异质性所产生的内部困难，是导致日本文艺思潮由批评转向反思的原因。日本近代学者在接受越来越多的西方思潮的同时，更加注重立足日本文艺和美学思想本身进行思考和实践，并创造出了许多与日本艺术的实际紧密相联的新的思想内容。正因如此，这一时期美学和艺术思想的特色表现为：第一，美仅仅作为学问的自体，而不是作为精神文化的一个部门出现；第二，将艺术活动纯粹化、学术化，站在学术研究的立场上对艺术应该具有的正确的对象关系进行理论反思。

日本文艺学近代化历程所经历的三个阶段，不仅都有各自鲜明的特点，而且这些特点也有着深刻的内在联系。这种联系勾勒出近代以来日本艺术精神与西方艺术精神交流并得以完善自身的脉络或轨迹。日本文艺学的近代转型，在理论的深度、广度以及意识的自觉性等方面都超过了同时代的中国，这一方面同当时的历史特点和社会状况有关，另一方面也造成了一个不容忽视的事实，即日本充当了中国吸收西方文艺理论的"中间人"，对中国文艺学的近代化转型产生了重大的影响。

4. 作为"中间人"的日本对中国文艺学的影响

近代以来，日本学习西方文化的状况达到了空前的高潮。明治维新之后的"文明开化"运动中，政府不断派出高级官员和留学生到欧美各国深入考察学习西方资本主义的政治经济、文化教育、科学技术，还翻译了大量西方自然科学与社会科学的著作，这使得日本仅用了短短几十年的时间便取得了西方资本主义国家经过一二百年才取得的成就。日本向西方学习的成功也刺激了中国人学习西方的愿望。但当时从中国直接去欧美以及翻译西文著作比去日本并翻译日文书籍相对困难得多，而且日本已经大量吸收了西方文化并且经过了筛选和消化，因此向去芜存菁的临国日本学习，比直接向西方国家学习要简便有利得多。当时的一些开明知识分子已经意识到了这一点，如张之洞在《劝学篇》中说：

"西书甚繁，凡西学不切要者，东人已删节而酌改之。"① "我取径东洋，力省效速"②。可以说，中国人把通过中日文化交流的渠道来学习和吸收西方文化看作了一条可以事半功倍的捷径。而向日本学习的主要途径就是派遣留学生。"甲午之后，举国上下，莫不视游学东瀛为富强之要径"，于是"自清末以还……负笈东渡者，始终络绎于途。"③ 从十九世纪末到二十世纪三十年代，中国派往日本的留学生多达五万余人。大批的留日学生为传播西方文化作出了重要的贡献。他们在日本接受了许多新思想、新知识，并通过翻译日文书籍将这些新文化介绍到国内。

西方近代美学和文艺思想同样大多是由留日学生根据日文书籍或西方原著的日译本翻译介绍到中国的。十九世纪末二十世纪初，日本文艺学由古代到近代的转型已经基本完成，在学科体系、范畴、观念、方法等方面都已充分吸收、融合了西方思想并形成了自身的特色，可以说已经基本具备了近代化学科的性质。文艺学领域内日文书籍的大量翻译和广泛传播，对中国古典文艺学的各个方面都造成了巨大的冲击，促使中国的文艺学开始向近代化学科转变。从十九世纪末到二十世纪二三十年代，中国翻译日本文艺学著作的数量不断增加，水平也不断提高。因此，郭沫若在评论中日文艺学关系时认为："中国文坛大半是日本留学生建筑成的。……就因为这样，中国的新文艺是深受了日本的洗礼的。"④ 可以说，中国文艺学近代转型的过程，主要是一个向日本学习的过程，中国近代文艺学的各个方面都不可避免地接受了日本的影响。

日本文艺思想对中国的影响首先表现在近代文艺学美学概念

---

① 张之洞：《游学第二》，见《劝学篇·劝学篇书后》，冯天瑜、尚川评注，湖北人民出版社 2002 年版，第 138 页。

② 张之洞：《广译第五》，见《劝学篇·劝学篇书后》，冯天瑜、尚川评注，湖北人民出版社 2002 年版，第 153 页。

③ ［日］实藤惠秀：《中国人留学日本史》，谭汝谦、林启彦译，三联书店 1983 年版，第 1 页。

④ 郭沫若：《桌子的跳舞》，见《沫若文集》第 10 卷，北京：人民出版社 1959 年版，第 33 页。

和范畴的引入。日本人在接受西方新思想、新学说时，除了用日语直接音译西方外来语之外，还利用汉语的意译法创造了大量新词汇。文艺学领域内的许多重要概念或范畴如"哲学"、"美学"、"文学"、"美术"等，最初都是日本学者借用汉语翻译西方著作时确定下来的。由于这些用汉语表达的概念或范畴大都比较准确地把握了西方文艺思想的内容与特征，因此中国学者在翻译日文书时也都普遍沿用了这些表达方式。关于这种情况，中国近代美学的开创者王国维曾在《论新学语之输入》一文中作过较为公允的评价，他说："数年以来，形上之学渐入中国，而又有一日本焉，为之中间之驿骑，于是日本所造译西语之汉文，以混混之势而侵入我国之文学界……夫普通之文字中，固无事于新奇之语也，至于讲一学，治一艺，则非新增语不可。而日本之学者，既先我而定之矣，则沿而用之，何不可之有？……要之，处今日而讲学，已有不能不增新语之势，而人既造之，我沿用之，其势无便于此者矣。"① 这些新学语的普遍使用，表明了西方先进的文艺思想已经进入中国文艺学的视野之中，成为近代文艺学所表达的内容。

由日本传入的新学语的接受和使用一方面使许多基本范畴和概念在中国文艺学中确定下来，为中国近代文艺学体系的形成做了必要的准备；另一方面也带来了美学和文艺观念的更新，促进了中国文艺学在表达方式上的变革。

表达方式的变革在话语特征上体现为对美学和文艺理论的表述更加准确和规范。中国古典文艺学的话语表述特征是诗意化，思想家们惯于用名言隽语、比喻例证的形式来表述自己的思想。日本新学语的引入，使中国古典文艺学向近代形态的转换有了基本概念和基本框架上的支持，这对于近代文艺学所要求的清晰、精确的逻辑分析话语模式的形成起到了一定的推动作用。更为重要的是，表达方式的变革在外在形式上体现为文体表现形态的转

---

① 王国维：《论新学语之输入》，见《王国维论学集》傅杰编校，中国社会科学出版社 1997 年版，第 387 页。

换。中国古典文艺学以"诗话"、"词话"为主的文体形态受到冲击，具有近代特征的"新文体"逐渐被接受和运用。十九世纪末二十世纪初，一些留日学者借鉴日本经验，主张冲破中国传统的文体规范，变革旧的文体形式，开展了一场具有近代意义的"文体解放"运动。

由日本传入的"新学语"带来了大量的新知识和新见解。对于正处于启蒙时期的中国文艺学来说，新知识意味着新的思想内容，新见解则代表着新的文艺观念，而这些都远非中国旧有的"词章"、"典故"所能包容。因此，表达新的思想内容和新的文艺观念的需要带来了文学体裁的变革，其中影响最大的是梁启超倡导的"诗界革命"和"文界革命"。梁启超"文体改革"的主张直接受到日本文学的影响。他在《夏威夷游记》一文中提出"诗界革命"和"文界革命"，其灵感就是来自于对日本明治时期的政论家德富苏峰作品的阅读感觉，"其文雄放隽快，善以欧西文思入日本文，实为文界别开生面者，余甚爱之。中国若有文界革命，当亦不可不起点于是也。"[1] 可以看出，所谓"诗界革命"、"文界革命"的基本精神就在于引进"欧西文思"，即要在诗文中表现西方的新思想、新精神。要达到这一目的，新文体的语言就应该力求通俗化，做到通俗易懂，平易畅达，并"时杂以俚语、韵语及外国语法"[2]，以便彻底冲破古文规范的限制，更自由地表达作者的情感。作为文体改革的主要倡导者，梁启超不仅提出理论上的主张，而且身体力行，广泛借鉴并学习日本新文体的风格。他在写文章时"不避排偶，不避长比，不避佛书的名词，不避诗词的典故，不避日本输入的新名词"[3]，努力尝试各种新的表达方式。曾经有学者指出："任公到日本的时候（1898），日本口语文学已经很流行，那时一般文人汉学修养还不低。像德富苏

----

① 梁启超：《夏威夷游记》，见《饮冰室合集·专集》之22，中华书局1898年版，第191页。
② 同上。
③ 胡适：《近五十年来中国之文学》，见《胡适文集3》，欧阳哲生编，北京大学出版社1998年版，第220页。

峰、德富芦花一流人的文章，和任公的新文体，正是一种味道。"① 这种日本化的新文体对二十世纪初中国文坛产生了很大的影响，"几使一时之学术，浸成风尚，而我国文体，亦遂因此稍稍变矣。"② 周作人曾经就文体改革的必然性发表过精辟的见解，他说："新小说与旧小说的区别，思想果然重要，形式也甚重要。旧小说的不自由的形式，一定装不下新思想。"③ 而这也正是中国近代文体改革的主要原因所在。

日本近代文艺思想的大规模引进与吸收，不仅使中国文艺学获得了前所未有的新的思想材料和新的表现方式；更为重要的是，中国文艺学具体的学术存在形态也在日本近代文艺学的强劲影响下自然而然地开始了由古典向近代的转换。这种转换以方法的更新为依据，以体系的建构为目标，以各种新的文艺思潮、流派的引介为具体内容，在文艺学原理、艺术史学、文艺理论和批评等方面都有所体现。

中国文艺学中关于美学和艺术原理的基本体系，主要是受到日本艺术理论家黑田鹏信的影响。他的《艺术概论》一书是一部系统讲述艺术一般原理的著作，其内容包括从艺术的本质特征到艺术的创作欣赏、从艺术分类、艺术起源到艺术内容形式和风格流派等，包含了艺术理论中一些最基本和最重要的问题。这是最早被翻译成中文的有关艺术理论的书籍，它所提出的基本框架和基本问题不仅在当时为中国艺术理论体系提供了范式，而且其中的主要部分至今仍沿用在中国艺术概论的教学过程中。此外，黑田鹏信的另外两部著作《美学纲要》和《艺术学概论》也被译成中文。这三本译作对于中国美学和艺术基本原理体系的形成产生了深刻而又持久的影响。

在艺术史论方面，二十世纪二三十年代对日本美术史家木村

---

① 梁若容：《梁任公的生平和文学》，转引自赵利民著《中国近代文学观念研究》，山东文艺出版社 1999 年版，第 232 页。

② 诸宗元：《译书经眼录序例》，见《中国近代出版史料二编》，张静庐辑注，中华书局 1957 年版，第 95 页。

③ 周作人：《日本近三十年小说之发达》，见《新青年》第 3 卷，第 3 号。

庄八和板垣鹰穗等人的系列西洋美术史著作的译介，是当时重要的理论成果。其中鲁迅翻译的日本学者板垣鹰穗所著《近代美术史潮论》对中国产生了较大的影响。这本书将近代美术如何演进到现代美术作了全面的阐述，揭示了西方现代主义美术思潮发生的根源和必然性。这本介绍西方近现代美术史的演变过程的著作，不仅为中国美术界提供了近代新的艺术及其思潮的信息，而且也为中国的美术史研究提供了可资参考的方法，使中国近现代美术思潮的产生有了必要的理论准备。当时，学习和借鉴日本的成果成为开展近代意义上的艺术史论研究的重要方法之一。郭虚中在翻译出版日本学者中村不折、小鹿青云所著《中国绘画史》一书的"译者赘言"中说："举凡我国的各种学术，我们还不曾注意到的，他们都研究得有很好的成绩了。于是我们对这种目前尚缺乏适用的绘画史，也只得暂求诸彼邦了。"[①] 许多后来很有成就的艺术史论家都曾翻译过日本学者的著作，并借鉴其内容、方法及体例等进行近代艺术史的研究，取得了不少具有开创性的研究成果。

在文艺理论和文艺批评方面，日本对中国的影响更为显著。五四新文化运动以后，中国文学界彻底摆脱了封建文化的制约，开始全面吸收近现代新的文艺思想并应用到文艺创作和评论当中去。而当时中国新文学的主要人物几乎全部都是留日学生。二十世纪二十年代初，留日学生郭沫若、郁达夫、成仿吾等人成立了创造社，提倡"为艺术的艺术"，注重创作中个人情感的表达，强调艺术的自身目的与艺术规律，被称为"艺术派"。这一艺术思潮对当时的美术创作和批评都产生了较大的影响。这一时期中国留学生翻译了很多日本书籍，其中以厨川白村的影响最大。他的代表作是鲁迅翻译的《苦闷的象征》，在引言中，鲁迅先生给予这部作品如下的评价："……作者自己就很有独创力，于是此书也就成为一种创作，而对于文艺，即多有独到的见地和深切的

---

① ［日］中村不折、小鹿青云所：《中国绘画史》，郭虚中译，正中书局 1937 年版，第 3 页。

会心。"① 厨川白村的作品被翻译成中文的达十四种之多，他的文艺思想一度成为中国文艺理论的准绳，对二十世纪三十年代中国文艺学界产生了重大的影响。此外，这一时期的许多艺术家、文艺理论家、文艺批评家都是留日学生，如汪亚尘、丰子恺、邓以蛰、蔡仪等，他们接受了日本和西方新的文学和艺术思潮，写作了大量理论文章，内容涉及艺术本体论、艺术创作欣赏及批评理论、艺术思潮与当代艺术评论等诸多方面。他们对近代文艺理论中一些最基本的问题都作了深入的思考，使从国外学到的思想和理论真正融入到中国文艺学之中，为中国近代文艺学的发展作出了贡献。

从大量的资料和分析中可以看出，中国文艺学由古典形态向近代形态的转换是在日本这个"中间人"的作用下发端、开展并逐步完成的，这是一个不能忽视的历史事实。因此，在绘制中国现代文艺学发展史的构图中，在"中国"与"西方"之间添加"日本"这个板块，对于更全面地认识中国文艺学的历史和现实，以及更好地进行东西方文艺学领域的交流，都具有相当重要的意义。

二、近现代中日接受西方文艺学、美学的异同及会通线路

文艺学作为现代形态的学科，20世纪中后期才在中国得以建立和发展，但20世纪初的"西学东渐"及新文化运动将西方一些近现代学术思想、观念、体系和方法译介到中国，对中国文艺、美学学科的创立起到了重要作用。日本的现代文艺学学科也是在明治维新以来全面学习西方的基础上建立起来的。也就是说，中日两国现代形态的文艺学学科体系的构建都脱胎于西学的母体，受到西方近现代艺术观念、美学思想的巨大影响。不同的

---

① 转引自叶渭渠著：《日本文化史》，广西师范大学出版社2003年版，第296页。

是，近代日本先于中国实行文明开化，完成了文艺学、美学的近代化历程，成为东方国家学习西方文化成功的榜样。加之日本是中国引进西方文化的最近之"桥"，自然而然充当了中国输入西方艺术观念、美学思想的"中间人"。相对于西方来说，日本更为直接地对中国文艺理论、美学思想由古典形态向现代形态的转换提供了借鉴。中国文艺理论家、美学家自日本引进和移植的近代文艺学、美学术语、概念、范畴，为现代形态的中国文艺、美学学科的建立和发展奠定了基础。

本文拟对中日两国在近现代接受西方文艺理论、美学思想的途径、内容及接受方法等方面的异同作些比较研究，并在此基础上对两国在接受西方文艺学、美学方面存在的可能会通的线路作一些探讨。

1. 近现代中日接受西方文艺学、美学的异同

（1）接受途径的异同

素有"杂种文化"之称的日本从德川幕府时代学习"兰学"开始就对西学进行了学习和模仿。到明治初期日本所谓"欧化时代"到来，开始触及到性质迥异的近代西方文化。中国在 20 世纪初接触到西方的思想，在美学、文艺学上，也开始了直接引进西方学说的进程。在接受西学的过程中，中日两国的接受途径基本相同，这主要表现在以下四个方面：

一是直接去西方国家学习。如因撰写《百一新论》在介绍西方美学思想方面迈出第一步的西周曾留学荷兰，在那里奠定了其日后成为哲学家的基础，将西文"Philosophy"直译为"哲学"，又将美学最早翻译为日语"善美学"。森欧外对哈特曼美学的译介是在明治 17 年至 21 年留学德国的直接结果。元良勇次郎对生理、心理美学的论述则是得益于他在波士顿大学和霍普金斯大学专攻哲学、心理学。大西操山也曾奉命前往欧洲留学。

二是直译西文美学、文艺学论著。西周翻译了海文的《心理学》，该书在一定程度上是具有完整体系的心理学美学的论著。中江兆明翻译的法国维隆（Veron）的《Easthetique》（通称《维

氏美学》），是明治维新以后日本翻译出版的第一部系统的西方美学和文艺学理论著作。该书从孔德的实证主义和斯宾塞的进化论出发，排除观念上的理想美，主张艺术上的真实和个性，并将美学定义为"审美之学乃是谈论艺术之美的学问"，将艺术区分为"使人眼目愉悦的艺术"和"使人耳愉悦的艺术"，初步阐明了艺术之美的意义和本质[①]。同时中江兆明还在该书中论述了西方浪漫主义与日本中世纪文学的关系，强调"文艺作品之美，在于作者的个性明显的显现"。其他重要的直译著作有别林斯基的《艺术论》（二叶亭四迷译）、哈特曼的《审美纲领》（大村西崖和森欧外合译）、《修辞学与美学》（菊池大麓译）。

三是移植或转述西方美学艺术学思想。部分学者未能直接去西方国家学习，也没有完整的西学译著，但他们通过各种途径（如来自各国的学者在东京大学讲学）吸收了西方某派或某些个美学或艺术批评家的核心思想，或已出国已有专著，并在已有基础上结合自己的传统学养发表了大量的有关论文或专著。日本的第一部独立的美学专著《美妙论》是属于这后一种途径的产物。前一种接受途径在近代日本最为普遍。坪内逍遥的《小说神髓》直接引用《维氏美学》的内容，提出以"真"作为唯一的文学理念，奠定了日本近代朴素的写实主义理论的初步基础。二叶亭四迷的《小说总论》接受了别林斯基的现实主义美学和文艺批评理论的影响，吸纳别林斯基对人生与社会关注的精神，以及把握近代人性的自觉和革命民主主义思想，完善和发展了坪内逍遥开创的日本近代现实主义理论。大西操山的《批评论》、《悲哀之快感》、《论审美的感观》；高山林次郎的《艺术和道德》、《创建东方的新美学》；夏目漱石的《文学论》、《文艺的哲学基础》；厨川百村的《近代文学十讲》等也是这种途径的产物。

四是外籍学者在日本的直接传播。这是日本接受西方美学过程中的一个独特的现象。在"文明开化"政策的感召下，日本聘

---

① ［日］山本正男：《东西方艺术精神的传统和交流》，中国人民大学出版社1992年版，第13页。

请了部分外籍学者来日讲学。出生于美国马萨诸塞州、毕业于哈佛大学的芬诺洛萨便是这其中著名的一位。芬诺洛萨来到东京大学后一直讲授政治学、理财学、哲学等，但他对日本美术和艺术批评倾注了大量心血，其理论主张见于他应龙池会之邀所做的《美术真说》的讲演。在讲演中，他提出了他的美学观，即"以娱乐人心，使人的气质和品格趋于高尚为目的"，[①]并呼吁振兴面临危机的日本传统艺术精神，强调了其重要性和必要性。作为具有近代西学素养的学者，芬诺洛萨的美学思想中实际上有着黑格尔的观念论、斯宾塞派的进化论和法国折中的唯心论的影子。

中国对近代西方美学文艺学的接受则采取的是直接接受和间接接受相结合的途径。中国的直接接受的途径与日本的前三种方式大致相同，或者直接去西方学习，或者直译西书，或者移植和介绍西方美学文艺学流派或个别学者的思想。朱光潜和宗白华是这种直接接受方式的典型代表。朱光潜曾在香港大学学习过四年，又在英法留学达八年之久。在几十年的学术生涯中，他翻译了从柏拉图、维柯、黑格尔直到克罗奇的许多西方美学的经典著作，还写了一本至今在中国仍然有着重要影响的《西方美学史》，对西方古典美学和近现代美学进行了详细地梳理。宗白华年轻时也曾留学欧洲，是康德的《判断力批判》的中译者。

间接接受的方式表现为以日本为"中介"和"跳板"，借助日本这个"二传手"转贩西学。这种方式的形成与日本给予中国的所谓"文同、路近、费省、需时短"等四大便利条件有密切关系。考察近代西方美学文艺学在中国的接受史，不难发现从王国维到鲁迅一直到蔡仪及其后的许多学者都是采取的这种间接接受的方式。王国维借用日本这个"中介"主要表现在他对"美学"这个术语的引进。西周首次把美学称为"善美学"。中江兆明进一步将维隆的 Aesthetique 译为日文"美学"，王国维借鉴了这一翻译，又将其译为中文"美学"。鲁迅的《摩罗诗力说》中有关

---

① 叶渭渠、唐月梅：《日本文化史》，广西师范大学出版社 2003 年版，第 294 页。

拜伦的论述的材料来源于木村鹰太郎的《拜伦乃文艺界之大魔王》。蔡仪于 1929 年赴日留学，直到 1937 年中日战争爆发才中止学业。他在留日期间受当时日本学术界流行的左翼思潮影响，接受了马克思主义。回国后于 40 年代出版了两部重要著作《新艺术论》和《新美学》，阐述了"美是典型"的思想。"典型"一词就来源于法国古典主义美学以及恩格斯的一些书信。也有的学者通过转译日人译介的西文原著或日人有关西方美学文艺学的论著来间接引进西方学术思想。刘仁航译高山林次郎著的《近世美学》是中国历史上第一本系统的美学译著。韩侍桁编译的《近代日本文艺论集》收入了小泉八云、北村透谷、高山林次郎、片上伸、林癸未夫、平林初之辅等人的十几篇论文。上田敏的《现代艺术十二讲》（丰子恺译）、田中湖的《文艺鉴赏论》（孙良工译）、青野季吉的《新兴艺术概论》（王集丛译）、芥川龙之介的《文艺一般论》（高明译）、川口浩的《艺术方法论》（森保译）也在 30 年代被陆续译介到中国。

（2）接受内容的异同

中日两国在接受过程中都遵循这样一个原则，即都既要坚持本国原有传统又要学习西方，并将坚持本国传统放在首位。还是以王国维为例。世纪初的王国维在引进和译介西方哲学、美学、文艺学的过程中，对传统学术给予了相当低的评价，从学术心态和治学方式上对传统予以否定，批判了古典形态的审美他治传统——数千年来的功利主义传统，对"文以载道"的思想提出异议，指出笼罩在炫目光环下的古典艺术的附庸地位，尖锐地批判中国古典美学美善混同，以善待美的美学原则，否定中国传统以中和为核心的古代审美意识。他说："我中国非美术之国也！一切学业，以利用之大宗旨贯注之。治一学，必治其有用与否；为一事，必问其有益与否。美之为物，为世人所不顾久矣！"①

可以说，王国维对中国传统文化进行了毫不留情的批判。但

---

① 姚金铭、王燕编：《王国维文集》（第三卷），中国文史出版社 1977 年版，第 7 页。

是，他所倾心接受的叔本华美学的核心观念——理念，则是通过词话的方式和捉摸不定的"境界"概念予以表述的。这里充分显示出王国维的过人之处：如此则使有可能使针对叔本华美学提出的尖锐批评都无法找到落脚点，因为"境界"也就和美本身一样，虽然迷人，却缥缈氤氲，难以确切地把握。而这正符合中国人的传统思维方式，如"镜中花，水中月，不可凑泊"。这样，王国维终于还是把叔本华美学化入了中国传统背景和审美经验，使"境界说"显示了长久的魅力，在接受上取得了极大成功。

日本在运用和参照西方文艺批评成果的时候，也十分注意联系日本古今文学的实际，能够时常以日本文学乃至东方文学的独特创作来补充、修正和发挥西方理论家提出的理论命题。如坪内逍遥的《小说神髓》之所以在世界小说理论中出类拔萃，不仅在于他融会贯通了西方的写实主义理论主张，更重要的是他时常引证西方人难以引证的日本文学和中国文学，许多理论的阐发具有独到之处。二叶亭四迷的《小说总论》不仅依据了别林斯基的现实主义文学理论，也借鉴了中国的古典文论中关于"形"、"意"的理论，而后者被日本引进后已成为日本传统文化的一部分。长谷川天溪的自然主义文学理论既借鉴了左拉等欧洲自然主义理论家的主张，又溶进了日本传统的"物哀"审美观念，从而提出"暴露现实之悲哀"，"幻灭的悲哀"的美学命题。总的说来，近代日本美学文艺学在与西方的交流中，首先是对传统美理念的继承，"欧化"的同时更深刻地凸显的是通常所谓的"日本化"，即在引进西方美学、文艺学思想时，始终植根于日本传统的民族美学文艺学的观念形态的土壤中。正如三岛由纪夫所言："生于日本的艺术家，被迫对日本文化不断进行批判，从东西方文化的交汇中清理出真正属于自己风土和本能的东西。"①

然而三岛所谓"真正属于自己风土和本能的东西"于中日两国是各不相同的。这就导致了两国在接受的具体内容上的差异。

---

① 王向远：《中国现代文艺理论与日本文艺理论》，《北京师范大学学报》（社科版）1998 年第 4 期，第 70 页。

中国人似乎对艰深的理论表现出极大的兴趣。综观中国近代美学文艺学发生期的近五十年的西学引进和接受史，不难发现，进入中国学人视野的或者说是引起中国学人较大兴趣的西方理论主要是叔本华、尼采的唯意志论，皮尔士、詹姆斯、杜威的实用主义，柏格森的生命哲学以及康德和克罗奇的学说。日本人似乎更为钟爱较为通俗的美学、艺术批评思想，因而进入近代日本理论家视野的是孔德、穆勒、维隆、哈特曼、立普斯、柏格森、弗洛伊德等人的思想。鲍桑葵的《美学史》中所论及的 19 世纪末叶的哈特曼等人的思想甚至始终未能进入中国学人的视野。两国侧重于不同的理论家和流派的思想，凸显出两国在接受本质上的根本差异所在。

（3）接受的出发点和具体目的的异同

在接受近代西方美学文艺学思想的问题上，中日两国的根本目的是大致相同的，即都要学习和借鉴西方新的先进的理论知识和方法，最终在理论反思的方法意识上实现东西方艺术精神的交流，把传统的"缺乏体系和方法的艺术精神发展促进到担负起体系和方法的艺术精神"。① 但在本质上，两国的接受又有根本差别。

首先，在接受的出发点上，中国侧重于建构独立的美学和艺术学学科体系。中国传统文化博大精深，源远流长，有着丰富的发达的艺术和审美意识的思想，但古代理论家们探讨的重心不在于完整、鲜明的美学和文艺学思想及体系的建构，不在于单纯抽象思辨的形而上学的追问。因而流传于世的有关中国古代美学家和文艺批评家的系统的思想及体系，是近代以来的学者据古人散见的论述及其内在的逻辑联系抽绎归纳出来的。对中国古代美学和文艺学思想史稍加梳理便可看出，先秦的美学、文艺批评思想散布在先秦的经史子集中，仅在论述有关"仁"、"道"之类的哲学伦理问题时有所涉及；两汉魏晋南北朝时代出现了许多专门化

---

① ［日］山本正男：《东西方艺术精神的传统和交流》，牛枝惠译，中国人民大学出版社 1992 年版，第 2～3 页。

的甚至较为系统的文艺论著，但它们重在探讨关于诗、书、画、乐等诸如艺术的本质与功用，风格与体例等艺术的具体问题，缺乏美学和文艺学体系的完整建构。这种体系的潜在化和单向化传统，经过隋唐五代、宋金元，直至明清，一直没有根本的改观。19 世纪下半叶所产生的诸如刘熙载的《艺概》、康有为的《广艺州双楫》等文艺学著作，尽管包含着丰富的美学思想，但却缺乏现代美学的精神，显示出中国传统美学话语发展的末流。对此，鲍桑葵一语道破天机，他说："（这种中国古典美学思想）还没有上升为思辩理论的地步。……因此，我虽然不否认它的美，但我认为这是另外一种东西，完全不能把它放在欧洲的美感自相连贯的历史中来。"① 所以，那种认为中国古代有美无学，有文艺无文艺学的看法，不是完全没有道理的。鉴于此，中国在接受之初就立足于自觉地以学科体系的建构为宗旨，使翻译、介绍西方美学文艺学，引进和接受他们，最终都服务于建立中国自己的现代美学文艺学学科体系的目的。这就是中国偏重于接受较为艰深的理论体系的原因所在。从这个意义上说，中国百年美学一直对康德倾注着极大的热情也就是情理之中的事了。

尽管当时可能还不存在现代美学文艺学体系这种提法，但作为中国现代美学文艺学体系建构的先驱，世纪初的王国维已经开始自觉地、系统地将西方的"美学"、"审美"、"主观"、"客观"、"悲剧"等许多标志着学科成熟化的概念引入中国思想界，翻译出版了涉及哲学、伦理学、心理学、逻辑学及教育学等诸多学科领域的西方学术著作，标榜审美的自觉性，使得整个美学文艺学理论模式与先秦到晚清的中国美学与文艺理论发展中所提出的和讨论的问题相比，具有了不同于传统美学的新质，发生了根本性的变革，不仅使审美得以独立，美学和文艺学的研究方法和学科体系等方面也都有了根本性地改变。王国维不愧为"20 世纪中国美学史上完整表述自己思想的第一人"，"首开了中国美学的学科体系，推动了中国美学从无体系的思想形态走向现代意义上的独

---

① 鲍桑葵：《美学史》，商务印书馆 1986 年版，第 2～3 页。

立理论形态"，① 也推动了中国美学文艺学逐渐走向科学化。

　　或许是受到王国维的这种体系建构的自觉和热情地启发，后起的美学家、文艺批评家一直沿着王国维开创的这条充满荆棘的道路执著地走下来。蔡仪撰著的《新艺术论》和《新美学》曾试图构建中国的马克思主义的美学体系。李泽厚受 50 年代美学大讨论的启发，坚持美学的客观性与社会性的结合，坚持通过历史"积淀"形成文化心理结构，坚持美和审美的形成和发展对于人的社会实践的依存关系，并通过对康德的阐发，以及创造性地改造克莱夫·贝尔、容格和皮亚杰的一些概念，努力建构自己的以马克思主义为实践基础的思想体系。周来祥受惠于黑格尔逻辑学的辩证思维，在其基础上运用辩证思维的建构方式非常完备地完成了自己"史"、"论"统一的体系建构。叶朗撰写《现代美学体系》一书，更多地受到西方当代美学的启发。至于各家体系孰优孰长，谁能代表真正现代中国的美学或文艺学体系，笔者暂且不论，单就各人于此所作的努力，即可见体系建构在百年中国思想史上所占的重要地位。

　　日本人却不把纯理论体系的构建当作最终目的，正像王向远在《中国现代文艺理论和日本文艺理论》一文中所分析的那样，日本只是把理论当作手段。美学和艺术学原属纯理论的东西，但在日本，它们是被当作手段，当作工具来使用的。因而对日本来说，吸收创作技巧多于理论，即使吸收原理、理论也是按照自身的审美传统加以选择、消化和融合。明治维新以后，日本政府鼓励和介绍西方的美学和艺术批评，用意却在对人民进行思想启蒙和文明开化教育，所以他们会选择《维氏美学》这样通俗的启蒙性著作。《维氏美学》原作者维隆是一位报社编辑，这部书也只是以一般的读者为对象的通俗读物，但日本一代代文艺批评家和美学家都受到了这部书的影响。相比之下，康德、黑格尔等西方美学和艺术批评大师，在日本的影响却与他们在西方的地位很不

----

　　① 霍婧：《中国现代美学思想之奠基——王国维美学思想研究》（见中国期刊网），第 17 页。

相称。留学德国，精通德文的森欧外是现代日本介绍欧洲文学理论倾力最多、影响最大的一个，但他对抽象深奥的康德、黑格尔却很少注意，倒是对比较平易的哈特曼的思想情有独钟。即使对哈特曼，森欧外也尽量把他的理论加以简化，如 1899 年他翻译哈特曼的《审美纲领》只保留了原书的六分之一，尽可能把原书译得简明易懂。日本人就是这样善于对西方的外来的理论加以整理、综合，使其简洁明了，易于被人接受。①

其次，在接受的具体目的上，中国和日本也存在显著的差别。中国接受西方美学、文艺学思想大多用来解释本国的文学、文艺现象，日本则主要用来指导本国的文学、文艺实践。这一差别是基于两国出发点不同而派生出来的。王国维的《红楼梦评论》是有意识地借用西方美学理论评论中国的文学作品的开端。该书以叔本华的意志哲学和悲剧美学为美学建构的思辨基点，着眼于作品审美和伦理精神的总体评价，从分析生活的本质入手，有层次、有组织地论述了《红楼梦》的精神、在美学上的价值和在伦理学上的价值。朱光潜的《文艺心理学》把克罗齐的"形象直觉说"、布洛的"心理距离说"、立普斯和浮龙·李的"移情说"等当时西方一些流行的学说结合在一起，以阐释文学艺术现象，并在书中举了大量中国文学艺术作品的例子，另一部作品《诗论》则运用一些西方的诗学理论来解释中国诗歌。除此之外，还有许多古代中国艺术理论的专题研究。

日本最初接受西方美学文艺学的时候，这些美学文艺学思想还是作为哲学体系的下属部门被引进的，但是到明治中期开始，由于新兴的艺术运动向美学求取其理论基础，客观上需要一种给予文艺活动以准绳，并给文艺活动奠定理论基础的学问，因而引进西方美学文艺学术便专门用于对文艺实践进行批评与指导。艺术批评、美学理论与实际的创作，与具体的文艺批评紧密结合在一起。日本的几乎所有的美学家、艺术批评家，同时又都是评论

---

① 向王远：《中国现代文艺理论与日本文艺理论》，《北京师范大学学报》（社科版）1998 年第 4 期，第 69～70 页。

家，他们把理论运用于批评，又在具体的评论活动中体现自己的理论主张。著名美学家森欧外便是这样一位典型的代表。他对哈特曼美学的译介主要是为了满足批评上的实际需要。作为一个文艺批评家，他对外山正一的思想画论、矢野文雄的绘画论、九鬼隆一的美术论等都进行过批评，并且他还曾用哈特曼美学评论过坪内逍遥的《小说神髓》。可以说森欧外的美学方向是为了适用于他的批评的实际需要而产生的，他的观点几乎全都来自日本国内的现实问题。由于现实的需要，才要求美学对之作出解答，也才产生了森欧外及其他许多美学家和艺术批评家的观点。

2. 近现代中日接受西方文艺学、美学可能会通的线路

综上所述，近现代中日两国在接受西方美学文艺学的进程中存在着诸多不同之处，但从其不同之处正彰显出二者显而易见的同来。首先，虽然在接受途径上有直接和间接之别，但两国都曾接受西欧方法以建构本国美学文艺学则是事实。其次，虽然在接受内容上两国理论家热衷于西方不同流派或个人的思想，但却都遵循着坚持本国原有传统的首要原则也是事实。再次，虽然在接受的出发点和具体目的上两国也不尽相同，但都积极地对异质的理论进行深入地反思，以推动和促进本国美学和文艺学的发展，这也是事实。这表明，同样受西方近现代美学和文艺学重大影响而发展起来的中日近现代美学和文艺学之间并不是互相冲突、无法沟通的，而是存在着会通融合的可能，这种可能表现为四种线路。

（1）借鉴西欧方法

"从历史上看，一个学科的理论突破，常常是从方法的突破开始的。方法上无突破，理论只能在旧的圈子里打转，停留在旧的体系里边，康德和黑格尔在美学上是一座高峰，他们之所以能使近代美学来一个大的转折，其根本原因就是方法上都有突破，这才会有康德的《判断力批判》和黑格尔的《美学》三卷。假若康德和黑格尔还局限在古典的方法上，也就不会有他们的美学体

系。从历史上看，任何一个划时代的学科都是从方法上来突破的。"① 中国历史上虽然具有丰富的美学和艺术批评思想，创造了辉煌的文学艺术，产生了大量的诗论、画论、书论，而且一些哲学论述有时也可以当作对审美问题的回答，但是由于中国古代思维中缺乏对事物本体的追求，主体思维方式极度封闭和局限，造成了中国美学和文艺学的困顿。要摆脱这种困顿，必须借鉴西欧美学和文艺学的先进和科学的方法，实现中国古典美学文艺学向近现代美学文艺学的转型。

以中国文化为母体的日本的情形与中国大致相似，在西周、中江兆明等首次引进西方美学、文艺学以前，日本传统艺术精神的理论反思还是倾向于直接洞察的特性，倾向于感性的、感悟式的思索，与西欧特别是近代美学文艺学需要承担的体系思索和组织把握的特性相距甚远。在近代"文明开化"之风的吹拂下，日本学者开始有意识地借鉴西欧方法。最早将西方哲学、美学思想介绍到日本的西周也是密勒的归纳法的最早引进者。在启蒙读物《百一新论》中，西周指出，西方现在（指 19 世纪六七十年代，笔者按）已经全部采用归纳法，取代了过去的演绎法，而日本当时的学术已经是经验主义的，有必要致力于新学的归纳法。中江兆民的《维氏美学》也采用了西方心理学的经验的、归纳的、记述的方法。两位启蒙先驱所引进和有意识运用的方法对继起的理论家产生了深远影响。到明治中期，岛村抱月和倾情于哈特曼美学的大塚保治专门就美学的研究方法问题著文论述（前者为《审美研究的一个方法》，后者为《美学的性质和研究方法》），力图引进新方法，改革日本陈旧的甚至是错误的研究方法。日本的方法论变革也波及到当时的中国。中国的大部分美学家、文艺理论家、艺术批评家正是借鉴了那些由日本中转的方法，才开始了用现代科学方法分析和考察艺术实践，逐步达于现代形态的美学艺术学学科体系的建立的目的的。比如厨川白村的《苦闷的象征》吸收了弗洛伊德的精神分析心理学的基本观点和方法，注重研究

---

① 周来祥：《再论美是和谐》，广西师范大学出版社 1996 年版，第 136 页。

人的心理,注重分析梦的象征意义,注重动力心理分析。这对鲁迅产生了不小的影响。鲁迅通过翻译《苦闷的象征》,间接受到心理学研究方法的影响,为现代中国心理学美学的发展做出了重要贡献,继王国维之后掀起了中国心理学美学的第二次发展浪潮。

综观中日两国美学文艺学发展的历程可见,新的有效的研究方法的借鉴和运用在两国由古典美学文艺学转向现代美学文艺学的过程中起着不容忽视的作用,从某种意义上可以说,没有现代的科学的方法的运用,就不可能有现代形态的美学文艺学的诞生和发展。为了进一步发展和完善两国的美学和文艺学学科体系,必须首先借鉴西欧美学文艺学的先进方法,把缺乏体系和方法的艺术精神发展到担负起体系和方法的艺术精神,才能赋予两国传统美学文艺学思想以现代内涵,并最终在反思的方法意识上实现东西方艺术精神的交流。

(2)保留民族传统

世界是由各民族组成的,民族的也就是世界的,我们需要接受异族文化的优秀遗产为我所用,但不能淹没于此。任何时候,我们都要保留自己民族美学、文艺学的根之所在。在美学、文艺学近代化的进程中,中日两国理论家们不约而同地达成了一个共识,即都力图将坚持本国的优秀文化传统放在首位,并且为此进行了不懈努力,这是值得肯定和赞扬的。如20世纪初期的王国维曾自觉尝试将西方美学、文艺理论思想与中国传统艺术经验进行对接,开创了不露痕迹地将西方文论话语中国化的先例。王国维将取自西方的"悲剧"、"喜剧"范畴与中国道家美学相联系,引老子的人之大患、忧生等思想加以印证,使人初一看去也并不感到陌生。再如中西美学史上共有的"趣味"范畴,中国严羽曾以趣味论诗,西方康德、休谟等对趣味也有过论述,但当王国维运用"趣味"时,人们似乎也无法辨出其姓"中"还是姓"西"。

然而,要真正实现将西欧的学问适用于文化传统完全不同的东方国家中国和日本,何等艰难。严格说来,即使在中国整个近、现、当代美学史、艺术史的长河中,能够达到王国维那种博采西学，兼容中西，成功保留传统又实现现代理论转换高度的大师毕竟微乎其微。甚至可以说，百余年的中日美学、文艺学发展的历史，实际上就是对西欧美学和文艺学的研究史。中日两国的固有文化被生生纳入到由遥远的西方传来的文化结构中，就像广岛大学的青木孝夫所言，这个过程实际上就是从传统艺术中抽出与西方艺术相结合的成分编入其中，其他成分则作为与西方艺术不同的艺术被排除在外。近代东西方文化的相遇，形成的是以西方艺术观为基础文化领域的制度，也产生了中日固有文化范畴的变更，如何移植西方美学文艺学，并同时让这被移植的学问在本国扎根发芽，实现真正意义上的坚持本国传统，这是包括中国在内的东方文化圈各个国家研究者共同的任务，研究者们可以摆脱民族和文化的差异，在这个问题上建立彼此交流的基础。

（3）进行理论反思

一般来说，进行理论反思的过程就是坚持民族传统的过程。因为只有更好地实现对被移植思想的理论反思，才能更有效地让这些异域文化在本土生根发芽，从而也就更好地坚持本民族传统。近现代中日两国在接受西方美学、文艺学的过程中，最初都经历过一段迷失了传统和自己，唯西方"马首是瞻"的过程。凡是异质的西欧艺术精神，无论实践还是理论，都一律不假思索地"拿来"，泯灭了民族的艺术良心。然而，文化的核心是结构，是把各种具体的观念成分组合起来的结构。"文化变异的根本层面是其内在结构的调整"。在文化的影响与接受的实际发生过程中，"最深刻、最有力也最有效的是在基本结构层面上进行的东西，不能在结构层面上进行的东西，最终都会变成过眼烟云"。本土文化对异域文化所带来的影响的接受也"只有发生在本土文化的结构层面上的东西才是有效的"①。因而并不是所有本土没有而被引进的美学文艺观念都会发生影响，那些不假思索的"舶来品"终于在历史的大浪中被淘洗得一干二净。比如西方 19 世纪末叶的实验美学，在"五四"前后被引入中国，但却很快就被遗忘

---

① 牛宏宝等：《汉语语境中的西方美学》，安徽教育出版社 2000 年版，第 85 页。

了。在日本，到明治后期；在中国，到 20 世纪 40 年代，由异域移植而来的美学、文艺学几乎不能解决国内传统美学文艺学的价值问题，两者之间潜在的背道而驰的矛盾开始凸显出来。西方美学文艺学在中国学人眼中的解释功能和在日本学者眼中的指导（实践）功能都不得已被放弃了。两国学人开始选择独立和反思的道路，两国的美学文艺学的发展才真正开始走上正确而有生命力的轨道上来。

对于中国来说，这种反思主要表现为勇敢地思想，而后者又是和"不善深思"紧密联系的。正如北大学者张法所论，"不善深思"恰好是以"勇敢思想"——"勇敢地去思想当代最先进的思想"——因而"常常是以别人的思想为思想"——的形式表现出来的思想（反思）得很热烈，可是很少有自己独立的创建和思想，难免有拾人牙慧之嫌，往往是当前西方流行思想什么，我们就跟着去赶流行，这从小里说无益于我们自身思想能力的提高，从大里说无益于我国独立的有特色的学科体系的建构，是很可怕的。一个民族不能总在咀嚼他民族已有思想的基础上求得发展，创新才是一个民族进步的灵魂，才是一个国家兴旺发达的不竭动力。

日本虽然有在古代引进和接受中国传统文化，并较好地消化吸收化为己有的经验，但在近代急欲实现现代化、资本主义化，急欲"脱亚入欧"，对于西方文化吸收难免囫囵吞枣，反映在美学文艺学方面，就是生搬硬套西方的理论话语，忽略了其与本民族的传统和现实需要进行融合的重要环节，其前景也是不容乐观的。所以，不论中国还是日本，在引进和吸收西方理论的过程中，进行深入的理论反思都是切要的。在这个意义上，有论者（指叶渭渠、唐月梅等，笔者按）将中日两国引进和吸收异文化的过程称为"受容"，是很恰切的。

（4）携手共建统一的东亚文艺学、美学体系

在当今西方美学、文艺学如火如荼地发展之际，有关东方美学、文艺学的研究也悄然兴起。中日同处于地球的东方，有着千丝万缕的传统文化渊源，在建构统一的东方美学、文艺学体系这

一历史重担上，也必将携手并肩。如前所述，大量引进西方理论，选择自己认为可行的理论来建构各自的美学、文艺学体系，是近代中日美学、文艺学发展的一大特色。由于在引进西学的过程中存在着中国以日本为"二传手"间接引进的事实，中日所接受的西方美学、文艺学资料有很大一部分是相同的。资料来源一致，自其基础上进行的理论思考也将大致相似，所得出的结论也势必相同或相近。因而从这一方面说，中日两国可以实现构建统一的美学、文艺学体系。即使存在西学与本土传统文化的选择结合问题，也不会妨碍这一统一体系的建构。因为，众所周知，"日本文化史乃是外来文化与自身文化融会贯通的历史"。① 在"西欧文化一边倒"的现象出现之前，日本一直实行的是"汉文化一边倒"，中国古代尤其是大陆唐文化对日本理性文化的形成起了至关重要的作用。日本对唐文化的吸收无论范围还是规模都达到了空前的程度。从大陆先进的物质文化如生产工具、器物、工艺品到先进的生产技术、政治经济制度乃至价值观念如儒教、佛教、禅宗、文学、艺术等，日本均由浅入深地逐步吸收过去。古代日本保持了自己的"和魂"，却不得不引进中国的"汉才"。中国古代文化是日本文化的"母体"，中日传统文化之间存在着诸多相似之处。因而近现代西学与中国传统文化之间的会通融合较之与日本所碰撞出的是大致相似的思想"火花"。因而从这一方面说，中日两国仍然可以实现建构统一的文艺学、美学体系。

三、学科的奠基与文艺学、美学方法论的变革

日本近现代文艺学、美学对中国文艺学、美学的影响，具有当初西方对日本的同类影响的几乎全部特征。这种影响是全方位的，不仅仅是给予中国美学、文艺学一个学科的名字，更重要的是在基本的范畴、概念、术语及文艺、审美观念和学科体系、方法论等学科构成的奠基性、根本性方面产生了巨大影响。这种巨

---

① 杨薇：《日本文化模式与社会变迁》，济南出版社 2001 年版，第 2 页。

大影响成就了 20 世纪中国文艺学、美学发展的内在动力和结构性特征，形成了中国文艺学、美学的内在发展理路，表征为中国文艺学、美学现代形态的发生和发展。

1. 范畴、概念、术语的输入

综观我们今天文艺学、美学中使用的一套规范的范畴、概念、术语，大部分是从日本移植而来。而日本的现代日语词汇，绝大部分又是明治维新以后，日本人在翻译西文书籍时创造出来的。在近代中国，特别是清末民初，伴随着西学东渐的展开，大批反映西学内容的新词语涌入中国。对此国学大师王国维有深入的认识："近代文学上有一最著之现象，则新语之输入之是已。"①王国维的"文学"当是就广义而言的文化。

王国维不仅在理论上倡导引进新学语，而且也在文艺实践中切实履行之。以《〈红楼梦〉评论》为例。《〈红楼梦〉评论》中不仅已经出现了"自律"、"他律"等西方文艺学术语，而且通篇运用西方资产阶级的哲学美学观点和学术话语来评论中国古典小说的代表作《红楼梦》，第一次破天荒地将"悲剧"作为一种范畴从西方输入中国，用西方现代观念来观照中国古典文学，成为近代中国引进欧西新学语、开风气之先的少有先驱者之一。而诸如"自律"、"他律"、"悲剧"等概念、范畴，王国维又不是直接从西方引进的，而是通过在日本接触到叔本华的哲学美学理论而间接引进中国的。实际上，这种间接引进的方式已经成为王国维及当时许多学者介绍新概念、新术语的基本方式。王国维曾经引进并使用过的文论和美学领域的词汇，还有下面一些："美学"、"美术"、"艺术"、"纯文学"、"纯粹美术"、"艺术之美"、"自然之美"、"优美"、"宏状"、"高尚"、"感情"、"想象"、"形式"、"抒情"、"叙事"、"欲望"、"游戏"、"消遣"、"发泄"、"解脱"、"能动"、"受动"、"目的"、"手段"、"价值"、"独立之价值"、

---

① 周锡山编校：《王国维文学美学论著集》，北岳文艺出版社 1987 年版，第 111 页。

"天才"、"超人"、"直观"、"顿悟"、"创造"、"现象"、"意志"、"人生主观"、"人生客观"、"自然主义"、"实践理性"等。这些术语，其中当然也有王国维的天才独创，少量或出自对传统美学观念的转化，但主要的则是经由日本从欧美转译，进而用日语书写的。它们作为区别于传统文论和美学的"自治"观念，而重在强调现代"他治"观念的文论话语，流传至今，成为当代美学、文学理论界经常使用的基本术语，也是我国现代文论话语传统的重要组成部分。

文坛巨擘梁启超，在输入新的文论话语方面，也堪称楷模。梁启超所输入并使用过的文论概念、术语，大致有以下一些："国民"、"诗界革命"、"文界革命"、"小说界革命"、"新文体"、"新小说"、"写实派"、"理想派"、"浪漫派"、"情感"，以及后期的"象征派"、"文学的本质和作用"等。且不论梁启超的文学观、美学观如何，单单就他所引进的这些新的学术语汇在 21 世纪的今天仍然有着顽强的生命力，为当代文论家、美学家乃至众多文化人士笔书口传，梁启超的发轫之功便足可与日月同辉了。其他如"新感觉派"、"新写实主义"、"现实主义"、"浪漫主义"等派别名称，"真实"、"反应"、"表现"、"再现"、"形象"、"典型"、"个性"、"环境"、"本质"、"上层建筑"、"意识形态"、"优美"、"崇高"、"悲剧"、"喜剧"、"直觉"、"理性"、"内容"、"斗争文学"、"自然生长"、"目的意识"等文论和美学术语，也肇始于此新学语之输入浪潮。据《世界文学术语大词典》统计，一个世纪以来，我国共引进文学术语 2018 个，其中文论术语 533 个，光常用的就有 126 个[①]，其数量之巨着实惊人。

语言不仅仅是工具，同时也是思想本体。语言不光作为文章内容的形式载体和外壳而存在，而且作为文章的精神意蕴的显在表征而存在。现代语言学认为，语言的所有最为纤细的根茎生长在民族历史文化与现实中，一个民族怎样思维，就怎样说话，语

---

① 陈慧、黄宏熙主编：《世界文学术语大词典》，河北教育出版社 2001 年版，第 787～806 页。

言中存留着无数种族文化历史与现实的踪迹，它是种族文化历史与现实的直接呈示。一种语言就意味着一种生活方式、一种文化范式。来自或转自日语的新的语词、概念、术语，为中国思想界摆脱"之乎者也"的吟唱模式，确立新的文体，提供了新的符号载体，从而为当时译介日本和西方作品提供了方便。更重要的是，随着新语词而来的日本和西方新的思想传入中国，使中国的文体为之遽变，新文体获得了真正的现代性品格，为当时特别是后来的现代文学写作提供了方便，成为现代文学创作的基本语汇。正如实藤惠秀所指出的："中国因为流行着广含日本词汇的翻译及掺入日本词汇的新作，所以中国的文章体裁产生了明显的变化。"①

　　这种情况也引起了一些旧人物包括极个别留学生的不满。1915年，留日学生彭文祖就将这些从日语借用过来的词汇讥刺为"盲人瞎马之新名词"，大声疾呼要慎用新名词，否则会导致"亡国灭种"的严重后果。尽管这些反对者是从民族感情出发，或者是基于维护汉语纯洁性的考虑，也有其合情合理的一面。然而，在中西文化激烈碰撞、交合的过程中，外来词汇，包括日语词汇的引入，已经形成了难以驾驭的大趋势。客观地看，近代的那些译著一开始就在为中日文论关系逆转做准备，或者说，在中日文论关系发生逆转之前，它们就从词汇的角度作用、影响于中国文论。究其实质，则在于我国传统学术在理论思维方面存在不足，有必要向西方学习形而上的理论思维方式，以改造我国固有的思维方式。我国现代文艺学、美学之所以能够成就如今这样丰富浩繁、难以计量的词汇之海，正是在一开始就不拒绝、不排斥从多方吸纳养分的结果。

　　2. 文艺观、审美观的形成

　　出于中国文论和美学发展的现实需要，晚清文学变革、五四

　　①　[日]实藤惠秀：《中国人留学日本史》（谭汝谦译），生活·读书·新知三联书店1983年版，第291页。

文学革命和其后的无产阶级革命文学三个阶段的现代转换进程，都留下了日本文论和美学的印迹，与日本化后的西方文论思想有不可忽视的联系。在基本的文艺观、审美观的形成过程中，中国总能从日本那里获得启示，找到存在、发展的依据。

"小说为文学之最上乘也"。在晚清文学界，特别是梁启超的政治小说盛行的时期，日本政治小说家视小说为文学最上乘的观念，成了晚清小说革命倡导者和践行者建构新的小说观的域外助力，深深影响了晚清的小说理念。明治以前，小说在日本的地位和命运与之在中国古代极为相似，都属于稗官野史之流。进入明治启蒙时期，启蒙思想家们出于开化民智的现实需要，重新审视小说，进而开掘出小说被贵族文学长期遮蔽的社会启蒙功能。1883 年 8 月，《自由新闻》下属的《绘入自由新闻》分三次刊发了《论关于政事的稗史小说的必要性》，论述稗史小说在政治启蒙时代的重要性与必要性[①]。半峰居士在评《佳人奇遇》时甚至明确指出，"盖泰西诸国，稗史院本为文章之最上乘"[②]。随着日本文艺的译介和引进，日本启蒙文艺的这种新的小说观给予 20 世纪的中国文艺家极大的启示，并使后者最终借助这种全新的外来力量和理念帮助中国的传统文艺走出了轻视和鄙夷小说的误区。

梁启超是最早并且最着力于引导走出误区的先驱者。1902 年，梁启超创办了中国第一份专门刊登小说的杂志《新小说》。刊物的起名直接借用了日本 1889 年和 1896 年两次创办的同名杂志。刊物的宗旨和贯彻始终的原则，是既要重新评价小说的社会地位和作用，重新认可通俗文艺形式的利用价值，又要在小说的内容上加以革新，与政治密切联系，使原来专供消遣娱乐的旧小说升华为有明确社会目的、政治理想和抱负的新文学。梁启超亲自撰写的《论小说与群治之关系》是《新小说》创刊号的首篇。

---

① 何晓毅：《"小说"一词在日本的流传及确立》，载《陕西师范大学学报》1995 年第 2 期。

② 转引自方长安：《选择·接受·转化：晚清至 20 世纪 30 年代初中国文学流变与日本文学关系》，武汉大学出版社 2003 年版，第 21 页。

在该篇中，梁启超意识到"于日本明治维新之运有大功者，小说亦其一端也"，之后又宣称，"欲新一国之民，不可不先新一国之小说"，"故今日欲改良群治，必自小说界革命始；欲新民，必自新小说始"。他深信，"诸文之中，能极其妙而神其技者，莫小说若"，"小说为文学之最上乘也"，[①] 将小说与新民这一时代和政治的文化主体联系起来，赋予小说前所未有的地位和功用。这是中国文学和美学史上首次以现代理论思维模式概括小说的审美特征，并且通过对小说的审美功能和社会功能的高度肯定使小说获得了文学殿堂的正式通行证，从根本上改变了中国传统文化中所谓"小道"、"稗史"的价值定位，从理论上将小说从文学的边缘推向了中心。

当时在日本文艺的影响之下，不独梁启超，几乎整个小说界观念都为之大变。如陶佑曾在《论小说之势力及其影响》中说："自小说之名词出现，而膨胀东西剧烈之风潮，握揽古今厉害之界限者，惟此小说；影响世界普通之好尚，变迁民族运动之方针者，亦惟此小说。小说，小说，诚文学界中之最上乘者也。"[②] 他坚信小说乃文学中最重要的文体，能影响世界之走向。晚清学者这种视小说近乎神灵的思想，虽然从民族文学的发展角度看，可以理解为小说潜在的感人魅力与启蒙时代的精神需求相契合的缘故，但是从国外文学的影响来看，则直接源自日本明治初年的启蒙文艺的新的小说美学观。从小说发展的历史看，它可谓是日本政治小说给予晚清文论最具有文论价值的部分，因为它在人们不经意中改变了中国的某些传统文论和美学观念，动摇了传统文论的秩序，为中国小说的现代变革提供了合法的社会依据，使小说观念的转型与现代化成为可能。

"人的文学"。周作人倡导、建构"人的文学"观的内在驱力与基本原则，也主要源于由日本获得的崇尚自然的文化观。初到

---

① 夏晓虹编：《梁启超文选》（下），中国广播电视出版社 1992 年版，第 3~8 页。

② 陶佑曾：《论小说之势力及其影响》，见陈平原、夏晓虹编：《20 世纪中国小说理论资料》（第 1 卷），北京大学出版社 1989 年版，第 226 页。

日本时，周作人下榻于东京的伏见馆。馆主人的妹子赤脚给周作人搬运行李，拿茶水，给了他极大的好感："我相信日本民间赤脚的风俗总是极好的，出外固然穿上木屐或草履，在室内席上便白足行走，这实在是一种很健全很美的事。我所嫌恶中国恶俗之一是女子的缠足"，"闲适的是日本的下驮"，"凡此皆取其不隐藏，不装饰，只是任其自然，却亦不至于不适用与不美观"。① 这最初印象"很是平常，可是也很深，因为我在这以后五十年来一直没有什么变更或修正。简单的一句话，是在它生活上的爱好天然，与崇尚简素。"② 正是基于对日本崇尚"自然"、"爱好天然"的文化观的认同和遵循，周作人发展了其著名的"人的文学"的观念："人的一切生活本能，都是美的善的，应得完全满足，凡是违反人性不自然的习惯制度，都应该排斥改正"，"凡兽性的余留，与古代礼法可以阻碍人性向上的发展者，也都应该排斥改正"。③ 在他看来，人性的自由发展，是自然的，是"人的文学"应该着力表现的，因为"个性的表现是自然的"。④ 在《儿童的文学》中，他说："顺应自然生活各期——生长，成熟，老死，都是真正的生活。"⑤ "人的文学"书写的就应是这种顺应自然的生活。他五四前后发挥武者小路实笃、有岛武郎等人的文艺理论而写的《平民文学》、《人的文学》、《新文学的要求》、《日本近三十年小说之发达》等论文，贯穿的基本思想也是这种自然人性论和"白桦派"的人道主义理论，对五四新文学的发展产生了莫大影响。可见，周作人倡导的"人的文学"观与其所获得的日本经验之间有很深的渊源关系。

"人的文学"观建构的首要的、基本的问题，是重新界定"人"。"人"是"人的文学"的书写对象，决定着"人的文学"

---

① 周作人：《知堂回想录》，群众出版社 1999 年版，第 158～159 页。
② 周作人：《知堂回想录》，群众出版社 1999 年版，第 57 页。
③ 周作人：《人的文学》，见《中国新文学大系·建设理论集》，上海良友图书印刷公司 1935 年版，第 194 页。
④ 周作人：《个性的文学》，见《谈龙集》，上海书店 1987 影印。
⑤ 周作人：《儿童的文学》，见《艺术与生活》，上海文艺出版社 1999 年版，第 23 页。

的意义走向。为此，周作人首先将人规定为灵与肉的统一体。他说，"我们所说的人，不是世间所谓'天地之性最贵'，或'圆颅方趾'的人"，而是"'从动物进化的人类'。其中有两个要点，（一）'从动物'进化的，（二）顺应自然的。"而这两个要点，换一句话说，"便是人的灵肉二重的生活"。就是说，人既是动物性的，又是社会化的，"兽性与神性，合起来便只是人性"①，人的健康健全的生活，便是灵肉一致的生活。这种观点的原始依据虽然在法国启蒙思想家卢梭等人那里，但对于倾心于日本文学的周作人来说，更为直接的来源，则是在当时影响颇大的厨川白村的《文艺思潮论》。在《文艺思潮论》中，厨川白村反对将人的兽性或神性推向极端，认为人的生物性欲求是自然合理的，应予以充分的肯定与满足；与此同时，又不能忽视人的社会性特征，应充分认识到精神的自由发展对于人的意义。如果将周作人的灵肉统一的观点与厨川白村的相关理论进行对照，就不难发现两者论证的过程与结论的一致性。虽然不同地域的人的思想有时会惊人的巧合，但鉴于周作人对于日本文论的极大热情，恐怕直接影响的因素更多一些。

　　"人的文学"观另一个不可回避的问题，是"人的文学"如何表现"人"的问题，也就是"人的文学"是人生派的文学还是艺术派的文学的问题。对此，周作人没有简单的将其归入任何一派。他辩证地指出了人生派与艺术派各自的价值和缺陷，认为二者都有自身的合理性又都不可避免的存在着片面褊狭之处。进而采取中庸调和的态度，说明"人的文学"应当是"人生的艺术派的文学"，就是"著者应当用艺术的方法，表现他对于人生的情思，使读者能得艺术的享乐与人生的解释"。② 这种人生的艺术派，在日本是由二叶亭四迷从俄国文学引进并发扬光大的。在著名的《日本近三十年小说之发达》一文中，周作人提到："他

---

①　周作人：《人的文学》，见《中国新文学大系·建设理论集》，上海良友图书印刷公司1935年版，第194页。
②　周作人：《新文学的要求》，见《艺术与生活》，上海文艺出版社1999年版，第16～17页。

（指二叶亭四迷——作者）因为受了俄国文学的影响，所以他的著作，是'人生的艺术派'一流。"① 可见周作人有关"人的文学"属于人生的艺术派的主张与二叶亭四迷不无关系。

在日本文论背景烛照下的"人的文学"观，触及到了文学的本质问题，对"文以载道"的传统观念进行了颠覆。"人的文学"和其后的"平民文学"观念一起，借助异域文论的力量，为五四文论最终废除封建的"非人文学"观，成功打通中西文论通道，建立现代化的中国文论做了必要而充分的准备工作。

"文艺是苦闷的象征"。文艺是苦闷的象征，这是厨川白村在《苦闷的象征》一书中的核心观念。这一观念在相当长的时间内影响着五四时期，特别是马克思主义文艺观美学观形成之前中国现代作家文艺观的确立。五四时期，泛浪漫主义的整体氛围甚嚣尘上，文艺的主观性、理想性、表现性和情感性、反抗性得到极大张扬，加之五四文学革命的干将留日者居多，对厨川白村的理论较为熟悉。而厨川白村深受柏格森和荣格的精神分析学，尼采的意志哲学，叔本华的悲观哲学，弗洛伊德和荣格的精神分析学，康德的超功利的美学和克罗奇的表现主义美学的影响，还要极力推崇"新浪漫主义"（现代主义），正好与五四的需求合拍。因而，厨川白村的文艺观成为五四浪漫主义文艺和美学的重要理论依据之一。

那时的许多作家、文艺家，如郭沫若、郁达夫、田汉、许祖正、庐隐等，或多或少都受过厨川白村的理论熏陶。郭沫若在1922 年提出："文艺本是苦闷的象征。……个人的苦闷，社会的苦闷，全人类的苦闷，都是血泪的源泉。""我郭沫若所信奉的文学定义是：'文学是苦闷的象征'。"② 后来又进一步强调："文学是反抗精神的象征，是生命穷促时叫出来的一种革命。"作家"唯其有此精神上的种种苦闷才生出向上的冲动，以此冲动以表

---

① 周作人：《日本近三十年小说之发达》，见《中国新文学大系·建设理论集》，上海良友图书印刷公司 1935 年版，第 285 页。

② 郭沫若：《论国内的评坛及我对于创作上的态度》，见《郭沫若全集》（第 15 卷），人民文学出版社 1990 年版，第 228 页。

现于文艺，而文艺尊严性才得以确立。"① 这些表述与厨川白村的文艺观之间的联系是一目了然的。和郭沫若一样，郁达夫也把艺术家的"苦闷"看成是"象征选择的苦闷"。汲取日本私小说理论的滋养，郁达夫认为，文艺是自我的表现，而自我表现的手段则是"象征"。厨川白村认为"文艺是纯纯然生命的表现"，要"专营一种不杂的创造生活的世界"；郁达夫也主张艺术家应该"选择纯粹的象征"，"因为象征是表现的材料，不纯粹便不能得到纯粹的表现。这一种象征选择的苦闷，就是艺术家的苦闷。"②

文艺是苦闷的象征，对此厨川白村的完整表述是："生命力受了压抑而生的苦闷懊恼乃是文艺的根柢，而其表现法乃是广义的象征主义。"文艺表现生命就是表现生命的苦闷。这种生命的苦闷在郭沫若那里由个人的苦闷扩展到社会的苦闷以至全人类的苦闷，文学表现的空间也因此由个人拓展到更为广大的社会、人类。就连视文学为自叙传的郁达夫也在 1923 年深化了对文学自我表现说的认识，认为文学家"不外乎他们的满腔郁愤，无处发泄；只好把对现实怀着的不满的心思，和对社会感得的热烈的反抗，都描写在纸上"③。此时，自我表现已经升华为对社会的表现，对社会现实的表现。文学表现空间的拓展对于五四文学走出狭隘的自我表现界域起了极为重要的作用，有助于五四文学的突破与发展，也是文学现代性突围的一个必要阶段。

"革命文学"。1928 年，沈绮雨在《日本的无产阶级艺术怎样经过它的运动过程》一文中指出："中国的普罗艺术运动，与日本实有不可分离的关系。"④ 这是基于 20 世纪前半叶中国无产阶级文艺理论发展的实际情况而做出的合理论断。当时，日本文坛被无产阶级文学和现代主义的新感觉派、新兴艺术派等派别分而

---

① 《郭沫若全集》（第 15 卷），人民文学出版社 1990 年版，第 321～326 页。

② 《郁达夫文集》（第五卷：文论），生活·读书·新知三联书店香港分店 1982 年版，第 67 页。

③ 《郁达夫文集》（第五卷：文论），生活·读书·新知三联书店香港分店 1982 年版，第 134 页。

④ 王琢编：《中日比较文学研究资料汇编》，中国美术学院出版社 2002 年版，第 269 页。

据之，这些派别又分别从"革命文学"和"文学革命"两个向度展开。而中国正是这两个向度的另一大"演练场"。在日本革命文学的参照系中，中国的革命文学也如火如荼地开展起来。

日本学者辛岛骁说："到了 1928 年（民国十七年）以后革命文学时代，泛滥在日本文坛的苏俄的文艺理论，差不多次月上海已有翻译，接近到那样。日本左翼评论家的议论，强烈地影响着中国的左翼文学运动。特别是平林初之辅、片上伸、冈泽秀虎、青野季吉、藏原惟人、川口浩等的文章，曾经和普列汉诺夫、卢那察尔斯基的文章并列着，在中国评论家的论说中，像金科玉律地引用过。"① 中国文坛对日本文学和文论的极度信赖和依赖，对其自觉的借鉴意识，与晚清以来现代性追寻过程中，曾经多方面受惠于日本文学和文论的历史不无关系。参考、借鉴和创化日本文学和文论现代化的途径和方式，已经成为一种文坛时尚，成为中国作家、文论家的一种习惯，一种共识。李初梨从日本一回国就迫不及待地宣称要用"为革命而文学"取代"为文学而革命"，使中国新文艺由五四文学革命转向无产阶级革命文学阶段，扛起了革命文学的大旗。

对于日本福本和夫的"激烈没落论"以及以福本和夫理论为基石的青野季吉的文学论等无产阶级文艺理论，包括李初梨在内的革命文学倡导者几乎是照单全收。他们认为，资本主义的没落，也就意味着无产阶级的兴起和小资产阶级的衰落。所以，"中国一般无产大众的激增，与乎中间阶级的贫困化，遂驯致知识阶级的自然生长的革命要求。这是革命文学发生的社会根据。"② 而文学革命经过有产者和小有产者两个时期，又失去了自身的社会根据，已经没落了。这样，从日本无产阶级文艺运动中，中国很容易地找到了无产阶级革命文学兴起的历史必然性的理论依据。

---

① 梁容若：《日本文学对中国文学的影响》，见《中日文化交流史论》，商务印书馆 1985 年版，第 30 页。

② 李初梨：《怎样地建设革命文学》，见《中国新文学大系》（第二集），上海文艺出版社 1987 年版，第 58 页。

作为无产阶级革命文学的主将和理论代表,李初梨在《怎样地建设革命文学》一文中,把文学等同于宣传,"文学为意德沃罗基的一种,所以文学的社会任务,在它的组织能力"。"文学,是生活意志的表现。文学,有它的社会根据——阶级背景。文学,有它的组织机能——一个阶级的武器"。[①] 李初梨的这一文学观在中国得到了广泛的认同,郭沫若《留声机器的回音》、彭康《革命文艺与大众文艺》、钱杏邨《死去了的阿Q时代》等,都是这种文学观的回应与深化。

那么,何谓无产阶级革命文学呢?平林初之辅和青野季吉的回答是,无产阶级文学具有阶级性,必须为无产阶级的解放服务。这种文学观同时也是中国革命文学论者所认同的文学观。例如郭沫若在《桌子的跳舞》中就坚持无产阶级文学是为无产阶级说话的文学,是包含无产阶级意识的文学。李初梨的表述则更为简洁,更为日本化:"无产阶级文学是:为完成它主体阶级的历史的使命,不是以观照的——表现的态度,而是以无产阶级的阶级意识,产生出来的一种斗争的文学。"[②] "阶级意识"、"主体阶级的历史使命"是李初梨革命文学理论的关键词。

梁启超曾说,要用"彼西方美人,为我家育宁馨儿以亢我宗也"[③]。中国现代文艺学美学就是中西交合而产生的"宁馨儿"。以留日学生为代表的中国进步青年知识分子,冲破了数千年来"不肯自己去学人,只愿别人来像我"的心理障碍,"真心的先去模仿别人"[④]。他们借留学之便向异域寻求新质、借取武器,致力于欧美和日本文学作品和文艺理论的译介工作,推动了中国艺术创作的繁荣和文学艺术理论的活跃,促成了中国文艺现代性的确

---

① 李初梨:《怎样地建设革命文学》,《中国新文学大系》(第二集),上海文艺出版社1987年版,第54~55页。

② 李初梨:《怎样地建设革命文学》,见《中国新文学大系》(第二集),上海文艺出版社1987年版,第59页。

③ 梁启超:《论中国学术思想变迁之大势》,上海古籍出版社2001年版,第8页。

④ 周作人:《日本近三十年小说之发达》,见《中国新文学大系·建设理论集》,上海文艺出版社1936年版,第293页。

立，带来了审美现代性的演变，新的审美话语的产生，文学文体的新生和新的文学、美学观念的形成。

3. 现代科学研究方法的引进和确立

古人云："工欲善其事，必先利其器。"方法与观念、理论体系是同一事物的不同侧面。美学现代转型的过程，同时也是独有的、新的、科学的方法的寻找和确立的过程。方法论对于美学现代转型具有至关重要的意义。

中国传统文论，如《典论·论文》、《文赋》、《文选》、《二十四诗品》、《沧浪诗话》等，其文学研究的思路和方法一脉相承，往往按照从大到小，由普遍到特殊的顺序，先论大道再论文道。这种思路与现代的"科学——社会科学——人文科学"的学术研究思路相距甚远。后者具体到文艺研究领域，就是先把文艺研究对象从各种复杂关系中隔离出来，给它一个定义，划定它的边界，再细加解剖，将各种因素拆开，向专门化的空间深入拓展。

时代发展到 20 世纪初，尽管西方的文艺学已经进入中国文人的视野，但其问题框架和概念还没能进入研究者的视野，现代科学研究方法的光亮依然遥不可及。姚永朴的《文学研究方法》还在传统的问题域中思考问题。林琴南的《春觉斋论文》仍然不离"论文十忌"、"用笔八则"、"用字四法"等老一套的文章做法。1925 年，马宗霍的《文学概论》出版。由于引入了许多外国学术资源如厨川白村、温彻斯特等的观点，不但在"流派"一章中加入了词曲、小说的派别，使"文学"一词的外延远离传统而更接近现代，而且在全书的纲目划分上，也更接近现代体制。如在"绪论"中讲文学界说、起源、特质、功能；在"本论"中论文学的门类、体裁、流派、法度、内象、外象、材料、精神。从文学本身的界定到特质的分析，再到内外关系的辨析，都是一些现代文论的问题。

然而，现代中国出版的最早的文论却都是从日本引进的。如今可查的第一本以《文学概论》为名的书是 1921 年由广东高等师范学校贸易部出版的，著者为伦达如。实际上全书都是根据日本文论家大田善男的《文学概论》编辑而成。全书两编，上编为"总论"，介绍文学、艺术的基本原理，下编"各论"，分介诗歌、杂文等文体。此书突出特点是推重"纯文学"观念，单从目录即可看出这是一本现代形态的文学理论教材。不过由于多方面原因，此书出版后似乎并未产生多大影响。

产生重大影响的是小泉八云、本间久雄和厨川白村。小泉八云是日本籍欧洲人。作为散文家的小泉八云兼具西方人缜密的理论思维和日本人敏锐的感受、细腻的表达，孕育出印象式、鉴赏式的偏重个人感受的批评方式，类似于中国古代的感悟评点的批评方式但更科学、更理性，与以朱光潜为代表的"京派"批评相通。小泉八云运用比较文学的研究方法对中国现代文艺理论和美学的发展做出了特殊重要的贡献。

本间久雄的《文学概论》和厨川白村的《苦闷的象征》译文都是先在杂志上发表，然后出版。后者由鲁迅翻译，发表于 1924 年 10 月 1 日到 31 日的《晨报副刊》，出版于 1924 年的新潮社。前者由汪馥泉翻译，连载于 1924 年 6 月 1 日到 24 日的《觉悟》，出版于 1925 年的上海书店，后由东亚图书馆 1930 年新版。汪馥泉的译本虽然不属于"名译"，但由于本间久雄的著作本身体系严密，内容翔实，不但出现了重译本、订正本，再版次数甚而累计达六次之多。章锡琛重译本还被列入"文学研究会丛书"，可见该书颇受中国学人重视。事实上，那时国人撰写的同类著作很多都是在摘抄它的内容，乃至例证都一模一样。就研究方法来说，该书也是以现代文艺研究方法为指导的。全书四编，第一编"文学的本质"，分述文学的定义、性质、美的情绪及想象、文学与个性、文学与形式。其中对文学特质的确定来自于对科学和文学界限的划分，采用的是德·昆西（De Quince）区分"知识的文学"与"力的文学"的说法，将文学的特质划定为"通过想象及情感而诉诸读者的想象及情感"[①]。第二编"为社会的现象的文学"，介绍文学的起源、文学与时代、国民性、道德的相互关系。

---

① ［日］本间久雄：《文学概论》，开明书店 1930 年版，第 16 页。

第三编"文学各论",分述诗、戏曲、小说等各类文学体裁。第四编"文学批评论",也是采用由普遍到特殊的思维方式,先泛论批评,再分别辨析客观的批评和主观的批评、科学的批评与新裁断的批评。总览全书,明显是按照现代科学的研究方法来结构全篇的。

《苦闷的象征》和厨川白村的另一部深刻影响中国文论界的《文艺思潮论》一起,也为中国确立文艺学、美学的现代科学方法提供了很好的借鉴。厨川白村写作《文艺思潮论》,其目的就是采用科学方法对西洋文学作系统的、科学的研究。他在序论中说得非常明白:"讲到西洋文艺系统的研究,则其第一步,当先说明近世一切文艺所要求的历史的发展——即奔流于文艺根底的思潮,其源系来自何处,到了今日经过了怎样的变迁;现代文艺的主潮,当加以怎样的历史的解释。关于这几点,我想竭力地加以首尾一贯的综合的说明:这便是本书的目的。"①《文艺思潮论》仿照罗斯金(Ruskin)的一代名著《近代画论家》(Modern Painters)所用方法,富于诗情与趣味,且井然有序,论理正确,着重叙述了欧洲的两大思潮的演进、矛盾与交流。

在域外现代文学观念的影响和启发下,中国学人一直将科学的文论的建构,同时也把运用现代科学的方法研究文艺,作为自己努力的方向。因而寻求一种新的研究方法一直伴随着现代文论的始终。五四时期对"科学"的信仰多指向自然科学意义上的科学,相应地,对文艺的科学认识即意味着将科学研究的观察、归纳、演绎等原则应用到文学研究上,甚至误以文艺为科学研究的工具和手段。随着观念的日益清晰,越来越多的人意识到科学与文艺是相异甚至相反的。科学应理解为自然科学和社会科学,真正与文艺切近的不是自然科学,而是社会科学。而文艺研究又确实需要一种与传统感悟式或评论式不同的更符合现代学术形式的研究方法。

---

① 转引自[日]厨川白村:《文艺思潮论》樊仲云译,载《文学》1923年,第102页。

可喜的是，在 19 世纪末 20 世纪初的社会科学思想勃兴的时代，社会科学方法介入原来相对自足封闭的人文科学领域已形成潮流。首先是在西方，以社会学方法研究文学、艺术的尝试逐渐多起来。接着，开国迎西的日本借地利之便率先在东方加以应用。中国的陈北鸥和张希之等马列主义者凭借敏锐的学术眼光很快捕捉到了日本文艺界这种新的发展动向，将其介绍到中国。1932 年，北平立达书局出版陈北鸥的《新文学概论》。该书强调研究文学必须采用社会科学方法，要"应用唯物论的见地确定文学的观念"。张希之的《文学概论》（1933 年北平文化学社）对唯物史观的信仰和依赖则更加明显，曾提出以"辩证法唯物论"为文学研究的基本立场，认为文学并非孤立的，应着眼其联系的机构；文学也非固定的，要在历史中理解；文学是"矛盾斗争"的产物，文学的发展阶段相衔接，既有同一性又有特殊性。这种文学研究和认识的方法在相当程度上改变了 30 年代之后文论的面貌，也就是马列主义文论的产生。

马克思主义的辩证唯物主义的社会学研究方法在 20 世纪三四十年代这一特定的历史时期，对处于起步阶段的中国现代文艺学、美学的发展的确提供了特殊重要的方法论基础。只是由于后来受向苏联文艺学美学"一边倒"的影响，单一片面地强调社会学研究方法而排斥其他研究方法，加之一段时期内又陷入庸俗社会学的泥淖而不能自拔，使得中国文论深受其害。直到 80 年代，中国文论和美学才迎来研究方法的"新生"（1985 年称为"方法论"年），文论和美学研究方法的革新连同观念的革新一起，促成了中国文艺学和美学的长足发展。当然这是后话。

上 篇

第一章　日本的中介因素对王国维
美学话语的影响

一、引　言

　　王国维是中国哲学、美学现代形态转换过程中最为重要的一位学者。他对于中国美学史贡献卓著，这不仅体现在他"取外来之观念，与固有之材料互相参证"①，对中国美学一系列范畴和命题进行重新论述与意义升华；更体现在他于中国近代特殊政治文化背景下显示出的宏阔的学术视野和博大的学术襟怀，这也使得他的哲学、美学思想中透露出鲜明的时代性、融创性、开放性和积极的建构意识。身处多元文化交汇和冲突的时代，王国维的哲学、美学思想是极具张力的，他以传统的言说方式实现了现代性的思想旨归。王国维身处风云激荡、变幻莫测的时代，面对中西不同文化和学术的交汇碰撞，立足中国自身的学术传统，同时引入西方的学术观念方法，从而为中国美学学科自身建设和中国学术的现代性转换提供了具有先导意义的思想资源。因此，有学者指出王国维是"中国真正意义上的第一个自觉的美学家"②，王国维的美学是中国近代美学的"第一块基石"③。

　　从目前的研究现状来看，王国维学术思想的研究一直是热门课题。从研究群体上看，并不仅限于中国大陆地区的研究者，港

---

① 陈寅恪：《金明馆丛稿二编》，上海古籍出版社 1980 年版，第 219 页。
② 章启群：《百年中国美学史略》，北京大学出版社 2005 年版，第 7 页。
③ 聂振斌：《中国近代美学思想史》，中国社会科学出版社 1991 年版，第 15 页。

台地区、日本、欧美也有相当一部分学者和研究人员针对王国维的学术思想进行研究并取得了一些引人注目的成果。从研究时间上看，大致可分为三个阶段：1949 年之前为一阶段，在这一阶段中整理出版了王国维的一些专集、专文、年谱、著目，成为王国维学术思想研究的第一手资料，同时许多知名人物如胡适、俞平伯、鲁迅都从不同角度撰文对王国维其人其说作了较权威的评价，日后为许多研究者征引；1949～1966 年为一阶段，这一阶段出现了王国维美学思想的专文，题目标上王国维美学思想或美学观点，同时整理出版了王国维的专著，如徐调孚注、王幼安校订的《人间词话》，但并没有专门从事王国维研究的学者和专著出现；1978 至今为一阶段，这一阶段是王国维学术思想研究取得突破、获得长足发展的时期。对王国维美学思想总体研究的文章、专著、汇编性的研究专集不断涌现，研究视角和研究方法也更为多样化。从研究的主要内容和基本走向上看，对王国维美学思想的研究主要在以下几个维度展开：1. 王国维与西方：认识到王国维较早引进并系统介绍德国哲学、美学思想，及其与康德、叔本华、尼采思想的关系，并以此研究中国的文学作品与理论，如谭佛雏的《王国维诗学研究》、赵庆麟的《融通中西哲学的王国维》、康梅钧的《王国维文学美学思想中的德国因素》等专著或论文。2. 王国维与中国美学及相关人物比较：王国维与刘勰、王夫之、鲁迅、蔡元培、梁启超等，多见于论文。3. 王国维美学思想之价值、地位述评，以更宏阔的视野认知王国维美学思想的起点意义，如周一平、沈茶英的《中西文化交汇与王国维学术成就》、聂振斌的《王国维美学思想述评》、章启群的《百年中国美学史略》。4. 对王国维著作及王国维本人的研究，如叶嘉莹的《王国维及其文学批评》、夏中义的《王国维——世纪苦魂》等。5. 对王国维哲学、美学思想资料的整理、汇编及论文专集，如谭佛雏的《王国维哲学、美学论文辑佚》、刘刚强的《王国维美论文选》和孙敦恒、钱竞主编的《纪念王国维先生诞辰 120 周年学术论文集》等。从整体上看，在对王国维哲学、美学思想进行的研究当中，更多的学者将目光集中在两个方面，这两个方面同时也是王国维学术生涯最具开创意义的部分：一是引入西方哲学、美学，尤其表现在对康德、叔本华、尼采哲学、美学思想较为系统的介绍与转化上，从而确立起能够在中国传统文化系统之外进行观察、检讨传统学术的新坐标系；二是从学科本身建设层面将美学作为独立学科，引进相关概念、重要范畴、理论框架，为中国美学由古典到现代的形态转换提供了重要的理论生长点。因而对于王国维哲学、美学思想的研究活动也主要围绕着以上两方面展开。

目前学界普遍认为王国维哲学、美学思想之形成得益于王国维在中国近代西学东渐浪潮下对西方学术思想特别是德国哲学、美学思想的吸收和借鉴，"德国美学在 20 世纪始终是作为重要的思想资源与参照系，与中国传统美学构成显在或潜在的对话者，构成中国学人相当普遍的知识背景，并持续地促进着中国现代美学学术思想发展与学术知识增长。"① 这自然是毫无疑问的，在某种程度上，康德、叔本华、尼采等德国哲学家的学术思想成为王国维治学初始阶段最重要的学理参照和思想主干内容，而王国维的学术研究也顺应西学东渐的总体趋势，会通西方哲学、美学理论和中国传统文化思想资源，开启了 20 世纪中国现代美学新形态的建构历程，具有里程碑般的意义。但与此同时我们应该注意到，在近代历史运动深层机制的引导下，面对西方异质文化强势输入和民族危机的双重精神压力，面对改良与革新、传统与现代、西学与中学之交会所产生的巨大紧张感，中国文化历史产生变异，原来的思想演进轨迹和依循文化惯性前进的传统发展路径被打断，知识阶层作为意识形态方面的代表，其思想更是处在动荡和不平衡的状态之中。一方面他们可以通过更多的途径学习、吸收西方现代学术知识，自身依赖的知识背景早已突破了传统中学的框束而变得更加多样化；另一方面，他们的思想也因为时代变局而呈现出驳杂和矛盾性的一面，反映出那个时代知识分子普

---

① 刘方：《中国美学的历史演进及其现代转型》，巴蜀书社 2005 年版，第 324～325 页。

遍带有的多重的内在紧张和躁动不安。王国维的哲学、美学思想形成过程也具有着这样的特点，因而在进行研究的时候不能仅仅将视野简单局限于中西维度，也应该注意到近代时期日本在中国接受西方近代思想中的作用及影响；不能单纯考察王国维对外来学术的摄取，还应该发现他如何以中国传统文化思想资源为本位，同时实现对外来学术资源的有效利用和创造性转化。事实上，日本因素对王国维哲学、美学思想形成也产生过重要的影响，充当过重要的中介环节，但这一中介环节往往是王国维学术思想研究中易被忽视的，并且缺乏明确的梳理与总结。尽管这种理论缺失令人遗憾，却也在某种程度上为本文的展开提供了相对广阔的研究空间。我认为对于王国维哲学、美学思想的认知应该是多侧面的，特别是对于这样一个近代人物，在社会结构转型、多重文化冲击交汇、学术体系"变""合"起伏的时期，其思想的形成往往背负着复杂的时代印痕。因而我们不能忽视王国维哲学、美学思想过程中所受的日本中介因素的影响，以及二者之间的细部联系和精神性承接。应当说，在西学东渐的外在历史情状之下，面对传统文化体系的失落和西学输入所带来的内在理论危机，从王国维始治哲学、美学到引进西方哲学、美学相关概念、范畴的学术努力，都与日本中介因素具有内在的联系。中国近代特殊的时代语境下日本中介因素所起到的历史性的客观推助作用同样不容轻视。当然，在对王国维哲学、美学思想的研究领域中，既不能将研究视角简单化而忽视特定历史情境中日本中介因素对其思想形成的影响，也不能将日本因素绝对化而放弃对王国维思想结构复杂性和学术意识主动性的深入思考。从客观方面看，近代日本哲学、美学思想是由多元化的思想光谱组成的，我们也需对王国维所受日本因素影响的复杂性和潜隐性给予相当体认，日本中介因素对于王国维哲学、美学思想形成的影响并不具有唯一性。但是基于王国维所处历史语境的特殊性，我们得以将王国维学术思想研究放置和还原到那个时代，从而发现其与日本的内在联系，更充分地确证王国维哲学、美学思想的价值。那么究竟应该如何认识王国维的哲学、美学思想与日本中介因素的内在关系呢？我认为，主要应该把握两点：一是从学术资源引入序列和学术思想发展脉络的角度来分析二者的内在关联；二是明确这种关联主要还是思想上的和精神性的。因此，本文将不单纯把研究视野局限在对王国维美学思想的阐发上，而是意图通过特定历史条件下对王国维哲学、美学思想形成过程产生影响的日本中介因素的考察，发现日本中介因素与王国维哲学、美学思想形成在思想文脉上的潜在呼应和积极向度，凸现中国近代西学东渐的历史进程中日本中介资源对于王国维哲学、美学思想形成乃至中国近代学术体系的现代性转换所起到的理论借鉴意义、史料参考价值和学术启示影响，从而拓展王国维哲学、美学思想研究的空间范围，实现理论思考的张力。本文将通过日本学术中介地位的形成、日籍教师的直接影响、日源新语的影响、日本学者及其学术成果这四大方面进一步探寻日本中介因素与王国维哲学、美学思想的内在关联。

二、日本学术中介地位之形成

1. 内在关联的历史前提——日本确立其学术中介地位

当我们探求日本中介因素之于王国维思想的影响，一个不可回避的重要问题是 19 世纪末 20 世纪初近代特殊的历史背景。王国维哲学、美学思想形成与他所处的时代环境是密不可分的，同时也正是由于这种特殊的时代环境、历史背景见出了王国维哲学、美学思想与日本中介因素内在关系的上下文。"一个人的主观心理跟这个人所依赖的'历史性话域'，或'知识谱系'有密切的关系，任何一个人在思考时所依赖的规矩，是历史过程的产物。"① 王国维的学术思想形成同样不仅是传统价值取向的主观映现，历史背景和时代意识形态也成为影响其思想形成的重要依

---

① 黄克武：《魂归何处？——梁启超与儒教中国及其现代命运的再思考》，见郑大华、邹小站主编：《思想家与近代中国思想》，社会科学文献出版社 2005 年版，第114 页。

托。从这个角度来认识，应当说近代中日两国社会格局、思想格局、文化传播势位的变化，为我们从整体上了解王国维的学术思想与日本中介因素的关系提供了重要的历史前提和时代依据，因而这种对王国维所依存的历史格局和时代话域的考察是非常必要的。中国在近代由于外来因素的压力被动地卷入世界现代化发展的总体趋势，而西学作为西方现代化的成果体现和理论总结被输入和移植到中国来，西学东渐的发生就成为一种历史的必然。在这里，我们需要格外注意两个问题，一是在当时的历史情状下，学习西方成为中日两国走向近代化转型的必然途径，日本先于中国成功实现转型，确立起学术中介地位，其中日本学术形态和思维模式的转换为中国提供了重要的思想资源和学术范例。二是以甲午中日战争为界标，在西学广泛散播的世界性的必然历史趋势之下，西学进入中国的传播载体、输入方式、渠道和主要时间，以及东渐过程中学术资源引入的序列和学理影响与日本产生了互动关系。而从中日比较的维度我们知道，在近代，日本和中国都面临着近代转型的选择，也都经受着主要以西方文明系统影响为主的异质文化的冲击，但却由于不同的路向而景象殊异。同样需要通过接纳西方物质文明和学术知识来作为开启社会文化变迁和实现近代化转型的机捩，同样属于"在国际环境影响下，社会受外部冲击而引起内部的思想和政治变革，并进而推动经济变革的"[①] 的后生型近代化，同样需要从外部从西方移植或引进现代化生产力要素和思想学术资源，但日本却通过卓有成效的近代化变革走在了中国的前面，在引进和转化西学方面积累了相当的经验，并借助地理位置上的便利逐渐成为西学东渐情境下中国引入西方学术知识资源的中间途径，也成为中国学术近代转型所需思想资源和概念工具的中介。

19 世纪 60 年代日本通过明治维新率先从内部进行改革，采取了积极移植和学习西方经验的策略，实现了自身从经济基础到上层建筑的全方位的近代化转折，由一个后进国一跃成为资本主

---

① 罗荣渠：《论现代化的世界进程》，中国社会科学 1995 年版，第 5 页。

义强国。这里要特别交待的是在效法西方、学习先进经验的整个
进程中，日本也注意到了移植西方哲学理论、建构先进文化思想
体系的重要性。日本从一开始就从整体上认识、引进、利用和转
化西学，"为了把西学作为一个整体进行输入，他们有计划地翻
译西学书籍，成立了外国书籍调查所；为了系统地吸收西方文
明，要求驻外和外出使节考察各国制度和学术；为了把输入的西
学灌输于国民，设置了义务教育制度。这些措施，使各个层次的
西学能够按照它们原有的逻辑关系全面地移植过来，并且使它有
计划地、稳步持续地发展下去。这样，通过西学的输入，很快而
全面的改变了日本社会原有的知识结构，爆发出巨大的知识能
量，并且充分地利用了这些知识资源，把它转化为生产力，迅速
地使日本实现了现代化，使它从落后的状态一跃而为年轻的现代
化国家。"① 通过这样富有层次的变革手段，日本有效防止了从器
物和功用层面效法西方的实用主义倾向，因而也就较快实现了社
会经济形态和政治形态的转型，并逐渐建立起自身的学术文化体
系和在西学传播中的学术中介地位。应当说这成为王国维哲学、
美学思想形成过程中与日本中介因素产生关联的历史前提和学术
大环境。而 19 世纪 70 年代日本开始师法德国，鼓励德国学术，
并进行了学院制度的德国化。以此为契机，伴随着日本明治维新
的近代化过程，日本哲学界也开始体现出一种不遗余力地以移植
欧洲近代哲学特别是德国哲学为着眼点的逻辑自觉。到明治中
期，康德、叔本华研究渐成为一种热潮，德国哲学成为学院哲学
的主流，日本哲学界开始关注以德国新康德学派哲学理念为先导
的德国唯心论哲学，希望借此寻找到经验与先验、感性与理性、
欲望与道德、个体与国家的理论统合途径。新康德学派俨然已占
据日本主流哲学地位，取得了相应的主流学术话语权，一些外籍
教师被邀请在日本的大学中讲授德国哲学，并涌现出了许多学术
成果卓著的日本学者，这些学者一般具有显赫的留德背景，在对

---

① 黄见德：《20 世纪西方哲学东渐史导论》，首都师范大学出版社 2002 年版，
第 372 页。

德国哲学及思想家的认知、德国哲学著作的选译和哲学理论的吸收转化上有着较为强烈的学术意识和深厚的学术素养并取得了相当的学术成果。这样，西方哲学思想首先由日本系统引进过来，并且大量的西方哲学、美学理论著作被日本学者翻译介绍到日本。在此基础上，日本学者还进一步进行整合和改造，逐渐形成了一定的逻辑体系，在学科分类、概念翻译与阐释、范畴确定上都取得了相当的学术成效，也由此确立起日本在西学传播过程中重要的学术中介地位。日本成为西方哲学、美学思想输入到中国来的主要渠道，通过日文接触和了解西方哲学、美学著作成为中国近代知识分子学习西学新知的重要手段。这样来看，日本通过近代化地位跃升，逐渐确立起自身在译介、转化、传播西学过程中的学术中介地位，同时在几个层面与王国维学术思想产生了关联：1. 日本确立学术中介地位之后，知识传播方向发生转向，经由日本转译的相关学术书籍构成了王国维治学初期知识来源的一部分，日文也成为王国维吸纳新知的重要手段之一。2. 日本学界对德国学术的率先译介和转化工作为王国维以康德、叔本华思想为基本研究对象的哲学、美学思想的形成提供了较为关键的学术铺垫、理论借鉴和思想启迪作用。3. 与以上两点直接相关的，对王国维的哲学、美学思想产生过影响的日籍教师、日本学者及其研究成果等中介因素都在日本学术中介地位的历史前提下具有着或隐或显的承接线索。

2. 以甲午战争为界标——日本学术影响在中国逐步推进

中国的近代史不能以历史的单线演化论来认知，因为在这个阶段，文化系统在外在因素的影响下产生大幅度变化，并且外在因素的重要性丝毫不亚于内在因素。从文化学的角度来讲，中国的近代是在受到外来文化的直接影响和强大冲击，本土文化与外来文化相互碰撞，引发文化比较、文化竞争和社会转型的过程中发生的，而外来文化就成为中国文化重新确立其内在规范性并实现更新发展的直接参照系。近代中国受到西方文明的碰撞改变了原来的文明演进轨迹，封闭孤立、自我更新的体系开始向吸收、融合异质文化因子的新型转换机制过渡。而日本作为东方的近代先行者，由于自身在东方诸国家中学术优势地位的逐步显露，无疑成为影响中国学术体系更新的多重异质文化中最直接的外来因素。甲午战争则成为中国学术思想的转折点，中国思想界开始进行更新路向的重新思考、选择和转型，并将日本作为学习西方、接纳西学的首要路径。特别是在 1894、1895 年甲午中日战争之后到 1911 年这段时间内，"中国在思想和体制方面把长期形成的典范变为不同质的外来典范"[①]，中国长期以来形成的封闭自足型的意识链条被外来思想打断，并开始将日本视为求取西学、实现从传统向现代转型的最佳仿效模板，与日本联系的重要性加强。以甲午战争为转折点，一方面，中国知识阶层构成主体及其知识谱系发生变异，这也影响到西学在中国传播主体的变化；另一方面，随着中日两国文化传播势位的变更，日本在西学进入中国的学术内容、输入方式、传播途径等方面的重要性获得提升，影响力逐渐推进。而这段时间恰恰是王国维的学术起步期，也是王国维致力哲学、美学研究的黄金阶段。这当然也为王国维的哲学、美学思想提供了一个重要的学术参照系和宏观的知识背景环境。

日本在西学传播过程中的学术中介作用一方面为中国知识界提供了可资借鉴的思想资源和概念工具，另一方面也使得广大中国学人不得不重新面对学术选择和理论转换。这种变动当然基于特定的社会政治背景。就中国而言，鸦片战争打开了国门，从此颠覆了观望世界的视角。而甲午中日战争不仅反映出中日两国政治经济格局的巨大落差，更在精神层面为国人特别是知识界学人做了一次沉痛的思想洗礼。"以传统中国士人的文化自信而言，如果不是现实政治社会面临严重问题，根本不可能为新思想资源的引入创造有利的土壤。故讨论日本思想资源输入的问题时，首

---

① ［美］任达：《新政革命与日本——中国（1898～1912）》，江苏人民出版社1998 年版，第 14 页。

先要看中日两国在历史的天平上称重的转变。"① 由于近代中日两国这种历史发展进程的不平衡性所产生的思想文化资源传输的势位置换，中国也希望通过借鉴日本"师西"经验寻找到学习西方、获得实效的快捷之道。当然，中国在中日战争之后学习日本并不简单因为文同、费省、路近，而是日本通过学习西方在近代化过程中超越了中国，并对西方文化进行了筛选、吸收和消化，较好地解决了"体""用"的问题。与惯常想法不同的是，日本其实是作为一个成功的范本和积极参与者为中国的现代学术转型发挥了建设性的作用，促成了中国思想和体制等方面的显著转化。美国学者任达曾对近代特别是甲午战争之后日本因素对中国的影响进行过研究，他认为日本是西学东渐过程中被遗失掉的关键。事实上，日本在中国近代化道路上扮演了多方面的角色，每一方面又包含着各种因素复杂的联结。一方面日本在 19 世纪末已根本上完成了自己的现代革命，在这过程中设计了"体用"的合成物，它的"体"或基本原则是改造过的儒学；它的"用"或实践，是改造过的西方因素。另一方面，这一合成物在中国赢得赞同，也为中国接受新思想和新体制清除了道路。② 这在思想学术方面尤其表现在日译西书的大规模译介和日源新语的输入上。

经由以上的叙述我们也不难发现，20 世纪初西学进入中国的主要渠道即：欧美—日本—中国。"甲午战争以后发生了急剧变化，出于向日本学习的强烈愿望，中国各阶层各派别人士都十分强调翻译日文书的重要性。"③ 应当说，甲午战争使得来自日本的思想观念和相关书籍在中国传播的规模更为庞大，而清统治阶级也认识到日本与中国文字相近、易于通晓，且一切西书均需要通过日本择要翻译，大量西方的学术观念和书籍正是通过日本这一中介转译为中文进入中国。梁启超曾经这样描述过日译西书在中

---

① 王汎森：《中国近代思想与学术的系谱》，河北教育出版社 2001 年版，第 151 页。

② ［美］任达：《新政革命与日本——中国（1898～1912）》，江苏人民出版社 1998 年版，第 217 页。

③ 王晓秋：《近代中日文化交流史》，中华书局 2000 年版，第 402 页。

国传布的情形："戊戌政变，继以庚子拳祸，清室衰微益暴露。青年学子，相率海外……壬寅、癸卯间，译述之业特盛，定期出版之杂志不下数十种，日本每一新书出，译者动数家。新思想之输入，如火如荼矣。"① 日译西书经由日本这一中介环节大量涌入中国，对于中国学术思想的建构与发展而言，无疑具有深层次的影响力。应当说，在当时阅读西学著作和接受哲学、美学思想方面，中国思想知识界大多经由先行走向近代化的日本这一中介实现了自身与西学之间的沟通。近代中国的许多有识之士不仅亲身感受和经历了这种思想变动，同时也顺应了这一发展趋势大量译介日本学术著作和日译西书，客观上对于改造中国传统学术面貌，促生中国学术现代转换也起到了积极的正面效果。在某种程度上而言，广泛译介外来学术思想是创建中国新学术形态的前提条件，而日译西书的大规模输入不仅为中国近代学术的发展提供了崭新的思想资源，促发了中国传统文化系统方向上的变革，也在悄然更新着广大中国新兴知识分子的观念世界和思维方式。王国维作为中国知识阶层的一分子，其思想光谱无疑也在发生潜在的变化，其所依赖的知识背景和价值取向由于受到西方思想和日本中介因素的影响而更趋多元化与开放性。王国维也必须首先通过日本这一学术传播途径获得相应的知识储备及思想资源，一步步明确自身的研究目标和研究方式，最终完成其哲学及美学思想的建构。

　　总体来说，甲午中日战争之后日本逐渐成为中国学习西学的事实上的文化中介，并且在 19 世纪末 20 世纪初这段时间历程中对中国的学术文化产生了相当的影响。学习日本成为中国事半功倍达成近代化目标的捷径，而日本作为最先完成近代化变革的亚洲国家，为中国以它为媒介接受欧美先进思想提供了十分有利而便捷的途径，因而成为近代特定阶段中国引入西学和实现内部本土文化结构转换的中介桥梁。这也正如时人所指出的那样："凡

---

　　①　梁启超：《清代学术概论》，《饮冰室合集·专集之三十四》，中华书局 1989 年版，第 71 页。

天下之理，自最下层欲一跃而至于最上层，鲜有不蹶者。欧美各国之文明，以今日之吾国视之，其相去盖不可以道里计，故吾国今日之程度，非得一桥，以为过渡之助，未见能几也。今日之日本，其与吾国之关系，则犹桥耳。"① 正是在这种宏观历史大背景的牵引和作用下，日本中介因素与王国维哲学、美学思想形成发生了实质性的关联。

三、日籍教师的直接影响

1. 关联语境——近代日本教习入华

19世纪末20世纪初，甲午战争成为中日政治、经济、文化关系发生逆转由隐在到显在的重要标志，日本开始在中国的历史进程中施加重大影响，尽管这种影响"不是决定性的，但它补充和强化了中国人经历更大的变革潮流。"② 中国也因此决心选择效法日本作为实现近代转型的模式。而1895年之后，特别是1902～1904年间，如同本文在上一章所论述的那样，随着日译西书的广泛译介和大量传播，日本进一步确立和巩固了西学东渐过程中的学术中介地位，中国输入西学的主要方式和学术内容也发生了潜在的转向，日本代替英美成为新思想的主要来源地，重点也从自然科学和科技工程转向社会科学和人文科学。这其中译自日语的占全部573篇著作的62.2%，哲学类著作占到了6.5%。而为了更好地学习日本变革的经验，中国一方面开启了学生留日的道路，对外直接向日本学习，另一方面又聘请一些日本专家到中国来担任学术、技术等方面的指导，这些日本教员被称为教习，他们在中国教授的课程与留学生在日本学习的课程相近，包括日文、英文、数学、理化、法政、教育、史地、商业、警务、兵科等，其中还包括哲学。尽管像历史、地理这样的社会科学方面的

---

① ［日］实藤惠秀：《中国人留学日本史》，三联书店1983年版，第148页。
② 费正清、刘广京：《剑桥中国晚清史》（下），中国社会科学出版社1993年版，第434页。

课程也有中国教习担任的，但哲学课程却是完全由日本教习授课。另外，许多日本教习成为日译西书的中文译者，将许多新思想、新概念、新学说介绍到中国来。来到中国的这些日本教习有不少是日本学界的著名人士，自身具有较高的学术素养，他们在各级学校担任讲习，在中国的近代教育和学术变革中起到了非常重要的作用。实藤惠秀在其《中国人留学日本史》中曾对日本来华教习的历史性意义给予较高评价：就中国人从日本人获得新知识这一点来说，聘请日本教习与到日本留学，其意义和效果是一样的，甚或可能超过之，一个日本教习前往中国教学，其效果会相等于五十名中国学生留学日本。① 客观来说，单从日本对中国先进思想的传播及影响上来讲，的确有一部分有志于开通中国人风气的日本教习在中国将日译西书翻译成中文，并给予中国青年学人以语言和新学术的有力引导。"他们的到来，为中国培养了一批人才，为建立新的教育体系奠定了基础，他们还给中国年青的一代灌输了现代的思想，这样，在国内学堂受教育的新的一代青年与留学生一起成为中国社会改造的新生力量，加速了中国从传统到现代的转变。"② 应当说，这些具有现代专业知识并且在日本社会变革中成长起来的日本教习在中国近代学科课程、教学内容和授课方式方面作用积极，为中国一大批新兴知识分子的学术知识背景更新以及中国近代学科分类体系的重新归类提供了智力支持和学理动力。

　　总体来说，近代日本教习入华为王国维哲学、美学思想的形成营造了一个必要的关联语境。即：日籍教师这一中介因素功能的显现建立在日本教习入华的时代趋势之下，其影响又势必围绕日本教习和中国知识分子两个维度及其关系展开。对王国维的学术道路特别是哲学、美学思想曾起到知识引导作用的两位日籍教师藤田丰八（藤田剑锋）和田冈岭云（田冈佐代治），对王国维的治学道路影响直接而深远。下面我们将试着对这一现象的重要

---

① 　[日] 实藤惠秀：《中国人留学日本史》，三联书店 1983 年版，第 65 页。
② 　马约生、钱澄：《中国早期现代化与日本》，载《扬州大学学报》（人文社科版）2004 年第 6 期。

中介因素进行论述。

　　2. 直接影响——日籍教师藤田丰八、田冈岭云与王国维的关系

　　正如上文所阐释的那样，在变象纷呈的中国近代，由于中日两国文化地位的逆转，中国的学术和思想在面对更新和转换的问题上一度受到日本影响。一方面，知识的传播媒介和思想内容都因之发生突破性的变化。新型的传播媒介比如新式学校在经历甲午中日战争和戊戌维新运动以后开始出现，其显著特点是以吸收和传播新知识为主要目标，是新知识和先进思想的传播中心。在新式学校中也有一些专门教授英、日文、翻译英文和日译版本西书、培养专业翻译人才的学校，王国维曾经就读的上海东文学社就是其中一个。而日本教习则在这样的新式学校中起到了骨干及核心的作用，这其中就包括与王国维致力哲学、美学研究产生紧密关联的日籍教师藤田丰八和田冈岭云。而在另一方面，现代知识分子的形成及其面对新思想的态度也由于日本因素的影响而发生着潜移默化的变迁。探讨中国近代时期知识阶层的内涵可能仍是一个比较有争议的问题，但是根据张灏对于现代知识分子的界定来看，知识阶层的内涵不外乎以下三个层面：1. 受过相当教育，有一定知识水准，思想取向比一般人高。2. 他们的思想取向常常使他们与现实政治与社会有相当程度的紧张关系。3. 他们的思想取向有求变的趋势。据此可以与上文形成互应的是在近代尤其是 1895～1911 年中国受日本因素影响的高峰期，中国现代知识分子阶层在世界观的变化定型和学术思想的接纳涵容都在不同程度上受到了大量来华传播新思想和新知识的日本教习的影响。而王国维作为一名现代知识分子的成长过程，在接纳西学的学术思想萌芽和初创期，其思想取向和学术视野都受到了两位日籍教师的直接引导和影响。应当说，两位日籍教师在其致力哲学、美学研究的起步期发挥了不可忽视的中介桥梁作用。在这里，我们并不能仅仅从表层认识两位日籍教师对王国维哲学、美学思想形成过程的直接影响，特殊的历史语境和近代学人思想形成的多元

化和复杂性所构成的张力结构为我们的深入认知凭添着新的思考元素。如果将王国维哲学、美学思想看作一个由多元的学术背景和多层的知识文化结构汇合而成的思想链条，那么日籍教师与王国维的关联当并不单局限于相识和学习指导层面，而是在思想启蒙和精神教化的深层作用于这一思想链条的最初环节。那么，两位日籍教师是如何与王国维接触相识，又是如何作为重要中介因素影响了王国维哲学、美学思想的形成呢？

甲午战争中国的惨败触动了王国维致力西学的想法，他认为中国学术已走向困顿，更新旧学融合西学的"新学"成为王国维心向往之的治学目标，"未几而有甲午之役，始知世尚有所谓'新学'者，家贫，不能以资供游学，居恒怏怏。"① 不过事情于1898 年王国维进入上海由汪康年任主编的《时务报》馆工作之后开始出现转机。尽管王国维在时务报的工作烦琐劳冗，很少有时间致力学术，但其间王国维结识了罗振玉并得其赏识进入罗振玉在上海开办的东文学社，在征得《时务报》社负责人汪康年的同意之下，每天下午抽出三小时时间在东文学社学习英、日文。东文学社是近代中国主要培养翻译人才的日语（亦兼教英语）专科学校，也是中国早期介绍日本东洋学研究的重镇。而王国维成为东文学社招收的第一批学生中的一员。后来戊戌变法失败，《时务报》解散，王国维就在东文学社一边做庶务一边继续学习，直到 1900 年夏天。王国维正是在东文学社约两年半的学习过程中，结识了东文学社的两名日籍教师藤田丰八（藤田剑峰）和田冈岭云（田冈佐代治），与二人产生了直接关联。当时藤田剑峰为教务，田冈佐代治为专职教员，"藤田剑峰、田冈佐代治均是文学博士，两人不仅长于哲学研究，甚至还教数学，他们态度认真，'勤于教授'，而深得学生爱戴。"② 王国维得到了这两位日籍教师热情的帮助和认真的指导，一方面提高了自身外语学习和翻译能力，学会了速读日文的方法，不仅与同学樊炳清合作把日本的史

---

① 王国维：《静安文集续编·王国维遗书》（第 5 册），上海古籍书店 1983 年版，第 22 页。

② 雷绍锋：《王国维读书生涯》，长江文艺出版社 1997 年版，第 18 页。

地、理化、教育等教科书译成中文，后来还同罗振玉一起合作译书；另一方面也拓展了自身的学术视野，确定了早期的学术选择路向，在藤田剑峰和田冈佐代治的热心辅导与帮助下，开始研习西方哲学。这段时期对于日文、英文的学习，为王国维早期介绍西欧的哲学、逻辑学以及美学、文学奠定了良好而坚实的基础。王国维的哲学造诣，应该说以此发端，"其一生学业，实亦发端于入学社攻读英日文，沟通近代东西方学术。"① 由此可以发现，进入东文学社成为王国维学术事业的真正起点，在东文学社所掌握的外语能力为王国维今后从事的哲学、美学译介和研究工作提供了工具；同时王国维也从两位日籍教师藤田剑峰和田冈佐代治处开始接触并投身西方哲学——特别是对德国康德、叔本华、尼采等人哲学、美学思想的研究。两位日籍教师无疑起到了重要的向导和引领之作用。

之所以将两位日籍教师的引导和影响视为王国维哲学、美学思想形成的重要中介因素之一，不仅在于日籍教师教授王国维英、日文为其奠定致力学术、译介西方学术思想的语言基础和学术前提，同时更重要的是日籍教师与王国维走上研究哲学、美学的学术道路有着最初的机缘，在王国维学术生涯的初始阶段无形中为王国维的治学兴趣、态度、方法、路径提供了明确的学术指向和先决条件，是王国维研究西方哲学的起点。众所周知，王国维的学术生涯始于对西方哲学的研究，主要研究对象为康德、叔本华、尼采。而王国维投身哲学、心仪康、叔的起因正与两位日籍教师有着直接的关联。如果说"人生问题"的思考与缠绕成为王国维对西方哲学特别是德国哲学情有独钟的内在原因，那么藤田剑峰、田冈岭云对德国哲学的介绍指导则成为王国维致力西方哲学的重要的外在因素。应当说，王国维对于德国哲学的兴趣始自一日在田冈岭云的文集中了解到康德、叔本华的思想，这可视为王国维开始康德、叔本华哲学思想研究并走上哲学、美学研究道路的契机。王国维在其《三十〈自序一〉》中这样述说自己萌

---

① 陈鸿祥：《王国维年谱》，齐鲁书社 1991 年版，第 39 页。

生学习德国哲学的机缘："是时社中教师为日本文学士藤田丰八、田冈佐代治二君。二君故治哲学，余一日见田冈君文集中有引汗德（康德）、叔本华之哲学者，心甚喜之。顾文字睽隔，自以为终身无读二氏之书之日矣！"① 两位日籍教师在自己的哲学著作中对康德、叔本华哲学论述的经常性引用引起了王国维的极大兴趣和学习热情，他认为使自己陷入苦思的人生问题在康、叔的哲学思想那里得到了阐发和解答，由此也走上了哲学研究的学术道路。

3. 精神理路——对藤田丰八、田冈岭云与王国维关联的细致考察

通过上段的论述我们可以确知两位日籍教师是王国维致力哲学、美学研究的重要先导和外在因素，在王国维学术研究道路起始阶段影响了他的治学方向、态度、方法和途径。在可资借鉴的资料非常有限的情况下，我们还可以通过细部考察发现二人与王国维关联的差异性。而对这种差异性的阐释不仅可以避免落入对于人物影响平面化、表层化的窠臼，也可以通过不同人物关系和影响的细微差异深化对于这一日本中介因素的理解。在以下的论述中，我们将分别对藤田丰八和田冈岭云其人及其对于王国维哲学、美学思想的影响进行一番细致的梳理和探求。

（1）藤田丰八及其与王国维的关联

藤田丰八（1869～1928），字剑锋，日本著名汉学家，著有《中国文学史稿·先秦文学》、《岛夷志略校注》等书，对西域史、中国文学史、南海交通史、东西文化交流史都有较深入的研究。藤田丰八由东京帝国大学文科大学汉文科毕业后升入大学院，专攻中国哲学史，文学士，后文学博士。早先曾与田冈岭云共同创办《东亚说林》及《江湖文学》从事创作与评论，并担任东京专门学校（早稻田大学的前身）和哲学馆（东洋大学的前身）讲

———————

① 王国维：《静安文集续编·王国维遗书》（第5册），上海古籍书店1983年版，第19～20页。

师。来到中国后一直从事教育事业，也翻译了农学、社科类等多种日文著作，曾在江苏两级师范学堂（1897 年）和上海东文学社（1898 年）担任总教习。返回日本后专事学术研究，内容涉及中国哲学、文学、时事、交通交流史等。[①] 而王国维 1898 年入东文学社与藤田丰八相识，以藤田为师，认为其学术湛深，富有学养，在学问上多有倚重；而藤田丰八也对王国维甚为赏识并照顾有加，二人相交几十年，是亦师亦友的关系。同时，从更深广的意义上讲，藤田丰八作为王国维学习德国哲学的指导者和业余日文老师，对王国维的学术发展有一定影响。[②] 这里要指出的是由于王国维跟随藤田长期学习英、日文，并在其指导下接触、阅读西方哲学著作，因而藤田丰八之于王国维的影响更多的是在语言层面助其打下英、日文基础，奠定其会通中西的多元化学术发展趋向；在学术视野和治学内容方法层面给予积极的拓展和系统的指导。

在王国维接触并对西方哲学，尤其是康德、叔本华哲学产生极大兴趣的前提之下，藤田丰八为其推荐相关日译哲学著作，使王国维利用其日文基础阅读学习康德、叔本华的著作。由于康德、叔本华的哲学在当时没有中文译本，因而王国维对于德国哲学书籍的阅读和学习，对于康、叔哲学思想的了解首先是在日文书的参照下进行的；同时，藤田丰八还建议并帮助王国维加强英文学习，研读大量的西方学术原籍以期深入理解康德、叔本华的原著精神，研读内容涵括社会学、心理学、哲学、逻辑学等方面。"应该指出，王国维在哲学研究上能够成为名家，与藤田之启蒙不无关系。他回忆自己读哲学书籍的情况时说：'次岁春（按：指 1902 年）始读翻尔彭之《社会学》及器文之《名学》、海甫定《心理学》而读巴尔善之《哲学概论》，文特尔彭之《哲学史》。当时之读此等书，固与前日之读《英文读本》之道无异，幸而已得读日文，则与日文之此类书参照而观之，遂得通其大

---

① 修斌：《王国维的尼采研究与日本学界之关系》，载《中国海洋大学学报》（社会科学版）2006 年第 1 期。

② 马奔腾：《日本学者致王国维书信》，载《文学遗产》2007 年第 1 期。

略。即卒《哲学概论》、《哲学史》，次年始读汗德之《纯理批评》、至《先天分析论》，几全不可解，更辍不读，而读叔本华之《意志及表象之世界》一书。……'"① 陈鸿祥的《王国维年谱》中也曾记载道："据周传儒追述，王氏所通外语，有英、德、日文。盖王氏此时所购哲学、心理学、社会学、逻辑学诸书，多系英、德原文，故其'独学'，实即在藤田剑峰帮助下，边读书，边学英、德文。"② 与此同时，王国维还在藤田丰八的指导和帮助下进行了相关西方哲学著作的翻译工作。1900 年王国维译出了19 世纪德国物理学家、生物学家亥姆霍兹的《势力不灭论》，该作者是一位以力学数学观点来阐述艺术与美的美学家，而在哲学思想上被恩格斯称为新康德主义者。《势力不灭论》是王国维进入东文学社以后，运用他所学的英、日文，迻译'西学西书'的最初尝试，也是他译述近代西方学人，接触德国科学、哲学、文学，其中涉及了康德、歌德的第一部翻译著作。③ 同时此书中的循环论、创世纪说、世界末日观也在不同程度上影响了王国维此后《红楼梦评论》的观点阐释。这里需要注意的有几点：一是在译例方面译语基本遵照英国人额金孙译本的旧译，但在旧译名未为稳妥的地方，则取用日本人的译语。二是此书的译出不仅见出与其西学译介工作紧密相关的日译版本知识背景，同时也是王国维在赴日留学之前对所学英、日文的一次检验和实践，这其中自然多多得益于藤田丰八在语言和学术书目选择上的指点。1900 年底，王国维在藤田丰八的帮助下前往日本留学，次年夏初回国，时间虽然短暂却收获颇丰。一方面王国维在日本进一步强化了对日语、英语的学习，有利于通过反复参照日文、英文版本书籍深入理解西方哲学；另一方面也借助日本的学术资源进一步完善了自身对于哲学、心理学、逻辑学及社会学的认识，在日本购买了大量的相关书籍充实了他今后"独学"之内容。事实上，王国维归国之后决意研究西方哲学，不断向藤田丰八请教，并于 1902

① 雷绍锋：《王国维读书生涯》，长江文艺出版社 1997 年版，第 19 页。
② 陈鸿祥：《王国维年谱》，齐鲁书社 1991 年版，第 53~54 页。
③ 陈鸿祥：《王国维年谱》，齐鲁书社 1991 年版，第 46 页。

年开始在藤田丰八的指导下通读康德和叔本华著作的日译版本，这也奠定了王国维以日译西书版本作为中介的西方学术背景。而在王国维形成其哲学、美学研究成果之前，他通过订阅翻译的日本报刊资料以及赴日留学期间的直接接触，通过藤田丰八的指导和传授，亲身感受并了解到了日本哲学界的发展动向及其康、叔哲学、美学思想在日本学界的影响力，这对其思想初创期的学术观点展开与论证以及哲学、美学理论的构建产生了极大的辐射力。同时，藤田丰八也对王国维这个中国学生大为欣赏，他曾这样评价逐渐走上哲学研究道路的王国维："在我现在所教学生中的某生，头脑极为清晰，不但善读日文，且长于英文，对西洋哲学研究也有兴趣，前途大有希望。"[①] 王国维亦将藤田丰八视为其致力哲学、美学研究重要的学术启蒙老师："自是以后（笔者注：1901 年 6 月自日本归国后），遂为独学之时代矣。体素羸弱，性复忧郁，人生之问题，日往复于吾前。自是始决从事于哲学，而此时为余读书之指导者，亦即藤田君也。"[②] 而在 1901 年王国维协助罗振玉译编《教育世界》之后，藤田丰八还帮助王国维进行了日文著作文章的选译、匡定工作。正是藤田丰八的大力指导使得王国维的治学领域日益集中和理论化，一幅崭新的世界图景正在王国维的思想内部展开。

（2）田冈岭云及其与王国维的关联

田冈岭云（1870～1912），本名佐代治，日本文学士并治哲学。东京帝国大学汉文科毕业后参与创办东亚学院和《东亚说林》、《江湖文学》，并当过中学教师和报社记者。1899 年 5 月，田冈岭云作为日本教习来到上海在东文学社任教一年，其间与王国维相识。回日本后，田冈岭云作为记者、编辑、评论家从事学术活动。田冈岭云既是汉学家、翻译家，又是活跃于明治后期日

---

① ［日］须川照一：《王国维与田冈岭云》，吴泽主编：《王国维学术研究论集》，华东师范大学出版社 1990 年版，第 414 页。

② 王国维：《王观堂先生全集》（第五册），文华出版公司 1968 年版，第 1825 页。

本文坛的著名评论家。① 应当说，从 1899 年 5 月在上海东文学社任教员，1900 年 5 月返回日本，与王国维接触时间前后不过一年。尽管 1905 年至 1907 年田冈岭云再度来华担任江苏两级师范学堂的教习，与王国维同有共事，但相较藤田丰八，两人相交并不深，也没有保持长久的学术联系与交往。但是并不能因此漠视田冈岭云其思想和著作对王国维哲学、美学思想的深度影响。由于王国维 1899 年在日本教员田冈岭云的文集中始知康德、叔本华，遂萌攻究西方哲学之念，因此田冈岭云担当了王国维哲学先导的角色。同时，与藤田丰八有所区别的是，二者皆因对叔本华思想的喜爱而以叔本华的哲学为基础构建自己的哲学和美学理论，王国维的哲学、美学观点与田冈岭云产生了相应的逻辑关联，也就是说田冈岭云对王国维的影响更多的是在思想层面，特别是哲学取向和思想路径的趋同性。也有学者的研究认为，王国维与田冈岭云在思想性格方面的相似使得他们对叔本华的消极人生哲学有了更多的共鸣。②

与藤田丰八相比，田冈岭云与王国维的关联是一个潜隐的线索，对其研究缺乏充足的史料记载，明确涉及到二者关联的也只限于日本学者须川照一和岸阳子所写的两篇学术论文。但是我们仍可以通过这些研究成果发现两人在哲学、美学思想建构方面脉系经联的一面。这主要表现在以下两点：

一、田冈岭云对王国维学术研究兴趣和治学领域产生了影响。这也是王国维曾经明确提到的，入东文学社跟随田冈岭云学习英语、日语等课程，并通过田冈岭云最早接触到了西方哲学，在其文集中始知康德、叔本华的哲学并产生极大兴趣，最后走上哲学、美学研究的道路。但是正如日本学者须川照一所指出的那样，田冈岭云对王国维的影响并不局限于王国维所说的通过田冈岭云知道康德、叔本。华之名和他们哲学的存在这么简单。

----

① 修斌：《王国维的尼采研究与日本学界之关系》，载《中国海洋大学学报》（社会科学版）2006 年第 1 期。

② 修斌：《王国维的尼采研究与日本学界之关系》，载《中国海洋大学学报》（社会科学版）2006 年第 1 期。

二、从思想内容的趋同性上讲，田冈岭云与王国维都对叔本华、席勒哲学、美学观点加以引用与发挥，同时都持学术独立的立场，发表过观点主旨相似的文章；从思想形成的时间序列及文脉上讲，田冈岭云接受西方哲学影响及其哲学、美学观念形成早于王国维，王国维的哲学、美学思想形成受到了田冈所介绍的德国哲学思想及田冈个人思想的影响。日本学者须川照一在其论文中将田冈岭云与王国维的多组文章进行了比较，认为二者的思维理路具有潜在的承继性，见出王国维所受田冈岭云思想的影响。比如通过田冈岭云 1899 年写于个人文集《云的碎片》序言中关于自我剖析的一段话与王国维 1907 年发表于《教育世界》上自序的一节的比较，发现二者在表达哲学家与诗人、想象力与理智、爱与信念等自我矛盾时思想观念有惊人的相似。另外，通过比较田冈岭云 1893 年的《美与善》、1903 年针对哲学馆事件发表的《政权对学理的迫害》和王国维 1904 年的《孔子之美育主义》、1906 年《奏定经学科大学文学科大学章程书后》，得出这样的结论："生于大致相同时代的两位在亚洲的叔本华的信徒王国维和岭云，以拥护学术研究自由的连体意识紧密地联结起来，以及王国维在构想和执笔写《奏定经学科大学文学科大学章程书后》的时候，强烈地关注着前一年在日本发生的所谓哲学馆事件的发展，并共鸣于以岭云的《政权对学理之迫害》为代表的拥护学术研究自由运动，并无疑从中得到不少教益。"[①] 当然，我们无法确证这种推断的真实性，而且从王国维知识背景和吸纳新知的多元化上看，也不可能仅受某一位日本教习或学者的影响，但是通过这样一个角度对两位日本教习作为中介因素与王国维关联之差异性的梳理却可以使我们对王国维哲学、美学思想形成阶段的认知更加深入，这对于全面透析日本中介因素与王国维哲学、美学思想的精神关联是必要的。

再让我们整体上回溯这一日本中介因素的影响，可以得出这

---

① ［日］须川照一：《王国维与田冈岭云》，吴泽主编：《王国维学术研究论集》，华东师范大学出版社 1990 年版，第 426 页。

样的结论：从当时的历史情境出发，身处中国的日本教习成为中国近代化思想变革和知识背景更新的新载体，而两位日籍教师本身是日本文学士，同是毕业于东京帝国大学，而东京帝国大学恰恰是当时日本译介、研究西方哲学特别是德国哲学首当其冲的信息要塞和知识中心，他们二人的知识结构当中必然包含了日本引进、译介的西学著作、思想以及日本学人在此基础上对西学进行学术转换所衍生的著作、思想，同时他们在日本亲身感受了西方哲学思潮对日本思想界的冲击和影响，并率先接触到了德国哲学思想家的作品。他们自身所具备的德国哲学知识也影响到了王国维致力哲学的兴趣，为其哲学、美学研究提供了重要的前提条件。王国维正是借助这一"日本桥"踏上了矢志钻研德国哲学的道路，也由于这一沟通中西文化与学术的"日本桥"，王国维的知识结构和文化价值观念都在悄然发生着变化。

四、日源新语输入的影响

1. 选择与接纳——王国维理性肯定日源新语入华

与其说王国维对西方学术特别是德国哲学、美学情有独钟、大力推介，倒不如说王国维治学的开放性视野使得他可以眼光超前地意识到外来异质文化思想，包括日本的学术思想资源，对中国本土传统文化的冲击实际上可以促进中国学术体系自身的检省与更新。"王国维之所以热烈鼓吹西方学术、大力介绍西方学术，并下大力气钻研西方学术，被当时学界认为是学习、介绍西方哲学的第一流学者，是原自他的一个根本观念。他认为从历史上看，中国学术的发展经常是在外来思想冲击下出现新突破和新气象。"[①] 回顾王国维的学术历程，英、日文的学习和对西方新知的摄取使他深知在中国近代特殊的历史背景下外来文化特别是日源新语入华之于中国学界革故鼎新的重要意义。面对中西文化交汇

---

① 　章启群：《百年中国美学史略》，北京大学出版社 2005 年版，第 6 页。

和冲突的现实，王国维独具高格，深刻地认识到语言之于思维方式、思想观念、精神重塑的重要性。这是对近代中国西学东渐历程应保有的接受立场和吸纳态度最有价值的提示，也包涵了对中国传统学术理论思维方式深入的反思，蕴藏着丰富的建构中国新学术体系的现代转换因子。

西学东渐在中国是一个逐步深化的过程，如果说在19世纪中晚期中国对于西方文化的输入和吸收还仅限于器物层面的话，那么随着对于西学内容认知的深化，有识之士开始将西学作为一个整体进行观照，将西学视为一种文化系统有选择地进行展开。西学的构成与文化的三结构相同，具有明显的层次性："在西学构成的三个层次中，器物是外层，是最活跃的因素；制度是中层，是最权威的因素；心理是内层，是此类文化的灵魂。……实践证明，要使引进的器物与制度文化发挥出它们应有的作用，必须以其相适应的精神文化作为前提；或者说，要使中国走出中世纪、迈向现代化，只有国人的思想观念和思维方式得到更新才有可能。"① 而自19世纪中晚期开始，中国向西方学习主要是依循两条逻辑线索：从输入对象上讲是器物——制度——心理层；从传播者对西学的应用转化上讲是表层——中层——里层。而对中国西学东渐过程中与日本的关系而言，学习西方的逐步深入不仅体现在赴日留学生和日译西书的增多上，还表现在日源汉字新语在中国的传播和使用上。因为语言作为思想文化的基质，它是一个民族深层精神观念和心理结构的承载和延续，新思想必然以新的语言为载体实现其变化，而语言的更新必将使一个民族的思想文化领域发生深刻变化。当时来自日本的思想资源首先是翻译，其次是文学，再次就是新词汇、新学语的引入。而前两类思想资源势必以语言的变更为根本前提。某种意义上，新的词汇以及由此形成的新的概念工具在改变中国传统思考范畴和思考方式上发挥着深微的作用，最终将改变国人所理解和诠释的经验世界。而

---

① 黄见德：《20世纪西方哲学东渐史导论》，首都师范大学出版社2002年版，第49页。

这也正是王国维潜心致力于心理精神深层进行中国文化知识体系重构的着力点所在，体现了王国维在认识理解东西文化的内在思想精神方面的自觉意识和开放心态。

而在变象纷呈的中国近代，从社会结构到文化结构都处于危局——变局的状态之中，与之相应的社会生活和观念思维都在发生着变化。语言是思维的主要呈现方式和直接现实，新思维须借助新语言传达，新语言的产生标志着原有语汇系统的更新和新词汇的出现。由日本传入的大量新名词也对中国原有的语言系统、传统的言说方式乃至思想结构产生了巨大冲击和影响。在思想论域，转型时代在中国出现的许多新语言、新词汇虽然主要是来自西学的影响，有的直接由西文翻译过来，但占主要地位的还是转借自日文的翻译，日文在此中影响不可忽视。由于日本在中西文化互动的过程中担任的二传手角色，它所做的将西洋概念与汉字词相对位创造日源新语的工作已然相对系统而成熟，以至于"数千年间一直居于汉字文化圈核心和语汇输出国地位的中国，转而从日本大量借取汉字新语，以弥补反映近代西方文化的语汇之不足。"① 应当说，以日译西书和日本近代创制的反映西学内容的汉字新词汇为中介，中国近代学术开始了自身基质的更新创化活动，中国近代新术语也由于这样的中介因素具有了崭新的存在形态，它"既是悠久的汉语词汇史发展到当下的表现，也是中、日、西三种语汇系统互动的产物。"② 王国维以自己的学术实践对这一态势进行了理性分析，并对新语入华的现象给予了历史主义的肯定，特别对于日本这一中介资源给予充分的重视和利用，显示了王国维学术视野的开放性和治学观念的深刻性。在这里，王国维认识到语言为思想的代表，新思想的输入首先表现在新学语之输入上，而中国真正向西方学习的有价值的东西应该是形而上的思想及思维方式。继而他从整个学术文化的角度谈到了日本中

---

① 冯天瑜：《新语探源——中西日文化互动与近代汉字术语生成》，中华书局2004年版，第422页。

② 冯天瑜、邓新华：《中、日、西语汇互动与近代新术语形成》，载《浙江社会科学》2002年第4期。

介资源的问题："近年文学上有一最著之现象，则新语之输入是已。"① "十年以前，西洋学术之输入，限于形而下学之方面，故虽有新字新语，于文学上尚未有显著之影响也。数年以来，形上之学渐入于中国，而又有一日本焉，为中间之驿骑，于是日本所造西语之汉文，以混混之势而侵入我国之文学界。"② 同时他又旗帜鲜明地强调了近代中国借鉴日源新语的必要性和可行性："至于讲一学、治一艺，则非增新语不可。而日本之学者既先我而定之矣。则沿而用之，何不可之有，故非甚不妥者，吾人固无以创造为也。……日人所定之语，虽有未精确者，而创造之新语，卒无以加于彼，则其不用之也谓何？要之，处今日而讲学，已有不能不增新语之势，而人既造之，我沿用之，其势无便于此者矣。"③ 王国维的这番话同样显示了他积极的建构意识。他站在多元文化交锋的立足点，对于新语的传播不惧怕、不排斥，迎而倡之、倡而用之，以语言的转换获得意义的交会。中国传统语汇系统及言说方式在多元文化的冲撞下实现了内部结构元素的意义重整和观念更新，而这一过程又加大了中国思想文化模式和学术自身革新的力度。最终，中、西、日的文化会通使得近代中国的思想文化发展脉络发生了潜在的现代性转换。王国维对日源新语入华给予充分肯定，并从学术文化的角度突出日本中介资源的重要性，其哲学、美学思想的形成也循着这样的思维理路，又为最基础最本质的语言的更新而寻找到了接续、延展其美学思想建构的新生力量。扩展到中国学术近代转型的高度，变、合、创新是获得生命力和长远发展的必然态势，而观念文化形态的转换和思想内涵的更新则必须以语言的会通化合为基本前提。王国维对于日源新语的肯定实际上也是对中、西、日语汇互动必要性的肯定，其中既体现了王国维"无新旧、无中西、无有用无用"现代学术

---

① 姜东赋、刘顺利选注：《王国维文选》（注释本），百花文艺出版社 2006 年版，第 41 页。

② 姜东赋、刘顺利选注：《王国维文选》（注释本），百花文艺出版社 2006 年版，第 42 页。

③ 姜东赋、刘顺利选注：《王国维文选》（注释本），百花文艺出版社 2006 年版，第 44 页。

观念，也寄托着王国维对构建以开放性、多元化、集成性、多重文化能动化合为鲜明特征之近代学术新格局的宏愿。

2. 应用与转换——王国维以日源新语为中介致力自身学术建构

在当时的情境之下，王国维认识到只有从里层精神层的高度引入哲学思想，促进文化变迁，才有可能起到对国人思维方式和精神观念的启蒙和改变，而首要的就是使日本创制出的哲学、美学新术语作用于中国哲学、美学新概念、新结构的建设。因此王国维在充分肯定新语入华的基础上，将新语之于中国近代思想和学术改造的价值切实贯注到了自身学术研究活动中。这主要表现在以下两个方面，而这两个方面又是相互贯通、相辅相成、影响互见的。

（1）由于日本率先转化西学，创制出哲学、美学领域的学术新术语，王国维以《教育世界》为重要的学术宣传前沿阵地，对其在中国的介绍和推广进行了卓有成效的学术努力。这不仅体现于他发表的诸多哲学、美学文章之中，还在翻译领域有所呈示。

王国维积极投身于日源新语在哲学、美学领域的应用，更为难能可贵的是他不只停留在新名词表面上，还着力将新名词转化到具体的文艺批评活动中，使这些新名词与他的研究对象、学术思路形成一个逻辑整体，表现出了现代性的学术理念和融创意识。王国维在其文章中大量使用日源新语，从而为中国传统的言说方式注入了崭新的气象。比如在王国维所著名篇《红楼梦评论》（1904 年 6、7 月载《教育世界》76～81 号）中有这样的段落："故《桃花扇》之解脱，他律的也，而《红楼梦》之解脱，自律的也。……《桃花扇》，政治的也、国民的也、历史的也，《红楼梦》，哲学的也、宇宙的也、文学的也。文中'他律、自律、政治、国民、历史、哲学、文学'皆为来自日本的新语，

'……的'也是仿自日本的新句式。"① 此外，王国维也在其代表著作《人间词话》中进行了新学语的接纳和转化，其中现代语汇的应用也表明现代世界观和思维方式的形成与渗透，实际上是以语汇及言谈方式确证了文艺美学观的现代性质。② 此中也见证了日源新语对其思想构建的内在影响。

"哲学"、"美学"这两个词汇首先是由日本学者在译介西学术语时结合汉字造词法和日语习惯创制出的汉字新词。在汉字词汇系统中是没有"哲学"一词的，日本明治时期著名思想家西周结合西语词义和汉字意义创制出的形容词名词结构新词，后在中国传播并逐渐定型应用。王国维对此所做的重要贡献就是以此为资源条件，利用自身在英、日文方面的语言优势，介绍、运用形成于日本的哲学相关新概念，在精神思想高度更新着时人对于哲学的认知。例如王国维通过《教育世界》大量译介日本哲学著作，并于 1902 年辑《哲学丛书》，其中翻译了日本学者元良勇次郎的《心理学》、《伦理学》以及桑木严翼的《哲学概论》，利用日源新词汇传播哲学新概念，借以表达哲学新思想，为中国近代哲学的内在精神结构添加了学理选择与判断的诸多内涵。而以"美学"一词为例，它最早是由日本学者在翻译西方书籍及相关术语时结合汉字意译出来的。日本近代著名学者西周率先尝试将 Aesthetic 翻译为美妙学、佳趣学。之后，日本学者中江兆民在翻译 19 世纪末法国学者家维隆的《美学》一书时，依照汉语语法的构词方法形容词加名词，正式选定了"美学"一词，并将该书的译名定为《维氏美学》。1899 年"美学"作为正式的学科名称在日本东京大学课程表登记注册。王国维将这一日源美学新词汇应用到了他的翻译活动中。王国维 1900 年底赴日留学，1901 年夏初归国，1902 年 6 月《教育世界》连载了他翻译日本学者牧濑五一郎的《教育学教科书》一书，同时由王国维所译日本学者桑

---

① 冯天瑜：《新语探源——中西日文化互动与近代汉字术语生成》，中华书局 2004 年版，第 4 页。

② 刘方：《中国美学的历史演进及其现代转型》，巴蜀书社 2005 年版，第 345 页。

木严翼的《哲学概论》一书也辑录于《哲学丛书》中。在这两本书中王国维已经开始使用"美学"、"美育"等词语，1904 年连载于《教育世界》的《红楼梦评论》则标志着王国维已开始将"美学"等相关概念结合西方哲学、美学理论运用和转化到他的文学批评活动中去。而 1900～1908 年间，王国维在杂志上署名或不署名地发表了大量翻译文章和论文，其中从日本人的著作中翻译过来的有 20 余篇，多篇都涉及到哲学、美学领域，其中包括（括弧内是王国维翻译后刊载的时间）：立花铣三郎《教育学》（1901 年）、牧濑五一郎《教育学教科书》（1902 年）、元良勇次郎《心理学》（1902 年）、桑木严翼《哲学概论》（1902 年）、元良勇次郎《伦理学》　（1902 年）、桑木严翼《汉德之哲学说》（1904 年）、桑木严翼《汉德之知识论》　（1904 年）、桑木严翼《德国文化大改革家尼采传》（1904 年）、桑木严翼《尼采氏之学说》（1904 年）、中岛力造《希腊大哲学家雅里士多勒传》（1904 年）、远藤隆吉《子思之学说》（1905 年）、远藤隆吉《孟子之学说》（1905 年）、远藤隆吉《荀子之学说》（1905 年）、菊池俊谛《哥罗宰氏之游戏论》（1905～1906 年）、中岛力造《英国哲学大家休蒙传》（1906 年）、中岛力造《德国哲学大家汉德传》（1906 年）、中岛力造《荷兰哲学大家斯披洛若传》（1906 年）、松村正一《孔子之学说》（1907～1908 年）。[1]

（2）以接纳日源哲学、美学新词汇、新概念为前提，王国维还积极倡导哲学、美学作为独立学科进入中国近代新兴学科体系和知识系统。

在中国近代，学术演进的总体趋向就是引入以近代西方学科体系为代表的新知识系统，按照近代西方学科分类方法将以"六艺"为核心、"四部之学"为框架的中国传统学术分类体系拆散并重新归类，纳入到包括文学、史学、哲学、政治学、经济学、法学、社会学、教育学等独立学科的新型知识系统之中。"中国

---

① 修斌：《王国维的尼采研究与日本学界之关系》《中国海洋大学学报》（社会科学版）2006 年第 1 期。

近代学术及知识系统，是从西方移植来的，具有明显的'移植'特征。中国传统学术向近代学术过渡转型的过程，既是中学如何吸纳西学而发生嬗变的过程，也是如何将中学纳入近代西方学术体系的过程。近代中国学术转型，既是学术体系之转型，也是知识系统之转型，是旧的四部知识系统的瓦解，新的近代知识系统重建之过程。这样两个过程，其表现集中于近代学科化体系之引入与中国学术之会通。"① 但在当时，尽管日本已经对"哲学"进行了一系列概念、理论模式的转换与阐发，但它毕竟是以一门典型西方学科的面貌进入中国学术界的视野的，因此对哲学作为一门独立学科存在于中国近代学术系统的合理性并不十分认同。而王国维则坚信建构高层文化的根基和要义在于哲学，竭力主张将哲学在中国独立成科。对此，一个明显的例证是 1903 年，王国维在《教育世界》杂志上发表了第一篇哲学论文《哲学辨惑》，针对张之洞在《陈学务摺》中指斥哲学有"流弊"而"欲废哲学"指出哲学的特点、地位，将伦理学和美学视为哲学重要的组成部分，同时从"哲学"这一新词的由来入手解释道："夫哲学者，犹中国所谓'理学'云尔。艾儒略《西学发凡》有'费禄琐非亚'之语，而未译其义。'哲学'之语实自日本始。日本称自然科学曰'理学'，故不译'费禄琐非亚'曰理学，而译曰'哲学'。我国人士骇于其名，而不察其实，遂以哲学为诟病，则名之不正之过也。"② 继而王国维在文章最后提出自己对哲学独立成科的鲜明想法："专门教育中，哲学一科，必与诸学并立，而欲养成教育家，则此科尤为要。"③ 而 1906 年王国维发表在《教育世界》上的《奏定经学科大学文学科大学章程书后》一文，继续针对张之洞在《奏定学堂章程》经学文学二科章程中独缺哲学一科进行了驳正，认为其根本缺陷在于忽视了哲学作为独立学科在

---

① 左玉河：《中国旧学纳入近代新知识体系之尝试》，郑大华、邹小站主编：《思想家与近代中国思想》，社会科学文献出版社 2005 年版，第 241～242 页。

② 姜东赋、刘顺利选注：《王国维文选》（注释本），百花文艺出版社 2006 年版，第 1 页。

③ 姜东赋、刘顺利选注：《王国维文选》（注释本），百花文艺出版社 2006 年版，第 4 页。

中国近代学术价值体系重建中的重要意义。王国维认识到中国在师西的过程中，尽管追随日本近代化的发展足迹仿效日本七科大学制度（文学、政治、格致、农、工、艺、商和医）进行自身学科体系的建设，但又往往纠结于体用之间和功利政治之间，并没有对"哲学"之于日本近代化转型的重大影响加以重视和反思，"哲学"代表的新学术品格和内在精神属性并未在中国获得实质性的彰显。其实，日本在学习西方的近代化过程最后阶段对精神文化的移植是通过对哲学的接受和融通来体现的，从日本的统治阶层到日本的知识界都逐步认识到哲学在其文化转型中的决定性意义，因而一方面进行着饶有成效的西方哲学术语的翻译转化工作，另一方面在东方国家中率先将哲学作为一门独立的学科在大学中进行研究和讲授。王国维对此是深有体会的，早期日籍教师的指导和影响、英、日文的语言背景、日本留学期间的亲身感受以及自身逐渐形成的多元会通的新型学术观使他极力主张依据现代学科分类、现代学术规范将哲学独立成科，确立学术研究的独立存在价值。这种主张的形成应当受到过日本学术研究范式的潜在影响，或者说参考借鉴了日本学界在认知和确立哲学学科地位方面的观念和经验。

而在美学领域，目前学界普遍认为王国维是将"美学"、"审美"、"美育"等词引入中国美学的先行者，同时也是中国致力于将美学独立成科的先行者。王国维从两方面致力于美学在中国的学科建设，一是通过日本为中介翻译介绍西方美学及相关概念、范畴；二是以中国传统文化和话语言说方式承载自身对中国近代美学学科建设的整体认知。王国维不仅在《教育世界》上广泛进行西方美学理论的译介，而且还通过自己撰写的《红楼梦评论》、《人间词话》中将美学新术语、新概念、新思想与中国传统学术内在风神相融合，并在此基础上加以理论创新。"王国维在中国近代中西哲学之争、中西哲学融通的过程中却是异军突起。他在研究和融合西方哲学的同时，把中国传统美学思想和西方的美学理论有机地结合起来，从哲学的高度论述了美、美感、审美以及艺术理论，开创了中国近代美学理论，使美学在中国成为一门独立的学科。"① 王国维坚持把美学作为一门独立学科进行介绍和研究，认为美学是属于哲学的分支学科，美学的最终目的是超越现实功利层面而"定美之标准与文学上之原理"。由于王国维反对把艺术的批评和研究附属于经学或考据学之下，主张将之独立作为美学或艺术学研究的对象，因此有学者将此视为王国维在中国近代美学史上非凡地位的重要表征。另外，王国维还曾经建议在大学的哲学、中文、外文等系开设美学课程。从中国美学的学科建设本身的意义来说，王国维不愧为中国第一个具有自觉意识的美学家。因此，20 世纪中国美学史的开端应该是从王国维开始的。②

　　总体来说，当我们站在更高的角度去观鉴日源新语之于王国维哲学、美学思想形成的影响，应当遵循这样一条思想线索，那就是新语言——新学理——新学科。我们知道，中西之间具有着不同的文化民族传统、文艺资源和思想基础，深层上内化为思维方式的差异，思维方式又以语言文字为表现载体，因而在文化传播过程中表现出一定的排斥反应。而在中国借道日本取法西学的时间段中，汉字本身的强大活性和日本长久以来的汉字文化传统使得近代日本人创制的译介西学术语的汉字新词在中国得以传播和接受。王国维乘此长风，从中国学术发展的角度对日源新语入华进行了理性的肯定，并以新语言为基础进行了从新概念、新范畴到新理论框架和学术观念的介绍及融创。而新学理的发展最后影响到王国维对建立哲学、美学独立学科的现代性学术理念，这是一个逐层递进、步步深化的现代学术思想建构发展过程。我们同样可以发现，王国维对于日源新语及其代表的以日本为中介的学术系统并没有照单全收，而是以之为桥梁着力于中国传统哲学、美学思想的创造性转化，表现出由对西方现代学术规范和学术理念的遵循到中国传统表述方式及话语形态的回归与超越，其思想内核是坚韧而富有活力的。

---

① 赵庆麟：《融通中西哲学的王国维》，上海社会科学院出版社 1992 年版，第 18 页。

② 章启群：《百年中国美学史略》，北京大学出版社 2005 年版，第 4 页。

五、日本学者及其学术成果的影响

1. 学术启示影响——二者产生思想关联的结合点

我们在上文曾经论述到日本近代化转型的成功使其确立了西学东渐过程中的重要学术中介地位。而日本学术中介地位的确立一方面是对以西方为主体的近代化潮流的主动顺应和有效变革所产生的适应性结果，另一方面也充分体现了日本学术界在翻译、学习、转化西学成果方面所具有的显著优势。而哲学作为文化的核心，在日本的近代化过程中居于重要的地位，自 1855 年开始就有洋学所对西方哲学知识进行研究和讲授，1868 年明治维新之后日本更是开始了对西方哲学思想系统而大规模的引介与研究，同时在日本学界也有一批精英学者群体不断地进行西方哲学思想的继承和转化工作。由于中日两国在近代化过程中都需要应对西方异质文化对本国传统文化的影响，且日本的社会构成形态、传统文化系统与中国也具有着一定的内在相关性，因而西学东渐的过程中日本学界部分哲学家的思想和著作也对中国知识分子哲学知识的摄取和哲学观念的形成产生了良性的互动关系，特别是日本学人在近代西方——东方的双重维度中逐渐形成的开阔的学术视域、知识摄取转化能力和科学的方法论都对中国知识阶层产生了重要的启示影响。

具体到日本学人及其研究成果对王国维学术思想的形成所产生的影响，西周、井上哲次郎、桑木严翼的学术著作及思想都为王国维哲学、美学思想提供了丰富的史料、理论资源和方法论前提。应当说，王国维的哲学、美学思想形成不可能简单地受到某一具体思想家或其著作的影响，从当时日本学术中介地位和学术思想资源引入序列上看，一方面日译版本的西学西书成为王国维译介、研究西方哲学、美学思想的重要参考，另一方面率先学习、引进、吸收和转化西方哲学、美学思想的日本思想家及其著作也与王国维哲学、美学思想的形成产生了积极的思想辐射。由于特殊的历史背景和时代语境以及日本沟通中西学术上的优势地位，由日本学者译介的大量西学书籍和学术思想为王国维哲学、美学研究提供了丰富的史料、理论资源和方法论前提，扩张了王国维学术思想的精神空间。而事实上，王国维哲学、美学研究初始阶段所打下的坚实的日文基础和日译版本的阅读经历也从侧面说明了王国维对日本哲学著述是相当熟悉和了解的。尽管这在关联意义上的线索是潜隐的，但是经过梳理我们同样可以发现它们在内在精神发展脉络上的思想联结。这不仅表现在王国维在语言层面的沟通可能，更表现在王国维自身的翻译活动和学术研究活动与日本近代学者的学术成果所形成的内在互动联系。这种内在互动联系不仅表现在学术氛围和治学方法的影响上，更重要的是它超越了器物、制度层面的功利性和局限性，在思想精神的层面上肯定了异质文化间相互会通的重要性，并且从哲学方法论的高度为中国美学现代转型作出了示范例证。王国维的美学理论也是在其对哲学的研究深入的过程中逐渐完善起来的，最终赋予其美学研究以哲学品格和形上意义。

2. 精神轨迹——近代日本学者与王国维哲学、美学思想形成的关系

（1）西周

日本近代哲学之父西周（1829～1897）首先将西方哲学系统地介绍到日本，"哲学"一词就是经由西周所译。同时西周还效仿孔德科学分类的思想将哲学进行分类，并将美学与逻辑学、心理学、本体论、伦理学、政治学、哲学史并列。西周著有《美妙学说》，被视为日本近代美学的开始。同时西周对"哲学"一词的发明和确立的过程也是他结合汉学传统和现代西方学术的过程，更为重要的是他对哲学概念的重新界定确立了日本对于"哲学"以学术理论和观念的体系化为根本特征的认知方式。西周强调哲学是"科学中的科学"、哲学"统辖"诸学，既揭示了"归纳"这一科学的学术方法，同时也对哲学的存在意义进行了深层的创造性阐释。在东西方二元对立的逻辑架构之下，西周的哲

学、美学思想之深刻内涵在于为东方学界学人提供了一种与西方
学术相互兼容的世界性的知识体系。"可以说，西周创立'哲学'
一词，不仅为东方提供了一个'体系化的学问'模式，同时，它
的影响与价值无疑是'世界性'的。西周为我们提供了一个'世
界'化的知识体系。这一'世界'正是东西方冲突与接触并由此
而形成的东西结合的一个'完整'的世界。"①

　　通过这样一种观察方式看待西周与王国维的精神关联，主要
有两层内涵：一是从学术研究时间和思想承继性的历时性角度来
看，西周的学术生涯主要集中于 19 世纪 60 年代到 19 世纪末叶，
而 1898 年至 1906 年是王国维哲学、美学思想的主要形成确立时
期，作为在中国率先进行哲学、美学概念译介、转化的学术先行
者，他对于哲学、美学概念和范畴的引进以至后续的概念辨析和
实际应用转化工作不可能不受到最先把西方哲学观念和科学方法
译介到日本来的"日本近代哲学之父"西周的学术影响，其学术
思考在一定程度上是以西周的学术成果作为学理参考和资源中介
展开的。在王国维 1903 年发表的第一篇哲学论文《哲学辨惑》
开篇对"哲学"这一译名的论述中可以明显见出西周将西方 Phi-
losophy 译为"哲学"的译介工作对其产生的学术影响。二是从
精神趋向的共时性角度来看，王国维和西周同为近代中日两国哲
学、美学理论建构初创期的启蒙先驱，在融通西方学术思想和自
身民族文化传统进行哲学、美学学科建设方面都具有相当的典范
意义，两者所表现出的现代世界视野已在精神趋向上触及到民族
生命和学术体系的深层结构。这既体现了学理层面的互动关系，
也是二人在思想关联上的延展。

　　（2）井上哲次郎、大西祝

　　井上哲次郎（1855～1944），日本哲学家，曾留学德国六年，
东京大学首位哲学教授，日本学院派哲学的确立者和领军人物，
同时也是德国哲学的介绍者和引进者，对日本的德国哲学研究乃

————————

　　①　吴光辉：《传统与超越——日本知识分子的精神轨迹》，中央编译出版社 2002
年版，第 62 页。

至日本哲学体系建构都产生过很大的影响。当时的日本东京大学哲学科以井上哲次郎为代表汇集了众多的致力于移植和研究德国哲学的学者。前文交待的新康德主义哲学正是以学院派为主体引进到日本并成为学术主流的，井上哲次郎在其中发挥着核心作用。井上哲次郎著作极为丰富，在启蒙性质方面的有《哲学字汇》、《西洋哲学讲义》等，在哲学世界观方面的有《伦理新说》、《伦理与宗教的关系》，这些著作都对当时日本哲学界产生了重大影响，他最为显著的学术特点是以德国的古典哲学、中国儒学、印度佛学的结合建构自身哲学体系，同时他的学术思想最为可贵之处在于作为德国哲学思想的主要引进者，他主张将东方与西方哲学进行深入了解和融合。他在《对明治哲学界的回顾》一文中指出："研究东方哲学与西方哲学比较对照，并进一步构成哲学思想，这是东方人最需得到的方法……我在研究西方哲学的同时，不敢怠慢东方哲学的研究，并努力以企图将两者融合统一为己任。这一方法论是我向思想界提出的最有力的一点，故在此论述其概要。"① 这在哲学方法论方面给予王国维学术思想较大影响。而井上哲与王国维的精神连接并不止于此，因为一方面井上哲对于德国古典哲学的引介以及对康德、叔本华哲学思想的运用无疑是王国维学术发育期非常重要的参考资源，他对康德、叔本华思想的理解和再阐释很大程度上是借助了当时的日译版本和日本学者著述；另一方面有论据显示王国维曾经翻译过井上哲次郎的哲学著作。1907 年 5 月至 10 月《教育世界》曾经连续刊载了井上哲次郎的长篇哲学史著作《日本阳明派之哲学史》，译者并未署名，但据中国学者佛雏考证：由于王国维是当时《教育世界》唯一的"哲学专攻者"，加之其良好的语言、知识背景以及之前的哲学论著翻译实践，都说明王国维就是此稿的译者。在此书中，日本学者井上哲次郎除了详述各家学案及生平业绩种种之外还引用西方哲学加以比较，并阐发自己的新观点。另外，由于

---

① 井上哲次郎：《对明治哲学界的回顾》，卞崇道、王青主编：《明治哲学与文化》，中国社会科学出版社 2005 年版，第 160、161 页。

井上哲次郎精通德文，曾用德文写就《日本哲学思想之发达》，因而在著作中对叔本华思想观点的引述是依据德文版本，王国维在翻译时遵照了井上哲次郎的原译。这既从译介活动的角度说明了王国维与井上哲次郎的关联，又从侧面揭示出井上哲次郎以德国哲学为前提的学术着眼点及其学术著作、思想观点在王国维学习、译介德国哲学的过程中发挥了重要的桥梁中介作用，正如佛雏所评价的那样："读者从中可以窥见历史上中日学术交流的一段重要史实，又可得到许多启发，诚如著者所云：'读者视为东洋哲学史之一篇可也。'"① 被称为"日本康德"的大西祝（1864～1900），在方法论上尤其是对东西方学术思想关系上与井上哲次郎亦有相通之处："我国思想界最初的要务是对东西方各种思想进行比较、判别、批评，认识其倾向及其价值。"② 他的康德研究灌注理性精神，其反思立场具有积极的借鉴意义。

以上至少在两个方面与王国维哲学、美学思想的形成构成内在关联：一方面，王国维在进行哲学研究过程中对康德哲学作了极为细致的研究，而日本哲学界以井上哲次郎为先导的学者对于德国哲学特别是康德哲学的大量研究成果都无疑为王国维提供了充实的学术思想资源和史料借鉴支持；另一方面，王国维在哲学方法论上，特别是在提倡中学西学相互会通的重要性上与井上哲次郎、大西祝有不谋而合之处。对于井上哲次郎、大西祝所强调的对东西方哲学有选择有比较互相吸收的观点，王国维在 1903 年发表的《哲学辨惑》中也表达了类似论述，只是限于侧重不同。他认为中国哲学古已有之，但仍然存在思想结构和思维方式上的局限性，因此"欲通中国哲学，又非通西洋之哲学不易明也。近世中国哲学之不振，其原因虽繁，然古书之难解，未始非其一端也。苟通西洋之哲学以治吾中国之哲学，则其所得当不止

---

① 佛雏：《王国维哲学译稿研究》，社会科学文献出版社 2006 年版，第 264 页。

② 大西祝：《当今思想界的要务》，卞崇道、王青主编：《明治哲学与文化》，中国社会科学出版社 2005 年版，第 220 页。

此。异日昌大吾国固有之哲学者，必在深通西洋哲学之人，无疑也。"① 也正是在这种哲学方法论的指导和影响下，王国维将中国传统研究方式与西方科学学术方法融会贯通，使自身学术研究活动极富融创性并取得明显成果。

（3）桑木严翼

桑木严翼（1874～1946），日本哲学家，井上哲次郎的学生，日本学院派哲学的代表人物，新康德主义者，曾留学德、法、英等国，任东京帝国大学教授，致力于从新康德学派立场进行康德哲学的移植工作。他翻译了文德尔班的《西洋哲学史要》，并著有《哲学概论》和《康德与现代哲学》。这些哲学翻译研究活动"都是从当时德国学院派哲学书中引经据典地写成的。其介绍方法，较之前代颇为忠实，也经过了消化。"② 王国维哲学、美学思想与桑木严翼哲学、美学思想的关系首先来自于王国维对他著作的翻译。"王国维治哲学首先受日本学术界影响，而日本学术界流行的就是新康德学派，王国维所译的《哲学概论》等即为新康德学派之类的著作，这是王国维攻治哲学重点于康德、叔本华哲学的一个原因。"③ 王国维于1902年译出桑木严翼的《哲学概论》，此书依据康德的三大批判组织起结构，对哲学的定义、渊源、形态、范畴等基本理论、哲学研究的方法论以及西方哲学家及其主要哲学、美学思想都作了系统的介绍，是一本引领初学者进入哲学世界的优秀入门读物，对当时日本近代哲学的形成与发展也产生了较大影响。"更为重要的是此书对康德、叔本华的介绍较为通俗易懂。为王国维读懂他们起了很好的引路作用。"④ 这本书经王国维之手译出之后也对中国学术界产生了积极的影响，因为在这之前中国基本上没有相关学术著作出现。事实上，王国

① 佛雏编：《王国维哲学、美学论文辑佚》，华东师范大学出版社1993年版，第6页。
② ［日］近代日本思想史研究会编：《近代日本思想史》（第二卷），李民等译，商务印书馆1991年版，第126页。
③ 周一平、沈茶英：《中西文化交汇与王国维学术成就》，学林出版社1999年版，第27页。
④ 钱剑平：《一代学人王国维》，上海人民出版社2002年版，第89页。

维同年所译日本学者元良勇次郎的《心理学》内容涉及心理学、哲学、美学多个方面，也在客观上起到了与《哲学概论》相近的作用。其次，桑木严翼在书中的学术观点及思想主张也与王国维后来阐发的哲学、美学观点产生了关联。对于二者在哲学、美学思想上的这种关系，佛雏在《王国维哲学译稿研究》一书中通过桑木严翼与王国维学术观点的比较认为二者具有相近的逻辑思想主线。具体来看表现在以下五个方面：1. 借助于桑木严翼在此书第二章《哲学的定义》中对"哲学"的发展沿革所做的细致回顾和考证，王国维在 1902 年译出此书之后，紧接着于 1903 年写出了《哲学辨惑》一文，文中明显可以见出对桑木严翼论证的运用和发展。2. 桑木严翼在《哲学概论》中第二章第六节"哲学之形式的定义"一节中，从目的、外形、内容等方面论证了哲学与诗的紧密关系，认为："抑诗歌者，就其广义言之，乃人就天地自然之风景，或人事之曲折波澜等，而以美妙之文叙述其所感想、经验者也。通常分为三种：叙事、抒情、剧诗，人人之所知也。其中特如抒情诗，以述作者之感慨为主，一路直观，蓦地吐露诗人之对人生世界之观念。其思想之幽玄深邃，尤与大哲人之所辛苦思索者符合。……哲学者，得视为论究世界全体之原理之学。故其所论究之目的，毫与诗歌无疑。"① 王国维在随后的《奏定经学科大学文学科大学章程书后》一文中也发表了相似的论述："特如文学中之诗歌一门，尤与哲学有同一之性质：其所欲解释者，皆宇宙人生上根本之问题，不过其解释之方法，一直观的，一思考的；一顿悟的，一合理的耳。"3. 桑木严翼将自由列为哲学精神的第一要义，指出："宗教及政治上之压制重，而妨害思想之自由之邦国，不能有哲学，即有之亦不能发达。……哲学者，由离压制、教权而为自由之研究而生者也。"② 而王国维作为中国近代学术的启蒙先驱，一直着力标明学术的独立特质和自由意识，并在 1906 年的《奏定经学科大学文学科大学章程书后》

---

① 佛雏：《王国维哲学译稿研究》，社会科学文献出版社 2006 年版，第 12 页。
② 佛雏：《王国维哲学译稿研究》，社会科学文献出版社 2006 年版，第 18 页。

中认为："异日发明广大我国学术者，必在兼通世界学术之人，而不在一孔之陋儒，故可决也。"① 这一方面体现了二者对各自国家学术发展道路的远见，也见出了与桑木严翼学术独立观相印证的思想关联。4. 桑木严翼重哲学中的直觉法，提出了"闭肉眼而开心眼"，与王国维后来在《红楼梦评论》中的"开天眼而观之"都与叔本华之哲学思想一脉相承。5. 桑木严翼将康德美在形式的观点引申为美之形式"适于目的"。而王国维在 1907 年《古雅之在美学上之位置》一文中提出"一切之美皆形式之美"，还认为无形式之形式能唤起宏壮之情，图画诗歌之美之兼存于材质之意义在于"适于唤起美情"，这是对康德美学的继承与发挥，同时这种美学思想观点的内核已经跳出了中国传统文论的旨趣，"其中，'适于唤起美情'或'宏壮之情'，实合康德的'合目的性'或'适于目的'之意义，则是无可置疑的。"② 另外，桑木严翼把哲学视为价值之学，在物我关系中张扬文化的绝对价值，鼓励人之能力的自由发展以达至真善美的思想与王国维的学术思路形成了内在的精神联结。比如，王国维在康德哲学思想的研究中同样以此作为新思想的价值衡量标："因以为吾人之价值，非以其知其能故，亦非以其为人类之行为，而实际有所作为故，惟以其存在故耳。申言之，即以人之自身，本有目的，故贵重之也。而使人于其自身，所以得有价值者，一以为在于道德，一以为在于人类的天性之发展。"③

应该说，王国维的哲学观及学术态度很大程度上受到桑木严翼的影响。王国维以哲学概论为出发点研究、介绍、翻译西方哲学获得整体逻辑框架，进而建构自身思想理论体系的治学理路，与桑木严翼的学术思想形成了一个连续性的发展系谱，这也从侧面说明了日本哲学界在王国维治学初期对于康德哲学、美学思想吸收和研究过程中方法论方面的指导意义。

① 佛雏：《王国维哲学译稿研究》，社会科学文献出版社 2006 年版，第 20 页。
② 佛雏：《王国维哲学译稿研究》，社会科学文献出版社 2006 年版，第 31 页。
③ 王国维：《述近世教育思想与哲学之关系》，佛雏编：《王国维哲学、美学论文辑佚》，华东师范大学出版社 1993 年版，第 15～16 页。

六、结　语

从王国维身处的中国近代特殊的历史情境和日本确立其学术中介地位的时代背景入手，由日籍教师影响致力于西方哲学、美学思想研究的缘起，到王国维从语言层面对日源新语的倡导、应用、转化，再到与日本学术观照及与日本学者思想的内在精神关联的层进关系中，这其中既包含了与王国维的哲学、美学思想产生关联的四个主要的日本中介因素，另外也揭橥了日本中介因素与王国维哲学、美学思想形成在思想文脉上的潜在呼应和积极向度：

1. 对于中西文化结合的态度上升到了心智层面，从而启示中国现代性转换的思路，呼吁多元异质文化会通化合的学术观念和东西方哲学的批判反思深度。

2. 借鉴西方学术资源并转化应用到自己理论实践中去，进一步明确自身学术构建的逻辑框架、范畴体系和整体精神气质。

3. 超越器物和制度层面，从哲学思辨高度引入哲学、美学，优化了中国近代西学东渐之思想结构和中国自身哲学、美学现代结构，直指中国近代新学术体系宏观建构之深层内涵。

但是需要指出的是，日本中介因素对于王国维哲学、美学思想形成的影响并不具有绝对性和唯一性。"现代日本对西方学术思想的翻译、吸收、消化、再输入中国的所谓'中介'途径，是中国学者在国家危难之际为更便捷地接受西方思想，不得已而为之的。但是，这并非'唯一'的中介，而仅仅是 20 世纪初西方现代学术进入中国的主要中介途径而已。"[①] 中国在 20 世纪 20 年代走上了直接学习西方的道路，对日本的依赖度逐渐降低，日本的重要中介作用也便日趋淡化了。因而离开中国近代特殊的历史背景和时代环境，这一参照关系将失去发挥其效能的相关语境和

---

① 乔志航：《王国维学术思想与日本中介资源问题》，载《江汉论坛》2002 年第 2 期。

存在可能性。同时，对于日本学者学术成果与王国维哲学、美学思想形成的影响，我们不能说他们之间思想的绝对前后承继关系，王国维对其学术思想资源的利用毕竟是有所取舍的。而且由于王国维的哲学、美学研究活动集中于 1901～1911 的十年间，日本学术资源对其学术思想的影响也有其时间框定范围。不过，从整体上讲，日本中介因素毕竟以"他者"的身份影响了王国维新的学术视域的展开和现代学术观念的生成，而与日本中介因素思想和精神上的承继关系使得日本资源同样成为王国维自身哲学、美学理论的有机组成部分之一，并作用于王国维建构中国现代形态哲学、美学理论体系的实践活动中。在中国的近代特定的历史时态之下，以知识为坐标轴，日本的"他者"身份和思想资源为我国学界重识"自性"、进行自身文化形态的转换提供了一座沟通借鉴的桥梁。

第二章　日本的中介因素对梁启超美学话语的影响

一、引　言

梁启超是 19、20 世纪之交中国近代史上的传奇人物。他在政治和文化方面都有重大的影响。他不仅是中国近代史上著名的政治活动家和启蒙思想家，而且是世纪之交的文化巨匠。作为一个政治家型的思想家和思想家型的学者，梁启超对于中国近现代思想文化做出了突出贡献。梁启超为我们留下了 1400 多万字的宏富著述（《饮冰室合集》（中华书局出版）约 900 万字，未收入集内著述约 100 万字，书信约 400 万字），内容涉及政治、经济、哲学、史学、文学、新闻和美学等多个领域。对于梁启超的研究，一直很受国内外学界的重视。但是长期以来，研究的视点主要集中在政治和社会思想领域，在学术思想领域侧重于哲学和史学研究，而相对来说，对于其美学思想的研究还比较滞后。

从中国美学思想发展的进程来看，梁启超是中国美学思想由古典向现代转型的代表人物之一，是中国近现代民族新美学的开创者和奠基人之一。若以文字数量而言，梁启超的美学思想在他的整个思想文化创构中所占的比重并不大，梁启超直接论美的文字并不多，但是他在哲学、文学、艺术、教育、宗教、地理等各类论述中及与家人的书信中都不同程度地内在涉及了美学问题。因此梁启超的美学思想是其整个思想文化创构中的有机组成部分，在整个思想体系中具有非常内在而重要的意义。所以，对梁启超美学思想的研究，对于我们研究梁启超其人及其思想文化，乃至对于中国美学史研究和中国美学理论研究都具有重大价值。而且，梁启超流亡日本后，以其所办的《清议报》、《新民丛报》、《新小说》等为宣传阵地，介绍西方的政治家、学者，宣传西方思想文化，来进行国民的思想启蒙教育。梁启超所写文章的素材，多取自日本人的著作，或翻译的日文西籍。可以说，梁启超是以日本为媒介来接受西方文化的，因此，在十几年的受容过程中，日本文化，特别是日本明治中后期的文化必然在其思想上打下深深的烙印。可以说，他所接受的西方文化，是一种"日本化"了的西方文化。所以阐明日本文化与梁启超之间的关系，也是研究梁启超及其思想，以及中日关系史的一个重要问题。

本篇论文旨在研究梁启超美学思想萌芽期（1896～1917）与日本近代美学之间的渊源关系，并阐明这个时期他的政治话语和美学话语之关系。这一时期的梁启超以政治人物和文化人物的双重身份活跃在中国历史舞台上，但是他关注的中心是政治，其学术活动是其政治活动的有机组成部分，两者相互联系、相互影响、密不可分。这一时期，梁启超的美学研究视野相对狭窄，其美学思想主要体现在他对"三界革命"的理论倡导中。因此，本篇论文试图从"小说界革命"入手，试图得出"梁启超美学思想萌芽期的美学话语是以政治话语为前提和背景产生的，其美学话语是其政治话语的副产品，反过来又有力加强了政治话语"的结论。

二、梁启超政治话语形成的日本因素

1. 梁启超的思想演变轨迹——从"乡人"到"国人"的转变

关于梁启超的生平，其弟梁启勋先生曾写过一篇《梁启超小传》，简要概述了他的生平："梁启超，字卓如，号任公，广东新会人。年十六，入学海堂为正科生。十九，入万木草堂。甲午以后，加入国事运动。年廿四，创《时务报》于上海。翌年冬，主讲长沙时务学堂。年廿六，值戊戌政变，走日本。又二年，自檀香山赴唐才常汉口之役，抵沪而事败，避地澳洲，旋适日本。四十岁，始归国，参与民国新政。洪宪及复辟两役，奔走反抗甚力。欧战起，主张加入协约国。年四十六，漫游欧洲。翌年冬归，萃精力于蒋学著述。卒于民国十八年己巳，溯生于同治十二年癸酉，得年五十六。"①

梁启超，于 1873 年 2 月 23 日（清同治十二年正月二十六日）出生于广东新会熊子乡茶坑村。此时的中国，正是受外患最危急的一个时代，处于列强包围中的中国，面临着弱肉强食的被瓜分的危险。而国内清政府的倒行逆施，进一步加速了清王朝的衰败。随着西方列强的入侵，西方文明也以排山倒海之势输入中国，冲击破坏着中国的传统文化。这是一个需要英雄的时代，而梁启超恰出生于这一时代。

梁启超在 1902 年 12 月所作的《三十自述》中，曾以宏阔的视域对他出生的这一年做了阐释："余生同治癸酉正月二十六日，实太平国亡于金陵后十年，清大学士曾国藩卒后一年，普法战争后三年，而意大利建国罗马之岁也"。② 将自己的出生时间放在世界历史的大背景中，不仅客观揭示了这一历史时期的特点，也体现出了梁启超的政治热情和一种自觉处于风云变幻的艰难时世而负有重大历史使命的庄严意识。

梁启超在 18 岁以前，还是一个醉心金榜题名、期待光宗耀祖的旧式士大夫。梁启超出生在一个乡村知识者家庭，在 18 岁以前接受的是中国传统的文化教育。梁启超的祖父梁维清，号镜泉，他是梁氏家族的第一个秀才，官至掌一县文教事业的教谕。他不仅使梁家由地道的农民转为半农半儒的下层乡绅，还为后世开辟了一条新的人生道路。梁启超的父亲梁宝瑛，字莲涧，科举不顺，苦读一生未取得功名，后在乡里教授孩童。梁启超的母亲

---

① 转引自石云艳：《梁启超与日本》，天津人民出版社 2005 年版，第 1 页。
② 李华兴、吴嘉勋：《梁启超选集》，上海人民出版社 1984 年版，第 375 页。

赵氏，出身于书香门第，聪明贤惠，治家颇严。梁启超自 5 岁起，就从祖父学习四子书、《诗经》这些中国传统读物。6 岁起在父亲授业的私塾读书，学习中国略史和五经。在对梁启超进行知识教育的同时，还注重品德的培养，尤其注重励志之训。其祖父梁维清"日与言古豪杰哲人嘉言懿行，而尤喜举亡宋、亡明国难之事，津津道之"①。对于其父梁宝瑛，梁启超回忆说："父慈而严，督课之外，使之劳作，言语举动稍不谨，辄呵斥不少假借，常训之曰'儒自视乃如常儿乎'？"② 可见，从小时候起，梁父就对梁启超寄予厚望，将光宗耀祖的梦想寄托在梁启超身上。这种励志为先、知识与品德并重的家教，不仅使梁启超奠定了坚实的传统文化的根基，而且培养了他良好的道德风范，催生了他最初的爱国意识与济世观念。

天资聪颖的梁启超勤勉向学，8 岁起父亲就教他学写文章，9 岁时就能写出洋洋洒洒的千字文。10 岁时初就童子试，虽然名落孙山，但却因为应试途中作得好诗而获"神童"之美誉。12 岁便考中秀才，并补博士弟子员、日制帖括，嗜唐诗，并读完《史记》、《汉书》、《纲鉴易知录》与《古文词类纂》。考中秀才后，梁启超来到广州著名的学海堂进一步研修。学海堂不习八股，而专授考据、经史、词章和宋儒性理之学，于是梁启超又对中国古代的学术文化产生了浓厚的兴趣，而"至是乃决帖括以从事于此"。③ 1889 年，17 岁的梁启超高中举人第 8 名。1890 年春，18 岁的梁启超入京会试，却落地而归。

1890 年之前，梁启超勤奋好学，在传统学术文化方面打下了坚实深厚的根基。这一时期的梁启超是一个勤勉好学、希望科举仕宦、光宗耀祖的"乡人"。

1890 年，对梁启超来说是意义重大的一年。

1890 年春的会试，梁启超落第而归，从上海转道的途中，初次看到了上海制造局翻译的各种西书，并购买了清末思想家徐继

---

① 李华兴、吴嘉勋：《梁启超选集》，上海人民出版社 1984 年版，第 375 页。
② 李华兴、吴嘉勋：《梁启超选集》，上海人民出版社 1984 年版，第 375 页。
③ 李华兴、吴嘉勋：《梁启超选集》，上海人民出版社 1984 年版，第 375 页。

畲编著的《瀛环志略》。这是一本介绍世界各国地理风貌、风土人情、史地沿革及社会变迁的世界地理著作。这本书为他开启了一扇认识世界的窗口，梁启超是此"始知有五大洲各国"。[1] 对于世界大势的了解促使梁启超思考中国在世界上的地位和处境，这对于此后贯穿他一生的国家观念和忧国意识的产生有重大意义。

1890 年 9 月，梁启超认识了学海堂的另一个高才生陈通甫，并和他一起去拜谒康有为，"自是决然舍去旧学，自退出学海堂，而间日请业南海之门。[2] 对于康有为对自己的影响，梁启超作如是评价："生平自有学自兹始。"[3] 投身康门，是梁启超一生道路的重要转折点，"这一选择使促使梁启超由醉心金榜题名、期待光宗耀祖的旧式士大夫开始了向吸纳西方思想文化、关心国家前途命运的政治改良家的转化"。[4]

1891 年起，梁启超就在康有为创办的"长兴学舍"学习，1893 年，学校更名为"万木草堂"。在这里，梁启超不仅学习中国传统经学的经典，如《公羊传》、《资治通鉴》、二十四史、《宋元明儒学案》、《文献通考》等，还广泛采纳西学，如泰西哲学、政治原理学、群学（社会学）、万国史学、格致学、外国语言文字学等。经过四年精心磨砺的梁启超，已经逐渐成熟，形成了一种强烈的现实使命感。1895 年 3 月，梁启超入京会试，适逢中日《马关条约》签订。5 月初，康梁在京发动了"公车上书"，提出"拒和、迁都、变法"的主张，从而打破了清代士人不得干政的禁令，开启了文人学士集会上书、参与政事呼唤变革的新格局。同年 8 月，梁启超协助康有为在北京创办了《万国公报》，成立了强学会，以期达到张舆论、开风气的作用。1896 年，梁启超离京去上海，8 月在上海创办了《时务报》，并任主笔。1898 年 4 月，助康有为创立保国会，随即于 6 月 11 日与康有为领导了"戊戌变法"。变法夭折后，逃往日本避难。在日本流亡的十四年间，

---

① 李华兴、吴嘉勋：《梁启超选集》，上海人民出版社 1984 年版，第 375 页。
② 李华兴、吴嘉勋：《梁启超选集》，上海人民出版社 1984 年版，第 376 页。
③ 李华兴、吴嘉勋：《梁启超选集》，上海人民出版社 1984 年版，第 376 页。
④ 金雅：《梁启美学思想研究》，商务印书馆 2005 年版，第 24 页。

通过翻译、办报、办学校等活动来宣传新思想，同时倡导"三界革命"，继续进行国民的思想启蒙，始终关心的是国家和民族的命运。1912 年回国后，积极参与民国新政。1917 年 11 月，梁启超辞去段祺瑞内阁财政总长一职，退出政界，将主要精力转向学术。1896～1917 年，梁启超投入了所有的精力与热情，始终把国家和民族的命运作为关注的中心。这一阶段，梁启超自己称之为"国人"。

2. 国民性的改造——"新民"思想

"国人"时期，梁启超忧国忧民，一直致力于救国图存运动。

鸦片战争的失败，打破了清王朝"天朝大国"的美梦，在这个民族生死存亡的时刻，中国的有识之士怀着满腔的热情，开始探索救亡图存之路。中国面对西方文化的姿态经历了三个阶段：首先从器物上意识到不足。闭关锁国不能制夷，强国首先必须学习西方的科学技术，因此他们提出了"中学为体，西学为用"的主张。这里的"中学"实质是指东方的文化精神，而"西学"主要是指西方的科学技术。他们主张向西方学习物质文明，而非精神文明。思想家魏源大声疾呼要"师夷之长技以制夷"，这里的"长技"主要指西方的"坚船利炮"。于是鸦片战争后，洋务派登上历史舞台，掀起了"洋务运动"。但甲午海战的失败使洋务派的"富国强兵"之梦彻底破灭，也惊醒了国人。严酷的现实使中国人从再次的失败中进一步认识到"西学之用"是难以拯救已经没落的"中学之体"的，"中体西用"只是一种急功近利不得要领的做法。在反思中，他们对中国的社会制度产生了怀疑，他们认为西方的强大主要在于制度的优良。这就进入了向西方学习的第二个阶段，即从制度上感觉不足。因此，一些知识分子认为中国要想救亡图存，必须实行变法。如梁启超在《变法通义·自序》中指出："今夫自然之变，天之道也，或变则善，或变则敝。有人道焉，则智者之所审也。语曰：学者上达，不学下达。惟治亦然，委心任运，听其流变，则日趋于敝；振刷整顿，斟酌通变，则日趋于善。……《诗》曰：'周虽旧邦，其命维新。'言治旧国必用新法也其事甚顺，其义至明，有可为之机，有可取之法，有不得不行之势，有不容少缓之故。为不变之说者，犹曰守古守古，坐视其因循废弛，而漠然无所动于中。呜呼，可不谓大惑不解者乎！《易》曰：'穷则变，变则通，通则久'。"[①] 于是又出现了康梁领导的"戊戌变法"运动。但"戊戌变法"终究是昙花一现，夭折了。

"戊戌变法"的失败并没有使梁启超变得消沉。离国去日以后，梁启超对失败之因进行了深刻反思，将目光从政治领域转向了思想文化领域，开始关注思想启蒙和文化创构。此时，中国吸纳西方文化的过程进入了第三个阶段。梁启超流亡日本后，在其创办的《清议报》、《新民丛报》上发表了大量的论著，特别是从1902 年开始在《新民丛报》的第 1 至第 72 号上，连载了他的长达 10 万余字的《新民说》，全面剖析了中国几千年封建文化所形成的中国国民性的种种弊端及其根源，提出"欲维新吾国，当先维新吾民"，"新民为今日中国第一急务"，从而提出了改造国民性的时代课题，呼唤国民心理和民族人格的新生，形成了他的"新民"思想。"《新民丛报》的创刊与'新民'思想的确立标志着梁启超对于百日维新失败的新的反思，也体现了他对于中国历史发展规律的新认识，标志着他从单一的政治变革转向更具深刻意义的人的革新"[②]。从此梁启超以"新民"思想为指导，开始了对中国国民性的改造。

为什么要"新民"？因为梁启超意识到民众的心理状态和整体素质才是国家强弱的根基。他在《新民说·叙论》中写道："国也者，积民而成。国之有民，犹身之有四肢、五脏、筋脉、血轮也。未有四肢已断，五脏已瘵，筋脉已伤，血轮已涸，而身犹能存者，则亦未有其民愚陋、怯弱、涣散、混浊，而国犹能立者。故欲其身之长生久视，则摄生之术不可不明；欲其国之安富尊荣，则新民之道不可不讲"[③]。早在 1901 年 5 月，梁启超就在

---

① 李华兴、吴嘉勋：《梁启超选集》，上海人民出版社 1984 年版，第 3~4 页。
② 金雅：《梁启超美学思想研究》，商务印书馆 2005 年版，第 32 页。
③ 李华兴、吴嘉勋：《梁启超选集》，上海人民出版社 1984 年版，第 206 页。

《清议报》上发表了著名的《中国积弱溯源论》，这是他给中国开出的"病源"诊断书。在这篇文章中，他把两千年来封建文化的熏染、影响，把中国人"爱国心薄弱"、"人心风俗"和道德品格上的缺陷断定为中国积弱的"总因"、"最大根源"、"病源之源"。正是基于他对中国衰微原因的这种认识，梁启超开始呼吁：中国欲图振兴，就必须先从改造国民性、提高全民素质入手，因此他指出新民是当今中国第一急务。

梁启超1902年在横滨创办《新民丛报》，他在办报宗旨中说："本报取大学新民之义，以为欲新吾国，当先维新吾民。"[1]并从创刊号上开始以"中国之新民"的笔名连续发表《新民说》。在《新民说·论新民为今日中国第一急务》中，梁启超从内治和外交两方面来论证"新民为当务之急"。梁启超认识到只依赖"贤君相"、"草野一二英雄"是难以成就大业的，必须依赖四万万之"新民"。他认为："苟有新民，何患无新制度，无新政府，无新国家。非尔者，则虽今日变一法，明日易一人，东涂西抹，学步效颦，吾未见其能济也。夫吾国言新法数十年，而效不睹者何也？则于新民之道未有留意焉者也。"[2]"为中国今日计，必非恃一时之贤君相而可以弭乱，亦非望草野一二英雄崛起而可以图成，必其使吾四万万人之民德、民智、民力，皆可与彼相埒，则外自不能为患，吾何为而患之。[3]"因此，梁启超认为，今日除"新民"外，"别无善图"。

国民的素质决定了国家的强弱，这是梁启超《新民说》的立论根基。一旦中国人民人人自觉提高其素质，作"新民"，即可由个体的自强而达到中华民族群体的强盛，中国的改造和振兴也就根本完成。

何谓"新民"？梁启超在《新民说·释新民之义》中对"新民"的内涵做了辩证的阐释："新民云者，非欲吾民尽弃其旧以

---

① 转引自王东艳：《论梁启超的新民思想》，载《聊城大学学报》2002年第5期。

② 李华兴、吴嘉勋：《梁启超选集》，上海人民出版社1984年版，第207页。

③ 李华兴、吴嘉勋：《梁启超选集》，上海人民出版社1984年版，第210页。

从人也。新之意有二：一曰，淬厉其所本有而新之；二曰，采补其所本无而新之。二者缺一，实乃无功"①。由此可见，梁启超所谓的"新民"，就是既要保存和发扬中华民族固有的优良传统，同时不断更新；又要积极吸收外国的优点和长处，取长补短，铸造拥有新理想与新精神的新国民。

"新民"一词，源于儒家经典《大学》："大学之道，在明明德，在亲民，在止于至善。"对于"新民"的具体内涵，《大学》中的第二章做了如下解释："汤之《盘铭》曰：'苟日新，日日新，又日新。'《康诰》曰：'作新民'。《诗》曰：'周虽旧邦，其命维新。'是故君子无所不用其极。"② 北宋理学家二程（程颢、程颐）认为，"亲"当作"新"，朱熹又作了进一步发挥："新者，革其旧之谓也，言即明其明德，又当推己及人，使之亦有去其旧染之污也。"③ 由此可见，"亲"乃"新"之意。这里的"亲民"，是指要以仁义礼智等道德意识为准则和目标，使人革除不善的欲念，成为一个符合儒家道德规范的人。但是，这个"亲民"与梁启超所谓的"新民"的内涵是不同的。梁启超是用旧瓶装新酒，借用"亲民"弃旧从新的方法论意义，直接将其改造为"新民"，吸纳了西方民主思想中的平等、自由、人权等观念，并将西方新的思想文化作为精神内核对儒家《大学》中的"新民"概念作了时代改造。"与'亲民'的纯伦理指向不同，'新民'强调的主要是理性的自觉。'新民'并不反对伦理的完善，甚至伦理的完善也是'新民'的一种重要品质，但是，'新民'是一种全面觉醒的人，是以全新的人格理想来构造的新人。它的重要特色是，个人的完善不是为了迎合已有的社会规范，而是要革新与改造并不完美的现实社会。'新民'是具有责任感的社会与国家改造的主人。"④ 梁启超的"新民"是"自新"，是一种主体的自觉，而不

---

① 李华兴、吴嘉勋：《梁启超选集》，上海人民出版社 1984 年版，第 211 页。

② 金雅：《梁启超美学思想研究》，商务印书馆 2005 年版，第 33 页。

③ 转引自王敏：《启蒙与反思——论梁启超的启蒙思想》，载《史林》2003 年第 3 期。

④ 金雅：《梁启超美学思想研究》，商务印书馆 2005 年版，第 34 页。

是一种自上而下、自外而内的道德灌输，是以自由、自尊、权利、进取为基础，以开智、养德、振力为目标的主体的完善与新生。就其实质而言，"新民"显然更接近于西方资产阶级的启蒙精神，而"启蒙"正是百日维新运动开始，20世纪几代知识分子孜孜以求的解放之路。由此，"启蒙"与"新民"在此汇流。

梁启超心目中理想的"新民"形象，是一个具有公德和国家思想、进取与冒险精神、自由与自尊思想、权利与义务思想、合群与自治能力，有毅力、有尚武精神的新人。总之，是一个具有强烈社会责任感和爱国意识的新人。

3. 日本对梁启超"新民"思想形成的影响

梁启超的新民思想缘于他对国家富强、民族振兴道路的探索。在这个探索过程中，日本明治文化对于梁启超"新民"思想的形成有着重要的影响。

梁启超流亡日本以后，海外流亡生涯使他对西方社会、文化有了更切身的感受，也为他反思戊戌变法的失败提供了新的视角。特别是耳濡目染了明治维新后迅速走上富国强兵之路的日本，使他感受极深。初到日本的梁启超如饥似渴地阅读日文著作，使他在思想上发生了极大的变化，他在《夏威夷游记》中写道："自居东以来，广搜日本书而读之，若行山阴道上，应接不暇，脑质为之改易，思想言论，与前者若出两人"①。

（1）福泽谕吉启蒙思想对梁启超的影响

日本明治维新时期启蒙思想家的著作大大拓宽了梁启超的视野，在日本众多的启蒙思想家中，对梁启超整体影响最大的是有"日本伏尔泰"之称的福泽谕吉。

福泽谕吉是明治时期最富盛名的启蒙学者，他大力传播西方思想，介绍资本主义文明，宣传"文明开化"。梁启超对福泽谕吉非常钦佩，在他主办的《新民丛报》第7号上，曾以"日本维

---

① 转引自夏晓虹：《觉世与传世——梁启超的文学道路》，中华书局2006年版，第175页。

新二伟人"为题，刊印了福泽谕吉和西乡隆盛的照片，由此可见他把福泽谕吉视为对明治维新贡献最大的人物之一。此外，梁启超还在他主持的《清议报》、《新民丛报》上，曾经先后译载过福泽谕吉的《男女交际论》、《福泽谕吉语录》。《文明论之概略》和《劝学篇》是福泽谕吉的代表作。梁启超主持《清议报》期间发表的《国民十大元气论》、《文野三界之别》等文明显受福泽谕吉的《文明概略论》和《劝学篇》的影响。

在《文明论之概略》中，福泽谕吉为日本的近代化设计了一条以西方文明为目标的路线："现在世界诸国，无论是处于野蛮状态还是处于半开状态，如想令本国文明进步，就必须以西洋文明为目标，而将其作为一切议论的中心"。① 他认为人类的历史是文明的发展史，文明是一种全人类追求的普遍价值。文明是进化的，其发展又是有阶段的，所以各国的发展都呈现出"文明"、"半开化"、"野蛮"三种阶段，现阶段西洋是文明发展的最高水平，因此日本当时的主要任务就是以西洋文明为目标，赶超西洋文明。他认为文明有两个层面："外部文明"与"内部文明"，"外部文明"是指衣服、饮食、器械、住居乃至政令法律等能闻能见的东西，"内部文明"是指内在的精神，福泽谕吉将其称之为"文明之精神"、"气风"，它渗透于人民当中，需要逐步的培养才能形成。在摄取西洋文明的问题上，提倡先难后易的纵向文明摄取方式，即先使"文明之精神"溢满全国，改革人心，然后波及政治法律，最后涉及衣食住居等有形之物。他在《文明论之概略》中说："衣服、饮食、器械、住居、以致政令法律等皆耳目可以闻见，但政令法律若与衣食住居等相比，则其趣稍异。虽耳目可闻见，但非以手可握，以钱可买卖之实物也。摄取此类文明之法亦稍难，非衣食住居等可比也。故今谓以铁桥石屋仿西洋易而改革政治法律甚难，此即吾日本铁桥石室虽已成，而政法之改革现难实施，国民会议亦不能立即实行之缘由也。倘如进一

---

① 转引自郑匡民：《梁启超启蒙思想的东学背景》，上海书店出版社 2003 年版，第 61 页。

步，全国人民之气风一变之事极难。不能赖一朝一夕之偶然而奏其功，非以一政府之命令而可强致，非一宗门之说教而能劝导，况仅以从外部改革一是株距等物而能引导哉？唯一法，从人生之天然，除害去障，唯有自然而然使人民之智德发生，自然而使其见解进入高尚之域。如此，则开天下人心之一变之端续时，政令法律之改革亦可渐渐施行而无妨碍。人心已改其面目，政法已改革之后，文明之基于此时始立，如此，衣食住之有形之物则顺此自然之势，不招自来，不求自得。故曰求欧罗巴之文明，应先难后易，先改革人心，其次波及政令，最终方至有形之物。此实乃无妨碍而可达目的之路。"① 福泽谕吉的这一思想对梁启超震动极大。他来到日本以后，每时每刻都感到日本举国上下不同于中国的独立、自由、勤奋进取的"文明之精神"，正是由于这种"气风"，才使日本崛起，使日本由"千古无闻之小国，献身于新世纪文明之舞台"。②

以觉世为己任的梁启超终于明白，中国所缺少的正是福泽谕吉所说的"文明之精神"。虽然他在戊戌变法前发表的《变法通义》中，已经意识到"日本变法则先其本，中国变法则务其末，是以事虽同，而效乃大异也"，③ 他也曾简要概括过他的变法之本："吾今为一言以蔽之曰：变法之本，在育人才；人才之兴，在开学校；学校之立，在变科举；而一切要其大成，在变官制"。④ 但是他最后的着眼点，还停留在政治制度改革的层面，与福泽谕吉所说的"文明之精神"或"气风"尚差一层。流亡日本后，受福泽谕吉的影响，思想逐渐发生了变化，改变了对维新立国手段的认识，即由原来的主张开学校、废科举、变官制等"外部文明"转变为把"文明之精神"作为维新立国的根本。梁启超

---

① 转引自郑匡民：《梁启超启蒙思想的东学背景》，上海书店出版社 2003 年版，第 68～69 页。

② 转引自郑匡民：《梁启超启蒙思想的东学背景》，上海书店出版社 2003 年版，第 69 页。

③ 转引自郑匡民：《梁启超启蒙思想的东学背景》，上海书店出版社 2003 年版，第 72 页。

④ 李华兴、吴嘉勋：《梁启超选集》，上海人民出版社 1984 年版，第 13 页。

仿效福泽谕吉也把文明分为两个方面，即"形质之文明"和"精神之文明"。他在《国民十大元气论》中说："文明者，有形质焉，有精神焉，求形质之文明易，求精神之文明难，精神既具，则形质自生，精神不存，则形质无所附，然则真文明者，只有精神而已，故以先知先觉自在者，于此二者之先后缓急，不可不留意也"。[①] 他所说的"精神之文明"就是福泽谕吉所说的"文明之精神"，梁启超把它称为"元气"；而把衣服、饮食、器械、宫室乃至政令法律等能闻能见的东西称为"形质之文明"。梁启超认为国民之"元气"乃立国之本，他在《国民十大元气论》中说"语曰：国于天地，必有与立。国所与立者何，曰民而已。民所以立者何，曰气而已"[②]。摄取西方文明，也要从"精神之文明"入手，采取先难后易的纵向文明摄取方式，因为"求文明而形质入，如行死巷，处处遇窒碍，而更无他路可以别通。其势必不能达其目的。至尽弃其前功而后已，求文明而从精神入，如导大川，一清其源，则千里直泻，沛然莫之能御也"。[③] 所以，他不再提倡原来那种自上而下的"形质之文明"的改革方式，转而从自下而上培养国民之"元气"或曰"文明之精神"做起，即发展中国的"民德"、"民智"、提高中国的"民力"，培养"新民"。

（2）中村正直的启蒙思想对梁启超的影响

在日本明治时期启蒙思想家中，中村正直与福泽谕吉齐名，也对梁启超产生了深刻的影响。幕府统治末期的日本，国家面临着内忧外患的冲击，面对如此严峻的形势，中村正直把目光放到了救国图存上。当时的舆论界大体分为"开国"和"攘夷"两派。中村正直认为这两派皆有弊端，他通过客观冷静地分析当时局势，提出了独特的救国主张，即用积极改革的方式，使日本从民族危机中解放出来，走上富强之路。改革的重点不是放在经济

---

① 转引自石云艳：《梁启超与日本》，天津人民出版社 2005 年版，第 188 页。

② 转引自郑匡民：《梁启超启蒙思想的东学背景》，上海书店出版社 2003 年版，第 71 页。

③ 转引自郑匡民：《梁启超启蒙思想的东学背景》，上海书店出版社 2003 年版，第 72 页。

和军事上，而是要注重培养国家的元气，通过自上而下的德育教化工作养成国民良好的道德风尚，提高国民的素质。他认为这才能使"国本固"。这种国民素质关系着国家的强弱的思想始终贯穿在他的思想体系中。

1876 年留学英国，两年的留英生活对他的思想产生了极大影响。亲历英国的政教风俗，他意识到英国强盛的本源乃是由其"事上帝，尊礼拜，尚持经"的基督教精神而来。这个观点在他的《拟泰西人上书》一文中提到："陛下其亦知西国之所以富强乎？夫富强之原，由于国多仁人勇士，仁人勇士之所以多出者，莫非由教法之信心望心爱国者，西国以教法为精神，以此为治化之源，匪独此也，至于妙绝之技艺，精巧之器械，有创造者，有修改者，共勤勉忍耐之大势力，莫一不根于教法之信、望、爱三德者。盖今日西国之景象者，不过教法之华叶外茂者，而教法者，实为西国之本根内托者，贵国喜其枝叶之美，欲尽得之于己，百方试学，不愧如猿猴之为，而顾遣其所由之本根，其亦惑矣"。① 基督教精神是英国富强之本源，因为它可以造就敬天爱人之心，培养人的君子人格，造就更多的仁人勇士，而国中具有君子人格之人愈多，国家就愈强盛。因此，他认为日本应该向英国学习的并不是诸如军事、经济、科学技术、政治制度等形质方面的东西，而应该向其学习这些形质之物后面的国民精神。中村正直认为只有提高国民的素质，才有可能实现日本的近代化。回国之后，他重新研究了儒家思想，得出了东方的儒家文化也可以造就敬天爱人之心，培养人的君子人格。这样，中村正直认为东西方文化并不存在矛盾，其目的都是要培养人的君子人格，由此他得出了"古今中西道德一致"的著名论断，并提倡"汉学不可费论"。因此，他和福泽谕吉一样，认为改造人民的性质，提高人民的素质才是日本当时的主要任务。维新的真正意义是"人民之一新"，而非"政体之一新"。他在《改造人民性质说》一文中宣

---

① 转引自郑匡民：《梁启超启蒙思想的东学背景》，上海书店出版社 2003 年版，第 95 页。

传了他的这种主张："戊辰以来言'御一新'之'新'者谓何？去幕政之旧而布王政之新也。然仅谓政体之一新，而非人民之一新也，政体如盛水之器物，而人民则如水也，入圆器则成圆，入方器则成方，虽器物变形状换，而水之性质无异也。"① "故改政体毋宁改变人民之性质使其愈善而去旧染，日新而又日新者可望也。"② 因为中村正直的这种主张与英国斯迈尔斯的"自助精神"十分相近，斯迈尔斯强调，一个一个地转变民众的民族精神，其作用要远远地超过制度与法律的改革，因此中村正直归国后立即翻译了斯迈尔斯的《自助论》，以图教给日本青年以生活准则。《自助论》是中村正直在英国留学归国时富丽兰德给他的饯别之物。《自助论》的日文书名为《西国立志编》，是闻名遐迩的"明治三书"之一，在日本近代化过程中起了巨大的推动作用。

　　《西国立志编》对梁启超来说应该并不陌生。戊戌变法之前，其师康有为曾托人在日本购置了大量书籍，在其女儿和弟子的帮助下，对这些图书进行了分类整理，编成《日本书目志》十五卷，其卷四《图门史》中即收有三种不同版本的《西国立志编》。此书中，中村正直的七篇序言皆用汉文写成，由此可以推断中村正直的教育民众的思想可能已经引起了梁启超的注意。但是戊戌变法时期，梁启超认为西方强盛的本源在于政治制度，因此便发动了一场自上而下的企图引进西方政治制度的改革——戊戌变法。戊戌变法运动失败后，梁启超流亡日本，"肆日本之文，读日本之书"，并向国人介绍日本明治维新启蒙思想家和新思想。他在《清议报》发表的《饮冰室自由书》中，就把中村正直的《西国立志编》各编之序全部录入，并以《自助论》为题，对该书作了介绍，而且对中村正直在明治维新中的启蒙作用大加赞赏："日本中村正直者，维新之大儒者也，尝译英国斯迈尔斯氏所著书，名曰《西国立志编》，又名之为《自助论》，其振起国民

---

　　①　转引自郑匡民：《梁启超启蒙思想的东学背景》，上海书店出版社 2003 年版，第 107 页。

　　②　转引自郑匡民：《梁启超启蒙思想的东学背景》，上海书店出版社 2003 年版，第 108 页。

之志气，使日本青年人人有自立自重之志。功不在吉田（松阴）、西乡（隆盛）下矣。"①受到中村正直的影响，梁启超认为当时中国的急务乃是国民性的改造，这种思想在他的《新民说》中明确表达出来。他认识到如果民众愚陋怯弱，涣散混沌，则无论怎样改革也无济于事。"新民云者，非新者一人，而新之者又一人也，则在吾民之各自新而已。孟子曰：'子力行之，亦以新子之国。'自新之谓也，新民之谓也"②。

流亡时期的梁启超不仅阅读了大量日本政治家和思想家的著作，直接受到日本明治启蒙思想家的影响，还以日本为媒介，间接学习西方文化，为其"新民"思想的形成提供了宝贵的精神食粮。日本在梁启超"新民"思想形成的过程中，起到了重要的中介和桥梁的作用。

梁启超流亡日本期间所涉猎的日文西籍，可以说是数不胜数。当时的日本制定了"文明开化"的政策后，一度极端崇尚西方、学习模仿西方，各种西方的思想学说也被竞相翻译输入日本。虽然无法考证梁启超在日本究竟读过哪些书，但是通过他在日本所发表的著述，我们不难发现他深受西方思想家影响的印记。

梁启超到日本后不久，即开始学习日语。通过阅读日本书籍，为他打开了学习西洋新思想、新文化、新知识的大门。不仅如此，他还将由日本传入的西方政治、经济、思想文化等尽可能介绍、传播到中国，以达到启蒙民众的目的。梁启超于1902年6月6日在《新民丛报》第9号上刊登了专门介绍学习参考书目的《东籍月旦》，详细介绍了读书的方法和捷径。不仅如此，他还借助自己创办的报刊，发表了很多翻译和介绍西方的政治思想和科学文化方面的文章。梁启超创办的《清议报》、《新民丛报》成为介绍西方文化的重要阵地。流亡日本的初期，梁启超译介了大量西方的思想家和学者，包括政治学家、哲学家、科学家、伦理学

---

① 转引自郑匡民：《梁启超启蒙思想的东学背景》，上海书店出版社2003年版，第117～118页。

② 李华兴、吴嘉勋：《梁启超选集》上海人民出版社1984年版，第209页。

家、社会学家、经济学家、文学家等等，如霍布士、斯宾诺莎、培根、迪卡尔、达尔文、卢梭、孟德斯鸠、康德、伯伦知理等等。对在西方影响较大的政治家、思想家、科学家和革命家，梁启超还专门给以立传、立说，加以介绍和评述，如连载于《新民丛报》第 11、12 期的《卢梭学案》，连载于《新民丛报》第 4、5号的《法理学大家孟德斯鸠之学说》，发表于《新民丛报》第 3号的《天演学初祖达尔文之学说及其略传》，从《新民丛报》第 4号开始至第 6、7 号连载的《匈牙利爱国者葛苏士传》，发表于《新民丛报》第 9、10、14、17、19、22 号的《意大利建国三杰传》等等。此外，梁启超在流亡期间还发表了直接涉及介绍西方思想文化学说的文章和著作四十多部，其中三分之二以上是关于各国革命状况的介绍和有关国家、政治理论方面的，如发表在《清议报》第 12、13 册的《各国宪法异同论》，发表在《清议报》第 94、95 册的《国家思想变迁异同论》，伯伦知理著、梁启超译、广智书局发行的《国家学纲领》，发表在《新民丛报》第 40、41 号的《论俄罗斯虚无党》，发表在《新民丛报》第 61、62 号的《俄罗斯革命之影响》等等。从 1902 年梁启超发表于《新民丛报》的《新民说》中，我们可以清楚地看到卢梭的人民主权论、边沁的功利观、伯伦知理的国家主义等对他的影响。

三、梁启超美学话语形成的日本因素

1. "小说界革命"提出

如何"新民"？梁启超认为应该利用小说来"新民"。1902 年11 月，他的《论小说与群治之关系》发表在《新小说》的创刊号上，文章开头就说："欲新一国之民，不可不先新一国之小说。"[①]从而提出了"小说界革命"的口号。《论小说与群治之关系》是一篇具有纲领性意义的小说理论文章，这篇文章一向被视为"小

说界革命"的宣言书。

在正式提出"小说界革命"以前，梁启超就已经对小说问题多有论及。

早在戊戌变法前发表的《变法通义》中，梁启超就已经很看重小说的教育作用。在写于1896年的《变法通义·论幼学》一文中，梁启超专门谈到了"说部书"，即小说，并把它作为蒙学教材不可缺少的一部分。在文中，梁启超指出小说运用俚语写作，故"妇孺农氓"皆可读之，因此"读者反多于六经"，而且对社会风气具有重要影响。于是提倡"今宜专用俚语，广著群书。上之可以借阐圣教，下之可以杂述史事，近之可以激发国耻，远之可以旁及彝情。乃至官途丑态、试场恶趣、鸦片顽癖、缠足虐刑，皆可穷极异形，振厉末俗。其为补益，岂有量耶!"①由此可见，梁启超要让小说承担宣扬孔教、教授历史知识、激发爱国思想、了解外国情况和改变恶劣的社会风气的社会作用。这表明他从一开始就把小说作为政治启蒙、社会改良的手段，而不是纯粹的文学作品。

1898年发表于《清议报》第一册的《译印政治小说序》，是梁启超为鼓吹政治小说而写作的一篇专论。他在此文中肯定了小说具有娱乐性和通俗性，是一种适合广大民众欣赏水平和欣赏习惯的文学体裁，因而拥有广大的读者群，因此可以作为开通民智的手段。"仅识字之人，有不读经，无有不读小说者。故六经不能教，当以小说教之。正史不能入，当以小说入之。语录不能谕，当以小说谕之。律例不能治，当以小说治之。今中国识字人寡，深通文学之人犹寡"②。

流亡日本以后，梁启超的思想重心渐渐发生了位移，他对救国图存道路的探索由政治制度的变革转向了国民性的改造，即塑造"新民"。在思想启蒙的现实需要下，他认识到文学是新思想的传播载体和工具，由此文学及其变革引起了他极大的关注。因

---

① 转引自金雅：《梁启美学思想研究》，商务印书馆2005年版，第323页。
② 转引自金雅：《梁启美学思想研究》，商务印书馆2005年版，第324页。

此，他在 1902 年发表的《论小说与群治之关系》一文中，提出
了"小说界革命"的口号，把改良社会政治的重任赋予小说：
"欲新一国之民，不可不先新一国之小说。故欲新道德，必新小
说；欲新宗教，必新小说；欲新政治，必新小说；欲新风俗，必
新小说；欲新学艺，必新小说；乃至欲新人心，欲新人格，必新
小说。"在文章最后发出宣言："故今日欲改良群治，必自小说界
革命始；欲新民，必自新小说始。"①

　　因此，梁启超之所以把目光投向被正统文人视为末流、难登
大雅之堂的小说，正是看到了浅显通俗的小说对于开启民智的教
化作用，希望小说能够成为醒世觉民的工具。当时志在救国的许
多知识分子都认识到了小说在开启民智方面的重要作用，如陶曾
佑在其《论小说之势力及其影响》中也认为："欲革新支那一切
腐败之现象，盍开小说界之幕乎？欲扩张政治，必先扩张小说；
欲提倡教育，必先提倡小说；欲振兴实业，必先振兴小说；欲组
织军事，必先组织小说；欲改良风俗，必改良小说。"②

　　总之，"小说界革命"是在中华民族处于生死存亡的历史背
景下，受西方资产阶级思想的影响，为启蒙大众、救亡图存而产
生的。小说作为启蒙大众的重要工具，受到了特别的推崇。"小
说界革命"提高了小说的地位，强化了小说教育民众和改造社会
的功能。同时也促进了小说的改革，使小说在内容上向着现实化
和政治化，在形式上向着通俗化和大众化转型。

2. 梁启超的小说美学思想

　　《论小说与群治之关系》这篇文章不仅是"小说界革命"的
宣言书，也奠定了梁启超在中国近代小说思想舞台上的导师地
位。这一地位既来自于梁启超对传统小说思想的革命性批判和对
以"新民"为最高理想的新的小说价值理念的积极倡导，也来自
于他以新的视角、术语、方法对小说的艺术特点和艺术规律作出

① 李华兴、吴嘉勋：《梁启超选集》，上海人民出版社 1984 年版，第 349 页。
② 转引自黄永林：《"小说界革命"与启蒙大众》，载《华中师范大学学报》2000
年第 2 期。

的合理深入的阐释。这种努力显示了梁启超试图将小说的现实使命与审美特性会通融合的价值取向。

（1）小说的两种基本美学境界——理想、写实

梁启超在《论小说与群治之关系》一文中提出人所面对的外部世界有"现境界"和"他境界"。"现境界"是人"所能触能受之境界"，即生活于其中的现实社会；"他境界"是"身外之身，世界外之世界"。梁启超认为，人都生活在具体的现实社会之中，但其精神欲求却不完全拘泥于具体的现实社会，这就是"人之性"，而且"现境界顽狭短局而至有限也，故常欲于其直接以触以受之外，而间接有所触有所受"，而小说具有既能摹"现境界"之景，又能极"他境界"之状的艺术表现特性，使我们"变换其常触常受之空气"，从而满足"人之性"的基本要求。这类小说梁启超称之为"理想派小说"；此外，一般人对于生活于其中的现实社会，往往"行之不知、习矣不察"，对于自己在现实社会中产生的情感体验，往往"知其然而不知其所以然"，因此"欲摹写其情状，而心不能自喻，口不能自宣，笔不能自传"。而小说却可以"和盘托出，彻底而发露之"。这类小说梁启超称之为"写实派小说"。

在这里，梁启超从小说的审美特性入手，认为小说的魅力与价值不在于文字上的"浅而易解"和内容上的"乐而多趣"，而在于其审美特性可以满足人性的基本要求，能够对人产生精神启迪作用。此外，梁启超还将理想派和写实派视为小说创作的两大基本手法，并指出前者有助于人们认识生活的真实，后者有助于人们认识理想的境界。并认为在各种文体中，最能运用这两种创作手法以"移人"的首推小说。由此梁启超得出了"小说为文学之最上乘"的结论。

"写实派"和"理想派"这两个概念是梁启超从西方文论中引入的，在中国文论和美学史上，属于首次触及，是我国小说理论上的一个创举，可惜只是点到而已，未能就有关的各种问题作稍微进一步的阐释。

（2）美的作用机制和作用效能——"力"与"移人"

　　为什么梁启超把小说作为"改良群治"和"新民"的锐利武器呢？梁启超从审美心理的角度对此作了具体的探讨，认为"小说有不可思议之力支配人道故"。

　　在《小说界革命》中，梁启超提出了"力"这个在他的美学思想中占有重要地位的的美学范畴。梁启超用"力"来界定美的作用机制。他从"力"的命题出发，概括出小说横向上具有"熏"、"浸"、"刺"、"提"四种艺术感染力，纵向上具有"渐"化和"骤"觉两种基本的艺术感染形式，还具有"自外而灌之使入"和"自内而脱之使出"两大艺术作用机理，认为小说通过"力"来"移人"，潜移默化地"支配人道"。

　　"熏"之力的实质是"烘染"："熏也者，如入云烟中而为其所烘，如近墨朱处而为其所染"①。"浸"之力的实质为"化"："浸也者，入而与之俱化者也"②。"熏"以空间言，"浸"以时间论。"熏"的结果是空间的扩大，"浸"的结果是时间的绵延。如文中所言："熏以空间言，故其力之大小，存其界之广狭；浸以时间言，故其力之大小，存其界之长短。"③"熏"和"浸"都是强调潜移默化，特点是使感受者"渐"觉。而"刺"之力的特点则是"使感受者骤觉"："刺也者，能入于一刹那顷，忽起异感而不能自制者也"④。在文学体裁中，"刺"之力最大者是小说："此力之为用也，文字不如语言，然语言力所被不能广不能久也，于是不得不乞灵于文字。在文字中，则文言不如其俗语，庄论不如其寓言，故具此力最大者，非小说末由"⑤。总体而言，"熏"、"浸"、"刺"分别强调的是艺术感染力的广度、深度和强度。这三种力的作用机理是"自外而灌之使入"，而第四种力"提"则是"自内而脱之使出"，是审美中的最高境界。在"提"之力的作用下，审美主体与审美对象融为一体，达到审美主体的全面改

---

　　① 李华兴、吴嘉勋：《梁启超选集》，上海人民出版社1984年版，第350页。
　　② 李华兴、吴嘉勋：《梁启超选集》，上海人民出版社1984年版，第350页。
　　③ 李华兴、吴嘉勋：《梁启超选集》，上海人民出版社1984年版，第350页。
　　④ 李华兴、吴嘉勋：《梁启超选集》，上海人民出版社1984年版，第351页。
　　⑤ 李华兴、吴嘉勋：《梁启超选集》，上海人民出版社1984年版，第351页。

造。由此可见，梁启超对"四力"的审美特点、作用机理和作用效能做了具体的分析，并认为"此四力所以最易寄者，惟小说。"①

小说通过这"四力"达到什么样的审美效能呢？梁启超的结论是"移人"。"移人"的范畴是建立在"力"的范畴的基础之上，是对艺术审美功能的整体目标的界定。审美主体受到这四种力的感染，与审美对象浑然一体，完全融入审美自由境界之中，此时"此身已非我所有，截然去此界以入于彼界，所谓华严楼阁，帝网重重，一毛孔中万亿莲花，一弹指顷百万浩劫"②。从而在精神境界上受到陶染和提升，达到审美主体的自我更新。因此，"移人"是由审美通向人格更新的理想环节。"移人"这个范畴体现出了梁启超学用相谐的理论思维特征。

作为一个启蒙思想家，梁启超强调审美实践和人生实践的密切联系，从而构成了"力"和"移人"范畴的独特的理论特色。"力"的范畴揭示了审美活动与审美主体心理建立联系的作用机制，小说是通过"力"这个中介对人发生作用的，"力"是小说通向人格、人心的必要途径。"移人"的范畴揭示了审美活动对审美主体进行自我更新的作用效能，"移人"作为美之"力"在人身上的具体体现，他强调的是一种物我交融的状态，是审美主体心灵的升华，通过"移人"，美自然成为个体与社会之间的桥梁。这两个美学范畴的提出，表明梁启超不仅对美的规律做出了深入思考，而且对审美如何作用于社会也做出了深入思考，完成了美对人生与社会的介入。"力"与"移人"这两个范畴，在中国近现代美学中较早触及了审美心理的视角，是梁启超由审美心理通向审美功能、构建其人生论美学思想体系的两个重要的阶梯。

（3）小说的重要审美特征——悲剧、崇高

梁启超在《论小说与群治之关系》一文中还进一步从审美心

---

① 李华兴、吴嘉勋：《梁启超选集》，上海人民出版社 1984 年版，第 352 页。
② 李华兴、吴嘉勋：《梁启超选集》，上海人民出版社 1984 年版，第 351 页。

理角度对小说的审美特征做出了初步阐释。他认为小说在审美特征上可以分为"赏心乐事"和"可惊、可愕、可悲、可感"两大类，前一类小说"不甚为世所重"，而后一类小说虽然"读之而生出无量噩梦，抹出无量眼泪"，却最受读者欢迎。为什么原本读小说是为了求"乐"的读者"偏取此反比例之物而自苦也"？这是因为这类小说具有悲剧美，可以带给读者痛而后快的崇高感。

悲剧和崇高属于同一序列的审美类型。悲剧是一种由痛感过渡、上升到快感的复杂的情感体验，在本质上与崇高相通。悲剧美之所以在美学范畴中占有很高的地位，是因为它体现着人苦苦求索的理性意蕴，能够使人体察到深邃的哲理。这种悲剧的理性意蕴包含三个层面："其本质层面可以引导人对人自身的本质、人的生存及其价值的探索，探求生命的意义和精神；其认识层面不仅促使人们把握历史的必然规律，还能激发人们对主观世界的思考，深化自我认识的能力；其伦理层面则往往表现出人类对善与恶的关照、对善的追求，从而升华人们的伦理意识。"① 正如朱光潜在《悲剧心理学》中所说："在悲剧中，我们亲眼看见特殊品格的人物经历揭示内心的最后时刻。他们的形象随苦难而增长，我们也随他们一起增长。看见他们是那么伟大崇高，我们自己也感觉到伟大崇高。正因为这个原因，悲剧才总是有一种英雄的壮丽色彩，在我们的情感反应中，也才总是有惊奇和赞美的成分。"②

通过读"可惊、可愕、可悲、可感"这一类的小说转化而来的"乐"就是悲剧的审美效应。读此类小说好像"禅宗之一棒一喝，皆利用此刺激力以度人"，这一类小说的审美功能实际上就是小说"四力"中的"刺"之力，即希望能借助小说独特的"刺"之力来警醒民众，改造麻木浑噩的"国民之魂"。梁启超在这里已经隐含了悲剧美的审美理念，在价值取向上偏重于崇高

---

① 王德胜主编：《美学教程》，人民教育出版社 2001 年版，第 153 页。
② 朱光潜：《悲剧心理学》，人民文学出版社 1983 年版，第 207～208 页。

感。中国传统美学以和谐优美为上，但是到了 19 世纪末 20 世纪初，以优美为主体的古典主义审美理念在中国审美文化中逐渐失去了主导地位。近一百年来，中国人在血与火中挣扎、反抗，因此以冲突和斗争为主旋律的悲剧美、崇高美进入了中国人的审美视野中，并渐渐受到了重视和欢迎。

四、日本明治小说对梁启超小说观的影响及梁启超的新小说实践

由于小说的改革关系到"改良群治"和"新民"，小说的崇高地位被凸现出来。而从改良政治的目的出发，在各类题材的小说中，政治小说与政治的关系最为密切，因此格外受到梁启超的重视和推崇。

政治小说作为小说之一种，来源于欧洲。中国引进这一概念，是假道日本。明治维新期间，政治小说大盛于日本。

日本明治维新时期，明治政府将"文明开化"定为国策，趁此时机，西方小说大量传入日本，以迥然不同于日本传统小说的新内容与新形式，吸引了日本的知识分子，并由此引发出改良小说的愿望。日本小说改良的机运是由明治第二个十年翻译文学的勃兴带来的。明治十一年，即 1878 年，曾经留英的织田纯一郎译介了英国通俗小说作家布韦尔·李顿的小说《花柳春话》，在日本大受欢迎，并为日本小说界输入了"政治小说"这一概念。随后，布韦尔·李顿的其他作品，如《寄想春史》、《伦敦鬼谈》、《系思谈》、《慨世者传》也竞相译出。同时介绍到日本的西洋小说还有迪斯雷里的《春莺啭》、《政海清波》等作品，大受读者欢迎。布韦尔·李顿和迪斯雷里的小说能一度成为明治年间的畅销书，原因有二：第一，他们既是欧洲著名的政治家，又是小说家，政治家写小说，并以小说宣传政治思想，这一发现极大动摇了认为小说只是小道的传统观念；第二，明治维新以后，日本的经济发展所需资金主要来自对下层人民的盘剥，老百姓不堪其苦，暴动不断，民权运动的知识分子和思想家、政治家为了启蒙

群众，宣传自己的政治主张，灌输新的观念，就必须利用通俗而易于普及的形式，因此政治小说备受青睐。于是，日本文人纷纷操笔，写起了政治小说，使政治小说成为日本启蒙文学的主要形式。在这种刺激下，日本政治小说的创作一时大为兴盛，并赢得了广大的读者群。最早出现的日本政治小说是 1880 年户田钦堂的《情海波澜》，此后，又有大批政治小说问世，如小室信介的《新编大和锦》，末广铁肠《二十三年未来记》、《雪中梅》、《花间莺》，须藤南翠的《新妆之佳人》、《绿蓑谈》、《向日葵》，尾崎行雄的《新日本》等等。当时影响最大、最有代表性的的政治小说则是东海柴四郎的《佳人奇遇》和矢野龙溪的《经国美谈》。

日本文坛这一新气象，很快引起了中国启蒙主义者的高度注意。中国启蒙主义者对小说如此看重，主要不是看重小说本身，而是看重小说的政治功用，把它作为"载道"的工具，即载"新民"之道，用它来宣传维新思想。

梁启超注意到政治小说对日本明治维新运动的影响，他在《饮冰室自由书·传播文明三利器》中说："于日本维新之运有大功者，小说亦其一端也。明治十五六年间，民权自由之声，遍满国中。于是西洋小说中，言法国、罗马革命之事者，连续译出……翻译既盛，而政治小说之著述亦渐起……著书之人，皆一时之大政论家，寄托书中之人物，以写自己之政见，固不得专以小说目之。而其浸润于国民脑质，最有效力者，则《经国美谈》、《佳人奇遇》两书为最云。"[①] 这更加触发了他翻译西方、日本的政治小说以开启民智的思想。梁启超在 1898 年发表了著名的《译印政治小说序》，这是他为鼓吹"政治小说"而写的一篇专论。梁启超为了政治的功利目的，有意夸大了政治小说的作用："在昔欧洲各国变革之始，其魁儒硕学、仁人志士，往往以其身之所经历，及胸中所怀政治之议论，一寄之于小说。于是彼中缀学之子，塾之暇，手之口之，下而兵丁、而市侩、而农氓、而工

---

① 转引自程光炜、管粟：《小说界革命》，载《信阳师范学院学报》2003 年第 1 期。

匠、而车夫马卒、而妇女、而童儒，靡不手之口之。往往每一书出，而全国之议论为之一变。彼美、英、德、法、奥、意、日本各国政界之日进，则政治小说为功最高焉。英名士某君曰：'小说为国民之魂'。"[①]

在梁启超在流亡日本之前，可能就接触过政治小说。上海大同译书局 1898 年出版的其师康有为的《日本书目志》中有大量的翻译书籍。此书收集了 1887 年前后日本书籍七千一百多册，将其划分为政、法、农、工、商、教育、文学、理学、宗教等十五个门类，诸如《花柳春话》、《春莺啭》、《佳人奇遇》、《经国美谈》、《花间莺》、《雪中梅》等，都被收藏于其中。在《日本书目志》公开问世之际，梁启超专门写了《读〈日本书目志〉书后》发表在《时务报》上，介绍康有为的这本书并宣传通过日本译书学习西方。虽然我们不能确定梁启超在去国前读过哪本书，但最迟到他在戊戌政变发生后，在东渡日本的轮船大岛号上，就开始阅读政治小说《佳人奇遇》，并边读边译。到达日本后，于横滨创办《清议报》，即开始在该刊"政治小说"专栏连载他所译的《佳人奇遇》，成为《清议报》连载的第一篇政治小说。接着又翻译连载了矢野龙溪的《经国美谈》，两篇小说在当时的中国都轰动一时。梁启超希望这两部小说能引起国人的"希贤爱国之念"，提高国人的政治思想觉悟。由此可见，梁启超是以"载道"为目的来译介这两部小说的。这点在《清议报全编》卷首的《本编之十大特色》一文中可知："本编附有政治小说两大部，以稗官之体，写爱国之思。二书皆为日本文界中独步之作，吾中国向所未有也，令人一读，不忍释手，而希贤爱国之念自油然而生。"[②]

梁启超在对西方文化和日本文化的学习和考察中，认识到了小说对社会的巨大影响，因此除了翻译域外小说外，梁启超还以取法西洋的日本近代政治小说为学习范本，开始了"小说界革命"的尝试。1902 年 11 月，梁启超在《新小说》创刊号上，发

---

① 转引自金雅：《梁启超美学思想研究》，商务印书馆 2005 年版，第 324 页。
② 转引自夏晓虹：《觉世与传世——梁启超的文学道路》，中华书局 2006 年版，第 201 页。

表了著名的《论小说与群治之关系》，提出了"小说界革命"的口号。他在《论小说与群治之关系》一文中猛烈抨击了旧小说和当时的小说创作，认为"中国群治腐败之总根源"是旧小说，因为这类小说充斥着这些思想："吾中国人状元宰相之思想何自来乎？小说也；吾中国人佳人才子之思想何自来乎？小说也；吾中国人江湖盗贼之思想何自来乎？小说也；吾中国人妖巫狐鬼之思想何自来乎？小说也。"① 梁启超甚至把许多国民劣根性也归罪于旧小说，他说："今我国民惑堪舆、惑相命、惑卜竹巫、惑祈禳、因风水而阻止铁路，阻止开矿，争坟墓而阖族械斗，杀人如草，因迎神赛会，而岁耗百万金钱，废时生事，消耗国力者，曰惟小说之故。今我国民慕科第若膻蚁，趋爵禄若鹜，奴颜婢膝，寡廉鲜耻，惟思以十年萤雪，暮夜苞苴，易其归娇妻妾、武断乡曲一日之快，遂至名节大防，扫地以尽者，曰惟小说之故。今我国民轻弃信义，权谋诡诈，云翻雨覆，苛刻凉薄，驯至尽人皆机心，举国皆荆棘者，曰惟小说之故。今我国民轻薄无形，沉溺声色，眷恋床笫，缠绵歌泣于春花秋月，销磨其少壮活泼之气，青年子弟，自十五岁至三十岁，惟以多请多感、多愁多病为一大事业，儿女情多，风云气少，甚者为伤风败俗之行，毒遍社会，曰惟小说之故。今我国民绿林豪杰，遍地皆是，日日有桃园之拜，处处为梁山之盟，所谓'大碗酒，大块肉，分秤称金银，论套穿衣服'等思想，充塞于下等社会之脑中，遂成为哥老、大刀等会，卒至有如义和拳者起，沦陷京国，启招外戎，曰惟小说之故"。② 由于梁启超对旧小说的批评是为其"小说界革命"的政治目的服务的，所以对中国旧小说的批评难免有失公允。梁启超期望改变中国小说家的创作意识和小说的创作内容，他强烈要求把小说从封建思想的束缚下解放出来，增强小说家的政治责任感，使小说成为宣传维新思想的载体。因此，他在文章的结尾大声疾呼："故今日欲改良群治，必自小说界革命始；欲新民，必自新小说

---

① 李华、吴嘉勋：《梁启超选集》，上海人民出版社1984年版，第352页。
② 李华兴、吴嘉勋：《梁启超选集》，上海人民出版社1984年版，第352～353页。

始"。由此可见，"小说界革命"口号的提出是与梁启超的"新民"之梦的政治设计紧紧联系在一起的。

《新小说》杂志的创办，是梁启超提出"小说界革命"的最切实的行动之一。《新小说》于 1902 年月 11 月 14 日创刊于日本横滨，次年第 2 卷改在上海出版，1906 年 1 月停刊，共出 24 期，是中国第一份专门刊登小说的杂志，面向海外及全国发行。刊物的取名直接借用了日本 1889 年和 1896 年两次创办的同名杂志的名称，明显表现出日本文学的影响。为配合《新小说》的出版，梁启超以新小说报社的名义，在《新民丛报》14 号上发布了一篇广告——《中国唯一之文学报〈新小说〉》。文章申明了创办《新小说》宗旨："本报宗旨，专在借小说家言，以发起国民政治思想，激励其爱国精神。一切淫猥鄙野之言，有伤德育者，在所必摈。"它的办刊宗旨，体现了鲜明的时代特色，表现了维新派要借小说改造国民性、开启民智的主张，也表现了中国新兴资产阶级在文学上要变革封建文学的勇气和胆略。综观 24 期《新小说》，共开辟了论说、政治小说、历史小说、社会小说、科学小说、哲理小说、冒险小说、侦探小说、法律小说、外交小说、写情小说、语怪小说、札记小说、小说丛话等栏目，刊载长短篇小说和翻译小说 20 余种。其中前期发表的有梁启超自著的《新中国未来记》、雨尘子的《洪水祸》、岭南羽衣女士的《东欧女豪杰》、玉瑟斋主人的《回天绮谈》，后期发表的有吴趼人的《痛史》1～27 回，《二十年目睹之怪现状》1～45 回、《九命奇冤》1～36 回，以及琐颐的《黄绣球》1～26 回，除此之外还翻译刊登了《世界末日记》、《电述奇谈》、《神女再世奇缘》等西洋小说。根据新小说杂志社的办刊计划，将要刊载的小说还有《罗马史演义》、《十九世纪演义》、《自由钟》、《亚历山大外传》等。此外，《新小说》杂志还专门设有"论说"栏目，刊载运用西方文学理论、用新的观点阐述小说的专论。刊载的小说专论主要有狄平子的《论文学上小说之位置》、金松岑的《论写情小说与新社会之关系》等等，他们的着眼点、所论述的内容，仍不外乎小说与社会改革的关系。《新小说》还开辟了史无前例的《小说丛话》

专栏，以谈话体的形式纵论小说。当时，许多文化名士如狄平子、苏曼殊都参与其中，他们论述的范围不仅限于"新小说"，从《水浒》到《红楼》，从中国小说到西洋小说，各述心得，有数十条，在《新小说》上次第刊出。《新小说》作为小说杂志一种模式，其影响也不容低估，引起了其他许多小说报刊的效仿和借鉴，比较著名的如与《新小说》合称"晚清四大小说杂志"的《绣像小说》（1903）、《月月小说》（1906）、《小说林》（1907）。小说报刊的大量创办，不仅为小说的创作与革新起着促进的作用，也使小说对社会的影响力愈来愈大。

梁启超提出"小说界革命"的口号后，不仅创办了《新小说》杂志，为新小说的创作提供阵地，还身体力行地创作新小说。梁启超从翻译日本的政治小说得到了启悟，进而效法创作出了中国第一部"政治小说"《新中国未来记》。这是梁启超按照他的《论小说与群治之关系》的理论，从"小说救国"的视角来创作的一部小说，也是"小说界革命"最早出现的小说创作成果。梁启超酝酿了很长时间，在小说的《绪言》中，有这样的记述："余欲著此书，五年于兹矣，顾卒不能成一字。况年来身兼数役，日无寸暇，更安能以余力及此。顾确信此类之书，于中国前途，大有裨助，夙夜志此不衰。"

梁启超对政治小说的热衷由翻译转向创作，这表明日本明治文学的影响又深了一层。这种影响，主要表现在梁启超对日本政治小说样式的全面接受上。

《新中国未来记》的名字来源于日本同类小说，是综合了尾崎行雄的《新日本》和末广铁肠的《二十三年未来记》一类的书名而成。政治小说的目的是要变革现实，因此超越现实的理想社会才是作者向往的对象。而最能体现政治理想的光芒性质的政治小说，就是"未来记"一类。因此明治年间的小说作者就使"未来记"成了政治小说的一种常见形式。如末广铁肠的《二十三年未来记》、《雪中梅》，服部抚松的《二十三年国会未来记》，坪内逍遥的《未来之梦》，藤泽蟠松的《日本之未来》，尾崎行雄的《新日本》等等。梁启超正是看中了"未来记"易于表述政治理想的长处，才毫不犹豫地选择"未来记"作为政治小说的基本形式。

此外，《新中国未来记》的构思，是一篇由孔觉民老先生述出的长篇演说词。以演说为小说仍要归之于明治时代风气的感染，而日本也是学习西方的产物。由于演说具有普及新思想、新知识的功用，因此在日本大受启蒙思想家的欢迎。不仅启蒙思想家把它作为启蒙教育的重要手段，也对日本启蒙思想家创作政治小说产生了影响，从而形成了政治小说特有的演说调。这种演说调表现在两个方面：一是长篇大论的演说；二是人物的对谈。以此观之，《新中国未来记》不仅由孔觉民先生演说出，而且文中还有黄克强和李去病、黄克强和郑伯才的两场辩论。

梁启超创作政治小说的目的，是为了通过小说发表对政治问题的见解，阐发他的改良思想。根据小说的第二回孔觉民演讲披露的大纲总目，此小说起笔于1900年的义和团事变、八国联军入侵北京，叙至1962年正月初一中国"举行维新五十年大祝典"，写中国近60年史。分为六个时代：（1）预备时代：从八国联军破北京时起，至广东自治时止；（2）分治时代：从南方各省自治时始，至全国国会开设时止；（3）统一时代：从第一次大统领罗在田君就任时起，至第二次大统领黄克强君满任时止；（4）殖产时代：从第三次黄克强君复任统领时起，至第五次大统领陈法尧君满任时止；（5）外竞时代：从中俄战争时起，至亚洲各国同盟会成立时止。（6）雄飞时代：从匈牙利会议后迄至今日。可惜的是，小说仅仅写了五回，并未完成。小说刊登在梁启超创办的《新小说》的1、2、3、7号上。但是我们根据早于《新小说》发刊前三个月发表在《新民丛报》的广告《中国唯一之文学报〈新小说〉》的介绍可大致知道其情节梗概："其结构，先于南方有一省独立，举国豪杰同心协助之，建设共和立宪完全之政府，与全球各国结平等之约，通商修好。数年之后，各省皆应之，群起独立为共和政府者四五。复以诸豪杰之尽瘁，合为一联邦大共和国。东三省亦改为一立宪君主国，未几亦加入联邦。举国国民，戮力一心，从事于殖产兴业，文学之盛，国力之富，冠绝全球。寻以西藏、蒙古主权问题与俄罗斯开战端，用外交手段联结英、美、日三国，大破俄军。复有民间志士，以私人资格暗助俄罗斯虚无党，覆其专制政府。最后因英、美、荷诸国殖民地虐待黄人问题，几酿成人种战争，欧美各国合纵以谋我，黄种诸国连横以应之。中国为主盟，协同日本、菲律宾等国，互整军备。战端将破裂，匈牙利人出而调停，其事乃解。卒在中国京师开一万国平和会议，中国宰相为议长，议定黄、白两种人权利平等、互相亲睦种种条款，而此书亦以结局焉"。① 从上述小说的纲目和内容看，梁启超是要写中国的复兴史，是要用文学的形式宣传维新党人所主张的先实行君主立宪，逐步和平地过渡到民主共和，实现中国强盛统一的政治主张。

梁启超的小说直面社会现实，有其尖锐性的一面。中国古典小说，历来不敢直面社会，反映社会现实都是通过志怪、寓言、讲史、公案、神魔等方法，迂回曲折地反映社会。只是到了近代，才出现直接写社会现实、社会变革、革命潮流的小说，而梁启超的《新中国未来记》则是此类小说最早的作品，它标志着一种文学政治化小说模式的诞生。这类小说一方面密切了文学与社会的关系，适应了当时救亡图强的社会需要，改变了小说不能直面社会的传统模式，把小说从封建文人的自我表现和市井社会的消闲娱乐转到面向现实、面向社会的轨道上来；但另一方面，在他的小说理论的带动下，政治化、概念化的小说模式却成了小说家效法的时尚，从而也影响和局限了小说向艺术的深层发展。

小说作为一种文学体裁，有区别于其他文体的独特表达形式。就文学性和艺术性来讲，梁启超的小说创作是失败的。由于梁启超小说创作的目的在于政治宣传，因此在小说中多是连篇累牍的法律、章程、演说、论文等，叙述缺少情节性，读之毫无趣味，使人恹恹欲睡。在《新中国未来记·绪言》中梁启超已经认识到这一点："编中往往多载法律、章程、演说、论文等，连篇

---

① 转引自夏晓虹：《觉世与传世——梁启超的文学道路》，中华书局 2006 年版，第 40~41 页。

累牍，毫无趣味，知无以餍读者之望矣。"① 过多说理成分的掺杂，取消了小说文体自身的特点，大大降低了小说自身的文学性和艺术性。而且，《新中国未来记》采用了诸体混杂的形式，打破了小说自成一体的格局。这一点梁启超在《绪言》里也承认："此编今初成两三回，一覆读之，似说部非说部，似稗史非稗史，似论著非论著，不知成何种文体，自顾自失笑。"梁启超认识到自己小说创作的缺陷却有意忽视，是因为他为了表现"新意境"，即"振国民精神，开国民智识"的新思想、新内容。

但是，《新中国未来记》为近代小说的创作开创了一代新风。虽然这篇小说用了旧小说的体裁，即采用了章回体和"史笔"，但是其中已经包含着对旧题材的突破。表现之一就是诸体混杂。这种为了表达"新意境"而创设的极不纯粹的小说文体，就是对旧体裁最根本性的突破。表现之二是小说类型的革新。小说写的是一个理想国家"新中国"的建立过程，是写距写作时间 60 年以后的事情，梁启超把政治小说自由幻想的特质引入了中国，为中国小说开辟了一个新天地，带来了一种新类型，即政治幻想小说。表现之三是小说叙述手法的革新，机采用倒叙法和双重叙事结构。小说一开始就写小说的结局，写 1962 年的新中国举行"维新大庆典"，然后再写"中国近六十年史"的演变。这种倒叙的手法，在中国传统小说中是没有的，显然是学西方和日本小说的，梁启超流亡时期翻译的《佳人奇遇》和《十五小豪杰》就是采用倒叙手法开头的。将倒叙手法引进并有意识地运用于小说创作中去的，梁启超是第一人。《新中国未来记》的整个结构，实际是以一个倒叙的框架包含了一个顺序的故事，把应该作为结尾的地方移到了开头，产生了新奇的艺术效果，在当时具有创新意义。中国传统小说一般只有一个叙述人，即采取的是单一叙事结构，而梁启超在小说中明确设置了两个叙述人，即主要叙述人孔觉民和次要叙述人速记员，打破了中国传统小说的单一叙事结

---

① 转引自夏晓虹：《觉世与传世——梁启超的文学道路》，中华书局 2006 年版，第 61 页。

构。虽然这项革新并未贯彻到底，但是梁启超在小说结构的复杂化上做出了有益的尝试和贡献。

《新中国未来记》虽然文学性和艺术性不高，梁启超的小说创作与其小说理论相比逊色不少，但是《新中国未来记》是中国"新小说"的开山之作，为改造旧小说、创作"新小说"提供了范本，从此中国小说走上了缓慢而艰难的近代化之路。

五、梁启超的小说美学之评价

1. 我国小说观念的转换更新——从"小道"到"文学之最上乘"

梁启超倡导的"小说界革命"理论给传统文学观念以前所未有的强烈震撼，使小说的地位真正得到了提高，从此小说从"小道"、"末技"变为"文学之最上乘"，不仅确立了一种全新的文学体裁观念，也冲击了中国文化只重经史的传统结构，对 20 世纪小说文体与文学实践的发展意义深远。

中国封建社会的文学以诗文为主，小说不被重视。由于小说起源于民间，所以它一直被视为不登大雅之堂的末流，受到统治阶级的鄙弃，在文学史上一直没有地位。小说一词，最早见于《庄子·外物篇》"饰小说以干县令，其于大达亦远矣。"这里所说的"小说"，是指琐屑的言谈、小的道理，不是现代意义的"小说"。这里把"小说"与"大达"对举，贬"小说"之意十分明显。班固在《汉书·艺文志》中对小说的论述，极为典型地代表了古代文人对小说的看法："小说家流，盖出于稗官，街头巷语，道听途说者之所造也。孔子曰：'虽小道，必有可观者焉，致远恐泥，是以君子弗为也。'然亦弗灭也。闾里小知者之所及，亦使缀而不忘，如或一言可采，此亦刍荛狂夫之议也。"在这里，班固虽然将孔子学生子夏所言误当成孔子所言，但是我们可以看出，班固和庄子、子夏一样，对小说持轻视意见。所谓"虽小道，必有可观者焉，致远恐泥"，就谨慎地划定了小说的范围；

而"君子弗为"的规则，又给自命清高的文人从事小说创作设置了障碍。从此，小说作为"小道"、"末技"的称号就沿袭下来，有身份、地位的文人就不便问津了。在传统士大夫心目中，小说的地位非常卑下。到了明清时期，虽然小说创作的成就并不在诗文之下，但封建文人依然固执地将小说排斥在正统文学之外。而且，明清之际，中国古典小说的创作的空前繁荣也为小说评点的发展提供了契机，出现了李贽、袁宏道、李开先、金圣叹、张竹坡、毛宗岗等大评点家，他们试图借小说评点来提高小说的地位。但是面对一个以几千年的儒家文化积淀为后盾的诗文中心的文体结构体系，他们的声音显得很微弱。"直到清末，封建文人仍然坚持认为小说：'固不足与文学之事'，因而'有识者方鄙夷而不之顾'。甚至将小说家称为'好侠恶劳，惮著书之苦，复欲博著书之名'的'轻薄之徒'。"① 黄人在《小说林发刊词》中就概括了时人对小说的歧见："昔之于小说也，博弈视之，俳优视之，甚且鸩毒视之，妖孽视之，言不齿于缙绅，名不列于四部。私忠酷好，而阅必背人，下笔误征，则群加嗤鄙。"② 由此可见，在中国古代，小说不被人重视，其地位十分低下。

到了近代，中国社会进入了一个普遍失范的历史时期，封建制度自身的没落和西方文化的冲击几乎颠覆了一切正统观念，这为重新建构文体结构系统提供了良好的社会条件。

小说地位的真正提高，是在"小说界革命"时期。梁启超在1902年发表的《论小说与群治之关系》一文中明确提出："小说为文学之最上乘"，在理论上实现了小说与诗文的边缘与中心地位的转换。

在梁启超之前，虽有严复、康有为等近代思想家已对传统小说观念发起了冲击，他们指出小说比经史更易传，更适合普通百姓阅读，乃思想启蒙的重要工具，但他们的观点仍然半遮半掩。

---

① 黄永林：《"小说界革命"与启蒙大众》，载《华中师范大学学报》2000年第2期。

② 转引自付建舟：《小说界革命的兴起与发展》，河南大学研究生博士学位论文，第92页。

如严复在对比了书之易传与不易传的五个因素后，指出"不易传者"，"国史是矣"；易传者，"稗史小说是矣"。以"稗史"喻小说，与传统小说观念视小说为经史"羽翼"的观点并无实质差异。康有为在《〈日本书目志〉识语》中亦强调"今中国识字人寡，深通文学之人尤寡，经义史故，亟宜译小说而讲通之"，显然把小说作为学习"经义史故"的辅助工具，而没有把它放在与"经史"并列的崇高地位。

与严复、康有为这种暧昧的态度相比，梁启超则明确地将传统文论视为"小道"、"邪祟"的小说直接推上了"国民之魂"的"大道"之位。在《论小说与群治之关系》一文中，梁启超从小说自身的审美特性入手，对小说的独到魅力和价值作了深入的探讨，明确提出了"小说为文学之最上乘"的观点，对传统小说思想产生了革命性的冲击。小说终于冲破几千年封建思想的桎梏，登上了文学的"大雅之堂"。

虽然梁启超在小说创作实践上并没有多少实绩，但是他对传统文体观念的革命性冲击，为现代小说真正登上文学正殿扫清了观念上的障碍。"小说界革命"口号的提出，虽然源于梁启超改良社会的需要，在一定程度上忽略了小说自身的文学特性，但是它揭开了 20 世纪中国小说史的真正序幕，小说不仅被承认是民族文学的组成部分，而且作为重要的文体类型，被提到了社会文化舞台的中心位置，大大提高了小说在传统文学中的地位，使小说的地位达到了从未有过的凸显。

2. 梁启超小说观的缺陷——艺术的审美功能和社会功能的扭曲

在传统文论中，小说长时间以来一直以"小道"、"末技"、"邪祟"的面目出现，不入九流，充其量不过是"街谈巷语"，若说地位稍有提高，也不过是"经史"之"羽翼"而已。梁启超以无上的勇气颠覆了中国传统文坛久已形成的文体审美品位，明确提出了"小说有不可思议治理支配人道"、"小说为文学之最上乘"的观点，对小说的艺术作用方式与原理加以条分缕析，并对小说的审美特性进行了系统阐释，构筑了 20 世纪中国艺术审美理念由传统向现代演进的必要阶梯，在客观上对 20 世纪中国美学形态的建构产生了极为重要的影响。

从批评精神上看，梁启超的小说理论体现出现代审美意识的萌动。如梁启超对小说的魅力和价值的探寻。他认为小说的魅力和价值不在于"浅显易解"和"乐而多趣"，而在于小说的审美特性切合了人性的基本要求，因此可以"移人"，即可以"支配人道"。梁启超对小说魅力的探寻，揭示了小说的审美特性和人的审美心理之间的密切关系，这表现了 20 世纪中国小说理论发展的新的动向。

从理论形态上看，梁启超的小说理论体现出现代批评模式的萌芽。中国小说理论研究起步较迟，这大约与小说的发展较迟以及小说在中国传统文学中地位卑微有关。到明朝以后，才出现李贽、张竹坡、金人瑞、毛宗岗等有影响的小说理论家。中国古典小说理论批评，主要以序、跋、评点的方式出现，还有一些零散的言论见于书信和随笔之中。这些批评主要集中在虚实、情理、人物性格、小说技巧等问题上，似乎无意于小说理论批评框架的整体建构。对小说的评点也主要在于以个体的审美经验为基础，进行鉴赏式的感性体认，这使整个理论形态表现出一种零散、随机的状态。而西方现代批评模式则注重逻辑思辨的方法，注重概念的界定，注重体系建构的完整性和严密性。从整体特征来看，梁启超的小说理论是自觉向西方的批评模式靠拢的。如梁启超将主体的审美心理和小说的艺术作用机理相联系，第一个较为深入地阐释了小说之"力"作用于人的具体方式与特点，具有一定的系统性。即使这样的理论体系远未完全成熟，但梁启超在其中所表现出的体系建构的自觉努力在中国小说理论发展史上也是弥足珍贵的。

从批评和语汇上看，梁启超的小说理论表现出对西方的批评概念、术语的吸纳与化用和对新的批评语汇的探索和创造。他引入了"政治小说"、"军事小说"、"探侦小说"、"冒险小说"等全新的小说分类方法和概念，大大拓展了国人对小说认识的狭隘视野；他引入了西方文学批评中的"写实"和"理想"这两个概念，使人们对小说艺术的审美特征和创作手法的认识又前进了一步；此外，梁启超还着力于古今中外的融通，创作新的批评概念和术语。如"现境界"、"他境界"、"力"、"移人"等。这些概念和命题的提出，不仅打破了传统小说研究的沉寂状态和思维惯性，也成为近代小说家发挥和完善的理论起点。

致用是梁启超小说理论的基本品格，也是其整个小说理论的出发点和归宿。"小说界革命"如此抬高小说的地位，主要是因为小说能够"改良群治"、能够"新民"。小说之所以具有如此大的作用，是因为"小说有不可思议之力支配人道故"。由此可见，梁启超把小说从"小道"提升为"文学之最上乘"，仅仅是因为小说在政治宣传方面所具有的不可思议的"支配人道"之力，并非是看重小说这种文体的艺术魅力。"小说界革命"口号的提出，寄托了中国近代知识分子"改良群治"、"新民"的政治理想，表达了变革图存的先驱者试图将小说创作与启蒙主义思潮结合的文化要求。

政治小说是作为改良思想家的梁启超为宣传政治思想、开启民智而推出的一种小说样式，是功利主义的产物。这从梁启超在《中国唯一之文学报〈新小说〉》一文中给政治小说所下的定义可以看出："政治小说者，著者欲借以吐露其所怀抱之政治思想也。其立论皆以中国为主，事实全由于幻想。"抱着单纯的政治宣传意图，必然要以牺牲作品的艺术价值为代价。在这里，小说沦为政治的奴婢，成为"载道"的工具，完全抛弃了它自身的艺术性，而艺术性才是小说的生命力的真正所在。小说固然不能附骥于经史，但小说也不是政治的奴婢。在小说理论体系建构中，梁启超为我们构筑了——力——人道——新民——群治的逻辑链条。在这个链条中，他试图建构起一个以审美功能为基础和工具层面，以社会功能为最高和终极价值层面，以审美功能通向社会功能的理想体系。在这里，梁启超过分夸大了小说的社会功能，把它看作社会变革的决定力量，并且将小说的审美功能放在了工具性层面，而把小说社会功能放在了终极层面，从而扭曲了艺术的审美功能与社会功能之间的关系。这种内在的扭曲，不仅造成了梁启超小说创作的失败，也导致了"小说界革命"的失败。

六、结　语

梁启超美学思想萌芽期的两套话语带有很明显的功利性，这是与他所处的时代密不可分的。他的话语的功利性正是时代性的反应。甲午中日战争以后，中国进一步陷入半殖民地半封建社会的泥潭，民族危机进一步加深。在这种情况下，一切脱离"救亡图存"这一时代主题的思想言论，都会遭到现实的唾弃。这就迫使中国的启蒙者们殚精竭虑地去索寻一切具有经世致用特点的有利于"救亡图存"的思想理论。梁启超的"新民"思想正是这一时代呼唤下的产物。流亡日本后，梁启超又看到了政治小说对明治维新发挥的重大作用，而他当时又正在为救亡图存、为开启民智、为"新民"寻找武器，政治小说正中其怀，于是他就发起"小说界革命"，希望利用小说来改良群治。梁启超试图架设起由小说的审美功能通向小说的社会功能的桥梁，他的小说理论营造了一个以审美功能为工具，以社会功能为目的的工具与目的合一的理论体系。虽然这一体系扭曲了审美功能与社会功能的关系，模糊了工具与目的的界限，但是却由于符合时代的要求，与中国近代社会苦难的生存境遇息息相通，产生了广泛的社会效应和理论影响。

因此，我们可以说，梁启超美学思想萌芽期的美学话语是以政治话语为前提和背景产生的，其美学话语是其政治话语的副产品，反过来又有力加强了政治话语。

另外，通过前面两章的分析我们可以看出，梁启超的"新民"思想的形成和"小说界革命"的提出，无不受到日本和西方的影响。在这个文化受融过程中，日本作为西洋近代文化之媒介，发挥了重要的作用。在此过程中，梁启超以日本为媒介，围绕唤醒民众、救国图存这一核心，通过直接学日本、间接学西方的途径，对日本和西方先进的思想文化进行了引进和宣传，对启蒙民众、培养国民精神，近代小说的革新和重新构建中国文学体系，做出了不可磨灭的贡献。

这里需要注意的是，虽然我在此只对福泽谕吉、中村正直等日本明治思想家及其著作对梁启超的影响做了分析，但是日本对梁启超思想的影响，不是只简单的局限在某一思想家或某部著作的上。除了受日本思想家和日文著作的影响之外，梁启超日常所接触的明治日本社会及其风尚，也必然给他的思想以重大的影响。梁启超晚年回忆起刚接触到明治日本社会及其风尚时的感受说："戊戌亡命日本时，亲见一新邦之兴起，如呼吸凌晨之晓风，脑清身爽。亲见彼邦朝野卿士大夫以至百工，人人乐观活跃，勤奋励进之朝气，居然使千古无闻之小国，献身于新世纪文明之舞台。回视祖国满清政府之老大腐朽，疲癃残疾，肮脏蹒跚，相形之下，愈觉日人之可爱、可敬。"①

此外，虽然梁启超从日本汲取了丰富的营养，但是如果将梁启超说成是日本明治文化的被动受体或抄袭者，这不仅是对梁启超思想的简单化，也是对日本影响的夸大和歪曲。事实上，梁启超在摄取日本明治文化过程中，都结合当时中国的现实和需要，根据自己的认识和理解以及知识背景，进行了取舍和创造性的发挥。例如梁启超的"新民"思想虽然摄取了明治时期著名启蒙思想家中村正直的思想，但是梁启超并没有完全接受他的主张。在如何改造民众、树立新民问题上，梁启超并不接受中村正直所强调的儒家敬天爱人和西方基督教精神的作用，因此他在《自由书》中引用中村正直的文章时，特意对体现这一思想的文字做了篡改。中村正直《西国立志编》中的原文是："其俗则事上帝，尊礼拜，尚持经，好赒济贫困者。国中所设仁善之法规，不遑殚述。"而梁启超在引用时则改成："其俗则崇尚德义，慕仁慈，守法律，好赒济贫困者，国中所设仁善之法规，不遑殚述。"这样一改，就与中村正直的原意大相径庭，把中村正直思想中最重要

---

① 转引自郑匡民：《梁启超启蒙思想的东学背景》，上海书店出版社 2003 年版，第 56～57 页。

的部分换掉了。又如中国政治小说虽然受到日本政治小说的深刻影响，在政治小说开启民智、改良社会这一点的认识上是相同的，但是在具体的启蒙的思想内容上却表现出较大的差异。日本政治小说是在明治维新已经获得成功、日本走上了资本主义发展道路的条件下产生的，日本的政治小说作者都是活跃于政坛的政治活动家，他们以政治小说来表现其政治理想。日本政治小说作为自由民权运动的组成部分，以开设国会、推进自由民权为目标。而中国的政治小说是在戊戌变法失败之后产生的，当时的中国面临着严重的民族危机，在这样的国难当头之时，个人的权利、个性的张扬只能退居其次，"救亡图存"的民族要求是最重要的。因此，改良群治、改造国民性、自强独立、抵御外辱成为中国政治小说的基本主题。

中 篇

第三章 "美术"概念的形成与西方现代美术传入中国过程中日本的中介作用

艺术是人类文明的一个重要方面,中国引进西方文明,艺术自是不可或缺的一环,美术作为艺术各门类中举足轻重的一个分支,在西学东渐过程中所占据的地位不容忽视。在西方美术传入中国的过程中,日本依然发挥着重要的中介作用。"美术"概念的传入,西方美术技法的普及,美术理论的发展,美术史的研究,也即中国由传统绘画向现代美术的转型中,日本都或隐或显地参与其中,为中国现代美术学的建立和发展奠定了坚实的基础。

一、日本近代"美术"、"绘画"概念的形成

日本近现代美术用语的形成,从方法论角度来看大致采用了以下两种基本方法:第一是很多用语是与西洋美术的概念用语、价值体系相对应,这里面包括直接对美术用语的翻译和对西洋美术用语的语义再编,如"美术"、"历史画"、"战争画"、"写实"、"平面"、"立体"等。第二是将原有汉字的意思与西洋美术概念进行整合。其中最突出的方法是类义语的结合,如由"绘"与"画"合为"绘画"、由"风"与"景"合为"风景"、"阴"与"影"合为"阴影"等。总之,日本近代美术用语有着原有汉字意味和西洋美术概念的双重性。

1. "美术"概念考证

日本近代美术概念的生成与日本近代美术作品的生成是同时

进行的，它们都具有一定的时代性，都是一个特定时代的产物。下面我们将日本近现代的"美术"这一概念的生成过程作一个全面梳理和考证。

"美术"作为日本近代以来表达一个领域的固定名词是从欧洲引进的。那么，"美术"一词是什么时间被引进、在什么情况下被引进、由谁最早引进并作为一个规范的"话语"使用，这就不光是被看作为一个名词的引进问题，而是关系到如何正确认识日本近代美术发生发展等一系列关键性问题。

日本美术史学界普遍认为，日语中的"美术"一词，是根据1872年（明治5年）奥地利维也纳博览会总督、奥地利亲王依纳尔向世界各国政府发出邀请照会中附的一份德文展览分类分项的附件中"Kunstgewrde"一词译出的。并认为这是日本最早见到译文"美术"的文字。如由青木茂和酒井忠康编的《日本近代思想大系"美术"》在对西周的《美妙学说》一文的"注释"中写道："fine art（s）'美术'一词，是在参加明治6年的维也纳万国博览会之际从德语中翻译过来的。而能见到的译文'美术'的文字，是明治5年1月太政官布告中增加的出品区分的说明。"[①]日本当今著名的美术史研究专家北泽宪昭在《境界的美术史》一书中也多处讲到，日本语"美术"是刚刚取得政权的明治政府为了参加1873年（明治6年）在奥地利维也纳举办的万国博览会，根据德文译出。它的最早出现，是由维也纳给明治政府送来的BROGRAM的第二条出品分类第二十二区的德文 Kunstgewerbe、用日语译出的"美术"，在西洋是指音乐、画学、雕像术、诗学等。认为这个分类表的译文中的"美术"的使用，是明治5年（1872年）1月。[②]另一位日本美术史研究专家东京艺术大学教授佐藤道信也持这一看法。在他的《日本美术的诞生——近代日本的"语言"和战略》一书中写道："'美术'一词，是在参加明治6年的维也纳万博会之际，根据德语 Kunstgewrde 译出，最初是

---

① ［日］青木茂、酒井忠康：《日本近代思想大系（17）——美术》，岩波书店1996年版，第3页。

② 见北泽宪昭：《境界的美术史》中"翻译语'美术'的诞生"及有关章节。

作为出品区分名称来使用的。"① 在他的《明治国家和近代美术》一书中的"美术概念成立的经过"也明确地写道:"'美术'一词,是作为参加明治6年的维也纳万博会之际的出品分类区分名而登场的。明治10年代以前的'美术'一词的用例,含有诗、音乐的情况较多。像现在限定为视觉艺术来使用,大致是明治20年代以后的事。"②

我国学者陈振濂先生也有类似的看法,并在他的《近代中日绘画交流史》中"关于'美术'一词的语源"一节中进行了较为详细地考察。因考虑到这是中国学者的一种有代表性的看法,所以将其中的有关文字抄录下来。

"(日本的'美术'一词)作为新创造的词汇,它是从德语中译过来的'外来语'。明治四年(1871年),奥地利维也纳准备筹备办万国博览会,由博览会总督、奥地利亲王拉依纳尔出面,向世界各国政府发出邀请照会,并附上一份德文的展览分类分项的附件。当年11月,这份照会及附件被译成日语。其中多处出现了'美术'一词,它可以说是第一次在日本露面。但因为是官方文书的译本,'美术'一词并没有进入日本社会并形成文化效应。

"明治五年(1872年),明治政府向下属各知事县会转发了这份邀请书的日译本,开始有目的地组织参加奥地利博览会的各种展品。在同时转发的副本即展览说明书中,对展览的分项有如下的说明事项:

"第二十二区:作为美术的展览场所用。

"第二十四区:展出古美术品及爱好美术者的作品。

"又,第二种:各种美术品比如青铜器与烧画陶器各类形象等。

"第二十五区:今世美术品。

"此外,在第二条目中,对'美术'一词由日本译者作出如下解释:

---

① 〔日〕佐藤道信:《日本美术的诞生——近代日本的"语言"和战略》,讲谈社1996年版,第19页。

② 〔日〕佐藤道信:《明治国家和近代美术》,吉川弘文馆1999年版,第44页。

"'美术'"在西洋是指音乐、画图以及诗学等内容。

"其他的条目说明中还有一些，不赘。日本学者认为：'美术'一词在日本的传播，即在明治五年。因为它是通过政府发布通告，遍传全国社会各阶层，非比仅收藏于内府，它是具有社会性的。"①

日中学者把1872年（明治5年）奥地利维也纳博览会总督、奥地利亲王拉依纳尔向世界各国政府发出邀请照会中附的一份德文展览分类分项的附件中"Kunstgewrde"一词译成"美术"，作为"美术"在日本登场的起点，并认为它是日本最早见到的"美术"这一名词，从词源学的意义上来说，这一考察方式和结论，是有道理而且也是非常正确的。但是把"美术"作为用日本汉字来表述一个领域的专用名词，无论是从它形成的时间，还是从它作为一种规范性的学术话语来使用，是不全面也不准确的。

实际上"美术"作为从西方引进的一个概念，它是与"美学"这个概念同时在日本登场的。而"美学"这个概念本身又是从西欧移植过来的，那么日语中的"美学"一词又是怎样产生的？美学与美术又是什么关系呢？东京大学文学部教授藤田一美说："关于'美学'一词的确定，也许西周是根据《论语》中'八佾篇'而创造了'善美学'这一译语，进而在强调日本传统的基础上提出了'美妙学'和'佳趣论'这些译语。'美学'一词是否为西周发明的，这一点尚待考察，但'美术'一词却是西周根据他的译语'雅艺'（Fine arts）改译而成的。"② 西周明治3年在为创办的私塾育英社进行讲授的特别课程"百学连环"中，将"佳趣论"作为一门学科，并提出了与美术相近的"雅艺"这个概念。他认为诗、音乐、绘画、雕刻、书法都属于雅艺，而这雅艺是佳趣论研究的范围。明治5年1月，由于要为日本皇室讲学，他又将"百学连环"中的佳趣论加以扩展，后经过整理成为日本最早一部美学著作《美妙学说》。西周在《美妙学说》一开

---

① 陈振濂：《近代中日绘画交流史》，安徽美术出版社2000年版，第64～65页。
② 藤田一美：《致中国读者》，见冈仓天心：《说茶》，张唤民译，百花文艺出版社1997年版，第3页。

头就写道："哲学之中有一种叫做美妙学的学问,此学问与所谓的美术有相通之处,是研究美术的原理的学问。"在谈到美术所包括的范围时说:"在西方,当今列入美术之中的有绘画学、雕像术、雕刻术、工匠术这样一些内容。然而,诸如诗歌、散文、音乐以及中国的书法也属于此类,这些都适用于美妙学的原理。如果将范围再扩大一些,那么,舞蹈、戏剧等也可以划入这一范围内。"① 从以上可以看出,"美术"作为用日本汉字来表述一个领域的专用名词,并作为一种规范性的学术话语,至少在明治5年(1872年)1月就被使用。

另一位对美术这个概念作为一个规范学术话语使用的是中江兆民。中江兆民在明治时代初期,为配合日本文部省开展的启蒙教育,从明治初期到1901年翻译了法国哲学家维隆的《美学》,即《维氏美学》。在这部译著中充分表现了中江兆民的美学思想和艺术观。正如山本正男所说,"在他这部译著中,与其说是忠实于传达原著的思想,倒不如说他是在借维隆的大意阐发自己的对美学和艺术的看法。"②

《维氏美学》分两大部分(明治16、17年分别由日本文部省分上、下两册出版),第一部分为"美论";第二部分为"美术论"即"艺术论"。在"美论"部分,有"序论"和第一章"艺术(技术)的起源及其类别";第二章"美的本源及其性质";第三章"嗜好"(即"趣味");第四章为"艺术之才";第五章为"艺术技巧";第六章为"美学是什么";第七章为"美丽之术与意趣之术";第八章"艺术手法"。"美术论"(即"艺术论")部分包括:第一章"美术的类别";第二章"建筑术";第三章"雕刻术";第四章"画学";第五章"舞蹈";第六章"音乐";第七章"诗学",最后是"结论"。除以上内容外,本书还附有"柏拉图的美学"。

---

① 青木茂、酒井忠康:《日本近代思想大系(17)——美术》,岩波书店1996年版,第3~4页。

② 山本正男:《东西方艺术精神的传统和交流》,中译本,中国人民大学出版社1992年版,第25页。

"由于这本书的原著者维隆是一位报纸编辑，而且这本书又是以对市民进行启蒙教育为目的而编写的现代哲学丛书中的一册，因此可以说这本书的内容是代表了当时所谓近代艺术思潮的。"①

"中江兆民将它翻译成日文，对于日本明治时代的启蒙教育无疑产生巨大影响，山本正男在谈到这本书对日本美术思想产生的影响时说：'除森鸥外一人没有受其影响外，其他诸如坪内逍遥的《美术论》等，都受到这本书启蒙作用和影响。'因此，这本书在明治初期所起的作用是无法否定的。"②

明治初期，在一些美学和艺术理论中，把"美术"作为用日本汉字来表述一个领域的专用名词，和作为一种规范性的学术话语来使用的，不能不提到明治 11 年东京大学招聘来日的美国人芬诺洛萨的《美术真说》和日本的艺术理论家坪内逍遥的《小说神髓》。芬诺洛萨是 1878 年（明治 11 年）受日本政府招聘，从波士顿来到日本的东京，在东京大学讲授政治学、经济学和哲学等课程，后来在他课程中又增加了美学，并对日本的美术产生了浓厚兴趣。芬诺洛萨利用外籍教师的有利身份和丰厚的经济收入，开始在日本各个大城市广泛地搜集日本的古美术品。在收集日本古美术品的同时，一方面拜日本当时著名的美术鉴定家狩野永真为师，学习对日本美术的鉴赏，另一方面又有他当时的两位学生冈仓觉三、有贺长雄作为他的助手，热心帮助他进行文献研究。这一切使芬诺洛萨很快就成了一名"日本美术通"，并以他的聪慧和理论家特有的敏感，开始对日本美术提出了独特的见解。1882 年（明治 15 年）4 月他应当时日本国粹主义美术团体日本美术品评论会——龙池会的邀请，加入了该组织，同年 5 月 14 日他在东京的上野公园内的教育博物馆，为龙池会作了有关振兴面临危机的日本传统美术方面的讲演。讲演的内容由大森惟中根据

---

① 山本正男：《东西方艺术精神的传统和交流》，中译本，中国人民大学出版社 1992 年版，第 29 页。

② 山本正男：《东西方艺术精神的传统和交流》，中译本，中国人民大学出版社 1992 年版，第 29 页。

笔记译成日文，并以《美术真说》为书名发表，在日本美术界广泛传播。他在这篇讲演中猛烈地抨击了当时日本美术界出现的盲目西方化的狂热风气：

> 日本美术远比时下低劣的西方美术优越。西方美术只是表面地机械地描摹身边的事物，却忘记了最重要的一点，那就是心灵和思想的表现。可见日本人却不顾这种优越性，鄙弃自己的传统绘画，由于对于西方文明的崇拜，而仰慕毫无艺术价值的现代西洋绘画，毫无意义地去模仿它们。这是何等令人痛心的情景啊！日本人应当重视自己的民族特性，恢复古老的民族传统，然后再考虑吸取西方美术可能对日本有用的东西。①

由于他出众的口才和惊人的胆识，说出了"别人不敢说出、却是人们共同的感受"②，使得他的这次讲演取得了极大的成功，也奠定了他在日本美术界中的地位。从此以后，这位美国人担负起振兴日本传统美术的重任。1884 年 2 月他与龙池会的部分成员组成复兴日本绘画的"鉴画会"，其宗旨是"将古画用于公众之展览，供参照以时代、流派之异同"③，以推动日本画的复兴。1886 年，他被日本政府任命为文部省美术教育调查会委员，参与日本美术行政方面的筹划工作。同年 9 月以美术调查员的身份到欧美，考查欧美各国的美术学校和博物馆。翌年回到日本，除建立了"日本帝国博物馆"，创办东方美术杂志《国华》，筹建东京美术学校外，还负责日本全国宝物调查局的统筹工作和办理古美术调查保存的事务性工作。

《美术真说》的中心内容虽然是有关振兴日益衰退的日本传统美术，如何振兴日本传统美术的论述，但这些论述是建立在一定的美学基础上进行的。

在这篇讲演中，芬诺洛萨明确提出，人类的一切文化都是

---

① 转引自［英］M·苏立文：《东西方美术的交流》，陈瑞林译，江苏美术出版社 1998 年版，第 136 页。

② 青木茂、酒井忠康：《日本近代思想大系（17）——美术》，岩波书店 1996 年版，第 3～4 页。

③ 山本正男：《东西方艺术精神的传统和交流》，中译本，中国人民大学出版社 1992 年版，第 25～29 页。

"人力"的成果，也就是我们今天说的"人化自然"的成果。其中以"供给人在生活中必需的器物"为物质文化，它主要是以满足人的物质上的需要。而以"娱乐人心，使人的气质和品格趋于高尚为目的"的"装饰"为精神文化。而被世界各国称之为"美术"（包括音乐、舞蹈、绘画、雕刻、诗歌、建筑、戏剧等）既能满足人的精神需要又有一定的实用性，所以它是一种"善美"。他认为人们需要美术"正是由于它有实用之处，所以它是善美的。而美术正是善美的，所以它能成为适合于适用之物"①。他说，在各文明国家自然发展起来的"美术"很多，如"音乐、诗歌、绘画、雕刻、建筑、舞蹈等等"。这些种类不同的"美术"，虽然使用的媒介不同、表现手法各异。但都具有一种"纯然共同的、互有关联的性质或资格"，也就是说，它们都具有"在美术上构成善美的内容"和"能成为美术的真正的旨趣"。那么，究竟什么是美术的本质呢？芬诺洛萨明确地指出，美术的本质是"妙想（idea）"。"妙想"是由两方面构成的，即"旨趣和形状"的有机统一，"旨趣的妙想和形状的妙想应该始终相互协调而构成一个单一的妙想，应该使人感觉到这是一举而并成的"。美的艺术应该达到这种和谐的统一。但事实上这两者往往又不能很好地统一起来，从美术发展的历史来看，有时形状的妙想大于旨趣的妙想，如现实主义作品；有时旨趣的妙想大于形状的妙想，如浪漫主义作品。从美术的种类来看，有偏重于旨趣的妙想，也有偏重于形状的妙想。"诗以旨趣的妙想为主，而以形状的妙想为次。而音乐则正与此相反，它以形状的妙想为本，而以旨趣的妙想为末。"至于绘画则介于诗与音乐之间，旨趣的妙想与形状的妙想达到和谐的统一，"旨趣与形状互相密切不可分，而且不偏不倚、保持两者间的均衡。正如车左右的两个轮子，不能轻重不

---

① ［日］青木茂、酒井忠康：《日本近代思想大系（17）——美术》，岩波书店1996年版。山本正男：《东西方艺术精神的传统与交流》，中译本，中国人民大学出版社1992年版。

均"①。

芬诺洛萨的讲演虽然是针对如何振兴日本传统美术而发表的议论，但却将西方近代的"美术观念"传入到当时的日本美术界，给当时的美术界以划时代的影响。

当我们考察了明治初、中期，在一些美学和艺术理论中，把"美术"作为用日本汉字来表述一个领域的专用名词，和作为一种规范性的学术话语来使用的情况后，再回过头来对"美术"一词的翻译、造词方法、分类标准及其内在联系等方面，进行多层次地考察，力图透过"美术"其朦胧迷离的外在形态而把握其游移不定的内在本质，尽可能澄清人们在理解和使用上的混乱。

（1）日语中的"美术"对德语"Kunstgewrde"的误读与误译

前面已经讲到，日语中的"美术"一词，是刚刚取得政权的明治政府为了参加 1873 年（明治 6 年）在奥地利维也纳举办的万国博览会，根据 1872 年（明治 5 年）奥地利维也纳博览会总督、奥地利亲王拉依纳尔向世界各国政府发出邀请照会中附的一份德文展览分类分项的附件中"Kunstgewrde"一词译出的。从社会公众及政府行为的层面上来讲，它是日本最早见到的"美术"这个概念。

但这个概念显然又是对德语"Kunstgewrde"的误译。德语"Kunstgewrde"是由 Kunst（艺术）和 Gewrde（工业）两个词合成的。日语将"Kunstgewrde"译成"美术"，至少有以下两点需要加以说明：首先，在德文中"Kunstgewrde"相对应的"美术"包括音乐、绘画、雕塑、诗歌等内容，也就是说，德文中"Kunstgewrde"是音乐、绘画、雕塑、诗歌等的总称。其次，由于 Kunst（艺术）和 Gewrde（工业）两个词合成的，实际上的意思应该是"美术工艺"。所以说，日语中的"美术"对德语"Kunstgewrde"实际上是一种误读和误译。

① ［日］青木茂、酒井忠康：《日本近代思想大系·美术》，岩波书店 1996 年版。山本正男：《东西方艺术精神的传统与交流》，中译本，中国人民大学出版社 1992 年版。

（2）"美术"与"艺术"

不过把德语"Kunstgewrde"误译为"美术"，反而与日本汉字中的"艺术"这个概念相对接。在日本汉字中"艺术"包括以下内容：美术（画学、雕像术、音乐、诗学）、艺术（美术、音乐、文学、演剧）演艺、艺能、武艺、工艺、园艺。①

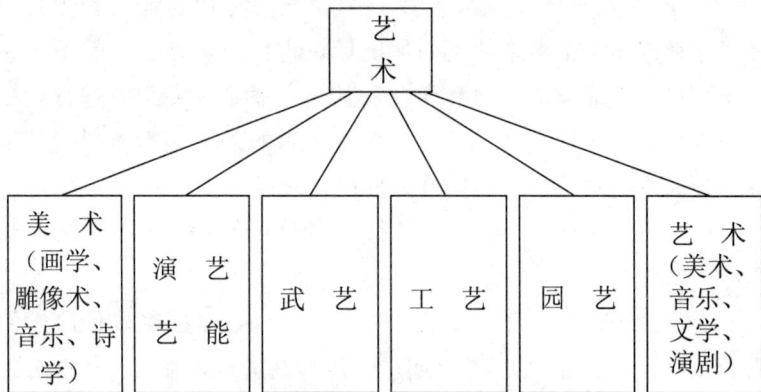

古代汉字中"藝術"的"藝"，俗字为"蓺"。"蓺"是播种的意思，由于播种后生长出好的树木而从中又引伸出"才干"的意思。"術"是"行"和"求"的合字，意指方法、事业、学问、技艺等。"藝術"组成一个词后，"藝"一词又指"礼、乐、射、御、书、数"六艺。这六艺中包括文艺和武艺两类。明治的"美术"将武艺分离出去，主要指文艺，或叫美的文艺，即是指绘画、音乐、雕塑、文学等。这样明治初期的"美术"，实际上是作为各种艺术的总称。后来坪内逍遥在《小说神髓》中将美术分为"有形的美术"和"无形的美术"。"所谓有形的美术指绘画、雕刻、嵌木、纺织、铜器、建筑、园林等。所谓无形的美术指音乐、诗歌、戏曲等一类。"②

以上可以看出"美术"一词在日本的出现，是在 19 世纪 70 年代初期（明治 5、6 年）到 20 世纪初期（明治 40 年）这一期

---

① ［日］佐藤道信：《明治国家和近代美术》，吉川弘文馆 1999 年版，第 162 页。
② ［日］青木茂、酒井忠康：《日本近代思想大系（17）——美术》，岩波书店 1996 年版，第 16 页。

间。在这一期间"美术"一词语义上发生的一系列变化,即"艺术"向"美术"转向,一般艺术向视觉艺术的转向,是与这个期间学校的建立和举办的国内博览会分不开的。

最初的美术学校——工部美术学校

1876 年(明治 9 年)由日本工部省开设的工部美术学校,是日本最早的美术学校。这所学校当时聘请了意大利画家安东尼奥·丰塔内西 Antonio Fontanesi(1818~1882)主持学校的西洋画科、雕塑家拉古萨 Vincenzo Ragusa(1841~1927)教授雕塑、建筑学家凯普莱蒂 Giovanni Vincenzo Cappeletti(? ~1887)教授装饰艺术。从他们教授的内容来看,都是纯视觉的艺术,而像文学、音乐已被排除在"美术"之外。从这个意义上来讲,工部美术学校属于视觉艺术的"美术学校"。但由于它是工部省设立的学校,工部省当时的主要任务是承担包括铁路、矿山、建筑等一切大工业开发为目的的殖产兴业,作为由工部省主管的美术学校自然也是为这一目的服务的。在工部美术学校的校规中明确规定:"美术学校是学习欧洲近代的技术来补助我日本国原来百工之不足。"[1] 工部美术学校的美术教育,实际上是以实用为目的的技术教育。因此,由工部省设立的工部美术学校与其说是美术学校不如说是技术学校更为合适。

国粹主义的美术学校——东京美术学校

以西洋美术教育为主旨的工部美术学校创立不久,美术、工艺上的国粹主义势力开始抬头,致使西洋派的工部美术学校在1883 年(明治 16 年)被废除,4 年后 1887 年(明治 20 年)明治政府在东京设立了东京美术学校。东京美术学校作为由芬诺洛萨和冈仓天心领导的国粹主义运动的成果,当初主要是传授日本的传统画法、传统雕刻法和传统工艺技术,与西洋派的工部美术学校相比,它属于传统东洋派的美术学校。两个学校虽然在办学方针和志向上截然不同,但将"美术"这个翻译来的概念作为其学

---

① 《工部美术学校规则》,转引自:[日]河北伦明《近代日本美术的流变》,岩波书店 1996 年版,第 156 页。

校的名称是相同的。另外，1889 年（明治 22 年）东京美术学校正式开校时，设置的绘画科（日本画）、雕刻科（木雕）、美术工艺科（金工、漆工），都是典型的作为视觉艺术的美术。

国内劝业博览会

作为视觉艺术的"美术"的形成，还有一个重要的政府行为，就是"国内劝业博览会"。1877 年（明治 10 年），也就是工部美术学校成立的第二年，在东京的上野公园举办第一回国内劝业博览会。在《国内劝业博览会出品区分目录》中，将"美术"限定为视觉艺术的造型艺术来使用，并对此进行了分类。不过这时的"美术"包含的也十分广泛。在第一回《明治 10 年国内劝业博览会区分目录》中，美术包括"雕像术"、"书画"、"雕刻术及石版术"、"写真术"、"百工及建筑图案、装饰"、"陶磁器及玻璃的装饰"等六大类；《第二回国内劝业博览会区分目录》中，美术包括"雕镂"、"刊刻"、"书画"、"百工的图案"四大类；《第三回明治国内劝业博览会部类目录》中，美术包括"绘画"、"雕刻"、"造家、造园的设计图"、"美术工业"、"版、写真及书法"五大类；第四回将"美术工业"类改为"美术工艺"；第五回将"绘画"类分设为"日本画"和"西洋画"。具体分类见以下表格。

国内劝业博览会美术分类

（根据吉田光邦《万国博览会研究》，思文阁出版社 昭和 61 年版）

第1回（明治10年东京上野）	第2回（明治14年东京上野）	第3回（明治23年东京上野）	第4回（明治28年京都冈崎）	第5回（明治36年大阪天王寺）
[第3区美术] 第2类书画 第1类雕刻 　第1属由金石黏土或亚土制作的物类偶像等 　第2属雕镂、铸造 第6类嵌装 第3类剞劂 第4类写真 第5类工案	[第3区美术] 第3类书画 　其1 各种书画 　其2 油画 第1类雕镂 　其1 金土木石陶磁雕像及铸造各种石膏模型 　其3 货币赏牌印刻 　其2 金属木石牙甲的雕镂物及杂嵌刻碑等 第2类刊刻 　其1 木板及其书画 　其2 石板铜版铅版及其书画 第3类 　其4 蒔绘漆画烧绘等 　其3 织出绣出染出的书画 第4类百工图案 　其1 工艺上制品的图案及其雏形 　其2 建筑上装饰的图案及其雏形	[第2部美术] 第1类 绘画 　其1 土佐派、南派、北派、四条派、杂派 　其2 油画 第2类 雕刻 木竹雕刻、牙角介、甲雕刻、金属雕刻、塑造 第4类 美术工业 　其1 金工 　其2 铸工 　其3 漆器 　其4 陶磁玻璃七宝 　其5 织物绣物等 　其7 各种美术工业 第5类 各种版照相及书类 　其1 木版石版 　其2 篆刻 　其3 照相版 　其4 书 第4类 　其8 图案 　其6 家具 第3类 造家造园的图案及其雏形	[第2部 美术及美术工艺] 第18类 绘画 　其1 着色画、水墨画 　其2 油画 　其3 水彩 　其4 其他 第19类 雕刻 木雕牙雕角雕 金雕玉石雕 漆雕 塑造 第21类 美术工业 　其1 漆器 　其2 金属器（鎚工铸工象嵌布目象嵌） 　其3 陶磁玻璃七宝 　其4 织物绣物等 　其5 各种美术工艺 第22类 各种版照相及书 　其1 木版石版篆刻 　其2 着色照相 　其3 书 第21类 　其6 美术工艺 第20类 造家造园的图案及其雏形	[第2部 美术及美术工艺] 第55类 绘画 日本画 洋画 第57类 雕塑（包括所有材料的雕塑） 第58类 美术工艺 　其1 美术工艺品 　1—1 金工 　1—2 漆工 　1—3 木竹牙角介甲工 　1—4 陶磁玻璃七宝 　1—5 染织及刺绣 　1—6 各种美术工艺品制版印刷照相 　其2 美术工艺的图案及其模型 第59类 美术建筑图案及其模型

145

文部省美术展览会

无论是工部美术学校也好、国内劝业博览会也好，还是东京美术学校也好，都是将"美术"限制在视觉艺术范畴之内，其"美术"主要是指视觉艺术或造型艺术。但将其具有视觉艺术意味的"美术"作为日本近代一个官方的制度性规定，还是1907年（明治40年）文部省开设的文部省美术展览会（简称"文展"）。文展规则（"文部省美术展览会规程"）的第二条中明确写道："展出的美术作品应为日本画、西洋画及雕刻三科。""日本画"、"西洋画"、"雕刻"这三种视觉艺术实际上就形成了日本近代美术的体制。

1. 日本近代"美术"概念形成一览表

时 间	"美术"概念的生成过程
1872年	由太政官根据1872年（明治5年）奥地利维也纳博览会总督、奥地利亲王依纳尔向世界各国政府发出邀请照会中附的一份德文展览分类分项的附件中"Kunstgewrde"一词译出的。 又、1872年（明治5年），明治政府向下属各知事县会转发了这份邀请书的日译本，开始有目的地组织参加奥地利维也纳博览会的各种展览品，在同时转发的副本即展览说明书中，对展览的分项有如下说明事项： 第二十二区：作为美术的展览场所用。 第二十四区：展出古美术品及爱好美术者作品中。 第二十五区：今世美术品。 此外，在第二条目中，对"美术"一词由日本译者作出如下解释： ［美术］在西洋是指音乐、画图以及诗学等内容。

续表

时 间	"美术"概念的生成过程
1872 年 (明治 5 年)	西周明治 3 年在为创办的私塾育英社进行讲授的特别课程"百学连环"中,将"佳趣论"作为一门学科,并提出了与美术相近的"雅艺"这个概念。他认为诗、音乐、绘画、雕刻、书法都属于雅艺,而这雅艺是佳趣论研究的范围。明治 5 年 1 月,由于要为日本皇室讲学,他又将"百学连环"中的佳趣论加以扩展,后经过整理成为日本最早一部美学著作《美妙学说》。西周在《美妙学说》一开头就写道:"哲学之中有一种叫做美妙学的学问,此学问与所谓的美术有相通之处,是研究美术的原理的学问。"在谈到美术所包括的范围时说:"在西方,当今列入美术之中的有绘画学、雕像术、雕刻术、工匠术这样一些内容。然而,诸如诗歌、散文、音乐以及中国的书法也属于此类,这些都适用于美妙学的原理。如果将范围再扩大一些,那么,舞蹈、戏剧等也可以划入这一范围内。"从以上可以看出,"美术"作为用日本汉字来表述一个领域的专用名词,并作为一种规范性的学术话语,至少在明治 5 年(1872 年)1 月就被使用。
1876 年 (明治 9 年)	工部省附设的工部美术学校成立,设有画学科和雕刻科。这是日本最早使用"美术"这一概念命名的学校。
1877 年 (明治 10 年)	在东京上野公园举办的"第一回国内劝业博览会"上,将美术作品正式列为一个展区,即第三区。其中包括书画、雕刻、工艺(工案)三大类。
1880 年 (明治 13 年)	内务省博物局在东京上野公园举办了"第一回家观古美术会"和"古美术品展览"。
1881 年 (明治 14 年)	在东京上野公园举办了"第一回国内劝业博览会",第三区"美术"书画类增加了"油画"。
1882 年 (明治 15 年)	美国人芬诺洛萨在"龙池会"上作的《美术真说》演讲刊行。洋画家小山正太郎的《书法不是美术》发表,并引起了"书法是不是美术"的大论战。
1883 年 (明治 16 年)	美术杂志《大日本美术新报》创刊。 由中江兆民翻译的《维氏美学》由日本文部省分上、下两部分出版,第一部分为"美论";第二部分为"美术论"即"艺术论"。"美术论"部分包括:第一章"美术的类别",第二章"建筑术",第三章"雕刻术",第四章"画学",第五章"舞蹈",第六章"音乐",第七章"诗学",最后是"结论"。

时　　间	"美术"概念的生成过程
1885 年 （明治 18 年）	坪内逍遥在《小说神髓》中将美术分为"有形的美术"和"无形的美术"。"所谓有形的美术指绘画、雕刻、嵌木、纺织、铜器、建筑、园林等。所谓无形的美术指音乐、诗歌、戏曲等一类。"
1886 年 （明治 19 年）	文部省成立了"美术取调委员会"，芬诺洛萨、冈仓天心作为美术取调委员赴欧洲考察。
1887 年 （明治 20 年）	东京美术学校设置。
1889 年 （明治 22 年）	东京美术学校正式开学，设"绘画科"、"雕刻科"和"美术工艺科"。
1890 年 （明治 23 年）	京都美术协会成立。 举办了"第三回国内劝业博览会"，这次博览会上第一次将美术工艺与一般工艺分别成列。 这一年冈仓天心为东京美术学校讲授"日本美术史"课（这在日本美术史学领域有着划时代意义），雕刻家后藤贞行讲授"美术解剖学"课。
1895 年 （明治 28 年）	在京都举办的"第四回国内劝业博览会"，黑田清辉的《朝妆》在"美术展区"展出时引起了对"裸体美术"的讨论。
1896 年 （明治 29 年）	东京美术学校增设了西洋画科，由黑田清辉指导。
1897 年 （明治 30 年）	以批评家、美术史家为中心的美术杂志《美术评论》创刊。
1898 年 （明治 31 年）	冈仓天心、桥本雅邦、横山大观等筹创的日本美术院成立，并创办了机关杂志《日本美术》。
1900 年 （明治 33 年）	大塚保治从欧洲留学回国，在东京帝国大学讲授美学、美术史课程，成为第一位日本人美学教授。
1901 年 （明治 34 年）	私立女子美术学校成立（现在的女子美术大学）。 洋画家田村宗立、伊藤快彦等人创立了"关西美术会"。 帝国博物馆编《稿本日本帝国美术史略》（农商务省）刊行。
1902 年 （明治 35 年）	由西洋美术史家、美术批评家岩村透等人主办的《美术新报》创刊。
1903 年 （明治 36 年）	在大阪举办的"第五回国内劝业博览会"，将第 2 部"美术及美术工艺"绘画类（55 类）油画改为洋画。
1907 年 （明治 40 年）	文部省第一回美术展览会（文展）。展览分"日本画部"、"洋画（西洋画）部"、"雕刻部"。

2. 绘画概念的形成

日语中的汉字"绘画"一词源于中国画论。在中国画论中"绘"与"画"各为一义。《论语》中的"绘事后素"和《考工记》中的"画缋之事",其"绘"是指涂颜色,"画"是勾线,二者合而为一,就构成了中国画的两个基本特征:设色与勾线。从词源学上来考察"繪"是"糸"和"會"组合,即将五彩的"糸"编织(缝会)在一起。"畫(画)"是"聿"(即笔)在"田"字下面划一个道道,即界限。

事实上无论是中国还是日本,在近代以前,都未将二者合起来使用。在中国,唐以前绘画主要以色彩为主,故称中国画为丹青。唐以后,中国画偏向水墨的发展,故又将中国画称作水墨画。在日本也是如此,"绘"主要指色彩画,如"大和绘",以墨线为主的为"汉画"。因古代有书画同源之说,所以又将绘画与书法统称"书画"。在1887年(明治20年)和1891年(明治24年)举办的日本第一、二届国内劝业博览会第三区("美术"),都设有"书画"类。从第三届日本国内劝业博览会(1900年,即明治33年)开始,"书画"改为"绘画"。另外,1872年(明治5年)在维也纳万博会的出品规定中,"绘画"谓之"画学",1876年(明治9年)作为西洋美术的教育机构——工部美术学校设置的专业中,将"绘画科"称之为"画学科"。

在日本官设的机构中,"绘画"一词最早出现在1882年(明治15年)日本第一届国内绘画共进会的展览会会名中。

明治以后,"绘"与"画"的结合,从"书画"到"绘画",主要是受西洋绘画观念的影响所致。对于西洋绘画来说,"绘"和"画"意思基本相同,它们的结合纯属于两个概念的重叠。但日本将这两个概念结合在一起其意义就不同了,它不仅是对这两个概念语义的再编和强化,而且使得其艺术观念发生了根本性的变化。因为"书画"概念的形成是在中国绘画观念的影响下形成的,而"绘画"概念的形成是在西洋绘画观念的基础上形成的。也说是说,"书画"向"绘画"的转换,说明了日本绘画观念由中国转向了西方，由古典转向了近代。

另外，把"书画"中的"书"与"画"分离开来，将"绘"与"画"结合为"绘画"，从根本上又将"书"排除在美术的范畴之外。明治以后的日本，以西欧为标准建立的"美术制度化"中，"书"一直受到冷遇，从东京美术学校到现在的东京艺术大学，一直未设立"书科"，1907 年（明治 40 年）日本文部省设立的美术展览会（简称"文展"，亦即"日展"的前身）一直将"书"排除在外。

更主要的是"绘画"概念的成立，体现出近代日本画的色彩化特征，使"绘"扩大化。明治以降，无论是"日本画"，还是"洋画"都以色彩为中心。可以说，近代日本绘画进入了"色彩化"时代。

二、"洋画""日本画"概念的形成

"日本画"、"洋画（西洋画）"是近代日本美术中的两个重要概念，它们直接关系到近代日本美术史的"语言"和"言说"。本节将从"概念形成史"的层面，对它们的形成、演变、分类标准、文化语境及内在联系作多层次的考察，勾勒出它们形成的运动轨迹。力图透过其朦胧迷离的外在形态把握其游移不定的内在含义，尽可能地澄清它们作为近代美术史中的概念在其使用中的混乱。

1. "洋画"概念的形成过程

"洋画"作为近代日本美术的一个重要概念，是从江户到明治这一期间，由"南蛮绘"、"红毛绘"到"兰画"、"油画"再到"西画"、"洋画"演变而来的。

（1）从"南蛮绘"、"红毛绘"到"兰画"

"南蛮"在中国古代指南方的野蛮人。16 世纪后半叶，葡萄牙贸易船开始大量来到中国和日本后，中国和日本称葡萄牙人为南蛮人（在日本，后来有的也将荷兰人称南蛮人）。南蛮人到日期间，欧洲的科学、文化、艺术、风俗等逐渐地浸入日本社会中，特别是以西洋绘画手法制作的美术工艺品、绘画作品，对当时日本画家影响至深，就连纯粹的日本固有的美术也在不同程度上吸收了欧洲的一些审美趣味，如桃山时代的壁画、狩野派的色彩都受到了西洋绘画的影响。另外，当时日本的艺术家们对于欧洲人的风俗、习惯产生了极大的好奇心，出现了以欧洲为题材和采用西洋画法的风俗画，直到17世纪中期在日本许多地方流行，尤其在长崎更为盛行。由于这些绘画作品直接与葡萄牙人传入的西洋画法有关，因此，日本人称这种绘画叫做"南蛮绘"。

从现存的一些作品看，日本的"南蛮绘"大致分为两类：一类是16世纪末日本画家完全采用日本绘画的风格和技巧并渗入一些西洋写实手法而绘制的、具有桃山样式的屏风画；另一类是指17世纪中期在日本长崎等地方流行的以欧洲为题材、采用西方画法的"南蛮屏风"。

"红毛"是明代万历年间，中国人对荷兰人的称呼。荷兰人初来中国时，中国人看到荷兰人高鼻深目，毛发皆赤，故称之曰"红毛番"。"红毛夷"，或简称红毛、红夷。《东西洋考·红毛番篇》云："有红毛夷荷兰也，深目长鼻，毛发皆赤，故曰红毛。"[1]后来日本也称荷兰人为"红毛"。

18世纪中期，是日本和荷兰文化接触最多的时期，也是西洋美术正式传入日本的最重要时期。不过在18世纪初期就有关于红毛绘的记载，如在1718年（享保3年）编辑的《本朝文鉴》上载有和绘上的所谓《远近法》有关的"觇目镜"的情况。1719年（享保4年）西川如见写的《长崎夜话草》卷五附录"长崎土产物"一节，标明为唐风（中国风）画师上载有："第一为唐风彩色，也有传南蛮红毛油画之风的，世界的图以长崎画师为根本。"[2]由此看来，享保年间长崎已经有学习荷兰油画——红毛绘的画家。

---

[1] 张维华：《明清之际中西关系简史》，齐鲁书社1987年版，第165页。

[2] ［日］关卫：《西方美术东渐史》，熊得山译，上海书店出版社2002年版，第301页。

进入到 18 世纪中期，红毛绘已经开始在日本的某些地方，特别是在长崎流行。如复兴荷兰系洋画的中心人物平山源内，他曾于 1753 年（宝历 3 年）游学长崎，除与荷兰人学习荷兰语外，还学习西洋绘画，绘制博物图和油画。他在 1763 年（宝历 13 年）编纂的六卷本《物类品骘》，其中卷一及卷二的"矿物类"条上记述了油画颜料的情形，尤其在所谓"柏林布洛颜料"条上写道："这乃红毛人输入的，色深，甚艳，予家藏红毛画谱一帖，品类凡数千种，形状、设色皆逼真，其青碧色，就是用这'柏林布洛'涂的，其色极妙，疑为回回青。"① 这里所说的"柏林布洛"就是荷兰语的 Berllijnesch blanw（柏林青），乃指今天我们所说的普鲁士青（Prnssian blanw）。另外还写道："蛮产的所谓西班斯谷伦，为红毛绘设色之用。"这里所说的西班斯谷伦（Spaansch groen），即西班牙绿之意。"和名相地，细研之后用于画色上成为赭黄色，凡如秋景中山腰之平坡，草间之细路，或深秋草木及松干之类，用此物极妙，本邦画家，向用银朱、墨、藤黄三物合成此色，殊不及 Gold 的自然色。"② 这种把荷兰人叫做"红毛人"，将荷兰画叫做"红毛绘"的称谓，在日本画界界流行了近半个世纪。直至到了 18 世纪 70 年代，日本人才用"荷兰人"和"兰画"或"荷兰画"取代了以往流行的带有蔑视性称呼的"红毛人"、"红毛绘"。

总之，日本的"红毛绘"，主要指 18 世纪，受荷兰绘画的影响，采用荷兰的铜版画绘画风格和技巧绘制的作品。

（2）关于"兰画"、"西画"、"油画"和"洋画"

进入 18 世纪后期，一些具有新思想的日本知识分子将学习"荷兰学"当作日本文化走向新生的途经，所以他们再也不像以往那样将"荷兰学"称为"蛮学"，而是用"兰学"这一名称取而代之，并将"兰学"指向整个西方文化。在美术方面也将以往

---

① ［日］关卫：《西方美术东渐史》，熊得山译，上海书店出版社 2002 年版，第 307 页。

② ［日］关卫：《西方美术东渐史》，熊得山译，上海书店出版社 2002 年版，第 307 页。

流行的蔑视性称呼"南蛮绘"、"红毛绘"称为"兰画",而伴随着"兰画"的还有"油画"、"西画"、"洋画"等。"兰画"、"油画"、"西画"、"洋画"这些名词虽然在当时是在同一个层面上使用的,但实际上有所区别。"兰画"是以一国家的名字即荷兰来命名的,"油画"是以绘画材料来命名的,"西画"是以一个文明圈即欧洲来命名,"洋画"是伴随着"洋学"而出现的。

"兰画"和"西画"虽然名称不同,但其意义在当时是相通的。之所以如此,是因为在日本闭关锁国的情况下,西洋形象实际上就是荷兰形象。荷兰是日本在西欧的唯一贸易国,所以"兰画"就是"西画","西画"也就等于"兰画"。这与"西学"就是"兰学","兰学"等于"西学"在道理上是一样的。

由"兰画"改称"洋画",与西洋学的"兰学"改称"洋学"有直接关系。1855年(安政2年)幕府设立了"洋学所",其任务主要是收集西方的情报。这时的"洋学"已经不仅是指荷兰一个国家,而是包括西洋诸国,这里的"洋学"大于"兰学","兰学"属于"洋学"的一个部分。同样,由"兰画"改称"洋画"也是从荷兰向西洋诸国的扩大。1873年(明治6年)日本内务省的岩桥教章视察了奥地利维也纳万国博览会后,在1875年(明治8年)写的《洋画见闻录》是对西洋绘画的表现方法、技法、绘画材料的概括性介绍,书名中的"洋画",实际上包括整个西洋的绘画,是对西洋各国绘画的总称。

"油画"是由绘画材料来命名的,当时从西洋传来的绘画作品种类很多,包括版画、插图等。日本之所以用"油画"一词作为其代表,是因为油彩画是西洋绘画的代表,故用"油画"这一名称来取代"洋画"。如芬诺洛萨的《美术真说》中将"油画"作为与"日本画"相对立的概念。特别是明治初十年间,日本画家主要从绘画材料与技法方面考虑,所以大都是以"油画"作为"日本画"相对立的概念,而将"洋画"作为"日本画"相对立的概念则很少。

(3)作为与"日本画"并置的"西洋画"

"西洋画"这个概念最早见于1799年司马江汉的《西洋画

谈》。其书名不是"西洋"与"画谈"的合成,而是"西洋画"与"谈"的合成。这本书中,司马江汉说:"只有西画能表现造化之意,至和汉的画(指"和画"与"汉画")只可供赏玩,无裨实用。西画法能用浓淡表现阴阳、凸凹、远近、深浅之趣,而传其真。"又说:"画,倘不能写真则不妙也不成为画。所谓写真的,如山水、花鸟、牛羊、木石、昆虫之类,须各尽其妙,使画中品物逼现真情。倘非西洋风,则不足以语。"① 司马江汉在这里所谈的"西洋画",实际上是指"西画",也就是前面所讲到的"兰画",整篇是对荷兰系洋画写实主义的讴歌。

真正使用"西洋画"、并把"西洋画"与"日本画"相对立起来,是进入到明治二十年以后的事。1889 年(明治 22 年),在日本美术界集中了西洋派美术家的明治美术会作为民间的美术团体创立的同时,官方设立的、进行以传统美术教育的东京美术学校正式开学,官方的日本画与在野的西洋画并置状态正式形成。在这一年的 1 月 12 日,《教育报知》发表了明治美术会派系市岛金治的《日本画的将来如何》一文。文章采用问答的笔录形式,对日本画给予了措词激烈地批评。翌月发行的《美术园》创刊号又将该文全文转载,并引起了日本美术界关于"日本画"与"西洋画"谁高谁低、谁优谁劣的大争论,《美术园》也成了这场争论的舞台。

市岛金治的《日本画的将来如何》一文中提出了"日本画将无法与西洋画竞争"② 的观点,明确地把"西洋画"作为与"日本画"相对立的概念并置。1890 年(明治 23 年)4 月 27 日,明治美术会的赞助会员外山正一博士在明治美术会第二次大会上以《日本画的未来》为题,作了整整三个小时的讲演。他在讲演中说:"方今吾邦绘画之事,所谈者,大致属西洋画和日本画二大

---

① [日]坂崎坦:《日本画的精神》,PERIKAN 社株式会社 1995 年版,第 117 页。

② [日]青木茂、酒井忠康:《日本近代思想大系(17)——美术》,岩波书店 1996 年版,第 111 页。

流派。"① 外山正一把"西洋画"和"日本画"作为日本绘画的两大流派,实际上是从总体上把"西洋画"与"日本画"作为日本绘画两大画种提出的。1896 年(明治 29 年)东京美术学校增设了"西洋画科",1897 年(明治 30 年)日本画的美术团体"日本画会"成立。1903 年(明治 36 年)在大阪举办的"第五回国内劝业博览会"出品区第 55 类绘画展区采用的是"日本画"、"洋画(西洋画)"名称。直至 1907 年(明治 40 年)由文部省举办的"文部省美术展览会",以"日本画"、"西洋画"为名,设立了"日本画"、"西洋画"展部,从而"西洋画"和"日本画"作为日本政府的"美术制度"正式确立。

2. "日本画"概念的形成过程

江户时代以前,对绘画的分类一般使用的是"和"、"汉"两个概念。前者指称的绘画有"大和绘"、"日本绘"、"和画"等。后者指称的有"唐绘"、"汉画"等。所以在明治以前,日本对本国绘画一般都称为"和画"。

"日本画"的出现应该是明治维新以后的事。在 19 世纪初,由于西方强势文化的强烈冲击,日本传统文化处于守势,一些思想家和艺术家才自觉不自觉地萌发出一种强烈的民族自尊感,以保存国粹为己任,在音乐领域里提出了"邦乐"和"西乐"("洋乐"),戏剧领域里提出了"和剧"和"洋剧",在绘画领域里提出了"日本画"和"洋画"等。

(1)日本"辞书"中的"日本画"

在日本辞书中涉及"日本画"条目,有专门的"美术辞典"和普通的"语言辞典"。在"美术辞典"中,本人所见的有昭和 27 年出版的《日本美术辞典》,昭和 60 年出版的《新潮世界美术辞典》,昭和 62 年出版的《日本美术史辞典》。

昭和 27 年出版的《日本美术辞典》里的"日本画"条中只

---

① 〔日〕青木茂、酒井忠康:《日本近代思想大系(17)——美术》,岩波书店 1996 年版,第 122 页。

是简单地提到它是"明治时代使用的语言"。《新潮世界美术辞典》和《日本美术史辞典》中写道:(日本画)"是明治以后,和使用西洋传来的油绘具绘制的油绘(洋画)相区别的概念。"这三部专门的美术辞典均没有对"日本画"进行定义,仅仅只将它看作是与"洋画"相对立的语言或概念。对"日本画"给予定义的是昭和9年出版的下中弥三郎编的《大辞典》。《大辞典》"日本画"条目中写道:"相对于西洋画的名称,原来是指日本本国人画的画。现今相对于西洋风的画,它是由日本人画的具有东洋风的画,叫做日本画。古代相对于汉绘的称大和绘,相对于汉画的称和画。在绢纸上用毛笔作画,以墨线为基调。颜料,有岩彩、泥金、水彩。作为画法,有白描、水墨、设色等种类。"这一定义基本上将日本画限定在属于东洋画系的日本传统绘画中。因为它将"墨线"作为其基调,而且将"白描"、"水墨"作为其主要画法。这与昭和30年出版的语言辞典《广辞苑》和昭和40年出版的《日本国语大辞典》对"日本画"做出的解说是有区别的。《广辞苑》中给"日本画"的定义是:"相对于油画、水彩画的洋画而言,是在我国发生、发展的绘画。颜色多为岩彩,由我国传下来的技法、形式、样式,在绢、纸等上用毛笔描绘的。"这与《日本国语大辞典》的表述基本相同,《日本国语大辞典》中写道:"在我国发展的绘画。用毛笔在绢、纸上作画,颜料多用岩彩,具有独特的技法、形式、样式。明治以后很多情况是相对于油画、水彩画等洋画而言的。"这两部辞典中都将色彩作为"日本画"的前提,而根本没有触及到墨画(水墨)。把"色彩"作为"日本画"的基调和把"墨画"(水墨)作为"日本画"的基调,这不是属于一般概念的置换问题,而是关系到对日本画的根本性认识问题。明治以后日本绘画基本上是以色彩表现为主旨而展开的,"在明治年代有一时进行排斥墨画风习之事,墨画必须从日本画中驱逐出去,画必着色,若不着色便不是真画。"[①]成为当时人们对日本画的普遍看法。

---

① [日]泷精一:《日本画与墨画》,载《国华》第506号(1933年)。

（2）作为国内劝业博览会分类名称的"日本画"

任何一个词（概念），都要经过一段时间在一个领域或一个学科广泛使用后，才能作为一个条目纳入到辞典中。"日本画"作为一个名词在进入辞书之前，不仅明治时期在美术界广泛使用，而且也在明治政府官设的机构中，或作为学校名，或作为展览会、博览会中分类名被广泛使用。

明治政府最早举办的、与我们今天相当的美术展览会，是由内务省举办的"国内劝业博览会"。"国内劝业博览会"从 1877 年（明治 10 年）到 1903 年（明治 36 年）共举办过五届。在第一届到第四届的分类名上都没有出现"日本画"这个名称，如"第一届国内劝业博览会"的分区目录第三区"美术"中第二类"书画"的细目为：

其一，在纸、布帛等上画的水墨书画、各种水彩画，及各种石笔、白垩笔等画。

其二，在粗布、木板等上画的油画。

其三，织绣的书画。

其四，莳绘、漆画、烧绘等。

其五，陶瓷器、七宝及金属等画。

这里是就技法和材料来进行的分类，没有看到"日本画"名称，也没有见到"洋画"（西洋画）名称。但如果以我们现在所称谓的"日本画"，从材料、技法表现来看，在这个分类细目"其一"中的"水彩画"，就是指"日本画"。当时的"水彩画"不是指西洋画的水彩画，"而是指与洋画意识相对立的概念'水墨画'中诞生的，和所谓的洋画的水彩画不同。"① 另外，分类细目中"其二"的"油画"这一概念，对于"日本画"概念的形成具有重要意义。当时"油画"是西洋画的代名词，把"油画"作为单独细目确立下来，作用有二：一是说明西洋画的抬头；二是给"日本画"的登场留下地盘。

"第二届国内劝业博览会"的分类名称及细目上，与"第一

———————————

① ［日］佐藤信道：《水墨的变革》，载《美术研究》第 334 号。

届国内劝业博览会"一样没有出现"日本画"这个名称。但举办
第二届国内劝业博览会的背景与第一届完全不同。第一届的背景
是油画（西洋画）的抬头，西洋画派系的强大势力直接影响和操
纵着这次博览会。与之相反，第二届国内劝业博览会的美术部门
的审查官，主要是由保护传统美术为宗旨即国粹派的龙池会的成
员组成。"在龙池会中很多都是属于举办国内劝业博览会内务省
和大藏省的官僚，第二届国内劝业博览会的美术部门的审查官，
龙池会会员占了绝大多数。"① 在这样一种背景下举办的博览会，
显然要扼制西洋画，对日本本国绘画地位加以提升。关于这一
点，从此次博览会的报告书中可以明确看到，"第二届国内劝业
博览会报告书"中写道："油画在本会场地占据太多，反而日本
固有的绘画较少。""油画与日本固有绘画的关系成为一个至关重
要的问题。"等等②。这表明了由油画（西洋的绘画）对日本固有
的绘画的侵入而产生的当时政府官员的危机意识。这种危机意识
对后来"日本画"的形成无疑起到了非常重要的作用。

1890 年（明治 23 年）的第三届国内劝业博览会，虽然在展
区中没有出现"日本画"这一名称，但在分类名目上作了很大的
改动，首先是把第一、二届的分类名"书画"改为"绘画"，即
将书法从绘画中分离出去，从而纯化了绘画概念。其次是在"细
目"的"其一"中，列出了日本本国具体的绘画流派：土佐派、
南派、北派、四条派、杂派，直接与"其二"的"油画"相
对应。

第三届国内劝业博览会对绘画概念的纯化，在某种程度要归
结于担任此次博览会绘画类的审查官冈仓天心。冈仓天心为了改
变第一、第二届的"杂乱的、低劣的绘画作品被陈列"的现象，
把油画与日本传统绘画流派作为并列的两大系列进行陈列，并调
整了审查人员的结构，审查人员均由懂得各个画派的专家组成，

① ［日］北泽宪昭：《试论"日本画"概念的形成》，青木茂主编：《明治日本画
史料》，中央公论美术出版社 1991 年版，第 23 页。
② ［日］北泽宪昭：《试论"日本画"概念的形成》，青木茂主编：《明治日本画
史料》，中央公论美术出版社 1991 年版，第 482 页。

对各个画派的作品进行逐个审查,使得这次陈列的绘画作品真正能够代表日本绘画的最高水平。正如他在《第三届国内劝业博览会审查报告》中所讲到的:"绘画出品数七百零八件,无一件拙劣之作品,这是当初实施严格鉴别的成果。"① 另外,值得注意的是,冈仓天心在《第三届国内劝业博览会审查报告》中还提出了"日本画"这个概念,"这届出品的日本画就其整体而言,是能够代表其现状的"。② 冈仓天心将"日本画"作为日本绘画各个画派的统称,但他这里的"日本画"主要是指日本的传统绘画,即"和画(倭画)",就连带有近代意识的"浮世绘"也未纳入到他的"日本画"中。正如北泽宪昭所说的,"(冈仓天心)把'日本画'一词作为日本绘画的全称来使用,是指'和画(倭画)',即由日本人创作、具备日本特征的所有的'日本画'的总称。"③

冈仓天心的第三届国内劝业博览会的审查报告中使用"日本画"一词,对以后"日本画"概念的形成具有意义。但是第三届国内劝业博览会的分类名目上没有"日本画"这个名称,而且紧接着的第四届回劝业博览会的出品分类名目上也仍未出现"日本画"这一术语。

在 1895 年(明治 28 年)第四届国内劝业博览会的出品分类名目上"第十八类:绘画"的细目中有:"其一,着色画、水墨画;其二,油画;其三,水彩;其四,其他(亚笔、粉笔画等)"。这一分类细目与第一届和第二届相同,主要从材料和技法上进行划分,但这一届对绘画作品的审查扼制来说,则是按照日本画法和西洋画法分别进行的,也就是说在"审查"这个环节上,基本上形成了"日本画"和"西洋画"对立的二重结构。此分类的二重性在 1903 年(明治 36 年)的第五届国内劝业博览会被正式使用。第五届国内劝业博览会的部类目录中仍以"绘画"

---

① [日]北泽宪昭:《试论"日本画"概念的形成》,青木茂主编:《明治日本画史料》,中央公论美术出版社 1991 年版,第 507 页。

② [日]北泽宪昭:《试论"日本画"概念的形成》,青木茂主编:《明治日本画史料》,中央公论美术出版社 1991 年版,第 508 页。

③ [日]北泽宪昭:《试论"日本画"概念的形成》,青木茂主编:《明治日本画史料》,中央公论美术出版社 1991 年版,第 508 页。

作为其名称，即"第五十六类：绘画"，但在出品审查和授奖评审方面，则是以"日本画"（第一科）与"西洋画"（第二科）两区进行的，而且在出品部类细目中，明确地使用"日本画"和"洋画"两个概念来作为其分类名称。

以上是从国内劝业博览会的举办历史中勾画出"日本画"概念形成经过，但从"制度史"的角度看，真正把"日本画"作为一个概念采用，还是 1907 年（明治 40 年）文部省美术展览会（简称"文展"）。

（3）绘画共进会中的"日本画"

明治以后最早由官方举办的美术展览会，是 1874 年（明治13 年）博览会事务局举办的"书画展观会"。从《东京国立博物馆百年史》"资料篇"中看到，展品中有用新的媒材绘制的油绘，但没有"日本画"这个名称。1880 年（明治 13 年）举办的"观古美术会"，是属于日本最初独立的官设展，它由农商务省直接主办，在其出品分类目录中："第一部：水彩、油画等；第二部：蒔绘等；第三部：刺绣、染织等；第四部：雕刻等；第五部：陶瓷等。"从这一目录看仍没有出现"日本画"这个名称，在"第一部"（绘画类）里，只有用西洋画法的油绘和水彩画。

紧接着"观古美术会"的、由官方设立美术展览的是"国内绘画共进会"。1882 年（明治 15 年）至 1884 年（明治 17 年）由农商务省举办的这个绘画展览会，由于创设者是一些国粹主义者，所以不受理西洋绘画的展品。因此，"国内绘画共进会"中的"绘画"，实际上就是指日本绘画，其展品区的划分主要关心的不是日本与西洋的类别，而是对日本绘画内部的画派进行归类、整理和统合。"第一届国内绘画共进会"的出品区是：

第一区：巨势、宅间、春日、土佐、住吉、光琳派等；

第二区：狩野派；

第三区：支那南北派；

第四区：菱川、宫川、歌川、长谷川派等；

第五区：圆山派；

第六区：难以纳入到第一区至第五区诸画派。

这一分类对后来"日本画"概念的形成具有重要意义。首先这次展览会排除了西洋画，整个展览作品都是明治以前在日本形成的诸画派的绘画；其次展览的绘画都是"看的艺术"，把"用的艺术"排除在外，从而"绘画"得到了纯化。不过要说明的是，这次展览会，虽然是将明治以前的画派和画法称作"国内"的绘画，但这里的"国内"的绘画不是纯粹日本的绘画，也不能把国内绘画共进会叫做"和画（倭画）的展览会"。因为这里的"国内"包括中国古代的绘画即"支那南北派"（"支那"是日本人对"中国"的一种蔑视性称谓，但在这里并不具有此意）的绘画，是日本绘画和中国系绘画的统称。也就是说，它是相对于西洋绘画而言的东洋绘画形态的绘画，而不是指纯粹的日本式的绘画。把日本式的绘画与中国画系的日本画严格区分开来的是1885年（明治18年）在名古屋举行的"私立绘画共进会"。在"私立绘画共进会的规则"中明确写道："整个展览分为两大区，第一区为'日本诸流派'，第二区为'支那南北派'。"① 这种区分很大程度上受到当时由福泽谕吉提倡的"脱亚论"的影响。"脱亚论"作为当时日本政府的一种文化意识，其目的是要把日本文化从东洋文化中独立出来，在绘画领域将中国系的绘画排除在"国内绘画"之外。

从以国家意识为主旨的"国内绘画共进会"把西洋绘画排除在日本绘画之外，到"脱亚论"的文化意识把中国系绘画排除在日本绘画之外，"日本画"这个概念得到了进一步纯化。

（4）文部省美术展览会和"日本画"

"日本画"概念形成的重要前提是对日本绘画流派的统合，这一"统合"工作在"国内劝业博览会"和"绘画共进会"得以完成。但作为一个共同使用的概念，最终还是要以"制度的形式"给予确立。从"制度"的发展史来看，1907年（明治40年）开设的文部省美术展览会（简称"文展"）把"日本画"这一术语作为出品物分类名称堂堂正正地写在展览规则中。在文部省美

① 根据《大日本美术新报》第19号的记事。

术展览会的"规则"第二条中写道:"出品分日本画、西洋画和雕刻三科。"这里"日本画"、"西洋画"的分区不仅作为展览入会的制度被公示,而且"日本画"和"西洋画"作为"绘画"概念,始终处于日本近代美术的支配地位。

由于"文展"的设立,整个社会对美术的关心急剧上升,人们通过展览会的展品进一步了解到"日本画"。

(5)京都府画学校和东京美术学校中的"日本画"

日本近代最早的美术学校是 1876 年(明治 9 年)工部省附设的工部美术学校。该校因为采用西洋美术教育方式,所以当时设置的画学科和雕刻科,都以西洋美术为主,没有涉及到日本绘画的内容,更没有出现"日本画"这三个字。由"日本画"三个字形成学校制度的应该是京都美术工艺学校的前身京都府画学校,1885 年(明治 18 年)在《京都府画学校的规则修改案》的"第二条"中写道:作为"流派","画学分为以下四个":曰东派(日本画、浮世画、土佐派、圆山派等);曰西派(西洋画);曰南派(文人画、士夫画、逸品画);曰北派(和汉合法画、雪舟派、狩野派等)。这里把土佐派、圆山派作为"日本画",一方面与西洋画相区别,另一方面以土佐派、圆山派为中心的日本画(大和绘)与汉画系、唐绘系、南画(中国的文人画)加以区别。也就是说,这里"东西南北""派"或"宗"实际上包括"和画"、"汉画"和"西画"三大系。而且这里的"东西南北"派只有样式差异,而不是相对立的"概念"。

而由西洋传来的术语"美术"来命名的东京美术学校,在1889 年(明治 22 年)开学时设置的"绘画"、"雕刻"、"图案"三科,是从传授日本传统技法的角度来考虑的。如绘画科传授日本传统的绘画技法,雕刻科传授日本传统的木刻,图案科传授日本传统的工艺技法。这就是说当初的"绘画科"就是日本画科,只是到了 1896 年(明治 29 年)才在绘画科中增加了"西洋画科",如是"绘画科"里面就有了"日本画科"和"西洋画科",从此"日本画"和"西洋画"作为相对立的概念并存。

(6)美术杂志中"日本画"的登场

据日本当今著名的美术史家北泽宪昭教授的考察，日本最初称得上美术杂志的是 1880 年（明治 13 年）创刊、同年废刊的《卧游席珍》，其中在"绘画论集"分册中，"和画"、"汉画"、"西画"成为分类名，没有出现"日本画"三个字。另外，同年龙池会发行的《工艺丛谈》（第一卷）中也没有出现"日本画"这个术语。[①]

"日本画"作为一个术语正式出现在美术杂志上，是 1883 年（明治 16 年）由龙池会办的机关刊物《大日本美术报》。该杂志 1883 年创刊，1887 年（明治 20 年）停刊，"日本画"三个字最早出现在该刊第三号上的"记事"和"论文"中。1885 年（明治 18 年）的第 17、18 号刊载的末松谦澄的《歌乐绘画余论》一文中，将"日本画"和"西洋画"作为两个对立的概念提出来。

三、"西洋画"和"日本画"与"东洋画"和"日本画"

在"西洋画"和"日本画"两个概念的形成过程中，始终还伴随着一个隐形的"东洋画"概念的形成。事实上，近代"日本画"始终处在"东洋画"与"西洋画"、"日本画"与"东洋画"、"西洋画"与"日本画"这一"概念网络"中。

1. 关于"西洋画"和"日本画"

前面已经讲到，在明治 20 年代"日本画"和"西洋画"作为相对的概念已经形成。但当我们把"日本画"与"西洋画"这两个概念放到近代日本美术的"言说"中时，很自然地产生了两个非常朴素的问题：首先，为什么把一个以绘画媒材、工具、技法来分类的名称，用"日本"、"西洋"这种文化圈的用语来表示；其次，"日本"是一个国名，"西洋"是对多国组成的文化圈

---

① ［日］北泽宪昭：《试论"日本画"概念的形成》，青木茂主编：《明治日本画史料》，中央公论美术出版社 1991 年版，第 491 页。

（或文明圈）的称谓，为什么把一国与多国相对应、作为相对立的概念呢？要回答以上两个问题，我们必须回到提出这两个概念的社会文化语境。

"日本画"、"西洋画"两个概念形成的19世纪的后半叶，正是西欧列强向世界进行扩张的时期，这种扩张，导致在世界范围内异文化、异文明的接触和冲突。由于西方强势文化的强烈冲击，日本传统文化处于守势，一些学者和艺术家才自觉不自觉地萌发出一种强烈的民族自尊感，以保存国粹为己任，如是，在音乐领域里提出了"邦乐"和"洋乐"，戏剧领域里提出了"和剧"和"洋剧"，在绘画领域里提出了"日本画"和"西洋画"等。在这样一种情形下提出的所谓"邦乐"和"洋乐"、"和剧"和"洋剧"、"日本画"和"西洋画（洋画）"，自然不是以它们的媒材、技法来划分的。另外，把日本传统固有的绘画统称为"日本画"，把从西方传入的新的绘画冠以"西洋画"，主要是出于当时日本政界、学界对世界的认识。明治维新不久的新政府，在与西欧接触时是以世界为坐标来规定日本。对于他们来说，"西欧"就是"世界"，把"脱亚入欧"作为进入"国际化"唯一途经。而"西洋画"就是"国际绘画"，"西洋画"和"日本画"不是"西洋"和"日本"的对比，而是世界和日本（或是世界中的日本）、作为国际绘画和日本国家绘画的并置。

2. 关于"东洋画"和"日本画"

"东洋画"概念的最初形成，可能要追溯到1888年（明治21年）京都府画学校把原有的"四派制（四宗制）"改为"日本画"和"西洋画"二科制。京都府画学校成立于1879年（明治12年），当时的《京都府画学校的规则》中，将画学分为东、西、南、北四宗。东宗，包括土佐和大和绘；西宗，即西洋画；南宗，包括南画（文人画）；北宗，包括圆山派和四条派。东宗由望月玉泉负责，西宗由小山三造负责，南宗由谷口霭山负责，北宗由铃木百年和幸野梅岭负责。1885年（明治18年）在《京都府画学校的规则修改案》中将"四宗"改为"四派"，即东派

（日本画浮世绘、土佐派、圆山派等）；西派（西洋画）；南派（文人画、士夫画逸品画）；北派（和汉合法画、雪舟派、狩野派等）。这里把土佐派、圆山派作为"日本画"，一方面与西洋画相区别，另一方面以土佐派、圆山派为中心的日本画（大和绘）与汉画系、唐绘系、南画（中国的文人画）加以区别。也就是说，这里东西南北"派"实际上包括"和画"、"汉画"和"西画"三大系。

1888 年（明治 21 年）学校重新设置普通画学科、专门画学科和应用画学科，普通画学科中将原先的东南北三派，即东派（日本画、浮世绘、土佐派、圆山派等）、南派（文人画、士夫画、逸品画）、北派（和汉合法画、雪舟派、狩野派等）合为一科，统称为"东洋画"，而专门画学科是西派的"西洋画"。因为"东宗"＝"日本画"，"南北宗"包括汉画和汉画系的日本绘画，因此这里的"东洋画"实际上是指中国画和日本画（和汉画），即东亚的绘画。

另外，据北泽宪昭的考察，战前东京美术学校的绘画资料都是按照"和汉画"和"西洋画"来进行分类的。这里的"和汉画"亦即相当于"东洋画"。但作为由文部省管辖的东京美术学校，一直未使用"东洋画"作为绘画科的名称。1896 年（明治 29 年），东京美术学校在增设了由黑田清辉指导的"西洋画科"的同时，取用了"日本画科"这个分类名称，而没有用"东洋画"这三个字。按理说，当时由桥本雅邦和川端玉章二位名教授指导的类似于京都府画学校的"北宗"（和汉合法画、雪舟派、狩野派等）和"东宗"（日本画、浮世绘、土佐派、圆山派等）的"日本画科"，完全有理由采用"东洋画科"这个名称。那么为什么没有采用"东洋画"，而采用"日本画"，特别是京都府画学校在明治 21 年就用了"东洋画"，而明治 29 年的东京美术学校却采用的是"日本画"呢？这一有趣的现象也使日本当今一些美术史家产生了浓厚的兴趣，并做出了尝试性的解答。北泽宪昭从京都府画学校和东京美术学校两个学校制度的历史中考察到：京都府画学校之所以把"东洋画"作为分类名称，是由于京都府画学校的创始人，也是当时向京都府建议设立绘画的主要建议人之一、著名南画家田能村直人。作为西洋绘画和南画（文人画）的教授，出于他对中国文人画的尊重和感情而使用了"东洋画"这个分类名称。东京美术学校采用"日本画"，而没有采用"东洋画"作为其分类名称，这与当时的校长冈仓天心提出的要把日本作为东洋文化的代表有直接的关系。冈仓天心在 1903 年用英文写的《东洋的理想》中明确指出，要把日本作为"亚洲文明的博物馆"，"日本艺术的历史，应该成为亚洲诸理想的历史。"[①] 日本东京艺术大学的佐藤信道也有类似的看法，他说："京都府画学校在明治 21 年，西宗成为'西洋画'的同时，其他三宗不称为'日本画'而称为'东洋画'。"这种"西洋画"和"东洋画"作为概念单位相对应，主要是当时较为保守的京都对中国历史的尊重。认为明治 20 年代以后的东京，与"西洋"相对应的概念不使用"东洋"，而采用"日本"，是受福泽谕吉"脱亚论"的影响。他说："在从和汉洋形成的日本、西洋、东洋世界观阶段，与'日本画'、'西洋画'同样的'东洋画'也诞生了。国内绘画共进会终结后，明治 17 年结成的'东洋绘画会'，应该说是最初的例子。但进入到明治 20 年代'日本绘画'（日本画）一成立，在美术团体名中很多都冠以'日本'的团体名，'日本'取代了'东洋'一词。这种现象是福泽谕吉'脱亚论'（明治 18 年）阐述的脱亚入欧意识原封不动的反映。在这里，'日本画'不是作为'东洋画'的一部分，而是作为独立的'西洋画'相对立的存在。"[②]

当然，在近代以后亚洲诸国中，把一国之名作为与西洋相对应的概念，而不是把"东洋"作为与"西洋"相对立的概念，不止是日本，其他如中国、韩国等都是如此。在中国，无论美术院校，还是美术展览的分类名称都是采用"西洋画（或油画）"与

---

① ［日］北泽宪昭：《试论"日本画"概念的形成》，青木茂主编：《明治日本画史料》，中央公论美术出版社 1991 年版，第 514 页。

② ［日］佐藤信道：《日本美术的诞生——近代日本的"语言"和战略》，讲谈社1996 年版，第 101 页。

"中国画",在韩国其分类名也是由"西洋画"与"韩国画"二部构成。这种现象不但在欧美是未见到过,而且还引起了欧美一些艺术史论家的好奇和质疑,如 1995 年的一次"何为日本画"的讨论会上,西方学者就提出,无论在美国,还是在英国,都没有人提出"英国画"或"美国画",为什么在日本会有"日本画"呢?对此,日本美术史论家佐藤信道是这样解释的,他说:"在欧洲,在讲到'法国绘画'、'美国绘画'时,是与基本的同一的西洋美术中的其他国家的绘画比较而言的。可在日本,在讲到'日本画'时,没有意识到同一东洋圈的'韩国画'、'中国画',而完全是把'西洋画'作为对置来设定的。在韩国,讲到'韩国画',在中国,讲到'中国画'时同样是这种情况。"总之,"日本画"、"韩国画"、"中国画"完全是把"西洋画"作为前提而规定自己国家的绘画,在欧美的所谓"法国绘画"、"美国绘画"等都是对于西洋绘画而言的。[①] 如果以图来表示,前者为图 1,后者为图 2:

图 1

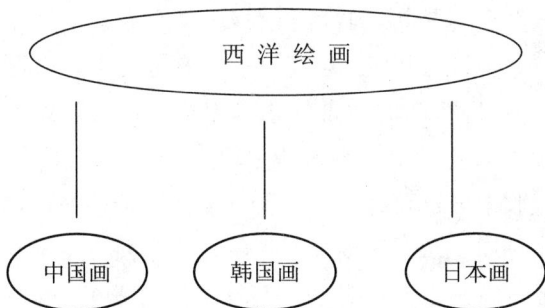

---

① 〔日〕佐藤信道:《日本美术的诞生——近代日本的"语言"和战略》,讲谈社 1996 年版,第 102 页。

图 2

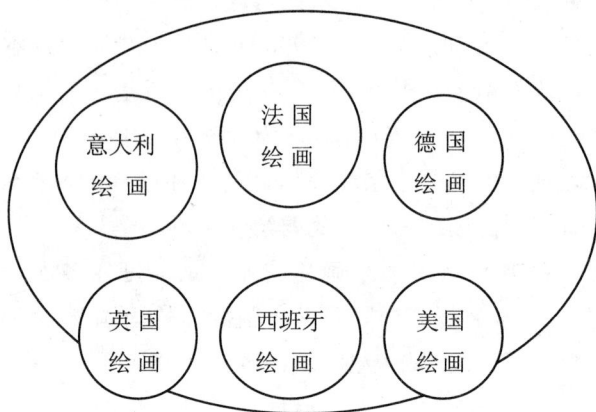

这里也可以看到，近代的亚洲还未形成像欧洲那样的整体意识，尽管冈仓天心当时提出了"亚洲一体"的观点。

3. 日本绘画与"新日本画"、"日本画"、"西洋画"

像前面所说的"日本画"、"西洋画"作为相对的概念在明治20年代就已经形成，但那时的"日本画"和"西洋画"与作为近现代日本绘画的"日本画"、"西洋画（洋画）"稍有不同。前者的"日本画"主要是指"日本绘画"，"西洋画"是指"西洋绘画"；后者的"日本画"已经不是一个单纯的术语问题，而是指"一种在新时代进行新的独自的艺术创造的动向。日本画家们在千余年历史的日本绘画传统的基础上，接受来自西洋绘画的刺激，同时吸收中国绘画的养分，致力于日本画这一日本固有的绘画的培育。"① 其结果是不断灵活地融合了东西方绘画要素而形成新的样式的日本画。而后者的"西洋画（洋画）"也不是指西洋绘画，而是指由日本人创作的油画、水彩画等，即"日本的洋画"。用一句素朴的话说，只要是日本人画的画，不管是日本画，还是西洋画，都是日本绘画。这正如明治43年菱田春草所说的，

① 转引自《走向传统与革新的统一——当今日本画》，日本国际交流基金编，1992年。

"当今被称为西洋画的油画、水彩画和我们现在画的日本画,将来——当然不会很快到来——作为由日本人的头脑构思,以日本人的双手制作的绘画,终究会一律被当作日本画。我相信这一时代必将到来。"① 菱田春草这里说的"日本画",实质上就是我们今天所说的"日本绘画"。

真正具有近代意义上的"日本画"一词,是 1882 年(明治 15 年)芬诺洛萨在龙池会的演讲《美术真说》(作为小册子刊行)中使用的 Japanese Painting(picture)的翻译语。"日本画"一词作为翻译语,不是指传统画法的日本绘画,而是指借鉴了西洋画法,改变了传统绘画而诞生的新的绘画。在芬诺洛萨的演讲中与"日本画"相对应的是"油画",并从以下五个方面论述了日本画优于油画之处:第一,西方的油画比起日本画更像是写实,但写实并非绘画善美的基本条件。由于西方油画把主要精力放在写实上,致使失去了绘画的本质——妙想,是近代以来绘画的退步。第二,油画中有阴影,日本画中没有。作为图像文本的绘画有其阴影理所当然,但绘画无阴影未必有碍。过于拘泥科学而被阴影束缚,便不能发挥"妙想"。日本画以墨色的浓淡代替阴影,更能妙思天然,使人感动。第三,日本画有轮廓,油画中没有。实物本无线,但在不受实物支配的绘画中,增加线条之美,更能充分发挥"妙想"之长处,使妙想达到更精确的地步。第四,油画的色彩虽比日本画艳丽浓厚,但色彩并不是绘画的全部要素。专注于色彩而去掉了"妙想",便一无所得。第五,油画复杂,日本画简洁,然而正因为简洁,所以容易做到凑合,从而也就容易表现出作者的妙想来。总之,日本画除色彩之凑合、色彩之佳丽,不如西方油画外,图线之凑合、图线之佳丽、浓淡之凑合、浓淡之佳丽、旨趣之凑合、旨趣之佳丽都胜于油画,从而也最能表现美术的本质——妙想。所以他说日本画优越于西方的油画,并号召日本画家"应当重视自己的民族特性,恢复古老的民族传

---

① [日]佐藤信道:《日本美术的诞生——近代日本的"语言"和战略》,讲谈社 1996 年版,第 96 页。

统，然后再考虑吸取西方美术可能对日本有用的东西。"①

芬诺洛萨提倡的"新的日本绘画"，后来在冈仓天心指导下，先后以鉴画会、东京美术学校、日本美术院为基地开展"新日本画运动"，并在狩野芳崖、桥本雅邦、下村观山、横山大观、菱田春草等日本画家的创作实践中得以形成。

进入到明治 20 年代以后，由于国家体制的确立和"美术制度化"的完成，"日本画"和"西洋画"作为相对概念而正式成立。明治 20 年代一些美术杂志创刊，美术学校的设立，使得日本画、西洋画成为讨论的话题，从而也得到社会的承认和普及。

进入了 30 年代以后，日本画、西洋画这两个概念，基本上成了一个镜子的两面，呈现出分离、并存、调和的状况。接着 40 年代由文部省举办的"文部省美术展览会"（文展）设立"日本画"、"西洋画"两个部分，从而"日本画"和"西洋画"作为"美术制度"确定下来，它们作为相对概念也固定了下来。

在与西方社会显著相异的日本社会中，接受了西洋诸多观念，在绘画领域孕育出双重结构："日本画"和"西洋画（洋画）"，一直是日本近代美术的一个重要问题。正如著名的日本文化学者、文学家、文学史家、艺术批评家加藤周一先生在 1957 年写的《关于西洋画与日本画的区别》一文中所写道的："所谓日本画和西洋画的区别问题，是目前日本美术的最大问题之一……譬如，参观国立近代美术馆的'近代日本名作展'，二楼陈列日本画，三楼陈列西洋画，泾渭分明。楼层之间有楼梯，似乎两者不能排列在同一房间里……用材料不同，画法各异，一位画家不可同时作两种画，二者区别鲜明……我们对这些事司空见惯，所以如今觉得不足为奇。但是如略加思索，就会感到：同样是日本人作的画，即有日本画又有西洋画，的确奇怪。英国人画的画，统统是英国画。墨西哥人制作的美术作品，统统是墨西哥美术。于是，自然就会产生这样的疑问：为什么日本人的画创作

① 刘晓路：《日本美术史话》，人民美术出版社 1998 年版，第 162 页。

也好、雕刻也好、都不是完全一样的日本画、日本雕刻呢?"[①] 自1907 年(明治40 年)由日本文部省设立的官展——"文部省美术展览会",将"日本画"与"西洋画"严格的区分以来,一直到百余年后今天的"日展",都严格地将它们区分开来。而模仿"日展"的"县展"、"市展"等一些地方性的美术展也是将"日本画"与"西洋画"严格地区分开来的。

四、西方现代美术传入中国过程中日本的中介作用

1. "美术"概念的传入与普及

恰如鲁迅先生 1913 年在《拟播布美术意见书》中所说:"美术为词,中国古所不道,此之所用,译自英之爱忒。"[②] "美术"一词现在被广泛使用,而且并非专业性的学术术语,但它不是中国土生土长的词语,它的传入也经过较长的一段时期。"美术"是伴着西学东渐之风进入中国的,但由于多种因素的制约,它并不是直接由英语中的 art 或 fine art 译为中文的"美术",而是转站日本,而后才登陆中国。

中国和日本本来都没有"美术"一词。中国古代与"美术"大致相对应的有"书画"、"丹青"、"图画"等词,日本表示"美术"的有"唐绘"、"大和绘"、"倭绘"、"男绘"等。约在 19 世纪下半叶,日本开始注重西方文明的引进,并借用汉字翻译、创造了大量的词汇,"美术"就在这个时期在日本出现并逐渐被广泛使用。

1868 年,日本开始明治维新,大力倡导西方文明,推行"文明开化"政策,在政治、经济、文化等各方面都不遗余力地向西

---

① 加藤周一:《日本文化论》,叶渭渠译,光明日报出版社 2000 年 12 月版,第228 页。

② 鲁迅:《拟播布美术意见书》,见郎绍君、水天中编:《二十世纪中国美术文选》,上海书画美术出版社 1991 年版,第 10 页。

方学习，在美术领域也是如此，不仅聘请西方专家到日本讲授建筑、雕刻、绘画、工艺技术，而且陆续派出大量的留学生到欧美等国家专修美术。

"美术"在日本出现大约在 19 世纪 70 年代。1873 年，维也纳万国博览会，日本代表团受西方国家的启发，在给本国政府的报告书中呼吁在日本国内设立美术馆、开办美术学校。这应该是首次将英文"art"译为汉字"美术"。

1876 年，日本工部省创办"工部美术学校"，这是日本最早的官办美术学校。推行西式学院派教育，开设油画、雕刻专业，教师全员西聘，当时在"工部美术学校"任教的外籍教师主要来自意大利，如画家丰塔内西、费雷契、雕刻家拉古萨、卡佩莱蒂都曾在"工部美术学校"教授西画、雕刻等课程，这些促使日本接触到西方学院派绘画。

1881 年，日本国内举办第二界劝业博览会，福田敬业作了名为《美术概论》的报告书，对"美术"一词的语源、分类、基本涵义等做了非常详细的综述。

1882 年，美国学者芬洛诺萨发表《中国及日本美术诸时代》和《美术真说》，引发了日本国内是继续入欧还是回归传统的争论，开始了日本传统美术的复兴运动，并关闭了"工部美术学校"。"工部美术学校"的寿命很短，但是却在日本社会上掀起一股学习西方绘画的高潮，"美术"一词也在日本毫无争议的存活了下来，并显示了强大的生命力。"美术"这个概念逐渐在日本传播、普及并确立，并逐渐取代了日本本土的"唐绘"、"倭绘"等概念，统称为"美术"。

中国在经历了一次次丧权辱国之后，终于意识到西方现代文明的优越性，意识到向西方学习的必要性和迫切性，而此时的日本却已在政治、经济、文化等各方面取得了长足的进步。19 世纪末 20 世纪初，清政府经历了向西方学习先进技术、政治制度、文化思想几个阶段，陆续向外派遣留学生，同时也不少人自费到国外深造。这一时期的留学生部分前往欧美国家，但由于地理和留学费用上的原因，大部分留学生东渡日本学习。椐相关资料记

载，1896 年，清政府选派 13 人赴日留学，1901 年 274 人，1903
年 1300 人，1905 年 8000 人，1906 年 12000 人，到 30 年代，以
各种方式到日本留学的已达 5 万多人次。这其中，赴日专修美术
的人次也逐年增加，如李叔同、黄辅周、曾延年、高剑父、陈抱
一、王震、关良、汪亚尘等人都曾到日本专修美术，鲁迅到日本
先学医后转学文，周湘、李毅士、徐悲鸿等人先到日本后又留学
欧美国家。"美术"一词也正是由这批旅日留学生传入中国。

现存早期有关美术的文字记载可见于王国维的作品，如《红
楼梦评论》中，"美术"便频繁出现。"故美术之为物，欲者不
观，观者不欲"，"美术之务，在描写人生之痛苦与其解脱之道"，
"美术之价值，存与使人离生活之欲，而人于纯粹之知识。""《三
国演义》之作者必为兵家，此又大不然之说也。且此问题，实为
美术之渊源问题相关系。如谓美术上之事，非局中人不道，则其
渊源必全存经验而后可。夫美术之源，出于先天，抑由于经验，
此西洋美学上至大问题也。"① 1905 年，李叔同的《图画修得法》
中多次出现"工艺美术"一词，并称法国为"美术国"。

1907 年，刘师培发表《中国美术学变迁史》、《论美术援地而
区》、《论美术与征实之学不同》，其中，在《中国美术学变迁史》
中，刘师培写道："夫音乐、图画诸端，后世均视为美术。"②

1908 年，鲁迅在《摩罗诗力说》中说："由纯文学上言之，
一切美术之本质，皆在使视听之人为之兴感、怡悦，文章为美术
之一，质当亦然。"③

1913 年，鲁迅《拟播布美术意见书》中首先提出"何为美
术"，美术"即用思理以美化天物"，其次介绍"美术之区别"，
将美术进行了多重分类以示区分。在次鲁迅提出了"美术之目的
与致用"。最后提出"播布美术之方"，并将其途径分为"建筑事

---

① 《王国维学术经典集》，江西人民出版社 1997 年版，第 49～72 页。
② 《刘师培学术全集》，中共中央党校出版社 1997 年版。
③ 《鲁迅全集》，人民文学出版社 1981 年版。

业"、"保存事业"、"研究事业"。① 在这一时期，除了文化精英层展开了有关"美术"的讨论外，在社会上还创办了大量的美术专业院校、美术学会，以及大量有关美术的刊物，这一系列事件加速了美术在社会大众层的传播和普及。

在 19 世纪末 20 世纪初，清政府开始了教育体制的改革，废科举，兴学堂，引进西式教育，并在学校中开设美术教育，但当时还称为"图画手工"课，如两江师范学堂，1906 年后开设图画手工课，教授中国画、用器画、西画。继两江师范学堂后，陆续有保定优级师范学堂、浙江两级师范学校等均开设图画手工课，由于当时中国还缺乏西画人才，早期教授西画的主要为日籍教师，如盐见竞、亘理宽之助、吉加江宗二等人分别在两江师范学堂和浙江两级师范学校授课，另外还有从日本归来的美术专业人才，李叔同从日本留学归来后在浙江两级师范学校内教授绘画和音乐。

1909 年，南京举办了第一届"南洋劝业博览会"，据当时参加博览会的姜丹书回忆说，在博览会上设有美术馆，"名播世界的余沈寿女士之意大利皇后像，即赫然陈列于美术馆这也。"②1912 北京政府设"美术调查处"，由鲁迅负责。同年，教育部公布《专门学校法令》，其中定有"美术专门学校"，可见此时"美术"这一概念已得到官方认可。

也在 1912 年，日本留学归来的周湘、张聿光、乌始光、刘海粟等人在上海创办"上海图画美术院"，设绘画课，它是我国现代美术教育史上第一所正规的美术专门院校。刘海粟等人在"上海图画美术院"中使用人体模特，引发了当时的一场大论争，这场论争也加速了"美术"在社会的中普及。

继上海图画美术院之后，在 20 世纪初，还相继创办了私立南京美术专门学校、私立上海艺术大学，私立武昌艺术专科学校，私立苏州美术专科学校，四川美术专门学校等多所美术专科

---

① 鲁迅：《拟播布美术意见书》，见郎绍君、水天中编：《二十世纪中国美术文选》，上海书画美术出版社 1991 年版，第 10～13 页。
② 《姜丹书艺术教育杂著》，浙江教育出版社 1991 年版，第 390 页。

学校，为我国培养了一批中西绘画人才。

在创办美术专科院校方兴未艾之际，大量的"美术会"和美术社团也纷纷成立，如 1912 年，苏州创办"苏州美术会"，1916 年，留日学生陈抱一、汪洋洋、严志升等人在日本创办"中华独立美术协会"，1921，萧公权、汪英宾、谢列等人创办旨在振兴我国西画艺术的晨光美术会。这些美术协会在社会上都曾产生过极大的影响。

辅以美术院校和社团的成立，以"美术"冠名的刊物也相继问世，1918 年，上海中华美术专门学校出版的《中华美术报》创刊，同年，上海美术学校主办的《美术》报创刊，评论近代欧洲的艺术，并介绍各种艺术流派。这些刊物成为讨论、传播"美术"的阵地。

"美术"一词在各方面的推动下，逐渐进入中国人的视听，并被大众接受。但"美术"的最初使用并不规范，使用范畴有很大的伸缩性，"美术"有时专指工艺，有时等同于"艺术"，有时又超出"艺术"的范围。

王国维使用的"美术"或指"文艺"，如"美术中以诗歌、戏曲、小说为其顶点。"或与"美学"互用，如"夫美术之源，出于先天，抑由于经验，此西洋美学上至大之问题也。"或与"艺术"等同，"夫美术这实以静观中所得之实念，寓诸一物，焉而再现之。有其所寓之物之区别，而或谓之雕刻、或谓之绘画、或谓之诗歌、音乐。"① 由王国维的使用情况来看，"美术"最初作为一个译词传入中国，其使用存在很大混乱和任意性。

1905 年，李叔同在《图画修得法》中说："若以专门技能言之，图画者美术工艺之源本。……又若法国自万国大博览会以来，不惜财力、时间、劳力，以谋图画之进步，只图画教育视学官，以奖励图画。而法国遂为大美术国。"② 见在此，李叔同将图画与美术区分，而将美术与工艺连用，此时，李叔同将"美术"

---

① 《王国维学术经典集》，江西人民出版社 1997 年版，第 49~72 页。

② 李叔同：《图画修得法》，见郎绍君、水天中编：《二十世纪中国美术文选》，上海书画美术出版社 1991 年版，第 8 页。

视为"工艺",与我们现在所说的"美术"仍存在很大的差异。

1907年,刘师培在《中国美术变迁史》中界定的美术涵盖面基本上等同于"艺术","夫音乐、图画诸端,后世均视为美术。皇古之世,则仅为实用之学,而实用之学即寓于美术之中。舞以适体。以强民躯,歌以和声,以宣民疾,而图画之作,有为行军考地之必需,推之书契既作,万民以昭,衣裳既垂,尊卑乃别,则当此之时,设实用而外固无所谓美术之学也。"①

刘师培将音乐、图画、舞蹈、书法等均视为美术。

1913年鲁迅在《拟播布美术意见书》中,"由前之言,可知美术云者,即用理想以美化天物之谓。苟合于此,则无问外状若和,咸得谓之美术,如雕刻、绘画、文章、建筑、音乐皆是也。"② 通过刘师培和鲁迅对"美术"的界定来看,当时普遍的观点认为,"美术"与"艺术"通用,包括绘画、雕刻、建筑、文章、音乐等多个艺术门类。

1918年,吕澂和陈独秀提出了"美术革命",吕在其文章中说:"窃谓今日之诗歌、戏曲、故宜改革,与二者并列于艺术之美术。(凡物象为美之所寄者,皆为艺术,art,其中绘画、建筑、雕刻三者,比具定性体于空间,可别称为美术Fineart,此通行之区别也。我国人多昧于此,尝以一切工巧为艺术,则混陈空间时间艺术为美术。"③ 这时吕澂已将美术和艺术分而论之,并视美术为艺术之一类,将音乐、舞蹈等从"美术"中剔除出来。这与我们现在所说的"美术"概念的涵盖面已基本吻合。

2. 中国美术研究的发展

西方美术对中国的影响,不只停留在"美术"概念的层面上,通过日本留学生传入中国的不仅是"美术"概念,还带来了

---

① 《刘师培学术全集》,中共中央党校出版社1997年版。

② 鲁迅:《拟播布美术意见书》,见郎绍君、水天中编:《二十世纪中国美术文选》,上海书画美术出版社1991年版,第11页。

③ 吕澂:《美术革命》,见郎绍君、水天中编:《二十世纪中国美术文选》,上海书画美术出版社1991年版,第26页。

美术观念，美术研究的理论、方法和途径，并在方法论层面上促使中国人的形式逻辑和理性思维的发展，促进了中国美术理论、美术批评和美术史的发展，从整体上促进着中国美术研究从古典形态向现代形态的转型。

我国古代绘画和绘画评论已经有很高的造诣，但是绘画理论秉承中国传统感悟性的思维方式，直觉体验、艺术感悟性的评点、鉴赏居多，散见于一些书论、画论中，缺乏系统性理论著作，更是缺乏统摄中国几千年绘画史的史学著作。更由于历史上的诸多原因，我们对国外美术的发展历史和现状更是知之甚少，也就谈不上西方美术史和美术理论著作了，直到19世纪末、20世纪初，西学东渐，西方翻译作品的大量涌入，这种状况才有所改观，在这一过程中，日本仍发挥着不可或缺的桥梁作用。

20世纪初，我国对西方美术史和美术理论的引进，一条途径是直接把欧美学者的美术理论和美术史著作翻译成中文，如以翻译赫胥黎的《天演论》而闻名的严复将英国人倭斯弗的《美术通诠》翻译为中文，并连载于1906和1907年的《寰球中国学生报》上。另外一条途径则是将日文的理论著作翻译而来，这又分为两种情况，一种是将日本学者研究西方美术的理论著作译为中文；另一种则是将日本人翻译的西方理论著作转译为中文。20世纪初，我国学术界对西方美术理论和美术史的了解主要是通过这两条途径，而且第二条途径占主要地位，发挥主要作用。20世纪20、30年代，我国学者、艺术家翻译了大批日本美术理论著作。尤其是板垣鹰穗、木村庄八、中村不折、小鹿青云等人的美术理论作品和美术思想陆续被介绍到中国，深刻影响到我国美术研究的观念、体系和方法。这一时期的翻译作品，主要由鲁迅翻译板垣鹰穗所著的《近代美术史潮论》，萧石君译板垣鹰穗的《美术的表现与背景》，赵世铭译板垣鹰穗的《近代美术史概论》，丰子恺整理田敏的演讲《现代的艺术》，还节译了中宗太郎的《近代艺术概论》，郭虚中译中村不折、小鹿青云的《中国绘画史》，洛三译木村庄八的《少年艺术史》。这一系列译著在两方面促进着中国美术研究的发展。一是译著本身在知识层面丰富了中国人的视听，使中国人了解了世界美术及美术研究的成果；二是译著所提出所使用的美术观点、研究方法、途径等在方法论层面上启发了中国美术学术界，使中国美术学术界在研究过程中有一定章法可循，为中国近现代美术思潮和美术史的研究奠定了理论基础。

板垣鹰穗的著作《美术的表现与背景》介绍了希腊思潮、基督教寺院形式，达芬奇的人与艺术，法兰西大革命与国民美术，印象派的作品等，这部著作考察的是不同时代的艺术作品与其时代的社会文化背景的关系，如时代与作品的关系，作者与作品的关系，作品与前后时代作品的关系。这种将艺术作品与时代背景相联系、把艺术发展放在社会文化的背景中考察、审视的研究方法，与中国传统只着眼于作品本身而不及其余的感兴式的点评、鉴赏迥异，为中国学术界提供了新的美术史和美术批评的研究的方式和途径，深刻影响到中国后期的学术研究和理论著述，使中国的美术理论研究臻于科学、完善。

鲁迅译板垣鹰穗的另一部著作《近代美术史潮论》系统介绍了古典主义、浪漫主义、写实主义、印象主义、理想主义、形式主义等艺术流派，以及马蒂斯、毕加索、勃拉克、柯柯斯等现代艺术家。另外此书还阐释了近代美术向现代美术演进的过程及现代美术的思想根源和必然性。在鲁迅将这部著作翻译介绍到中国以前，我国美术界已经对西方现代美术主流派有了一定了解，这些流派也或多或少的影响了中国艺术家的创作实践，但这部著作却在理论层面提升了中国对现代美术及各流派的系统认识，并开拓了中国人的眼界和思维方式。

木村庄八的《少年艺术史》分为古代之话、中世之话、近古之话、近世之话，从文化史、宗教史的角度探讨了艺术的发生、演进，阐述了希伯来精神、基督教精神对古代艺术和中世纪艺术的深刻影响。而板垣鹰穗的《近代美术史概论》则对西方近代美术史，包括启蒙运动时期、19世纪前半期、19世纪后半期、第一次世界大战后时期的美术史作了详细地介绍及评价。这两部著作的时代划分方法为中国撰写西方美术史提供了借鉴，并为中国美术史的研究提供了方法和途径上的启发。

正是这样一批从日本舶来的论著，不仅使中国人了解了西方古代、近现代的艺术发展史、美术思潮，而且还带来了美术理论的研究方法、研究途径等，为中国近现代美术学科的全面发展奠定了基础。

出版于 1926 年的郭沫若《西方美术史提要》是我国关于西方美术史的一部较早的著作，将西方美术史分为滥觞时代、古典时代、中世纪美术、文艺复兴美术、17、18 世纪美术、近代美术。从其历史划分来看，明显以板垣鹰穗的《西方美术史》为蓝本，另外，此书还参考了矢代幸雄的《西洋美术史讲话》中的论述，提出西欧美术在精神上的三大要素的观点，古典要素、哥蒂克要素、北欧哥蒂克要素。

在翻译引进西方美术史的同时，中国学者也开始了著述中国美术史、绘画史。

姜丹书在浙江第一师范任教期间撰《美术史》，包括中国美术史和西洋美术史两部分，涉及到自上古至近代诸流派，还包括建筑、雕刻、知音、书法、工艺美术等门类，在西洋美术史部分还涉及到印度和东方其他国家的美术。姜丹书在撰《美术史》之前，未曾到过日本，他曾在两江师范学堂学习，师从盐见竞、亘理宽之助等日籍教师。除去《美术史》，姜丹书还著有《艺用解剖学》、《透视学》、《西湖模型》等技法理论研究书籍。

郑旭 1929 年出版《中国画学全史》，此书将中国古代画学划分为实用时期、礼教时期、宗教时期、文学化时期，从其划分来看，郑旭明显将绘画放在时代的思想文化、政治、宗教等社会大背景下，将艺术发展与时代背景相联系。

这一时期的美术理论著作还有史翰著《中国美术史》，滕固著《中国美术小史》、王钧初著《中国美术的演变》、郑午常著《中国美术史》、《中国画学全史》、《中国壁画史研究》等。这样一大批美术理论著作的出现弥补了中国古代关于美术史方面的空白，对我国古典传统美术也是一次系统的梳理和总结。

中国美术史和美术理论的研究的发展是西学东渐的结果，通过著作翻译情况来看，日本继"美术"概念传入中国后，依然是西方学术思想登陆中国前重要的中转站。这一时期，我国美术著作的大量问世，表明我国正由古典传统绘画向近现代美术转型，可以说是我国现代美术学的起步阶段。

3. 中西美术比较研究的起步

中国古代虽然没有"美术"一词，也没有美术史和美术理论的系统研究，但不容忽视的是中国古代的绘画和画论已有很高的造诣，是中国传统文化的一笔宝贵财富。西方"美术"概念，美术观念、美术理论的传入，必然会与中国的传统文化产生冲突。在冲突的过程中互为消长，在消长中，中西绘画频频接触，开始对话。也正是在这种背景下，中国人重新审视了中国绘画的艺术价值，挖掘了中国画在世界艺术画廊中的价值，并展开了中西绘画的比较研究。

我国本没有"国画"这一概念，西方美术传入后，与西画相对照中国传统绘画被称为"中国画"、"国画"，并将国画纳入世界美术的轨道加以研究、审视。

徐悲鸿在 1920 年发表《中国画改良论》。在文中徐悲鸿指出："中国画在美术上有价值乎？曰有，有故足存在。与西方画同价值乎？曰："以物质之故略逊。然其趣异不必较。凡趣何存，存在历史。西方画及西方之文明物。"[①] 在中西比较的基础上，徐悲鸿提出中国绘画改良的方法途径。

曾经留学日本的郑锦在其讲演录中对中西绘画有个约略的比较。郑锦认为我国"绘画起源于西洋之异趣"，"绘画发达与西洋各国之殊途"，"研究方法与西洋根本上之不同"。[②]

丰子恺子在 1930 年发表《中国美术在现代艺术上的胜利》中将东西文化进行了比较，"西洋文化的特色是'构成的'，东洋文化的特色是'融合的'；西洋是'关系的'、'方法的'，东洋是

---

① 徐悲鸿：《中国画改良论》，见郎绍君、水天中编：《二十世纪中国美术文选》，上海书画美术出版社 1991 年版，第 39 页。

② 郑锦：《郑褧裳讲演录》，郎绍君、水天中编：《二十世纪中国美术文选》，上海书画美术出版社 1991 年版，第 48～49 页。

'非关系的'、'非方法的'。""这种传统照样出现在美术上,故西洋美术与东洋美术也一向有着不可越的差别。"在丰子恺看来东洋美术显著地影响着西洋美术。丰子恺在文中分为两节:一、"现代西洋画的东洋画法,即东洋画技法的西渐";二、'感情移入'与'气韵生动',即东洋画理论的西渐"。丰子恺在文中详细论述了西方印象派和后印象派在题材、技法、思想等多方面的受中国传统绘画的影响,另外,还论述了西方近现代美学中移情说与中国的"气韵生动"是相通的,借此强调中国美术思想的先进性。

郑昶在 1934 年发表《中国的绘画》中也探讨了国画与世界画学的关系,将中西绘画进行了比较研究,强调了"国画本身之奇伟高贵"。并应"宜速自觉而奋起"①。中西绘画的比较研究是随着"美术"的传入与探究而兴起的一种美术研究方法。这种研究方法融中国传统绘画与世界美术研究于一身,比较其异同、优劣,在碰撞中挖掘中国传统绘画的艺术价值。

---

① 郑昶:《中国的绘画》,郎绍君、水天中编:《二十世纪中国美术文选》,上海书画美术出版社 1991 年版,第 53 页。

第四章　西周的"美妙学说"及其在中日近现代美学史上的地位

　　西周是日本明治维新前后到明治 20 年代最为活跃的启蒙主义思想家之一，同时也是日本近代美学的创始人。他的《美妙学说》被誉为日本近代美学的里程碑，因为他第一个提出美学是一门独立的学科。本章拟对西周在中日近代美学中的作用与地位作一个较为系统的考察。

一、从"善美学"、"佳趣论"到"美妙学"

　　"美学"作为今天日本用来表达一个学科领域的固定名称，原来是德语"Äesthetik"的译词（英语"aesthetics"、法语"esthètique"、意大利语"estètica"都与德语相近），因为建立这门学科的莱布里次、沃尔夫、鲍姆加通都是出生于柏林的德国哲学家。但明治时期作为西方学术被引进的"美学"，则是中江兆民于 1883 年前后翻译法国人维隆（1825～1889）的《美学》，即所谓《维氏美学》时正式译出，与中江兆民同时译出的还有坪内逍遥。此后，森鸥外、大西祝、岛村抱月、大塚保治又将该词译成"审美学"，龟井兹明将其译作"美术学"。可见在明治中、后期，对"美学"一词的翻译和使用并不一致。而在这以前（明治初期），西周将该词曾经翻译为"善美学"、"佳趣论"和"美妙学"。对于西周的翻译不能仅仅看作是关于"译词"的变迁问题，而应该看成是西周在"译词"中如何把握西方美学的本质。

　　我们现在看到的西周把美学最早翻译成日语时译作"善美

学"，是在他的《百一新论》①一书中。《百一新论》虽然是 1874年（明治 7 年）正式出版问世的，但他执笔写作这部著作却是1866～1867 年（庆应 2、3 年）左右，是为他当时在京都创办私塾写的讲义。《百一新论》是把百学作为一个统一的学科而发表的议论。在该书中涉及的美学问题就像山本正男所说的，只是一些"有关美学的初步的思想，只不过是一些片断的插话"。②它主要包括以下三个方面的内容：首先是将美学作为哲学的一个分支学科给予了应有的学术地位，也就是说，西周把美学用日语译成"善美学"，与人种学、性理学、生理学等其他学科并列起来作为一门独立学科。"他这种思想首先表现在'善就是美'这一与儒教的看法相应的思想"③，其次是以东西方（古代）美学思想中的"和谐"作为人类世界最高的审美理想。他认为"西方语言中的'harmony'和汉语中的'和'是一脉相通的……他的理想是'譬如金石丝竹匏土革木八音齐奏之时，并无孰高孰低之事，而是极为和谐。人类的世界也应与此同样，保持这个大的和'"。④第三是以儒家的中庸思想"哀而不伤"，"怨而不怒"，"乐而不淫"来说明艺术目的论——诗教和乐教。他在谈到这方面的看法时写道："大凡人世之间，在得遂饱暖安逸之欲以后，当然就要趋向于娱耳悦目之欲，这些戏剧、音乐等等也确实是给人以快乐的事物。"他认为这些戏剧、音乐等等艺术是一种使人在"看后和听后深受感动之物"，因而他主张"将过分近于淫乱之事和过分近于残忍之事予以废止"。⑤西周《百一新论》正如山本正男说的"虽只是一部启蒙读物，但却明确地阐述了西周所具有的西方哲

① 见《西周全集》，第一卷，宗高书房，昭和 37 年。
② 山本正男：《东西方艺术精神的传统和交流》，中译本，中国人民大学出版社1992 年版，第 15 页。
③ 山本正男：《东西方艺术精神的传统和交流》，中译本，中国人民大学出版社1992 年版，第 15 页。
④ 山本正男：《东西方艺术精神的传统和交流》，中译本，中国人民大学出版社1992 年版，第 16 页。
⑤ 山本正男：《东西方艺术精神的传统和交流》，中译本，中国人民大学出版社1992 年版，第 15 页。

学思想，进而也可以看到他在吸取西方美学思想方面迈出的第一步"。① "佳趣论"是在他的《百学连环》②中提出来的。《百学连环》不是公开出版的著作，而是1870年（明治3年）西周在东京浅草鸟越三筋町的自宅开办的私塾育英舍给学生授课的讲义，它包括西周的弟子永见裕（当时育英舍的学生）的笔记和西周讲义案的残留部分。《百学连环》较为完整、系统地体现出西周"统一科学"的思想体系，"是在一种百科全书式的构思之下，把他涉及到日本、中国、西方的，渊博、浩瀚的全部知识都显示出来了。"③ 在《百学连环》中除把美学佳趣论作为哲学的一个分支学科外，对美学的起源、美学作为一门学科的确立、美学研究的对象和对美本身进行了简略的说明。关于美学的起源，他认为是从古希腊时代的柏拉图、亚里士多德开始的，柏拉图的"模仿说"、亚里士多德的诗学都属于最早的美学思想。不过他认为，尽管美学思想的产生和形成很早，但作为一门独立科学是18世纪德国理性主义者鲍姆加通（A·G·Baumgarten，1714～1762）建立的。鲍姆加通认为在人类知识体系中理性认识有逻辑学研究，意志有伦理学在研究，而感性认识也需要一门科学来研究，建议成立一门新的学科专门研究感性认识，这门学科就叫做"埃斯特惕克"（Äesthetik），即美学。西周以此为根据，提出了"能使知成为真者要靠致学，能使行者成为善者要靠名教，能使思成为美者要靠佳趣论"的主张。④ 他认为"凡学而无范围、术而无方法者，皆不得称之为学术也"。故他在把佳趣论作为一门科学后，便确立了佳趣论研究的范围。认为佳趣论主要是研究诗、音乐、绘画、雕刻、书法等这些雅艺术的学问，因为这些艺术"全都不喜

① 山本正男：《东西方艺术精神的传统和交流》，中译本，中国人民大学出版社1992年版，第15页。
② 见《西周全集》第四卷，宗高书房，昭和37年。
③ 山本正男：《东西方艺术精神的传统和交流》，中译本，中国人民大学出版社1992年版，第16页。
④ 山本正男：《东西方艺术精神的传统和交流》，中译本，中国人民大学出版社1992年版，第18页。

欢讲道理而只重视意趣"。① 他给"佳趣论"下的定义是"一切风趣都在于在完整之中有不完整之处,在不完整之中有完整之处,这正是有味道之处"。这就是说,他把佳趣论的主旨归结到所谓的多样的统一论上。②

从《百一新论》和《百学连环》中的美学思想来看,无论是"善美学"还是"佳趣论"都是作为西周统一科学的一种构想,这种构想只是在他的"百学连环"中才有意义。而西周学科"连环",即诸科学的分类标准和依存关系的原则又是来自密尔顿、孔德、密勒的归纳法和实证主义。所以"可以明显地看出他的美学思想是属于将归纳的实证主义和经验主义应用到美学上的心理学的美学学说这一系统的"。③

"美妙学"是在 1877 年(明治 10 年)为天皇御前演说的草案《美妙学说》④ 中提出来的,它是英语 aesthetics(美学)的译语。在美妙学所展开的"异同成文"论,是根据《百学连环》的"佳趣论"中"佳趣论的趣意"加以扩展而成的。而《美妙学说》与《百一新论》和《百学连环》不同,它是一部有关美学问题的专论,也是日本最早的一部独立的美学专著。

二、《美妙学说》的主要内容

1. 美学研究的对象与范围

《美妙学说》作为有关美学问题的专论,首先是确立美学研究的对象和范围。在西周看来美妙学之所以能成为哲学的一个分支科学,是由于美妙学有着自己研究的对象与范围,他在开篇就

---

① 山本正男:《东西方艺术精神的传统和交流》,中译本,中国人民大学出版社 1992 年版,第 18 页。

② 山本正男:《东西方艺术精神的传统和交流》,中译本,中国人民大学出版社 1992 年版,第 18 页。

③ 山本正男:《东西方艺术精神的传统和交流》,中译本,中国人民大学出版社 1992 年版,第 18 页。

④ 见《西周全集》第一卷,宗高书房,昭和 37 年。

写道："哲学之中有一种叫做美妙学的学问，此学问与所谓的美术有相通之处，是研究美术的学问。"① 他认为在人类社会中，有分辨善与恶、正与邪的道德之学，像孔子的"仁学"，释迦的"慈悲说"，耶稣的"博爱说"。还有分辨公正与不公正的法律之学，如古代中国的圣帝舜的臣陶制定的"五刑"，古希腊梭伦和列古里屈所立的法。除法律之学和道德之学外，还有分辨美与丑的美妙之学。并说："从人类脱离野蛮境界的最初时期开始，这个美妙学的因素就已出现在社会上并产生了巨大的影响。"② 在具体谈到美妙学的研究范围时说："在西方，当今列入美术之中的有画学、雕像术、雕刻术、工匠术等等，然而，诸如诗歌、散文、音乐还有中国的书法也属此类，这些都适用于美妙学的原理。如果将范围再扩大一些，那么，舞蹈、戏剧之类也可划入这一范围内。"③ 西周把美学看作是研究人对现实的审美关系的学问，特别是看作是研究文学艺术的一般原理，在当时来看应该说是非常有见地的。

2. 美的本质论

对美的本质的探讨，实质上是要回答美是什么。在西方美学史中，对于美的本质的探讨一直存在着美是主观的，与美是客观的两种对立的观点。西周认为美即不是主观的也不是客观的，而是一种主客观的统一。他从美产生的诸要素出发，明确提出：美的要素包括两方面的内容：一是存在于物中的要素，即客观事物本身的美；一种是存在于人的主观要素，人们的想象力。他说："美妙学的要素可以分为两种。一种是物中固有的要素，另一种

---

① 青木茂、酒井忠康：《日本近代思想大系（17）——美术》，岩波书店1996年版，第3页。
② 青木茂、酒井忠康：《日本近代思想大系（17）——美术》，岩波书店1996年版，第3～4页。
③ 青木茂、酒井忠康：《日本近代思想大系（17）——美术》，岩波书店1996年版，第4页。

是我们意识中的要素。"① 这两种"要素"谁也不能决定谁,它们只有和谐的统一才能产生美。他说:"首先美丽应存在于物中,物中没有美丽当然不行,但是如果只有存在于物中的美丽而没有存于我中的想象来帮助我们对美的感受,美也就无法产生。"② 这里,西周跳脱了西方两千多年来美学家们一直争论的"美是主观的"和"美是客观的""二元对立"的缠绕,以"主客观统一说"来探讨美的特性,这在一定的程度上为日本近代美学开辟了一条通向现代之路。

另外,西周在探讨美的本质、美之所以成为美的共同特性时,还特别提出"以和谐为美"的观点,并将和谐命名为"异同成文"。他说:"通过我们的耳目鼻口觉这五官而为一切事物所共同具有的一大要素,就是'异同成文'。"认为无论自然事物中的美,还是社会事物中的美,还是艺术作品中的美,都是在异中有同、同中有异中产生的,都是多样的统一的结合,"凡天地之间万物之具有文章者皆由异中有同、同中有异而产生"。③ 而且把不同的事物组合在一起,组合得愈精妙,愈具有审美价值。树的枝叶、各种花卉、鸟的羽毛、蜿蜒曲折的小路等等,它们的美都在于多样和谐统一。特别是诗歌、音乐、绘画等文学艺术作品,它们更是和谐美的典型形态。诗歌的平仄、起承转合、委婉多变,音乐的不同音调,绘画的不同色彩,都表现出和谐与调和。而且特别指出,单纯同一、没有变化的事物不能给人以美感。

西周在这里讲的"异同成文"和谐美的思想,综合了东西方古代美学思想。在古代无论是东方还是西方,都将和谐作为美的最高标准和追求的最高审美理想。在西方,公元前 6 世纪、7 世纪的毕达哥拉斯学派就提出了美是和谐的美学思想。毕达哥拉斯学派认为数是世界万物的本源,他们用数学的观点研究音乐,认

---

① 青木茂、酒井忠康:《日本近代思想大系(17)——美术》,岩波书店 1996 年版,第 5 页。

② 青木茂、酒井忠康:《日本近代思想大系(17)——美术》,岩波书店 1996 年版,第 5 页。

③ 青木茂、酒井忠康:《日本近代思想大系(17)——美术》,岩波书店 1996 年版,第 6 页。

为音乐的美就是由高音、低音、强音、弱音组成的一种和谐的关系，"和谐起于差异的对立，因为和谐是杂多的统一，不协调因素的协调……音乐是对立因素的和谐统一，把杂多导致统一，把不协调导致协调。"① 古希腊哲学家柏拉图、亚里士多德都从不同的角度继承和深化了这一思想，并成为后来欧洲整个古代美学和古代艺术追求的目标和理想。在东方也是如此，中国的古代艺术和古典美学都是以追求、表现和谐美为最高审美理想。《尚书·尧典》中早就提出"八音克谐"、"人神以和"的思想，"八音"就是指用八种不同的质料做成的乐器，这些乐器，发出的声音不同，但它构成的自由和谐的乐章却把人和神融合为一了。春秋战国时期的史伯和宴子进一步区别了"同与和"这两个概念，"同"是"以水济水"的抽象同一，"和"如"水火醯醢盐梅以烹鱼肉"，② 是具体的统一。"声无一听，物无一文"，单纯的同音乐不能构成动听的音乐，只有高低、长短多种声音和谐地结合在一起，"和六律以聪耳"才能产生美。这一和谐美的思想一直影响中国漫长的封建社会的美学和艺术创作。西周"异同成文"的和谐美的思想正是对东、西方古代和谐美思想的创造性综合。

3. 美感论

美感论是《美妙学说》的一个重要内容。西周将美感（审美感受）看作是美妙学的内部要素，在《美妙学说》的第四部分专门论述了这一"内部要素"。他认为美妙学内部要素即人对美的感受主要是"人的情"，人之所以对美的事物获得美的享受和感动，主要是"人的情"和"为助长此情的想象力。正是由于有这种想象力才使人获得感动而不能自己的地步"。为了更好地论述"情"在美感中的作用，西周首先将"美妙上的情"和"道德上的情"区别开来。西周认为，虽然"美妙学的上情"和"道德上的情"都是由外部因素引起的，这两种情的根源都是由对象

---

① 北京大学美学教研室编：《西方美学家论美与美感》，商务印书馆1980年版，第14页。
② 管子语，《左传·昭公二十年》。

（物）异中有同、同中有异——"规则之中有变化、变化中有规则"这一原理诱发出来的。但实际上这两种"情"有着本质的区别。作为道德上的"情"，主要指平常所说的喜、怒、哀、乐、爱、恶、欲七情，是与人的利害得失，与人的欲望有着直接关系。如在人的常情中，自己喜欢的东西或事物，就诱发和表现出喜悦之情；对自己有害的，自己不喜欢的、恶的东西或事物，就会表现出愤怒之情。"欲"也是如此，如有饮食欲、男女欲、安逸欲、权势欲、胜克欲、钱财欲，都是与人的肉体、人的欲望有着密切的联系。美妙学上的"情"与之不同。美妙学的情主要有两种：一种是"有趣"，一种是"可爱"。美妙学中的这两种"情"与自己的利害得失、个人的欲望没有关系，"这二情并不是因有喜怒哀乐爱恶欲这七情与自己的利害得失、个人欲望有关而发生的"，"这二情是在无意之中发出的，它是无罪的而且是与人类道德完全无关"，"仅视其物之有趣，视其物之可笑而已"。① 西周在这里将美妙论中的外部要素严格区分开来。西周在他早年，在京都洋学塾的讲义《百一新论》中明确将美学译为"善美学"，美与善有着直接的关联。而在美感论中，在谈到人对美的欣赏时，明确指出："必须将善排除在外，这样才能获得对美的享受和美的感动。"②

　　西周将美论与美感论严格区分开来，还表现在美感是对美的反映这一思想中。他认为美首先存在于物中，物中之美诱发出人的一种相对的美感，"美感是来自于对对象的形式的合法则性的感觉上的印象和想象而产生的愉快"。③ 另外，西周在美感论中还严格将美感和生理快感区分开来，认为快感是一种低级的美感，它主要是一种生理上得到满足的快感，这种生理上的快感即使是禽兽也能感受得到，如孔雀见到艳丽的色彩就会展开自己漂亮的

---

① 青木茂、酒井忠康：《日本近代思想大系（17）——美术》，岩波书店1989年版，第10页。

② 青木茂、酒井忠康：《日本近代思想大系（17）——美术》，岩波书店1989年版，第12页。

③ 青木茂、酒井忠康：《日本近代思想大系（17）——美术》，岩波书店1989年版，第13页。

羽毛，鸟儿听见优美的音乐就会欢唱。这些都是生理本能上的反映，"这种存在于外部的要素，即使禽兽，也多少有着能感受到它的本能，然而存在于内部的想象上的感受性，则是禽兽所全然不具备了的"。所以他将美感定义为"是一种借助于想象而产生的一种与经验相对的愉快。"①

三、《奚般氏的心理学》与《美妙学说》

西周的美学思想是在综合了东西方的美学思想的基础上形成的。在借鉴和吸收西方美学思想时，我认为海文（Joseph Haven日文原译为"奚般"）的《心理学》对他的美学思想影响最大，特别是西周在论述到美妙学的"内部要素"即"美感论"部分，很大程度上接受了海文的影响。在考察海文的《心理学》对西周美学思想的影响之前，有必要对西周翻译海文《心理学》的时间和《美妙学说》正式问世的时间问题作一些说明。因为这直接关涉到《美妙学说》是否受到海文《心理学》的影响的诸多问题。

首先来考察一下西周翻译海文《心理学》的时间问题。日本学术界对于西周译海文《心理学》的时间有两种说法：一种认为西周是在"1878 年（明治 11 年）和 1879 年（明治 12 年）分别翻译并出版了海文《心理学》的上卷和下卷"。并认为西周"自从翻译了这部著作之后，他进而趋向于观念论的心理学的美学思想上来了。但是从《百一新论》以来，西周在解释美的根据时曾主张过真善美统一说、多样统一调和说、物我二元说等等，而到此时，这些过去的主张全都被扬弃和综合了。在这之后，西周就再也没有发表过有关美学的著作。"② 另一种认为西周是 1874 年（明治 7 年）开始翻译海文的《心理学》，并在 1875 年（明治 8 年）4 月上、中卷由文部省出版发行。如研究西周的著名日本学

---

① 青木茂、酒井忠康：《日本近代思想大系（17）——美术》，岩波书店 1989 年版，第 13 页。
② 山本正男：《东西方艺术精神的传统和交流》，中译本，中国人民大学出版社 1992 年版，第 21～23 页。

者小泉仰就持这种观点，他说："西周翻译的《奚般氏心理学》1875 年（明治 8 年）4 月，作为文部省译介西方学术系列丛书，上、中卷被出版发行，继而 1876 年（明治 9 年）9 月，下卷也出版发行。我现在手头《奚般氏心理学》是 1878 年（明治 11 年）2 月改版了的上、下二卷本，上册 728 页，正误表 5 页，下册 147 页，参考文献 17 页，这样正文是 875 页，其他 22 页、总计 897 页。"① 又说："完成这一译述（指《奚般氏心理学》）在 1874 年、1875 年（明治 7、8 年）到 1876 年（明治 9 年）前后，西周在 1873 年（明治 6 年）就任陆军省第一局第六科长，从 1873 年（明治 6 年）到 1876 年（明治 9 年），他正执笔其重要著作《生性发蕴》和修改《百一新论》。"② 而《生性发蕴》"明显受了《奚般氏心理学》的影响"。③ 从以上引述小仰泉的几段文字看，西周开始翻译海文的《心理学》的时间是 1874 年（明治 7 年），大概是没有问题的。至于山本正男说的西周翻译海文《心理学》是 1878 年（明治 11 年）和 1879 年（明治 12 年），这大概是指小泉仰讲的"1878 年（明治 11 年）2 月出版的'改版本'"。

　　下面再来考察一下《美妙学说》问世的时间。在日本关于《美妙学说》的问世时间也有较大的分歧：一种认为《美妙学说》问世的时间是 1872 年（明治 5 年）。如麻生义辉编《西周哲学著作集》对《美妙学说》的"题解"中就明确标出"明治 5 年成立"。持这种看法的还有日本著名美学家山本正男，山本正男在他的《东西方艺术精神的传统和交流》中写道："到了明治 5 年 1 月，由于要为日本皇室讲学，他（西周）又把《百学连环》中的佳趣论加以扩展，于是便形成了作为讲课笔记的《美妙论》。"④ 另一种说法则认为西周的《美妙学说》著于明治 9 年、10 年间。日本著名学者大久保利谦经过详细考证，认为《美妙学说》"是

①　小泉仰：《西周与欧美思想的会通》，三岭书房 1989 年 7 月版，第 146 页。
②　小泉仰：《西周与欧美思想的会通》，三岭书房 1989 年 7 月版，第 147 页。
③　小泉仰：《西周与欧美思想的会通》，三岭书房 1989 年 7 月版，第 150 页。
④　小泉仰：《西周与欧美思想的会通》，三岭书房 1989 年 7 月版，第 19 页。

明治 10 年前后为天皇御前演说的草案"。① 小泉仰从西周译《奚般氏心理学》时对《美妙学说》的影响，推断《美妙学说》问世于明治 9 年。② 在这两种看法中，我们认为后一种看法较为可信。因为《美妙学说》的问世时间应在《百一新论》、《百学连环》之后，正如山本正男所说的，《美妙学说》是在《百一新论》和《百一连环》的基础上扩展而成的。而《百一新论》和《百一连环》是在 1874 年（明治 7 年）出版的。因此，《美妙学说》绝对不会是在 1872 年（明治 5 年）出版的。是在 1876 年（明治 9 年）或 1877 年（明治 10 年）出版的。

当我们弄清楚了西周译《奚般氏心理学》和《美妙学说》的出版时间后，就不难看出海文《心理学》对西周美学思想的影响。

海文的《心理学》用他自己的话说，是"一部简明、纲目式的构筑心性学的书"，这部书是要克服以往心理学只研究"知的能力"的缺陷，而将知、情、意、三者作为心理学研究的对象，较为全面、系统地论述了它们三者的关系，成为一部真正的心理学著作。③ 海文在《心理学》一书中将知、情、意分别进行了论述。在论述"知"时，他将"知"的能力分为"表现的能力 Presentive Power（又称'觉性'）"、"再现的能力 representative Power"、"反射力 reflective Power"和"直觉力 intuitive Power"四种。"觉性"、"再现力"、"反射力"、"直觉力"与柏拉图的"幻想"、"信念"、"悟性"、"理性"相类似。如果将"再现力"和"反射力"作为"悟性"，又与康德的"感性"、"感悟"、"理性"相对应。

在分析"情"时，海文将"情"分为"单纯的情——情绪"、"复杂的情——情感"和"欲"三种。关于"情绪"即"单纯的情"，又分为属于动物本性的情——"本能上的情"，和以理智作

① 青木茂、酒井忠康：《日本近代思想大系（17）——美术》，岩波书店 1996 年版，第 3 页。
② 小泉仰：《西周与欧美思想的会通》，三岭书房 1989 年版，第 176～177 页。
③ 小泉仰：《西周与欧美思想的会通》，三岭书房 1989 年版，第 151 页。

为前提的"理性上的情"。前者包括"喜忧"、"愉快"、"悲哀"以及"同感的欢乐","同感的忧闷";后者包括"快乐滑稽的享乐"、"新奇和奇异的享乐"、"美妙和高妙的享乐"。"快乐滑稽的享乐"主要是由"偶然性"、"误会"、"谐谑"、"双关语"、"讽语"、"滑稽"、"调戏"、"荒唐"引起的享乐;"新奇和奇异的享乐"是由"警愕的感动"而引起的"快感";"美妙与高妙的享乐"是对美、崇高的一种"惊叹"。实际上海文在这里已涉及到喜剧的美感和悲剧的美感。关于"情感"即"复杂的情",是把善或者恶作为对象而伴随着"善意",或者"恶意"的一种复杂性格的情。这种"情"主要是道德上的情。如善意之情中的父母之爱、亲属之爱、朋友之爱、祖国之爱等等;恶意之情中的"忌嫉"、"报复"、"仇恨"等等。

"欲"包括"肉体欲"和"理性欲"。肉体欲是人的一种本能要求产生的"嗜欲",如饮食欲、男女欲、安逸欲;"理性欲"是一种心理要求产生的,在理性欲中有幸福欲、知识欲、权势欲等等。

"意"是海文《心理学》的最后一部分。海文认为"意"是对人的"肉体力、精神力的统制"。不过海文的"意"对形成西周的"意主位主义"影响较大。

海文的知、情、意对西周美学思想影响最大的是"情"这一部分。"情"是西周美妙学的"内部要素"(美感)的一个重要范畴。在吸收和借鉴海文心理学上的情时,首先挪用了海文关于"单纯的情"和"复杂的情"的分类法,认为人的情有两种:一种是"美妙学上的情",一种是"道德上的情",并直接将"单纯的情"移植到他的"美妙学说"中。在具体分析"美妙学上的情"时,基本上是按照海文有关"情"的理论和运用海文《心理学》上的一些基本概念、范畴来说明和解释一些美学现象,并建立关于美妙学的"内部要素"(美感)的基本理论。如运用海文的"美妙与高妙"、"新奇与奇异"、"快乐与滑稽"来建立他的美妙学上"有趣与可笑"的理论,而且有些范畴概念是直接从海文那里搬用过来的,甚至有些文字上的表述好像是直接从海文那里转述过来的，如他在论述美妙学上的情与道德上的情的文字，就是直接转述海文论述单纯的情与道德上情的文字："这些情并不是因有喜怒哀乐爱恶欲这七情与本人的利害得失有关而发生的"，"这些情是在无意之中发出的，它是无罪的而且是与人类道德完全无关"。

海文《心理学》对西周《美妙学说》的影响，正如小泉仰所说的："在《美妙学说》中，受海文《心理学》有关情的分析影响，是一目了然的。……西周举出的美妙上的'有趣的'、'可笑的'二情，是海文'笑乐'情生论的原封不动的踏袭。"① 但这并不影响西周的理论价值，在某种意义上来讲，他这种作法正是敏感地适应了西方近代美学研究的一种新方法，对探索美学的奥秘寻找到一条可行途经。运用心理学的方法研究美学问题，不仅给美学研究提供许多心理机制的新概念，而且在实践上能较好说明一些审美现象。

四、《美妙学说》在中日本近代美学史中的地位

西周在《百一新论》中的"善美学"，《百学连环》中的"佳趣论"，《美妙学说》中的"美妙学"，以及在说明美的本质时主张过的"真善美统一说"，"多样统一调和说"，"物我统一说"，为这个时期的日本输入西方美学以及如何掌握美学的本质做出了重要的贡献。为明治二三十年代中江兆民将"Äesthetik"译作"美学"、森鸥外译成"审美学"，具有语义上的启发性。如果说大西祝是日本明治中期美学家的代表，开始了日本近代美学的真正研究；大塚保治作为明治后期美学家的代表，为日本近代美学研究打好了基础，开始自觉地寻找新的真正的研究方法；那么西周明治前期美学家的代表，他开启了近代美学的先河，其《美妙学说》是日本近代美学的里程碑。

---

① 小泉仰：《西周与欧美思想的会通》，三岭书房 1989 年版，第 176~177 页。

　　西周的哲学、美学思想之深刻内涵在于为东方学界学人提供了一种与西方学术相互兼容的世界性的知识体系。"可以说,西周创立'美学'一词,不仅为东方提供了一个'体系化的学问'模式,同时,它的影响与价值无疑是'世界性'的。西周为我们提供了一个'世界'化的知识体系。这一'世界'正是东西方冲突与接触并由此而形成的东西结合的一个'完整'的世界。"①

　　西周的美学思想与中国美学的精神关联,主要有两层内涵:一是从学术研究的时间和思想承继性的历时性角度来看,西周的学术生涯主要集中于 19 世纪 60 年代到 19 世纪末叶,而 1898 年至 1906 年是我国的王国维美学思想的主要形成确立时期。作为在中国率先进行美学概念译介、转化的学术先行者,王国维对于美学概念和范畴的引进以至后续的概念辨析和实际应用转化工作不可能不受到最先把西方哲学观念和科学方法译介到日本来的"日本近代美学之父"西周的学术影响,其学术思考在一定程度上是以西周的学术成果作为学理参考和资源中介展开的。在王国维 1903 年发表的第一篇哲学美学论文《哲学辨惑》,开篇对"美学"这一译名的论述中可以明显见出西周将西方 Philosophy 译为"美学"的译介工作对他产生的学术影响。二是从精神趋向的共时性角度来看,王国维和西周同为近代中日两国哲学、美学理论建构初创期的启蒙先驱,在融通西方学术思想和自身民族文化传统进行哲学、美学学科建设方面都具有相当的典范意义。两者所表现出基于东方立场的现代世界视野,已在精神趋向上触及到民族生命和学术体系的深层结构。这既体现了学理层面的互动关系,也是二人在思想关联上的延展。

---

　　① 吴光辉:《传统与超越——日本知识分子的精神轨迹》,中央编译出版社 2002年版,第 62 页。

第五章 芬诺洛萨的东方美学思想及对中国美术史研究的贡献

一、芬诺洛萨的"妙想说"

厄尼斯特·弗朗西科·芬诺洛萨 Ernest Francisco Fenollosa (1853～1908) 出生于美国马萨诸赛洲，1874 年以各科平均 99 分的成绩毕业于哈佛大学。芬诺洛萨在哈佛大学哲学科主要专攻黑格尔的哲学和斯宾塞的社会进化论，毕业后在波士顿美术馆工作时，曾在波士顿美术馆附属美术学校学习过美术。1878 年（日本明治 11 年）他受日本政府招聘，从波士顿来到日本的东京，在东京大学讲授政治学、经济学和哲学等课程，后来在他课程中又增加了美学，并对日本的美术产生了浓厚兴趣。

芬诺洛萨美学思想集中体现在 1882 年 5 月 14 日在上野公园教育博物馆为龙池会所作的讲演《美术真说》中。《美术真说》的中心内容虽然是有关振兴日益衰退的日本传统美术和如何振兴日本传统美术的论述，但这些论述是建立在一定的美学基础上进行的。

在这篇讲演中，芬诺洛萨明确提出，人类的一切文化都是"人力"的成果，也就是我们今天说的"人化自然"的成果。其中以"供给人在生活中必需的器物"谓物质文化，它主要是以满足人的物质上的需要。而以"娱乐人心，使人的气质和品格趋于高尚为目的"的"装饰"谓精神文化。而被世界各国称之为"美术"这种东西（当时"美术"这个概念包括音乐、舞蹈、绘画、

雕刻、诗歌、建筑、戏剧等）既能满足人的精神需要又有一定的
实用性，所以它是一种"善美"。他认为人们需要美术"正是由
于它有实用之处，所以它是善美的。而美术正是善美的，所以它
能成为适合于适用之物"。[①] 这就是说，美术的功能性是由美术的
本体性决定的，美术的本体结构决定美术的功能结构，而美术的
功能结构又制约美术的本体结构。美术就是在"是什么"和"做
什么"的相互关系中不断向前发展。不过，要真正解决美术做什
么，首选必需回答美术是什么。要回答美术是什么实际上是对美
术下定义，即回答它们共同的内容或旨趣。芬诺萨明说，在各文
明国家自然发展起来的"美术"很多，如"音乐、诗歌、绘画、
雕刻、建筑、舞蹈等等"。这些种类不同的"美术"，虽然使用的
媒介不同、表现手法各异，但都具有一种"纯然共同的、互有关
联的性质或资格"，也就是说，它们都具有"在美术上构成善美
的内容"和"能成为美术的真正的旨趣"。因此，在美术发展的
历史进程中，对美术的本质有各种主张，有的认为美术的本质在
于"技能之精巧"，有的认为美术的本质在于"模仿自然"，有的
认为美术的本质在于"所描写之物使人的心情产生愉悦"等等。
芬诺洛萨认为这些主张都具有片面性或者是谬误，都未能揭示美
术的本质，或者说只是揭示了美术的部分特征，而不是美术的全
部。如第一种观点认为美术的本质是"技术之精巧"，实事上技
巧仅仅是美术的一个"部件"，而不是美术的整体。而且技巧也
不是美术所特有的，非美术也需要有技巧。这种观念显然是非常
错误的。第二种观点认为美术的共同特征是"模仿自然"，这种
观点也是站不住脚的，"我们只要稍微留心一下各个国家和民族
的美术，就知道美术并不属于写生的部类，而是存在于所摹写的
物件的性质之中"。而且，"并非一切模仿自然的东西全都是美
术"。至于第三种观点，即把"所描写之物使人的心情产生愉悦"
看作是美术的本质，也是大有问题的。美术固然能够"由于它的

___

① 青木茂、酒井忠康：《日本近代思想大系（17）——美术》，岩波书店 1996 年
版。山本正男：《东西方艺术精神的传统与交流》，中译本，中国人民大学出版社 1992
年版。

优美而使人感到愉悦",但人们"从其他事物中获得愉悦之处也不在少数"。因此,这个定义也"明显地不足用来区别美术与非美术"。① 那么,究竟什么是美术的本质呢?芬诺洛萨明确地指出,美术的本质是"妙想(idea)"。"妙想"是由两方面构成的,即"旨趣和形状"的有机统一,"旨趣的妙想和形状的妙想应该始终相互协调而构成一个单一的妙想,应该使人感觉到这是一举而并成的"。美的艺术应该达到这种和谐的统一。但事实上这两者往往又不能很好地统一起来,从美术发展的历史来看,有时形状的妙想大于旨趣的妙想,如现实主义作品;有时旨趣的妙想大于形状的妙想,如浪漫主义作品。从美术的种类来看,有偏重于旨趣的妙想,也有偏重于形状的妙想。"诗以旨趣的妙想为主,而以形状的妙想为次。而音乐则正与此相反,它以形状的妙想为本,而以旨趣的妙想为末。"至于绘画则介于诗与音乐之间。旨趣的妙想与形状的妙想达到和谐的统一,"旨趣与形状互相密切不可分,而且不偏不倚、保持两者间的均衡。正如车左右的两个轮子,不能轻重不均"。②

芬诺洛萨关于对美术本质的看法显然是受到黑格尔美学思想的影响。黑格尔认为"美是理念的感性显现",美的艺术应该是理性内容与感性形式的和谐统一。不同的是,黑格尔认为绘画是感性形式大于精神内容,即形状的妙想大于旨趣的妙想;诗、音乐则是精神内容大于感性形式,即旨趣的妙想大于形状的妙想。真正能够达到精神内容和感性形式和谐统一的是古希腊的雕塑。从艺术发展的类型来看,象征型艺术是感性的物质形式压倒精神内容,浪漫型艺术是精神内容压倒物质形式,只有古典型艺术才真正达到了精神内容和感性形式的和谐统一,即感性的物质形式充分表现理性的精神内容,因此古典型艺术是最美的艺术,达到

① 青木茂、酒井忠康:《日本近代思想大系(17)——美术》,岩波书店 1996 年版。山本正男:《东西方艺术精神的传统与交流》,中译本,中国人民大学出版社 1992 年版。

② 青木茂、酒井忠康:《日本近代思想大系(17)——美术》,岩波书店 1996 年版。山本正男:《东西方艺术精神的传统与交流》,中译本,中国人民大学出版社 1992 年版。

了审美的最高理想。

芬诺洛萨的"妙想说"与中国的"意境论"也有相同之处。"意境"是中国古典美学和古典艺术的最高范畴。中国的古典艺术追求的是情与景、意与境的统一，即旨趣的妙想与形状的妙想的统一。但实际的艺术作品中有的偏重于境，有的偏重于意，即王国维所说的"有我之境"和"无我之境"。

芬诺洛萨之所以把"妙想"作为美术的本质特征、作为美术的最高范畴，其原因有三：其一，他认为美学史上有关对美术（艺术）的本质的主张，在某种程度上都存在谬误或片面性，都不能说明美术的本质特征，因而对美术必需有一个较为科学的定义，而"妙想"是最能说明美术的本质特征的；其二，"妙想"融合了东西方艺术史学中的概念，它不仅适合于西方艺术，也适合于东方艺术。在以往的西方艺术史学中，其写作观念、叙述方式、基本概念和价值尺度等都是西方的，而且形成了一套话语系统和范畴体系。如再现、表现、优美、崇高、浪漫主义、现实主义、自然主义、表现主义等概念，都源于西方艺术史，并构成体系。这些概念只有在西方讲得通，一旦移用于非西方艺术未必行得通。这种情况，不仅导致西方学者研究东方艺术的尴尬局面，而且使东方艺术一直处于世界美术的边缘。芬诺洛萨以"妙想"作为评价美术的最高标准，实际上给东西艺术交流和对话搭起了一个平台，建构了东西方艺术对话和交流的开放文化语境；其三，"妙想"这个概念最适合评价绘画艺术，特别是最适合他要振兴日益衰退的日本传统美术。

二、芬诺洛萨的美术批评

"妙想"是美术（艺术）具有的共同特征，也是美术的最高范畴，同时也是评价美术的最高标准。就绘画来讲，要达到这个最高标准，或者说要达到"妙想"这个美术的至高境界，还必需具备绘画之所以是绘画的条件或属性。那么，什么是绘画的基本条件和属性呢？芬诺洛萨提出了绘画艺术的两个基本条件：一个是"凑合",一个是"佳丽"。所谓"凑合",是指部分与部分之间的有机结合,他说:"绘画作品的画面各个部位的布置必须恰当。这样才能将人的心目吸引住、使之聚集到一点上,而这样一来,其余的部分也就在同时使人做到综观全局。"① "佳丽"是通过"对比与次序"产生出来的。于是芬诺洛萨把绘画必备的两个基本条件或属性"凑合"和"佳丽"与构成"妙想"的两个基本要素"旨趣"和"形状"相结合,便产生了绘画的八种标准,即绘画艺术的"八个格"。这八个格是:

1. 图线之凑合;2. 浓淡之凑合;3. 色彩之凑合;4. 旨趣之凑合;

5. 图线之佳丽;6. 浓淡之佳丽;7. 色彩之佳丽;8. 旨趣之佳丽。②

这八个格是绘画本身必须具备的,但要达到这八个格,"使人们得到唯一圆满的感觉",还要看画家的能力,即画家"自由自在地体会并加以安排的能力"和"把以上诸格一举适用成功的能力"。芬诺洛萨把画家的这两种能力分别称作"匠心之力"和"技巧之力"。绘画必备了"八个格"和"两种力"才算得上是善美的作品。

芬诺洛萨确立绘画基本理论后,接着对日本绘画的现状作了一番描述。他说:"自西方油画传入日本以来,日本的显贵缙绅们对油画的新奇大为赞赏。因此,反过来对日本固有的绘画加以蔑视,从而开始摈斥日本传统画家。由于这一原因,使得油画在日本日益昌盛,几乎形成压倒日本画之势。"并明确指出日本画比西方的油画优越,"日本绘画确实比低级的西方近代绘画优越得多,西方绘画仅仅是机械地描摹日常所见的事物,却忘掉了最重要的一点,即对于'纱想'的表现。现在日本人却轻视自己传

---

① 青木茂、酒井忠康:《日本近代思想大系(17)——美术》,岩波书店1996年版。并参阅了山本正男:《东西方艺术精神的传统与交流》,中译本,中国人民大学出版社1992年版。

② 青木茂、酒井忠康:《日本近代思想大系(17)——美术》,岩波书店1996年版。

统美术的优越性，反而崇拜西方文明，羡慕并无多大价值的西方现代美术，这是多么可悲的现象啊！"于是开始了他对日本绘画与西方油画之间的孰优孰劣的评论。按照芬诺洛萨的观点：第一，西方的油画比起日本画更像是写实，但写实并非绘画善美的基本条件。由于西方油画把主要精力放在写实上，致使失去了绘画的本质妙想，是近代以来绘画的退步。日本也一样，应举、北斋也陷于此弊。第二，油画中有阴影，日本画中无。作为图像文本的绘画有其阴影理所当然，但绘画无阴影未必有碍。过于拘泥科学而被阴影束缚，便不能发挥"妙想"。日本画以墨色的浓淡代替阴影，更能妙思天然，使人感动。第三，日本画有轮廓，油画中无。实物本无线，但在不受实物支配的绘画中，增加线条之美，更能充分发挥"妙想"之长处，使妙想达到更精确的地步。连欧美画家近年也似乎使用轮廓线了。第四，油画的色彩虽比日本画优丽浓厚，但色彩并不是绘画的全部要素。专注于色彩而去掉了"妙想"，便一无所得。第五，油画复杂，日本画简洁，然而正因为简洁，所以容易做到凑合，从而也就容易表现出作者的妙想来。[1] 总之，日本画除色彩之凑合、色彩之佳丽，不如西方油画外，图线之凑合、图线之佳丽、浓淡之凑合、浓淡之佳丽、旨趣之凑合、旨趣之佳丽都胜于油画，从而也最能表现美术的本质妙想。所以他说日本画优越于西方的油画。并号召日本画家"应当重视自己的民族特性，恢复古老的民族传统，然后再考虑吸取西方美术可能对日本有用的东西。"

芬诺洛萨的美术批评及振兴日本传统美术的主张，是对当时的日本美术界盲目西化的狂热一次沉重的打击，扭转了日本明治维新以来、启蒙运动以后的艺术批评思潮。正如山本正男在《东西方艺术精神的传统和交流》一书中所写道的，芬诺洛萨的美术批评"在当时还处于混沌状态的日本艺术理论和实践领域里，确实是一道光芒四射的曙光。"[2]

---

[1]　王晓路：《日本美术史话》，人民美术出版社 1998 年版，第 162 页。

[2]　山本正男：《东西方艺术精神的传统和交流》，中译本，中国人民大学出版社 1992 年版，第 109 页。

三、芬诺洛萨对文人画批评

芬诺洛萨在《美术真说》中论述了东方绘画、特别是日本画与西方油画之间的优劣后，转向对文人画的批评。

日本的文人画也称"南画"，是18世纪由中国传入到日本。它是以中国文人画的艺术理念作为指导、摄取以南宗画为中心的明清绘画诸样式而发展起来的一种绘画形式。文人画在日本的展开大致经历了三个时期，即18世纪前半期，18世纪后半期和19世纪前半期。第一个时期从日本的享保到延享、宽延。这个时期为日本文人画的草创期，它主要是模仿中国明清的一些绘画作品和学习中国文人画画谱、画论、艺术理念。主要画家有祇园南海（1677～1751），服部南郭（1683～1759），柳泽淇园（1704～1758）和彭城百川（1697～1752）。这些画家、画论家，都精通汉诗、汉文，是能诗、能文、能画、能刻、能音乐的全才，在生活上都放荡无赖，具有很强的在野的文人意识。在绘画理念上，反对狩野派的粉世主义，提倡中国文人艺术的批判精神。第二个时期从日本的宝历、明和、安永、天明到宽政。这个时期为日本文人画的辉煌期或称黄金期。不仅出现了像池大雅（1723～1776），与谢无村（1716～1783）这样一些著名的文人画画家，而且出现了桑山玉洲这样的文人画论家。池大雅、与谢无村的画风与中国文人画相似，作画取材于山水、花鸟、人物，重在主观挥洒，自抒性灵，不拘泥于客观的描写。桑山玉洲的画论《玉洲画趣》、《绘事鄙言》对后来日本的文人画产生了重大影响。第三个时期从文化、文政到天保。这个时期也被称为第二个黄金期。著名文人画家，有关西的有浦上玉堂（1745～1820）；和田能村竹田（1777～1835）；关东的有立原杏所（1785～1840）和渡边华山（1793～1841）。在文人画论方面有田能村竹田的《山中人饶舌》（1834年）和渡边华山在1840年与其第子椿椿山之间，以文人画为中心的往复书简。这些书简即是以文人画而展开的画论，也是日本近世文人画终结的见证书。19世纪末20世纪初期，由于受到写实主义手法为主的西洋画风的猛烈冲击，日本的文人画，因不合时宜而开始走下坡路。

芬诺洛萨对文人画的批评和指责，正是文人画衰落时期。文人画与当时日本传统绘画狩野派、土佐派的命运相同，处在衰退的边缘境地。为什么芬诺洛萨不遗余力地为振兴狩野派、土佐派摇旗呐喊，而对具有东方血型的、真正代表东方艺术精神的文人画进行激烈的指责和攻击呢？对此，我们首选必须将芬诺洛萨对文人画的指责和攻击的理由进行分析之后，才能做出回答。

芬诺洛萨反对和指责文人画的理由有四点：一、文人画（南画）与文学紧密结合，其"妙想"不是绘画之"妙想"，而是文学之妙想。他说："文人画不拟天然之实物，此差可赏阅。然其所追求者，非画术之妙想，实不外文学之妙想。"[1] 二、文人画无视写实，不注重表现事物的真实性和造型的准确性。三、文人画以水墨为尚，缺乏绘画主要要素线条的佳丽和色彩的凑合。四、文人画是中国传入的，它在宋、元时代形成。18世纪传入日本后，有明显的守旧主义的倾向，而且已经失去了它生长的土壤和发展的环境。

芬诺洛萨的结论是："文人画非真正的东方画术。若不平息对其鼓励之，则真诚之画术兴起无期。譬如，油画如磨盘顶石，文人画为其基石，真诚之画术如介于其间遭碾轧。"[2]

这里芬诺洛萨对文人画的批评和指责表现出了他对西方油画批评时同样的理论基础和意图。他一方面将中国美术和日本美术作为一个统一的东方审美系统来看待，另一方面又将文人画作为东方审美系统中的一种"单独的美的运动"来对待。继而他又将东西方两大审美系统放在同一个美学的视野里，以同一个普遍的准则来进行评价。前者他从"妙想"这个东方美术具有的普遍性原则入手，论述了文人画的低劣。后者他将文人画排除在东方"画术"之外、把文人画与西方油画看成是阻碍复兴日本传统绘

[1]　王晓路：《日本美术史话》，人民美术出版社1998年版，第162页。
[2]　王晓路：《日本美术史话》，人民美术出版社1998年版，第162页。

画狩野派、土佐派、即"真诚的画术"的绊脚石，而加以排除。

芬诺洛萨对于文人画的指责和对文人画的价值所做出的结论我们暂且不谈，在他所说的"文人画的妙想并不是真正绘画之妙想，实际上只不过是文学之妙想而已"这一点上，我们可以清楚地看出芬诺洛萨对东方艺术理解的局限性。大家知道，文人画是古代东方哲学、美学、宗教、文学、书法等多种文化形态滋育的一种独特的艺术，它追求的是一种综合性的价值，而这正是东方艺术所具有的共同的特征。正如山本正男所说的"一般的东方艺术大多具有这样一种倾向或特点，即追求一种综合的价值，换句话说，也就是广泛地把'生'的全体价值作为追求的目标。像日本的茶道等等就是把这种艺术手段加以综合化，从而产生出一种综合的艺术。这种综合艺术，正是由于艺术手段本身的综合化而产生的，现在我们姑且将文人画的艺术价值究竟如何暂时放在一旁，只就文人画所具有的综合性这一点来说，作为东方艺术的表现特点，也决不应当加以忽视"。[1] 对于一个终生研究东方美术和对东方艺术抱着极大热情的西方学者来说，对文人画的价值所做出的结论，我不能不感到极大的遗憾，此处我不想对他进行过多指责。我认为以他所具有的西方美学思想，要想充分理解东方艺术的特性，的确是勉为其难了。

四、芬诺洛萨的开放的艺术史观

对芬诺洛萨的美术批评和对文人画的批评的考察和分析中，已经涉猎到他的艺术史方法运用于研究东方美术史时的率直陈述上。在他的美术批评中，他认为无论是东方艺术还是西方艺术，都具有"属于艺术所共有的、互相联系着的一种资格——'美术的妙想'"，存在着"美术之普遍性的组织或逻辑"，这一方法在他对美术史的研究上得到了充分的体现。"他主张在研究美术史

---

① 山本正男：《东西方艺术精神的传统与交流》，中国人民大学出版社 1987 年版，第 129 页。

时，不应当只重视那些技巧上的问题或文献的研究，而应当以放在对美术的普遍原则上"①。在他看来，美术是一个"持续的力"，美术的历史就是想象力的历史。"想象力"作为一个普遍概念，可将世界不同民族、不同时期的艺术包容其内。他在《东亚美术史纲》的"序言"中谈到美术史的哲学基础时说："全世界人类的美术作品都归结到一处，这就是当前时代的特点。在当前时代，可以把各种美术作品看成是由一个单一的精神的、社会的努力的无限的变形。"换言之，他认为"美术的普遍的组织或者说逻辑（a universal scheme or Logic of art）都已变得很明显，因此，不论是亚洲的美术形式、未开化民族的美术形式、乃至儿童的美术活动，全都与欧洲的各流派一样，可以简单地用一句话来概括"。这就是说，"所谓美术，就是一种使物质变形或变貌的想象力，因而所谓的美术史就是这个力（Power）的历史，而不是这个力所影响到的物质的历史"。② 接着他在叙述古典美术与哥特式美术、希腊美术与亚洲美术以及威尼斯美术与现代法国美术的相同之处以后，明确地讲道："我们认为越是接近现代，这种类似之处就越增多。大体上来看，东西方的美术发展，虽走过了不同的道路，但最终将会归结到一点上去。"因此，他认为研究东方美术史应该"从普遍的观点出发进行考察"。芬诺洛萨的这种东西方美术一致的思想，不仅仅是一个研究美术史的方法问题，而且是涉及到文化整体的问题，即从世界美术的格局中考察东方美术史，就像田中一松在日译版《东亚美术史纲》的跋中指出："本书中，芬诺洛萨的构想是将中日美术从世界史的观点来作宏观性论述，以宏大的规模来建立体系。"③ 在这里，芬诺洛萨一方面积极地实现了将西方美学思想运用到对东方美术史的研究中的可能性，另一方面抱着一种将东西方美术，乃至东西方文化融合

---

① 自山本正男：《东西方艺术精神的传统与交流》，中国人民大学出版社 1987 年版，第 114 页。

② 自山本正男：《东西方艺术精神的传统与交流》，中国人民大学出版社 1987 年版，第 114 页。

③ 芬诺洛萨：《东洋美术史纲》（下），日文版（森东吾译），东京美术出版社 1981 年版，第 317～318 页。

在一起的这样一种伟大理想，将东西方艺术精神的交流作为两个主体精神对等交流过程，并运用这种思想方法来研究东方美术史，这在"西方中心主义时代"无疑具有开创性意义。

芬诺洛萨晚年，从对日本的研究开始转向于对日本美术的母体——中国美术的研究。芬诺洛萨对中国美术的研究主要放在唐代以前的绘画。这一方面是与他贬低文人画的思想倾向有关，另一方面与他提倡的开放的艺术史观有关。在他看来中国宋元以来由于文人画的发展和明清时代长期对文人画的模仿，使得中国绘画艺术走向了衰败。文人画在他的眼里无论如何是不能进入美术史的。从开放的美术史的史学观念来看，中国唐代以前的美术史正好与世界美术发展历史——太平洋美术时期，美索不达米亚美术时期，印度传来的初期佛教美术时期和希腊式佛教美术时期相对应。芬诺洛萨在这里调动了东方与西方两大美术史料的资源，彼此观照，交叉渗透，不少地方发人所未发，显示了他艺术史方法的独特性。但另一方面，由于他对中国美术史实掌握的资料有限性，致使他在重构、评价中国乃至整个东方美术事实的框架、依据和标准时力不从心。从而也使得其论点、论据上都显得牵强附会，在美术的史实上出现了错误。正像刘晓路所批评的："事实上，当时所谓太平洋美术只不过芬诺洛萨的空想而已，实在并不存在。美索不达米亚美术和中国美术并行发展，对中国没有影响。佛教美术虽然从印度传来中国，但在中国特别在敦煌以东的内地取得适应中国风土的发展。所谓希腊式佛教美术以写实为特征，但以写实为特征的雕塑在秦始皇陵兵马俑中已经成立。那个时代比健陀罗的希腊式佛教美术还早 300 年，与真正的希腊美术几乎同期。"[①]

不过，尽管芬诺洛萨对中国美术或世界美术的历史史实理解上的错误，但我们不可以就此来否定他在研究中国美术史上乃至东方美术史所作的贡献。在芬诺洛萨以前，无论是中国，还是日

---

① 刘晓路：《芬诺洛萨热爱的东方美术》，载《美术学研究》第 2 辑，武汉文艺出版社 1998 年 9 月。

本都未曾有过将中国美术史放在世界美术史中进行考察。芬诺洛萨把东方美术的发展和西方美术的发展进行历史研究和比较研究，并寻找它们可能汇通的线路，实际上，比他作为日本美术的爱好者和保护者所立下的功绩要大得多。可以说，正是芬诺洛萨开创了东方美术史研究的道路，促成了中国和日本绘画史，从封闭走向开放，由古典形态向现代形态的转换。

五、芬诺洛萨的美术批评对日本明治中期美术批评的影响

在日本学术界，一般把明治时期的艺术思潮发展过程划分为三个阶段来进行阐述：1. 明治前期（明治初年至明治 10 年代）为欧化时期；2. 明治中期（明治 10 年代至 20 年代末）为国粹时期；3. 明治后期（明治 20 年至明治末年）为创造时期。这种划分从艺术思潮的发展过程来看应该说是非常得体的，但以这种划分来说明明治时期的艺术精神辉映的美学思想的意义，自然要着眼于各个阶段的情况考察。在这方面山本正男先生做出了成功的范例。山本正男把明治前期的美学思想称为"启蒙时代"，明治中期的美学思想称为"批评时代"，明治后期的美学思想称为"反思时代"。[①] 依据山本正男的这种划分，芬诺洛萨的美术批评应该是处在启蒙时代与批评时代之间，是其间最后一位启蒙思想家和批评时代第一位美术批评家。我们这样说并不是仅仅从他所处的时代界限来说的，而是从他对"批评时代"给予的影响来说的。作为启蒙时代最后一位启蒙思想家，他结束了所谓欧化时代美学理论与艺术之间的悬隔，由前期所肩负的启蒙的使命转到新的批评使命上来。作为一位批评时代的批评家，他开创的美术批评的方向，影响了那个时代的批评家。

批评时代的特点是，这个时代的美术理论和艺术论，不再是

---

① 山本正男：《东西方艺术精神的传统与交流》，中译本，中国人民大学出版社1987 年版，第 8 页。

作为哲学体系的一个组成部分被接受，而是作为一种给予美术（艺术）实践、美术批评以准绳，并给美术活动打下理论基础的学问被接纳的。也就是说，这个时代的美学思想和艺术理论是与这个时代的美术创作、美术批评紧密地联系在一起的，指导这个时代的美术活动。正如山本正男所说："《美术真说》中提出的艺术批评的方向，正好与当时在文艺、绘画、演剧方面出现的新运动相一致，因此，很受当时的新学派的欢迎。诸如坪内逍遥的《小说神髓》、《美术论》，二叶亭四迷的《卡托柯夫氏美术俗解》、《小说总论》，外山正一的《日本绘画的未来》、《演剧改良论之我见》等等。一时出现了许多艺术论和批评，而这些大部分都是继承了他的艺术批评的方面的，并且于后来唤起人们再次要求新的美学思想的新思潮"。[1] 又说："由芬诺洛萨阐明的方法，最先为艺术批评的先驱者坪内逍遥、长谷川、二叶亭四迷、外山正一等人所继承，进而又由大西操山、森鸥外、高山樗牛、纲岛梁川等人加以落实。还有，诸如大村西涯、久保田米迁等美术家也积极地进行美学的研究，并留下了成果。上述这些名家多数都同时进行批评活动和实践活动，他们的卓有成效的光辉业绩至今还在吸引着我们深切的关注。"[2] 从以上可以看出，芬诺洛萨的美术批评不仅指导了那个时代的美术活动，而且也影响了那个时代的美术批评家的美学思想和批评实践。

这里要说明的是，这些批评家接受芬诺洛萨的影响，更多的是接受了他的美术批评的方法和确立的美术批评的方向，而不是某一个具体的美术观点或主张。而且在很多情况下对他的美术观点进行的批判。如坪内逍遥一方面说他自己的关于美术本质论是从芬诺洛萨的讲演中找到了理论根据，他说："最近有一位美国的知识渊博的人士来到日本东京多次讲了美术的理论，批驳了世间原有的谬论，我从他那里学到了很多东西。"另一方面，他批

<hr>

① 山本正男：《东西方艺术精神的传统和交流》，中译本，中国人民大学出版社1992年版，第36页。

② 山本正男：《东西方艺术精神的传统和交流》，中译本，中国人民大学出版社1992年版，第38页。

评芬诺洛萨把美术的目的说成是"以娱乐人心目、使人的气质与品格趋于高尚为目的"的观点，"提出了'美术的目的应当仅仅在于娱悦人心目、使其妙处进入出神入化之境'，认为美术本来'就与其他实用技术不同，它不应该是从一开始就为此立下规矩，然后按此规矩进行制作东西'，因此他认为'使人的气质向上这不过是美术偶然起到的作用，而不应该认为是美术的目的'"。①又如外山正一他听了芬诺洛萨讲演之后，于明治23年4月在明治美术会以《日本绘画的未来》为题的讲演中，对芬诺洛萨将日本的传统绘画狩野派作为东方的"真诚画术"表示不满，他说："在日本有一派人受到外国人的吹捧之后，就妄信当今宇宙之间真正的美术只有日本才有"，而实际上，这种绘画"表达不出他们的感情而只能画出物的外形，只是排列出一些线条并分别施以颜色"。②真正的日本画应该是表现时代精神、能表达日本人真情实感的绘画。还有像大村西涯、山口静一对芬诺洛萨的文人画的批评和指责不但不以为然，相反对文人画给予了极高的评价。

六、芬诺洛萨对中国美术史研究的贡献

我国研究日本美术的著名青年学者、英年早逝的刘晓路先生③，1996年3月20日在美国哈佛大学对他的演讲题目"芬诺洛萨和美国人热爱的日本美术"改为"芬诺洛萨热爱东方美术——从《美术真说》到《东洋美术史纲》"时所作的"说明"中讲道："这次的演讲题目原来是如同海报显示的《芬诺洛萨和美国人热爱的日本美术》（E. F. Fenollosa and America's Love for Japanese Art），但很抱谦，由于以下三个原因请容许我改为现在的题

---

① 山本正男：《东西方艺术精神的传统和交流》，中译本，中国人民大学出版社1992年版，第38页。

② 山本正男：《东西方艺术精神的传统和交流》，中译本，中国人民大学出版社1992年版，第38页。

③ 刘晓路：1953年12月2日出生，湖南邵阳人，中国艺术研究院美术研究所研究员，中国美术家协会会员。著有《日本绘画百图》、《日本美术史》、《20世纪日本美术》、《日本美术史话》等。2000年11月去逝。

目。一、众所周知，芬诺洛萨越研究日本美术，越把目光转向日本美术的母体——中国美术；二、至今，日美学者在研究芬诺洛萨时，把重点放在芬诺洛萨对日本美术史的贡献上，无疑取得了许多成果，但是芬诺洛萨对中国美术史的贡献却大大地被忽视了；三、遗憾的是，至今中国学界对芬诺洛萨名字鲜为人知。因此，虽然作为中国学者进行关于芬诺洛萨的讲演还是第一次，但我的不成熟见解如果能对日美的学者及其他中国的学者少许参考，不胜荣幸。"① 的确，芬诺洛萨作为一名著名的研究东方美术的学者，特别是作为一位日本美术的爱好者、保护者和批评家，早已被日本各界人士所熟知。但芬诺洛萨这个名字在我国学界知者甚少，至于他对中国美术史研究的贡献更鲜为人知。对于一位终生研究东方美术的外国学者不应该就此而被遗忘，特别是他的东方美学思想和对东方美术史研究的贡献不能就此被遮蔽。本文拟通过对芬诺洛萨的东方美学思想和对东方美术史研究的梳理，通过对近代以来，中国一些留日艺术家、艺术理论家受芬诺洛萨的东方美学思想、东方美术史观的影响，推动中国美术由古典形态向现代形态转换所产生的重大作用的追述，确立其应有的地位。

芬诺洛萨对中国美术史的研究主要在他晚年所著的《东亚美术史纲》一书中。该书自 1912 年用英文出版后，1913 年又分别出了德文版和法文版。1919 年由森东吾翻译成日文，分上下两册，分别在 1921 年和 1981 年在日本出版。该书虽以东亚美术史为题，实际上内容只是中国、日本和朝鲜的美术史，其中重点放在中国美术史上。因为他不懂中文，这对于他研究中国美术史受到极大的限制，而且他具体研究的中国美术史，就像前面所讲到的主要是唐代以前的绘画。因此，就其对中国美术史研究本身而言，很难说有了不起的价值。他对中国美术史研究的贡献，主要表现在他的美术史研究方法和开放的美术史学观。他在《东亚美

---

① 刘晓路：《芬诺洛萨热爱的东方美术》，载《美术学研究》第 2 辑，武汉文艺出版社 1998 年 9 月。

术史纲》的"序言"中写道：

以往关于中国美术的著述和论文，与其说是美术本身的研究，不如说是文献资料的研究。它是"历史的历史"即"记录资料的历史"（"history of the history"），没有努力将作品按照美的性质来分类。本书的著者，试图将中国各时代的美术作为各自独立的东西，来解释其特殊的文化和特殊的样式美，从而打破中国文明数千年没有脱离死的水准（dead leve）这一旧来的谬见。①

这段话虽然是为他研究中国美术史的动机发表的议论，但也明确地道出了他本人的关于美术史的写作模式、叙述方式和价值尺度看法，表明了他的美术史学观。

芬诺洛萨主张在研究美术史时，不应该只重视对那些文献的研究或美术样式的研究，而应该按照美的性质来分类，从美术的普遍准则来对已经过去了美术事实进行评价。美术史应该是在一个统一的"美的性质"下来显示各个国家、各个民族的特殊的美术史。他说，世界上"多种多样的美和多种多样的暗示可以存在着数百万种结合方法。迄今为止，人们曾试着进行过许多种结合方法，历史对此都进行了记录。然而，在人们所进行的这众多的努力之中却是有着某种秩序的，那就是在人类精神和社会环境中人们所做的努力都有着相似之处"。中国美术的历史轨迹，与世界美术史中的"太平洋美术时代"、"美索不达米亚美术时代"、"印度佛教美术时代"、"希腊式美术时代"处在类似的发展阶段。而且"越是到接近现代，这种类似之处，就越增多"。② 美术史学，是重构、评价过去了的美术事实的框架、依据和标准，是评价美术史实的价值尺度。简单地说，是解决应当如何写作美术历史的问题。以芬诺洛萨这一开放的美术史学观念写出来的中国美术史，既可以说是中国美术史中的世界美术史，也可以说是世界美术史中的中国美术史。因此，从这种意义上讲，芬诺洛萨对中

① 刘晓路：《芬诺洛萨热爱的东方美术》，载《美术学研究》第2辑，武汉文艺出版社1998年9月。
② 山本正男：《东西方艺术精神的传统和交流》，中译本，中国人民大学出版社1992年版，第131页。

国美术史的研究，不仅对中国美术史做出了重大贡献，而且对世界美术史做出了重大贡献。

下　篇

第六章　冈崎义惠的"日本文艺学"
及其在文艺学学术史上的地位

　　一般认为，"日本文艺学"是一个在近代国文学日渐衰微之时应运而生的反命题，它在 20 世纪 30 年代左右在日本一经提出便影响甚巨，引发了日本学术界乃至整个文坛的种种论争。冈崎义惠就是"日本文艺学"的坚定提倡者和推崇者，其围绕文艺学和"日本文艺学"的论文和著作也是各学派主要论争和辩论的对象，包括日本文艺学派内部对冈崎义惠所主张的"日本文艺学"也是有所争议的，甚至还出现过"冈崎文艺学"的提法，上述种种都足以见得他在日本学术界和文艺学领域的功绩和地位。那么，冈崎义惠的"日本文艺学"究竟是怎样的一门学科？有着怎样的思想渊源？它的学科研究对象是什么？方法论又是什么？以什么为基础？有何特色呢？

一、"日本文艺学"的提出

　　如果查阅人名字典，对冈崎义惠一般是这么介绍的：冈崎义惠（1892～1982），国文学者、文艺学者。其实冈崎义惠虽然被尊称为国文学者，而且是公认从战前到战后的昭和时期日本国文学界重量级代表人物之一，然而冈崎义惠所大力提倡的"日本文艺学"，却又通常被视为以东京帝国大学（现东京大学）国文学科为主要阵营的坚持文献学为主导的近代国文学的一个反命题。他自己也在《杂花集》中写道并非真正热心于国文学，甚至"……所以每当有人称呼我为国文学者时，我甚至感到背上的嗖嗖凉意。"① 在学界归属上，冈崎义惠始终是矛盾的，或者相对于近代国文学也可以说是"反叛的"。但是一直以来，冈崎义惠都是热爱文艺热爱美的，而他入学之初因选择英文学科失望后转入国文学科并走上了所谓国文学研究的道路，从而成为一名在国文学界颇有影响的代表人物。其间的选择和努力始终都以文艺研究为自己的终极目标的，可以说冈崎义惠是"日本文艺学"矢志不渝的推崇者。

国文学研究是明治以来在日本形成并发扬至今的一个学问领域，它脱胎自江户时代的国学，是与西方文学对决的一个产物，也就是说，与日本文学、日语文学相比，国文学实际上是相对于所谓"世界文学"而提出的，是在西方文明压倒性的影响下形成的。芳贺矢一（1867～1927）就是近代"国文学研究"的开拓者和最具代表性人物之一。芳贺矢一留学德国，深受海尔曼·保罗、冯·洪堡特等人的影响，对德国文献学颇有研究，他回国后提倡"日本文献学"，并以此强化"国文学研究"的国民国家意识，将其定为"国文学研究"的指针，对作为"世界"的西方的存在表现出一种强烈的意识。在欧美列强的日益猖狂的殖民活动中，在逐渐走向一体化的"世界"中，以西方文献学的理念和方法来研究和探明"日本人"的"国民性"，强调日本文学独有的"固有性"和"独自性"被芳贺矢一作为"日本文献学"的研究目的和"国文学研究"的作用所在。对此，冈崎义惠首先指出：国文学的提法究竟是指文艺现象还是指以文艺现象为研究对象的科学这一点上显然是暧昧不清的，不仅如此，国文学和国学、国史学、国语学等一样，在强调本国国民对本国文化进行研究的学问的意识上非常突出，是一个以在日本人之间使用为前提、有着强烈的民族情绪和自我意识的一个概念，不但给人一种封锁、闭塞的印象，而且还潜藏着抗拒和排斥外国人对本国文化进行研究的含义，这一固步自封的结果只能导致本国文化完全孤立于世界

---

① 冈崎义惠：『雑華集』，宝文馆 1962 年版，第 202 页。

文化。① 冈崎义惠在对国文学进行批判的同时，宣扬他所倾心和提倡的"日本文艺学"所奉行的是国际主义的公平的原则②，旗帜鲜明地表示了"日本文艺学"之于近代国文学在明确研究对象和研究目的上的不同。

冈崎义惠一直以来对于文艺、美术很有兴趣也颇具天分，这一点他认为得自母亲的遗传和影响。据冈崎义惠自己回忆，母亲出身武家，家族里出了不少学者、艺术人才。同时冈崎义惠出生在高知，即当时的土佐藩，是明治维新时期所谓的四藩③之一，此藩明治维新时期人才辈出，在新旧势力和时代变迁中起到了非常重要的作用。当地的风土人情以及历史传承也在很大程度上给予了冈崎义惠影响和感化。

冈崎义惠中学时代国语和图画经常是满分，在《日本文艺学》序中也曾开宗明义道："曾几何时，我一直认为，若能留一卷诗一卷画于世间则此生足矣。"④ 28 岁的冈崎义惠，已完成了东京帝国大学国文学科的本科以及研究生学业，并已经担任东京帝国大学和国学院大学讲师。他突然辞去讲师一职，回到老家高知，据说他本人的志向是要潜心于绘画的修业。这也从另一个侧面反映了冈崎义惠对美学、艺术方面的志向。还在中学时代，冈崎义惠就已经清晰地认识到自己的兴趣爱好所在，并早就立下了以文艺、美术为自己一生的事业的雄心壮志。⑤ 然而冈崎义惠最终并没有走上艺术创作的道路，这其间当然有种种因素，不过仍然是出于对文艺的热爱，最后选择了一条研究文艺之路，希望能对文艺、美术进行科学的学问的追问。确切地说是从美的角度来研究文艺之路，也就是冈崎义惠所大力提倡并矢志不渝坚持的"日本文艺学"。

冈崎义惠诚心向学，同时也先后遇到了几位重量级人物。早

---

① 冈崎义惠：『日本文芸学』，岩波书店 1941 年版，第 623～624 页。
② 冈崎义惠：『日本文芸学』，岩波书店 1941 年版，第 623～624 页。
③ 指萨摩、长州、土佐、肥前西南四藩，均在明治维新中起过重要作用。
④ 冈崎义惠：『日本文芸学』，岩波书店 1941 年版，第 1 页。
⑤ 冈崎义惠：『雑華集』，宝文館 1962 年版，第 185 页。

在中学时期，冈崎义惠就对于《国文学》课本上选用的森鸥外翻译的《即兴诗人》和高山樗牛的《文艺杂谈》印象深刻并曾潜心钻研。中学毕业后，冈崎义惠考入了当时的三高①，当时的高等学校相当于现在的大学教养部（类似于大学一二年级不分专业的通识教育），在三高的三年间，冈崎义惠读到了很多西洋书籍，"在学校日夜埋头苦读于英、德等辞典中，几乎连日本都忘记了"②，因此而对英文学心生向往。而同时，古都京都的风物又让冈崎义惠深深地沉浸于传统之美当中，可以说少年时代的冈崎义惠既身处传统之中却又一心向往西方的先进文化。

在三高期间，冈崎义惠曾经受教于厨川白村、茅野潇潇、小牧暮潮、桥本青雨、平田元吉等众位精于文艺的恩师。虽然据冈崎义惠自己回忆，这些大家在当时的课堂上几乎也都是照本宣科，课下也很少与学生探讨文艺方面的问题，毕竟面对的只是些不过十来岁的孩子。但是长久以来对这些大家的风范和学识的耳濡目染，不能不说熏陶了冈崎义惠的文艺气质。尤其是厨川白村在课外还曾经为三高学子们讲授过他本人的名作《近代文学十讲》，这是日本第一部介绍19世纪中叶到20世纪初50、60年代的西方文艺思潮的著作，这对于渴望了解西方先进文化的冈崎义惠等人不啻为一个绝好的学习机会。在冈崎义惠即将毕业打算回乡之际，厨川白村先生特意鼓励他报考京都大学。京都大学当时的英文学科教授是上田敏博士，而厨川白村先生也在京都大学任讲师。当时上田敏博士和厨川白村先生所在的京都大学其实对热爱文艺的学生而言是很有号召力的。据冈崎义惠回忆，上田敏博士连续公开讲座的《现代的艺术》，对于当时的三高生而言简直是天籁之音。③ 不过，虽然当时已经对于东京大学的文艺氛围有所耳闻，然而出于对东京那片土地的憧憬，冈崎义惠还是做出了北上东京的决定。冈崎义惠对于恩师的好意感慨地说："虽然我现在很难揣测厨川白村先生特意私下鼓励我报考京都大学出于何

---

① 即旧制第三高等学校，是京都大学的前身之一。
② 冈崎义惠：『雑華集』，宝文馆1962年版，第186页。
③ 冈崎义惠：『雑華集』，宝文馆1962年版，第205页。

种考虑，也许先生从我的身上感知到了我对于文艺研究的不同寻常的热情吧。"① 如果当时的冈崎义惠顺利进入了京都大学，命运会不会发生转变呢？"首先我肯定还是会选择英文学科，并以此为起点接触到文艺一般、甚至世界文艺，也许会继上田敏博士和厨川白村先生之后，作为一名英文学者更或许成为一名文艺评论家。"② 种种机缘令冈崎义惠虽然毕业于东京大学国文学专业并被贴上了芳贺弟子、国文学者的标签，可实际上冈崎义惠还是尊重了自己的内心和追求，勇敢地站到了近代国文学的对立面，最终成长为一名影响深远的文艺学者。而这一事实相较于京都大学英文学的假想，又难道不是一种殊途同归吗。

因为身体原因，三高毕业后冈崎义惠并没有直接北上东京。而是返乡休养了一年。这一年对于冈崎义惠的学术生涯也可谓是相当重要的。在这一年中，冈崎义惠自由自在地涉猎了许多哲学和文艺学方面的书籍。

冈崎义惠大正 3 年（1914）如愿考入东京帝国大学文科大学（今东京大学文学部前身）英文学科。选择英文学科并不是对英国文学有着什么特别的兴趣，是由于受到文艺的吸引的缘故，因为出于仰慕上田敏、夏目漱石、森鸥外等大家在外国文艺研究方面的成就并以此为理想而做出的抉择。③ 然而与他的志向相悖离的是英文学科却并非如他所想象，首先教授中没有日本人，外国教授所讲授的也多为古风的词语的考证学，而并非冈崎义惠所希望的能从中体会诸如拜伦诗中的美的价值。另外，因学生们语言不精，老师只好将口授的逐一板书，学生也依葫芦画瓢地照搬照抄。这与冈崎义惠心目中的文艺研究相距甚远，冈崎义惠对此觉得兴味索然，不久便转到了国文学科，开始了自由自在随心所欲的学习。然而冈崎义惠这次的专业选择同样并非是出于热心于当时的国文学，他自己在《杂花集》中回忆道："然而者决不是因为我本身有多么热爱国文学，说老实话我甚至对此抱有一种近乎

---

① 冈崎义惠：『雜華集』，宝文馆 1962 年版，第 205 页。
② 冈崎义惠：『雜華集』，宝文馆 1962 年版，第 206 页。
③ 冈崎义惠：『雜華集』，宝文馆 1962 年版，第 187、202 页。

于厌恶的感情。尤其是所谓的'国学'好似与我天生绝缘，毫无亲近感，至于作为国学的后继者的国文学也并非我心所喜所好。"① 当时东大的国文学讲义虽然与英文学有所不同，一旦亲身体验到之前耳闻的东京大学的国文学就是日本文献学的这一事实，冈崎义惠仍然吃了一惊并深感失望。

当时东京帝国大学国文学的教授正是国文学研究草创期代表人物的芳贺矢一，冈崎义惠也是其门下弟子。然而，似乎在当时冈崎义惠就对明治期以来的国文学研究的"日本文献学"理论不甚感冒。当时东大的日本文献学是以 19 世纪德国文献学以及日本的近世国学为规范，以涉及到艺术、法制、思想、风俗等方面的语言资料为根基来对日本的国民性进行综合的再认识为目的，带有很浓厚国家主义色彩的学科。对于冈崎义惠而言，这是完全置文学的艺术性于不顾的"杂学"的东西。在一次国文学科的口试中，当被问到"请问你对国文学是如何理解的？"冈崎义惠的回答是"国文学的精神是值得推崇的，然而以科学的方法来看却是杂驳的。"② 由此可见还在学生时代的冈崎义惠并不是人云亦云，而是勇于对所谓的权威的国文学提出自己的异议，当时的他已经对国文学的危机和问题已经有了较为深刻的认识，对文艺学也模模糊糊地有了一定独到的见解和想法了。由于当时大学所开设的课程并不能满足热心于文艺的冈崎义惠，而且相对而言学校对冈崎义惠所转入的国文学科硬性要求的课程又比较少，所以冈崎义惠在大学期间有很多机会得以自由自在的亲近文艺。"现在想来，在大学教会我文艺为何的可以说是美学的讲义。"③ 冈崎义惠在东京大学大期间，经常去听大塚保治的德国美学讲座，这引领冈崎义惠进一步了解了美学，对其美学素养的形成并为其后来提倡以美学为文艺学基础的"日本文艺学"都奠定了一定的基础。与其他国文学研究者相比较，有着推崇美和艺术这一倾向的冈崎义惠所建立和提倡的学问整体来看，有一个显著的特征，那

---

① 冈崎义惠：『雑華集』，宝文馆 1962 年版，第 202 页。
② 冈崎义惠：『雑華集』，宝文馆 1962 年版，第 220 页。
③ 冈崎义惠：『雑華集』，宝文馆 1962 年版，第 204 页。

就是"日本文艺学"的研究对象严格限定在基于美学的视点这一点上。尽管冈崎义惠并非美学学者和专家，但其日后的著述如昭和26年（1951）初版的《文艺学概论》却足以称得上是一部文艺美学著作。"我是以本人日本文艺的教养和德国美学等为基础写下了《文艺学概论》……在此之前，单就本国而言，在文艺学的体系方面，夏目漱石的《文学论》应堪称最高水准，在某种意义上也许可以说是唯一的相关学术成果吧。"① 事实上，与夏目漱石的《文学论》是以英文学素养和心理学、社会学为基础相比，冈崎义惠所大力提倡的"日本文艺学"之最为显著的特点，正是在于试图将国文学与美学融合来，对日本文艺进行研究这一方面。

在大学院深造期间，在上田敏先生的授意下冈崎义惠还曾用英文进行日本文学史的编撰写作，另外当时芳贺矢一先生推荐冈崎义惠在东京帝大讲授明治文学，同时在国学院大学讲授国文学史。当时大学方面也似乎把冈崎义惠视为了芳贺矢一的后继者，所以授课也并非临时性的替讲，而是希望能长期担任。为了适应新的时代要求，同时也考虑到年轻学者的优势，学校方面特别提出讲义范围可以延伸到大正年间，双方最终定下的讲义题目是《维新后的国文学》，对此，芳贺矢一也表示赞同和支持，希望冈崎义惠将明治文学的研究纳入到国文学研究中去。如果照此按部就班地发展下去，冈崎义惠也许会成就为一名一呼百应的国文学大家，对于恩师的厚爱，"我虽然有着开拓国文学的新领域的抱负，却绝非仅仅希望研究新时代的文学，更确切地说，我对如何以新的视角看待古典的世界更感兴趣"②。虽然部分违背了自己的意愿，但是冈崎义惠还是接受了这一安排，在逗留东京的这段时间，冈崎义惠在授课之余，辗转于东京的各个美术馆和画展欣赏名画，在他内心深处，对美和艺术的热爱具化到美术的研究和对美术创作的热爱，于是冈崎义惠便放弃了两所大学的讲师一职，

---

① 冈崎义惠：『文芸学的研究」，『国文学　解釈と鑑賞』第31卷第10号，东京大学国语国文学会编，至文堂，1966年8月号，第20~21页。

② 冈崎义惠：『雑華集」，宝文館1962年版，第219页。

回到老家作画去了。个中原因当然还有很多，然而由此也可以看出冈崎义惠与芳贺矢一先生的志向有所不同。"和先生相比，我不是国学者派而是艺术学者派；不是传统主义、保守主义而是世界主义、进步主义；不是要启蒙的教化的而是要追求纯学术的。"① 注定冈崎义惠最后没有成为芳贺矢一或者说"国文学研究"的继承人，与其说是冈崎义惠与芳贺矢一的不同，不如说是冈崎义惠与整个国文学界格格不入。"无论走到哪里，都能深切地感受到芳贺矢一先生流派的国文学界的气息。"② 芳贺矢一先生所开创的明治时代的国文学在当时已经是深入人心了，然而如果让冈崎义惠原封不动地继承和发扬，那是违背冈崎义惠自己的追求和理想的，是他无论如何也做不到的。芳贺矢一从旧有的国学开辟出了国文学的新领地，在这层意义上，冈崎义惠也正是站在国文学的起点上，建立了一个新的学术体系。

芳贺矢一先生对于这个有些离经叛道的弟子应该说是以真正的学者的广博的胸怀去包容和理解的。在东北帝国大学和九州帝国大学两所帝大第一次创设的综合了法科和文科的法文学部时，芳贺矢一先生又一次推荐了冈崎义惠前去任教。此时的冈崎义惠对、对未来充满了希望，因为从此他可以在东北帝国大学更加自由地开拓自己的理想世界了。冈崎义惠 1923 年赴东北帝国大学执教，1924 年到 1925 年以文学研究为己任，受命留学英、德、法各国，归国后，1927 年升至教授，直至 1955 年退休，一直在东北帝国大学从事文艺教学和文艺研究工作。冈崎义惠著书立说，培养了诸多弟子，开辟了不同于近代国文学的"日本文艺学"的新领域，不仅在国文学界甚至包括整个文坛都获得了极大的反响。尽管冈崎义惠自己不太认可自己的国文学者的身份，但是他与当时同样在国文学专业就学的小他两岁的久松潜一以及小他四岁的池田龟鉴等人一起，被公认为是战前到战后的昭和时期日本国文学界研究方面的代表人物。其学说在国文学业界自成一

---

① 冈崎义惠：『雑華集』，宝文馆 1962 年版，第 221 页。
② 冈崎义惠：『雑華集』，宝文馆 1962 年版，第 221 页。

系，堪称权威。昭和24年（1958），日本文艺研究会成立，冈崎义惠毫无争议地担任了会长，并创办了机关刊物《文艺研究》，日后成为了"日本文艺学"的重要阵地。这样，以东北帝国大学为中心，与以东京帝国大学为中心的两个国文学派形成了，相抗衡和对立的文艺学派阀，并开展了轰轰烈烈的提倡"日本文艺学"的各种活动。

从东京大学国文学科毕业之后，冈崎义惠在恩师的引荐下分别在东京帝大和国学院大学讲授过明治文学和国文学史，同时开始在学术刊物上发表论文阐述自己建立"日本文艺学"的主张。

大正9年（1920）5月，冈崎义惠在《国学院杂志》上发表题为《古文学的新研究》的论文，后经修正更名为《古典文艺研究的态度》，收录进昭和10年（1935）12月的论著《日本文艺学》中。在这篇论文中，冈崎义惠明确指出以往的"国文学"领域的文献学研究最终很难被认为是古典文艺研究所追求的目标，强调古典文艺的研究应该是将古典视为文艺作品，并探究其内面的本质。明治大正年间的基本情况是，在古典研究业绩方面，出自作家、诗人的对古典文艺的精神把握，似乎较之于国文学者的考证更为透彻更为有力。冈崎义惠一方面肯定这些成果（指作家所进行的古典批评）是倾注了全身心的，虽然只是个人的感想但却让人感同身受，具有了一种普遍性，高度评价"这样的古典批评具有植根于现在并影响未来之文化运动的力量"[1]，并建议国文学者应该学习和借鉴出自文艺创作者的直观批评。另一方面也遗憾地指出作家、诗人的批评因为过多地停留在片断式的主观感想和印象上，缺乏体系的认识，导致上述研究"既不属于文献学的领域，有没有什么科学的体系"[2]。冈崎义惠在有理有据地分析了相关的状况的基础上，提出古典文艺的研究应该超越艺术家式的直观把握，以科学的、艺术学的严肃态度自成体系的从理论上去把握作品的世界和本质。将在《日本文艺学》的《跋》中，冈崎

---

① 冈崎义惠：『日本文芸学』，岩波书店1941年版，第65页。
② 冈崎义惠：『日本文芸学』，岩波书店1941年版，第65页。

义惠毅然决然地宣告将其《日本文艺学》"作为对于国文学界的一个诀别之辞"，勇敢地吹响了向国文学宣战的号角，给沉闷和落后的国文学界乃至整个文坛带来了很大的冲击。

国文学界开始显示出关注文艺学的方法是昭和年间的事，这是对明治以来的国文学进行反省、自省的过程和机运中应运而生的。与此同时，也不能忽视大正末期积极译介德国的文艺学的影响和作用。虽然当时还主要是德国文艺学者的学术成果的移植，但由此所带来的对于国文学界的冲击和影响是不可小视的。

随着国文学界对于文艺学的深入关注，昭和 9 年（1934）10 月，《文学》杂志的创刊第二年就以"日本文艺学"为主题出版了一本特集，其中收录了以冈崎义惠的论文《论日本文艺学的树立》为首的多位学者的多篇或赞成或反对的文艺学相关论文。在《编辑后记》中有如下一段话：

日本文艺学对于学术界而言尚不成熟，是一门新学科。然而在这门学科中所体现的不仅仅只是热望或是期待，其力量已经在孕育之中。……日本文艺学以德国文艺学为规范并结合日本自身的特殊情况是否真的能够成立呢？或者是以文艺活动之一的文艺批判为基础而成立？亦或是通过改造国学性的研究或国文学性质的研究而获得成立？所有这一切都是现在面临的但却是属于将来解决的问题。……毋庸置疑，有关日本文艺学还有许多值得研究和考察的问题，还有一些藏龙卧虎的研究成果以及学者没有露面。我刊来日还将就此主题再次集思广益，以期完善日本文艺学这一学科的建设。[①]

这一期日本文艺学专刊的出版表明日本文艺学在日本国文学界乃至文坛已经开始萌芽。这期的压轴之作是冈崎义惠的论文《论日本文艺学的树立》，（后来更名为《日本文艺学树立的根据》，先后收录在昭和 10 年（1935）出版发行的《日本文艺学》以及昭和 49 年（1974）6 月出版发行的《史的文艺学的树立》

---

① 转引自安良冈康：『日本文芸学——その成立と発展』、『国語と国文学』，东京大学国语国文学会，至文堂，1965 年 10 月，第 52～53 页。

中。)论文继他的《古文学的新研究》以来一以贯之的思想的大胆表述,再次引起了国文学界乃至文坛的极大关注,可以视为冈崎义惠构筑其独自的学问体系的起点。大正 12 年(1923)4 月,冈崎义惠在恩师芳贺矢一的推荐下开赴东北帝国大学执教。当时东北帝国大学新设的法文学部有土居光知(英文学)、小宫丰隆(德文学)、山田孝雄(国语学)、阿部次郎(美学)、村冈兴嗣(日本思想史)、青木正儿(中国文学)、武内义雄(中国哲学)、儿岛喜久雄(西洋美学史)、福井利吉郎(日本美术史)等人,可谓各领域的学者大家云集,甚至还有医学部的日后成长为著名诗人、剧作家的太田正雄(木下杢太郎)。在东北帝国大学更为自由的学术环境中,迅速形成了与东京大学、京都大学完全异质的学问土壤。以此为基地,各领域的名家学者们于大正 15 年(1926)5 月开始定期召开"芭蕉俳谐研究会",昭和 5 年(1930)又成立了"西鹤俳谐研究会"。作为这些研究会的成员之一,当时留学英、德、法归国后的冈崎义惠和大家一起开始尝试和共同探索多方位的、从世界文艺的视角来对日本的古典文艺进行研究,这不能不说是对冈崎义惠树立"日本文艺学"这一门新兴学科的强有力的帮助和支持。与此同时,冈崎义惠自身还主动要求在东北帝国大学开设一门"不同于以往的"国文学讲座,回想冈崎在恩师的好意推荐下勉强在东京两所名校开设了两门国文学的讲座课程,但终究仍然难违其内心的追求,从而在短时期内就辞去了众人求之不得的名校讲师一职宁愿归乡作画。从这一前一后的对比的确可以看出,东北帝国大学的学术环境的确更为自由,也的确为冈崎义惠的"离经叛道"提供了更为宽容的发展空间。凡此种种契机都促使冈崎义惠在发表了《古文学的新研究》之后得以逐步开展树立日本文艺学的实质工作。冈崎义惠一扫旧有的国文学的杂学性格,开辟了以美学为基础学、相邻学科为辅助学科对日本文艺进行样式论的研究之路,提倡树立日本文艺学,为已经开始走向落寞的国文学界不断输送清新的空气。冈崎义惠在文艺学领域的建树有目共睹,甚至还有"冈崎文艺学"的提法,这无疑是一个有个性的、理论和实践兼备的学问体系。

　　针对旧有的国文学当时所呈现出来的以文献学和书志学为中心，其间所谓鉴赏、批评交陈的态势，宣告这一杂学性质的国文学的终结，树立以探究文艺的价值或者说文艺性为目的的学问正是冈崎义惠心向往之的日本文艺学的基本构想。

　　冈崎义惠在论文中一针见血地指出，"古文书的搜索、文书批判、校核注释等无一例外都是立足于文献学的外部的研究"①，并主张国文学研究者更应该把目光转向对其内在的价值的探求。这一观点是不同于明治中期以来国文学研究所固守的研究方法即从外部（extrinsic）对文本进行的研究的，是追求对内部（intrinsic）的"解读"以及和基于此的文学的发展、展开，自律地把握的文学（史）观相关联的。简单地说，冈崎义惠所推崇的是对文艺本身尤其是其内在价值、"精神的内在"② 的探究。立足于视文学为文学的研究领域，这其中不同于近代国文学之处首先表现在明确学科研究对象上。冈崎义惠尖锐地指出，把文学仅仅作为历史文献资料而并非视文学本身为学科研究对象，这从根本上就不符合文学研究的内部要求和客观规律。而与国文学的对象认知极为模糊和暧昧相比，日本文艺学在对象认知上无疑是严谨的。文艺是以美为本质的艺术之一，具有民族特性的日本文艺、更具体地说是日本内部的文艺性才是日本文艺学的研究对象。

　　昭和 10 年（1935）出版发行的论著《日本文艺学》，是以《论日本文艺学的树立》为开篇的多篇文艺学和美学方面论文组成的。在这部论著中，冈崎义惠开宗明义地采用了"文艺"一词，意在强调语言艺术的这层含义，解释了新学科之所以定名为"文艺学"的缘由。冈崎义惠指出，"文艺"也好，"文学"也罢，今时今日区分得并不很明确，但是如果是作为学术用语的话，学者还是应该从学术的立场为其定义为好。"文艺学"的研究对象"文艺"在现在的文坛上通常与"文学"被视为同一个东西，是以语言（尤其是其意义表象）为表现媒介的艺术部门之一。然而

---

　　① 冈崎义惠：『日本文芸学』，岩波书店 1941 年版，第 60 页。
　　② 冈崎义惠：『日本文芸学』，岩波书店 1941 年版，第 69 页。

如果更加严谨地考察一下的话，如果是对艺术部门之一进行命名，相较于"文学"而言，"文艺"显然更为合适。因为"文学"一词即"文——学"，本身就可视为一个学术用语，而同时"文学"本身又是研究对象，所以如果将以文学为研究对象的学问、学科称为"文学学"，就会出现语义构成上显得不够协调和念起来拗口等弊病。反之，如果采用"文艺"一词，这样的问题就迎刃而解了。针对有人认为"文艺"似乎还涵盖了语言艺术之外的其他艺术部门的想法，冈崎义惠指出因为本身还有"艺术"一词的存在，故无需有此疑问。当然，冈崎义惠也承认，"文学"如果仅仅是在一般的场合使用而不是被视为学术用语是可以理解的，也是行得通的。那么"文艺"这一艺术部门究竟其本质如何呢？反观"文学"一词，虽然本身也指向一般学问，然而却有着"杂学性"之不足。因为"文艺学"这门学问，不是对文献的训诂注释、异本研究或是文化史的演技，而是应该对文艺的"文艺性"作纯粹的探讨。针对当时的国文学与"日本文艺学"的不同之处，冈崎义惠明确指出其不同"在于文艺学是要一扫对国文学而言甚为重要的文献学、书志学、非学术性质的观赏与批评、国语学的解释、风俗史的穿凿其他杂学的要素"①，更确切地说，冈崎义惠的主张就是要以确立美学或者说是艺术学的分野之一的"日本文艺学"为己任，这无疑是对明治时期以来以东京帝国大学国文学科为中心的日本文献学理念的一种反拨。尽管一直以来都对恩师芳贺矢一十分敬重，但在学术观点的不同这一点上，冈崎义惠并没有语焉不详、欲说换休，而是勇敢地批判了芳贺矢一那样，以究明"国民性"的全体为目标的学究理念，指出仅仅凭借书志学的调查研究，是无法真正搞清楚"文艺"的性格的。

冈崎义惠明确提出"文艺"这一概念，是有着大正末期到昭和初期日本的"文学研究"开始尝试引进和学习德国文艺学的学术背景的。19 世纪后半期德国文艺学的确立，与狄尔泰②等人推

---

① 冈崎义惠：『日本文芸学』，日本：岩波书店 1961 年版，第 22 页。
② 狄尔泰（Wilhelm Dilthey，1833～1911），德国哲学家，生命哲学代表人物之一，提倡解释学，以奠定精神诸科学的基础为目标，著有《精神科学导言》。

崇的精神科学的概念的确立有关，此概念在各大学的讲座中被广泛采用。和以往的西洋古典学及文献学不同，"文艺学"是作为一门灵活运用美学、心理学的理论，重视"文艺"独特的领域性的学问发展起来的。大正末期以来，经高桥祯二、雪山俊夫、鼓常良、奥津彦重、吹田淳助等"外国文学专家"之手，翻译和介绍了德国文艺学的著作及思潮，在整个大环境的影响下，日本国文学研究领域，也开始有意识地出现了采用德语的译语即"文艺学"这一用语和概念。于是，从大正末期到昭和初期的日本，勃勃生机的文艺学开始逐渐取代日本明治时期的芳贺矢一采用过的德国文献学的思想，作为当时西欧最新的学问思潮被日本学术界部分地吸收和借用，成为了不同于之前的国文学研究的理论根基。比如前文中曾提及的石山彻郎、风卷景次郎、高木市之助等国文学者、文艺学者纷纷发表论文，著书立说或为文艺定义，或明确指出应该采用以清晰的近代文艺概念为基础的日本文艺学来替代旧有的国文学研究。在此次学界风潮中，冈崎义惠更是大张旗鼓地提出了要重视"文艺"领域的独自性的立场。从而迈上了开辟冈崎式"日本文艺学"这一新的学问领域的曲折道路。

冈崎义惠在《日本文艺学》中特别对于这一新兴学科的定名进行了说明，对于芳贺矢一的"国文学"是以近代意义上的"文学"概念为前提的这一点，冈崎义惠基本没有异议。然而，二者的不同之处就在于，冈崎义惠更进一步地把语言艺术的"文艺"这一概念进行了原理主义的理论限定，彻底舍弃了其他杂质。具体地说，冈崎义惠当时所依据的是重视认知事物的主体行为的德国观念论的美学立场。

众所周知，冈崎义惠所大力提倡的"日本文艺学"之最为显著的特点，就是试图将国文学研究与美学融合起来对日本文艺进行研究，着眼点是在日本文艺的艺术性和美上。大正 6 年（1917）7 月，以学士毕业论文《日本诗歌的气氛象征》而毕业于东大的冈崎义惠，在大正 7 年（1918）至 9 年（1920），又先后在《帝国文学》上发表《芭蕉与良宽》、《现诗坛的瞰望》、《日本诗歌的气氛象征》、《〈日本象征诗集〉批评》等论文。所展示在大众面前的这些学术成果无一不是导入了美学的观点的全新的方法进行的研究，不但在国文学界激起了强烈的反响，甚至还波及到了以日夏耿之介为首的当时日本诗坛。冈崎义惠在东京大学在读期间不但师承文献学者的芳贺矢一，更是在很大程度上受到大塚保治的美学讲义的影响，立志要对日本文艺进行艺术学的、美学的研究，并尝试从根本上纠正偏离了正常轨道的旧有的国文学。冈崎义惠自称"我是以本人日本文艺的教养和德国美学等为基础写下了《文艺学概论》……"而且"我所提的美学并不是强调社会学的、形而上学的方面而是更加侧重于心理学的方面"。他澄清了美学和文艺学的相关学科之于文艺学的不同地位和作用，论证了美学是文艺学研究的唯一基础学科，而其他诸相邻学科仅为辅助学科。同时对于当时日本美学界完全不知联系日本实际，只是心安理得地驻足于德国美学的状态表示不满，继而勇于开拓地开始在美学领域进行有效的尝试和探索。在文艺学研究方面，冈崎义惠十分重视对"样式"的研究，显然，他认为"在具备科学性的这一点上诸要素都远远不及样式论、样式史这一方向。"[1] 值得一提的是，所谓样式并不是冈崎义惠的独创，而是借鉴并发挥了垣内松三对于文艺学研究所提出的"样式"这一概念，冈崎义惠提出样式论是文艺的独自的形态，是可以凭借之清晰地、科学地把握日本式之特殊意味的。冈崎义惠坚信文艺是以美为本质的艺术之一，也就意味着"（应以）艺术或者说美的表现的一种样式来看待文艺"[2]。日本文艺是文艺的民族样式之一，其内部应该还包括地方的、阶级的、时代的、个人的诸样式，另外也可包括形态、语言、思想、表现法等诸样式。与杂学性质的国文学暧昧不明的研究对象相比，冈崎义惠提倡的"日本文艺学"严格规定，作为这一样式层的统一体的日本文艺就是日本文艺学的研究对象，探究文艺的日本的样式则是该学科的主要任务。

---

① 冈崎义惠：『日本文芸学』，岩波书店 1941 年版，第 654 页。
② 冈崎义惠：『史的文芸学の樹立』，宝文馆 1974 年版，第 353 页。（1938 年题为『文芸様式の本質』发表在岩波书店发行的『文学』杂志上，后更名为《样式论》，先后收录于『日本文芸の様式』和『史的文芸学の樹立』。）

冈崎在题为《作为学科对象的日本文艺》①（发表于昭和 10 年（1935）10 月的《日本精神文化》，后先后收录于《日本文艺学》和《史的文艺学的树立》）的论文中对于样式是这样定义的："某（类）对象在其内部的构成要素中具有的一定的共通的性质，同时该共通性与其他对象相较又显示了该对象的特性"，文艺的样式被视为"文艺意志"的表现、体现。冈崎义惠进而将日本文艺的样式归纳为"形成的浑融性"、"表现的融合性"、"世界观的情调性"这三个指标，并加以如下注解：浑融的即非构筑的、非意志的，该浑融的性格又可生发出纯美的、抒情的、直观的特性，或是文艺的诸形态的无界限的融合、自然与人生的融合、外界与内面的融合、艺术与生活的融合。

我们知道，任何人文学科都不可避免的带有民族特色，这是由其研究的对象和研究的学术视角决定的，冈崎义惠所提倡的日本文艺学自然也不例外。前文也有所提及，日本文艺学的确是在堪称西方学术典范的德国文艺学和美学的影响下萌生的，也确实是对近代国文学的一种反拨，但冈崎义惠本身出身于国文学界，在提倡"日本文艺学"的同时对近代国文学也并不是全盘否定。由于其自身对于本国的文化传统有着深厚根基同时又兼具西方经典哲学、美学的学术背景，在树立日本文艺学这一新兴学科时他基本上做到了不偏不废，也就是说在向作为先进的西方现代形态学科的文艺学学习和借鉴的同时，始终坚持立足于本国的优秀传统，不惟西方是之，不视本国异彩纷呈的思想文化遗产于不顾，所以结局来说应该是在日本较好地实现了文艺学的受容。冈崎义惠一直致力于树立和充实日本文艺学这一新兴学科，在近现代西方文化和学术体系掌握了话语权的当时，不卑不亢地强调了"日本的东洋的毫无疑问也是世界文艺的重要一环"②。在向着世界化的方向发展的趋势下，冈崎义惠冷静而客观地指出日本应该向世界证明日本传统文化的价值，并由此而与其他各国的优秀的文化

---

① 该论文发表于昭和 10 年（1935）10 月的《日本精神文化》杂志，后先后收录于『日本文芸学』、『史的文芸学の树立』。

② 冈崎义惠：『美的伝統』，弘文堂 1952 年版，第 457 页。

并列于世界之林。虽然将学科对象明确界定为日本文艺，但冈崎
义惠并没有固步自封，而是对于日本文艺与世界文艺进而对东洋
文艺与西洋文艺展开了深入而透彻的研究。其中包括昭和 25 年
（1950）5 月面世的《日本文艺与世界文艺》，发表于昭和 27 年
（1952）3 月《文学》上的《日本文艺的时代样式》，同年 4 月出
版发行的《文艺的东洋样式与西洋样式》，出自昭和 28 年
（1953）10 月《心》杂志的《日本文艺的比较研究》等一系列论
文，后来收录到《日本文艺学新论》并于昭 36 年（1961）7 月出
版发行。这些研究成果从世界文艺学的视角考察了文艺的日本样
式，这一立足于比较文学的理论的体系化研究基本确定了日本文
艺在世界文艺中的位置，为后来者的深入研究提供了很好的经验
和范本。比如相对于西方传统的如优美、崇高、悲壮、滑稽等美
学范畴，冈崎义惠也尝试着将日本式的美公式化，在借鉴和吸收
前人的研究成果的基础上，提出了哀（哀れ）、幽玄（幽玄）、谐
趣（おかしい）、闲寂（侘び）、幽雅（寂び）等一系列术语，对
于日本文艺学的树立和发展以及深入研究日本传统美学及文化有
着深远的意义。当时被公认为国文学权威的东京帝国大学国文学
科的中心人物久松潜一在昭和 11 年（1936）7 月号的《国语和国
文学》杂志上，有一篇《关于批评史的研究》的论文，在该论文
的后半部分，久松潜一提到冈崎义惠收录在《日本文艺学》中题
为《有心与幽玄》的论文，肯定了冈崎议惠举了一些连自己都没
有注意过的"幽玄"的用例的同时，认为冈崎义惠"在对以前的
研究进行兼收并蓄的同时，通过精心细致的考察开拓出很多新发
现"，指出旧有的文献学式的国文学研究与冈崎义惠的亲近性和
连续性。另外，"尤其是对于（冈崎）所提倡的日本文艺学，对
于其以哀（哀れ）、有心（有心）、幽玄（幽玄）等为美学基础，
并对它们的重要性（的位置）予以充分肯定这一点上，我也表示
非常赞同。"

　　冈崎义惠不但高屋建瓴地提炼出了日本独特的美学范畴，还
将其灵活地运用到了实际作品的文艺学研究中去，著述颇丰，昭
和 26 年（1951）4 月出版发行的《文艺学概论》就可以称得上是

一部集理论构筑与文艺现象具体把握的集大成论著。另据不完全统计，除却前文已经有所介绍的理论著作之外，还有古代文艺方面的《万叶集大成》（平凡社 1953）、《日本古典的美》（宝文馆 1953）、《日本诗歌的象征精神古代篇》（宝文馆 1970）；艺术方面的《艺术的考察》（宝文馆 1975）、《艺术与思想》（角川书店 1948）、《俳谐的艺术》（要书房 1950）、《艺术论的探求》（弘文堂书房 1941）、《叙事文艺的潮流》（生活社 1949）；近代文艺方面的《近代诗选》（与松村绿合著，武藏野书院 1953）、《近代的抒情》（河出书屋 1951）、《近代文艺的研究》（北星堂书店 1956）、《近代文艺的美》（宝文馆 1973）、《芭蕉与西鹤》（支仓书林 1946）、《荷风论》（弘文堂书屋 1948）、《漱石与则天去私》、《漱石与微笑》（东京生活社 1956）、《三木露风诗集》（弥生书房 1966）、《森鸥外与夏目漱石》（宝文馆 1973）；比较文学方面有《日本文学与英文学》（教育出版中心 1973）、《日本文艺与世界文艺》（宝文馆 1950）等等。另外昭和 37 年（1962），冈崎义惠又开始积极致力于推进《日本文艺学》一直悬而未决的史的文艺学的体系化问题。可以说，冈崎义惠为了建立和完善"日本文艺学"不遗余力，著作等身，其论文和著作涉及到古代、中古、中世、近世、近代；涵盖了叙事、抒情、戏剧等诸形态方面的研究；既有理论性也有严格按照文艺学方法论所进行的具体作品的研究。他在世界文艺的广博的大视野下去关注和反思日本民族文化，通过这些研究实现了对具体国别的文艺学的成立根据的彻底探究，并以理论和实证为支撑建立起了全新的"日本文艺学"。

二、"日本文艺学"的学科厘定

杂志《文学》在创刊第二年（1934 年）出版了一期特辑《日本文艺学》，其中收录了以冈崎义惠的论文《论日本文艺学的树立》为首的多位学者的多篇或赞成或反对的文艺学相关论文。在《编辑后记》中写道"日本文艺学对于学界而言尚不成熟，是一门新学科。然而在这门学科中所体现的不仅仅只是热望或是期待，其力量已经在孕育之中。"可见冈崎义惠所提倡的"日本文艺学"在当时的日本还是一门新兴的学科，所以在明确研究对象、内容、方法、学科性质等等的基础上对学科进行定位的同时，厘清学科位置、界定学科范围对于这一新兴学科是否能真正成立并逐渐完善成为一门独立学科也可谓是当务之急。正如前文中所论述的，日本文艺学在一定程度上是脱胎于国文学的，而冈崎义惠提倡的"日本文艺学"之所以在国文学界乃至整个日本文坛都如一石激起千层浪，正是在于以美学为基础的"日本文艺学"的学科研究对象的特殊性，不同于文献学、书志学的典故考究，也不同于文艺史或主观的文艺批评。总之，"日本文艺学"和其他相邻诸学科既各有侧重同时也互有交集、互为补充。作为自然新兴学科的"日本文艺学"与相邻诸学科之间究竟是怎样的一种关联是我们本节要着重考察的。

1. 文艺学与美学

冈崎义惠将文艺视为艺术的门类之一，认为文艺与绘画、雕刻、音乐、舞蹈等等一样都是艺术的门类之一，而相应的"日本文艺学"则是以美学作为基础的研究文艺的学科，也就是说，和同样以美为本质的其他艺术门类的学科一样，"日本文艺学"与其他各门类的艺术学科应该同属于艺术学这一学科的旗下，毋庸置疑，其上位学科就是艺术学学科，艺术学旗下的各门类艺术学都应属于文艺的姊妹学科。

那么文艺学与艺术学、美学自然相关至深。虽然此前也出现过所谓的文学概论、文学理论、文学论、文学史等称呼，这些似乎都多少和文艺学相关，有的甚至可以视为文艺学的前身，但对于其究竟是在一个怎样的科学体系中，当时的日本学术界似乎还没有一个自觉地认识。

按照冈崎义惠的理论，艺术学、文艺学以及文艺学的诸分科是自上而下成为一系的学科，可以视之为一个大的精神文化学的学科。然而，文艺学的相邻学科和文艺学又是什么关系呢？针对文艺学，这些相关学科可以分为基础学科和辅助学科两种。实际情况是有相当多的人认为，对于文艺的研究起到了基础研究的作用的包括语言学、解释学、文献学等等诸种学科在内，然而冈崎义惠的看法却与此不同，他坚定地认为上述这些研究对于文艺学而言是重要的辅助学科，而文艺学的基础学却非美学莫属。

冈崎义惠提倡的"日本文艺学"与美学有着不可分割的密切关系，按照冈崎义惠的提法，"日本文艺学"的基础学科是美学而非其他，认为"日本文艺学"在根本上就有着美学应用的含义，同时又有着美学出发点的含义。具体地说，当时日本文艺的研究中已经应用了一些已有的美学成果，与此同时，还应该可以从日本文艺的研究出发开辟出新的美学的成果的道路。如果这样，会不会导致日本文艺学成为组成美学的一部分而并非独立学科呢？对于这一疑问，冈崎义惠先陈述了美学的实质，即美学这一学科归根究底是要研究和处理美的根本问题的，而不是针对一个个具体的美的现象逐一去做研究。我们也可以设想，美学（当然此处所指的是包括艺术学、艺术史含义在内的美学）有可能对具体文艺在特殊的表现法中所表现出的具体的美的意义进行精细而彻底的探究吗？答案是显而易见的，那就是事实上这是不可能实现的。所以，在美学理论和文艺实践都不去涉及对于文艺又至关重要的地方就必须出现一个学科来履行其职责，于是，具体到研究日本这一具体国别的文艺，"日本文艺学"就呼之欲出了。"日本文艺学"正是以美学为基础学科对日本文艺的具体现象进行研究而树立的，所以其作为特殊美学的特殊部门，是完全有可能获得独立的，也必将是一门有着鲜活生命力的学科。因为我们知道，正因为作为美学而言有着其特殊领域，方法也必然会有着与其相适应的特殊的要素，也就是说，冈崎义惠所要树立的"日本文艺学"是一门从美学入手，并继而独立出来的一门学科。

所谓基础学科应该是能为"日本文艺学"的成立或树立提供了确实依据的学科，更具体地说，这必须是为文艺学的对象即为明确文艺作为文艺学的学科对象提供根据的学科，也就是说能阐释、究明文艺的存在理由、其理论的必然性，并确定文艺学的操作的原理、法则，将文艺学的本质不偏不倚地扎根于学科领域上的东西。这样的学科正是美学。这是因为"文艺是以美为本质的，而美学又是有着作为文艺学的原理的学科的资格的"①。文艺学立足于美学的基础之上，并应该遵循着美学所指示的"文艺"这一学科研究对象深入研究下去，研究的基本方法和方针则应该遵循美学的原理。冈崎义惠坚定地认为唯有以美学为基础学科才是文艺学的正道，唯此文艺学的对象和方法也才不会出现偏差。

假设一下如果不是坚定不移地以美学为基础学科并遵循美学的基本原理和规律，就有可能会出现诸如将文艺学的学科研究对象误以为是语言表现物，又或是止步于语句的解释，又或是以此为媒介，停留在对过去的文化的遗留物的温存等等结果。文艺学固然是选择语言作品为当面的对象，然而它所要真正研究的是通过语言这一媒介所表现或隐藏的美的规律的具体的表现，所以一定要涉足到基于美学的基础的研究。否则就会重新陷入到和语言学、文献学混为一谈的不清不楚之中。冈崎义惠一再强调，上述这些学科作为辅助学、准备学绝对是极为重要的，但如果执意将它们定性为文艺学的基础学，恐怕就不能对文艺的艺术的意义、即其美的价值有一个较为客观和准确的把握。

2. 文艺学与语言学

关于文艺与语言的问题，直到 50 年代还在冈崎义惠与时枝诚记之间出现过论争。但早在日本文艺学树立之初，冈崎义惠就对文艺学的研究对象的文艺与语言的关系提出过自己的看法，文艺的确是以语言为媒介的美的表现，但研究文艺的美绝不等于研究语言美，这一点是显而易见的。但是无论如何，语言学都是我们不可忽视的一个相邻学科。

冈崎义惠指出，语言学是一门以语言为学科研究对象的学科，一般而言该学科的研究通常与各国的国语学相交错的。文艺归根结底是由各国语言所表现出来的，如果不能理解某种语言，自然也就无从谈及相关的文艺。那么，毋庸赘言，要研究文艺的

---

① 冈崎义惠：『文芸学概論』，劲草书房 1978 年版，第 23 页。

一般原理，首先要有一般语言学的辅助，要研究各国文艺，也必须在各国语言学的研究方面做好充分的准备。但是，语言对于文艺而言所充当的仍旧是表现的媒介，语言应用于文艺的目的就是要通过文艺来创造美的世界。所以在冈崎义惠看来，语言的研究也就只能是辅助的意义而已。冈崎义惠同时也认可语言是美的承载体，认为这是语言本身的性格所决定的，但是所谓语言美学的提法终究只能是语言学或是美学而并非文艺学的研究。比如语言也会应用于日常会话，其中也不乏有语言美。这就好比机械也有机械美一样，如果要研究机械美，那多半不是机械学更是美学。自然美、历史美等一样，是作为研究物的美，而不是通过艺术创作的意图所表现和具有的美。当然，就算是机械、语言，如果研究的是意图表现的美，自然也可视为工艺美术或文艺，那么相关的研究也就归于艺术学了。意图的艺术创造的语言的美学，就是文艺学。所以，语言美学的某些部分和文艺学相重合相交错，而不重合的部分就是辅助的意义了。

在语言学的研究中，对于文艺学的研究而言，最不可或缺的最有助于文艺学的研究的准备工作，就是与解释相关的部分。其中有很多涉及语义、语法相关的作业研究，此时就必须要运用到语言学的成果，真正出色的语言学的研究成果于文艺学而言是相当必要的。解释的方法中加入美的观点的做法在语言学中也可觅踪影，这种情况下就是语言学和文艺学重合的部分。但是再怎么有重合的部分，这也始终是两个不同的学科，只不过是有部分交集而已。而不是一个是另一个的基础，或一个是另一个的上层建筑的关系。如果将语言视为一种有其自身目的的文化现象，则二者是平等的关系，但是从语言作为文艺的必要道具而言，语言学的成果对于文艺学而言也就带有了一种准备道具的学科的意味。与上述通过鉴赏文艺作品进行文艺研究相比，在进行文艺创作的时候，语言究竟充当了什么角色，起了什么作用这一点，在研究文艺学的时候也是必须关注的，也就是说必须要重视语言表现里相关的语言学的成果。

但是语言学具体到各国语言学时，对于各文献的解释、各个作家的语言活动的深入、精细的探究也是有力不从心之处。更多的是以某一国语的全盘的研究或是某一时代的语言研究为中心的。各个作品的解释则通常在文献学的研究领域进行。也有人将文献学视为文艺研究的基础作业，但和其他诸学科一样，文献学其实也是辅助学中的重要一环。

3. 文艺学与文献学

我们知道，冈崎义惠师从国文学大家芳贺矢一，毕业于国文学的最权威研究基地东京帝国大学国文学专业，他所提倡的"日本文艺学"虽然不同于近代国文学，但也绝非完全另起炉灶，而是建立在自身国文学的深厚功底和对其充分理解之上的，是既兼收并蓄又独树一帜的结晶。关注"日本文艺学"和国文学之间的论争可以让我们更加清晰地把握"日本文艺学"的本质和特征。

从学术的立场来看，今日的国文学和"日本文艺学"的不同点主要在于"日本文艺学"对于处于国文学比较中心的研究领域的文献学、书志学、非学术的鉴赏与批评，国语学的解释、风俗史的穿凿附会以及其他的杂学的要素的摒弃。正如第一章所提到的，文献学在一定意义上几乎就是近代国文学或者说以芳贺矢一为代表的近代国文学的代名词。

冈崎义惠对于文献学进行了深入的考据。指出文献学本是Philologie 的译语，在日本出现在明治以后。文献本来指记录古代的文物制度的书籍以及精通此项的人，但是文献学中的文献主要价值就是记录在文书里的东西，通过这些来认识过去的文化的学科就是文献学。Philologie 本来是德语，来源于热爱语言或是学问的希腊语 philologia（philog＋logos），收集古代希腊、罗马的文书，并以了解当时的文化为目的，但因为对其而言语言的注解是重要的作业，在英语中的 philology 主要指的是语言学。所以虽然开始时以研究古代文书为主，但是在各国都已经演变为研究古典，现在就成了借助于文献了解过去的文化遗产，这比起确立这一学科的基本定义宽泛了许多。具体到中国比如考证学，具体到日本则近代国文学是可以当之无愧的。文献学就其本质而言，就是要认识文献本来模样的原典学，那么所有以文献为对象的文化科学都必须经过这道门槛，所以凭借这一点也有观点认为文献学是基础学。这是一种极为重视语言、文献之机能的立场。文献是文化遗产的重要部分，作为文书、记录的意义对于文化传承而言是非常方便和起到媒介作用的，而在关注蕴含在其中的文化价值、注入真、善、美、圣等等方面时，文献自身的研究就不是文化科学的基础学，而是准备学科这一点就显而易见了。

冈崎义惠强调，对于文艺学而言，正确的理解文献是在其研究之初就必须做的准备工作，对于文献学的专门的研究成果应该予以重视。对此，冈崎义惠进行了实例说明，如《万叶集》的文艺学的研究方面就必须要借助于文献学的校订成果。所以，文献学即使在辅助学科中也是在更早阶段的辅助，在这一意义上而言文献学可以被称作准备学。这是从确定文艺作品的形态上而言，另外，还有一层含义也就是作为研究资料的各种大量的文献的准备工作。上述两重意义都能很清楚地看出，文献学并不具备基础学的性质。冈崎义惠还指出在很多情况下，如果某部作品的文献学成果不甚充分，那么文艺学也不得不在自己的研究领域继续进行这些研究。所以这种情况下的研究完全可以说是文艺学的准备。然而因为文献学在方法上是有其特色的，所以在一定程度上文艺学的研究是可以借鉴文献学的方法的，但也因为文献学所锁定的对象不同，故其中追究艺术的意义这一要素有所欠缺，对其而言这也不是必须的。文献学其本身的目的就在于对过去的认识的再认识，是通过记录进行文化史的研究，在这一点上它究竟独立出来的，还是逐渐解体同化在古文书史、思想史、风俗史、艺术史等等诸多学问中了呢。"日本文艺学"本来就具有不同于日本文献学这一学科的要素，最主要的，是文献以外的世界以及文艺性自身的问题才是文艺学所最为关注的。当然这两学科相互交叉互有重合这也是不争的事实。只是由于国文学涵盖了许多文献学中与文艺无关的部分，所以冈崎义惠提出与这些划清界限还是相当必要的。文献学中最显著的一点就是古文书史的研究（含书志学、本文校订等）。这可以视为文献学的一部分，不是将古文献作为研究材料，而是将其本身作为研究对象，从这一点来看，尽管它完全可以成为一门独立的科学，但仍然被视为文献学的一个部门，于是也成为了国文学的一个部分。不可否认，在"文艺学"的研究过程中，进行文书的调查、批判等在一定程度上也是必须的，然而它终究不过是进入正题前的准备作业，是辅助学科而已，与文艺性的关系不甚密切的那些地方完全没有必要过多地深入。所有的文书只要其与文艺相关都是要被研究的。这应该是来自于古文书史的统一的观点。如果被整理出来的文献是有着文艺的意义，那么可视为是文艺学领域的研究。作为本文批判的根据只要与该艺术的意义有关，就如同文艺学也参与到本文批判一样，实际上完全可视为是古文书史运用文艺学的成果，正如将本文回归原典的作业一样，都被视为古文书史的分内之事，从而使古文书史和文艺学这两个学科关系复杂化了。而实际上，文艺学和古文书史的研究成果是可以互相借鉴的。不过从当时的情况来说，必要的准备工作也许还是古文书史的研究工作，这在史学中，都是从史料的吟味入手，但是却不是文艺学的中心工作。当然成其为文艺学研究对象的"文艺"有很多是以文书的形态存在的，当然文书的研究也蕴含着是文艺的形态学的一部分这样一个要素，然而如果与文艺性并无直接关系，那么从这一点而言，就应该将其归于一般古文书史的范围。冈崎义惠举例说到很多的传本的体系问题，指出这些与一般文艺性没有关联，因为仅仅是从文书的意义来进行考虑的事项，其精密的考证立足于古文书学的原理，所以就应该从属于古文书史的范畴。因为真正的文艺学者所要从事的并不是对于类似单纯的书志意义的研究和工作。

另外，以往一直被涵盖在文献学底下的文艺研究，从对古代文献的解释到涉足于美的内容的例子也很多，从这一点看来的确和文艺学的业绩相重合了。比如国学者的贺茂真渊对于《万叶集》、本居宣长对于《源氏物语》的研究都是如此，而本居宣长更是总结出了"物哀"的这一美学范畴。这些成果在很大程度上启发了冈崎义惠对日本文艺的样式和日本式的美的研究。虽然如此，但这些仍旧不能称作纯粹的文艺学的研究，归根结底还是文献学中进行的工作和获得的成果。如果从文献学中将其他各学科所独立进行的研究成果排除在外，单单强调和历练文献学的原典研究，那么它与文艺学的重合点就会少之又少了，也就是剩下了文艺学的重要的辅助学科的一席之地了。这在现代化学科的划分和独立过程中是自然而然的事情。冈崎义惠决心树立的文艺学，是一门与"国文学"所包含的国语学的吟味、风俗史的调查、主观的鉴赏之类的划清界限的学科。

另一方面，文艺学的研究成果反过来也同样能够对于文献学的研究有帮助作用，有些情况下需要二者的相互扶持才能获得作品的形、形态。这一点，文献学也经常有所提及，总之二者关系还是很密切的。与其说文艺学和文献学是对立的，莫如说是亲密的相互提携的关系。但是对于文艺学而言，文献学的辅助含义使得二者非亲非师，也非姊妹艺术的学科般的兄弟朋友关系，而是助力者、后援者的关系。当然如果没有这样有力的后援，文艺学都几乎难以成立、出发。

4. 文艺学与史学

20 世纪 30 年代左右，风卷景次郎、石山彻郎首先就日本文艺学和日本文艺史的关系展开论述，石山彻郎的日本文艺学将其学科主体和方法混为了一谈，所以，虽然言必成日本文艺学，但究其实质却与国文学并无二致。石山彻郎主张以日本文艺史取代日本文艺学的日本文艺史的优先论，这在有意识地关注日本文艺学和日本文艺史的关系这一点上是有着历史性的意义的。正如实方清在 1961 年写的论文《日本文艺学的理论主义与历史主义》中，对于日本文艺学的主题及其方法所论述的，如果对于学和方法的关系不清不楚，则日本文艺学的理论就无从得以成立。也就是说在日本文艺学中，日本文艺学是主体，日本文艺史则是其研究的方法，这一点是一目了然的。在对史学与文艺学的比较过程中，冈崎义惠同时还将文献学与史学的问题加以了澄清，因为这二者在很多情形下是难以一分为二的。

文献学可以被视为史学的一个部门，或者可以认为它是与史学有着相当多交集的学科，然而史学与文艺学的关系更为重大，处理起来也更为困难。文献学作为文献自身的研究可以视为是史学的一部分，又或者对于史学而言是进行资料研究的准备学科。虽然文献学和史学二者之间的不同之处是不容忽视的，但如果从更广义上去理解文献学即认为文献学是通过文献认识过去的文化的话，那么文献学几乎就和史学合而为一了。

　　文献学本来就是源自对希腊文化的追慕，日本的国学、中国的考证学也都是立足于对古代文化的景仰和热情的。对于过去的追溯体验正是文献学的性格，而且该对象还是被视为黄金时代的某一时期的人生观的产物。史学当然也会体现这样的性格，但是史学是对过去一点固定视之，而且与复归和向后看的态度相比，史学更重视从现在往后到下一个现代的发展和变化。探究其中发展变化的原因，以从中找出某种必然性的规律并加以确认为目的。这一点表面上看来似乎是回归到过去，实际上却是肯定从过去到现在、从现在到未来的演变的世界，并从这一转变自身中发现价值所在，然后便心满意足。文献学则是将现在投入于过去，并试图与过去合而为一，史学则是从现在去把握过去，根据过去所指出的方向再去把握和创造现在。对于文献学而言，过去就是固定的模型，是已经实现了的理想的雏形；对于史学而言，过去是现在和今后发展和变化的指导者、促进者。将世界视为流动的并居于流动中的史学和认为该流动毫无价值而将重点放在潮流的源头的文献学，从根本上就是不同的。那么文献学相对于史学又是处于怎样的位置呢？

　　文献学是认可某一固定的过去的文化的价值，通过文献回归其中。史学和文献学也有异曲同工之处，即投身于变幻流动的世界的连锁中。无论文献学还是史学，都是对其对象的世界全面肯定，正因为是其研究对象，所以无论其间有文艺现象还是缺乏文艺现象，都一视同仁的作为对象处理。那么文艺作为研究对象出现可以说是纯属偶然，而不是有被文献学或史学选为研究对象的必然性的。如果特别从过去的历史事象中甄别选择了文艺，那就必须要问几个为什么，为何、什么依据做出的选择以及选定对象的原理为何？对此，文艺学的回答就是基于美学原理。因为基础学是美学之缘故。这正是文艺学与没有美学基础的文献学、史学的研究领域的不同。

当然，即使是文献学，在对待如希腊叙事诗时，也会认可其中的文艺的价值，并进行相关的研究。在史学领域，有像李凯尔特①着眼于对文化的价值关联进行个性的把握，立足于史实的人，这时尤其要把握的是文艺的价值关联的世界。此时的研究就和文艺学的研究不谋而合了。冈崎义惠对于这些交集的部分给予了充分的肯定，但同时也指出这些对于文献学或史学而言仍属特殊情形，更多的时候是不同的。比如将希腊叙事诗和《万叶集》作为文献学的研究对象时，虽然对于阐明文艺的价值也不能说毫不顾及，但它们所试图认知的更多的是其中包含的总体的希腊时代的文化或万叶集时代的文化，而不是文艺学所期望探究的作品之所以为文艺的内在特质。

史学的情况也大同小异。比如以过去的文艺作品为对象，即便是为了对其相互间的价值关联进行认可，如果纯粹是源自文艺理论的关联，那也就成了文艺学的体系了。但史学对于其关联仍是注重影响关系，那就变成了探究能够将发展演变为其他的某种力量导致的文艺的流转的相了。如果该影响力还纯粹是文艺领域中的美的作用的话，那还和文艺学别无二致，然而史学的特色就在于对于作用关联，不是仅仅止步于美的价值自体的领域，而是强有力的作用还引导向美以外的方向发展。放眼政治、经济以及其他的社会的机能。历史的社会的方向也能追溯至该作用的关联。这就不是文艺的价值关联，而明显是涉及到了探究历史的动因。这样一来，再次回顾李凯尔特所谓的价值的关系的把握，我们可能会对于其实际上还是在谈及史学的本质这一点恍然大悟。史学的统一原理不是文化的价值的内面的连锁，是基于人类的权力意志的作用关联。从根本上来看待史学的态度的话，它自然规

---

① 李凯尔特（Heinrich Rickert, 1863～1936），德国哲学家，德国西南学派的代表。阐明了文化科学相对于自然科学的特性。主要著作有《文化科学和自然科学》。

避纯粹地由美的价值关联去统一过去的文艺现象，而多趋向于将文艺置之于因强力的社会的动力发生的流转之中。不可能要求史学来进行纯粹文艺的世界的统一。

冈崎义惠通过上述对史学以及文艺学的立场的相异的考察，指出文艺史学的成立依据也已经岌岌可危了。如果所谓的文艺史学是纯粹以由文艺内部的价值关联所体系化的世界为研究对象，那也就是文艺学的历史的样式的研究，或者说是史的文艺学。也就是发现文艺的自律性，以文艺的价值的自我释放来统一过去的文艺现象。这似乎没有必要用到文艺史学这一名称。与此相反，作为文艺史的史观，如果文艺是放在与其他诸多的社会现象的相互作用中发展变化的，那么就类似于纯粹的史学的方向了，而不应该是文艺自己的历史。如果非要把文艺塞到一般的历史——世界史东洋史日本史或是具体到如奈良时代史——中去的话，那么就会被历史的一节一节切得支离破碎。而又不可能有仅仅是文艺统一的历史。所以，文艺史学的成立就很成问题了。

史学上的文艺研究不是一个独立的部分，而是在全盘的历史事象中去进行的。那么这也不是真正意义上的文艺研究。文艺自然也是历史现象的一个部分。但是这样的研究不是像文艺学似的有着统一的学科组织、体系，那么就只能是断续的、片段的、各自的研究，将这些研究成果汇集在一起就好像是集邮票一般的业余的、兴致所至的组合。这样的研究在史学领域必须要归于日本史或英国史、奈良史，也就是统一到某一历史的个体的单位中去，在文艺学领域，则要被视为个人样式、时代样式等文艺学对象去体系化。此时，文艺史的体系化的根据就无从得知了。以往假文艺史之名所从事的研究或工作，不过是对史学的材料某些片段的研究的整理。如果非要统一到史学领域的话，也是文艺史更名副其实。

在史学领域，统一有序的文艺现象的研究成果多被赋予了与社会的动力之间的联系，并给予其一定的社会的位置的形式。对于十分明显的文艺与文艺之外的现象的关联这一点，也可以看到其对于文艺学的辅助的意义。当然，单就史学的实事确定这一点，对文艺学也是有贡献的。史实的精密的确定对于文艺学的实证而言提供了重要的资料。文艺学自身也必须进行实证的研究，这一方面是与史料学有交集的，二者是相互协力的关系。实证方面自然无需多言，从史的体系的这点上，史学在上述意义方面也是文艺学的重要的辅助学。至于文艺史学，由于交集的问题，文艺史的成立根据还值得商榷，只能说是介于史学与文艺学之间的半科学的研究状态。

因为史学本身的成立根据众说纷纭尚无定论，相对于自然科学、哲学，史学的成立的确是一大问题。比如文化史学。史学的中心地带应该在于将人类的权力意志所出现的社会变动，统一在该根本动因的力量之下，将人类世界和社会在该意义上的作为作用关联体系化。文化现象自然也是参与其中的，但是至少现如今似乎并不能成为根本的动力，因为始终还是政治、经济、军事的动力为中心。史学所擅长的也正是这些方面的研究。

同时，对于当时流行的极端的历史主义即认为人类社会就是物质的权力意志的历史，而否定了文化意志的存在（要求普遍妥当的精神文化的价值）的观点，冈崎义惠是持否定态度的。指出文艺学万万不能以此种历史主义来作为辅助的，更确切地说是站在完全对立面上的。当然，冈崎义惠认为历史主义者的研究几乎是不能通用于任何时候的真理，是一种梦幻般的行为的这一观点是有失偏颇的。

5. 文艺学与文艺史、文艺理论

首先我们应该明确，和中国一样，文艺学在日本同样也是舶来品，诚如冈崎义惠在《文艺学的研究》一文中开篇所提到的，"文艺学一词是大正末年才作为德语的译词被通用的"①，前面我们曾经提过，在英语、德语、法语中不笼统地使用"文艺"这一概念，如在英语中，文学（Literature）和艺术（Art）是两个概

---

① 冈崎义惠：『文芸学の研究』、『国文学　解釈と鑑賞』，日本文学研究法，第31卷第10号，1966年版，第20页。

念，而且对艺术的研究也好，对文学的研究也好，一般都称之为"理论"（theory）而不称之为"科学"（science）。在德语中研究艺术的学问与研究文学的学问也分为两科，但都以科学名之，称"艺术科学"（Kunstwissenschaft）和"文学科学"（Literaturwissenschaft），也有译为"艺术学"和"文学学"的。而我们一般所理解的文艺是狭义的理解，也就是理解为文学，因此所谓"文艺学"也就是专门研究文学的学问，这一点基本是相通的。而一般认为，文学的研究也主要集中在三个方面：文学史，文学批评，文学理论。但是人们习惯上也把文学理论叫做文艺学。那么，冈崎义惠在强调日本文艺学时，对于它与文艺史、文艺理论的关系又是如何理解的呢？

对于这三者，冈崎义惠首先根据学术常识来考虑，指出文艺学势必是进行理论的、体系方面的研究，确认文艺的永久普遍的本质，设定其类型和系列，并检讨我们的生活相关的应用方面的作业，而文艺史则是确定文艺的现象的事实，从因果关系上究明其发生和发展，剔决从原始的文艺到现代文艺的演变的动力，指出明日文艺的方向的作业。然而在这层意味上，"文艺学"与"文艺史"毫无疑问是相辅相成的关系。"文艺史"由"文艺学"提供文艺的意义的基础的确立，"文艺学"则靠"文艺史"提供所必需的研究素材，可以说，二者从一开始就难舍难弃，虽然这两种相辅相成的学科在各自的领域都能得到认可，但是如果都以"文艺"为研究对象，并希望统一成一个学科，即对体系的文艺理论与史学的文艺研究兼收并蓄的话，对这一综合性的学科，我们应该给其定名谓什么呢？相较于"文艺史学"而言，还是"文艺学"更加妥当吧。"文艺学"这一定名既包括理论的（体系的）研究，又包括史学的研究。狭义的理解，"文艺学"指理论的体系的文艺学，广义的则涵盖文艺史，包括文艺这门学问的全体。故广义的"文艺学"应该包括理论的文艺学、文艺史、文艺学史等在内。在本书中，狭义的"文艺学"用文艺理论、体系的文艺学等来代替。

当时的德国有些学者认为，文艺学的理论和史学的两方面是不可混同的，但冈崎义惠则提出有时候硬将二者分开也似乎不合情理。因为放弃文艺史的文艺理论，因为没有文艺史的事实论证，对于文艺史学家而言好比无根之萍，而放弃文艺理论的所谓文艺史，可称为历史但不是真正的文艺史。所以，冈崎义惠认为对于以研究日本文艺这一特殊的文艺现象为己任的文艺学者而言，应该考虑的就是如何将文艺理论和文艺史综和统一起来。当然，这从学术的方法上而言确实是一件至难之事，如果搞得不好，就很容易陷入混乱的局面。但是，调和理论的认识和历史的认识的分裂乖离，也并不是毫无办法。对此，冈崎义惠建议应该在"文艺"的领域勇于承担这一天职。对于"文艺"的本质，则应该力避仅以现今的文艺现象或学者个人的文艺嗜好为着眼点，而应该包括有史以来的，以及现如今或今后方兴未艾的文艺现象，在这一全盘视野上来建立和树立它，唯有通过不懈的努力去开拓进取。在这一意义上，冈崎义惠明确告诫那些执著于自己的主观的文艺作家、以及文士型的文艺学者，或是好事的文艺研究者，是成不了一名真正的文艺学的研究者的。当然，执著于某一时代的文艺史、某种类型的文艺样式的考究和讨论，而缺乏广阔视野的偏下的文艺史家，也是成不了一名真正的文艺学的研究者的。

在《日本文艺学》的后记中，冈崎义惠坦陈：给此书定名为"日本文艺学"并非毫不犹豫，着实是思量着其他任何名称都不会比之更恰当，故仍做此一搏。可见，对于将自己所倡导的新兴学科如何命名，冈崎义惠也着实是思量良久的。和其他任何名称相比，既然已经冠以了"日本文艺学"的名字，就意味着这一学科是历史和理论的体系研究相结合的。不参与到一般文艺的本质与体系中，而仅仅对某一事实的考证在此是毫无意义的。与日本的历史的事实无关的一般文艺理论也不属于此列。摒弃了"日本文艺史"而采纳"日本文艺学"的这门学科，其终极目的就是比起究明历史的事实而言，更看重文艺的本质的究明。这是无可否认的事实。摒弃史而选择学的深层根据也在此。所以研究这门学问的人所要具备的素质，首要的便是对文艺的热爱和对文艺的秘密做深入探究的求知欲。在对多个历史事实进行的辨析和探究时，不可忽视其中也许是稍瞬即逝然而对于文艺却有着影响和意义的历史。进行文艺史的研究时，为避免陷入诸如语言史、道德史、风俗史、政治史等等其他，文艺史一定要将其最后的目标锁定在文艺理论上方才可。对此持否定态度的人，其实是从一开始就已经从文艺研究的问题上辍手了。对于把根据放在文艺本身的爱和智上的研究人员而言，历史其实不过是一种手段，通过历史来确认文艺的动力和体系。对于这样的学者，"日本文艺学"比"日本文艺史"更贴切。在这一问题上，冈崎义惠举了尽人皆知的"国语学"的例子来进行说明。对于质疑"日本文艺学"的人反问道，如果将"国语学"改为"国语史"是否可行呢？道理是一样的，因为"国语学"的研究终极目的是要探究国语本身的本质及其潜在的神秘，是要对亘穿过去现在未来的国语之力做一彻底深入的研究。进而指出既然允许"国语学"的存在，那么即便研究对象是特定的某国文化现象，那么称之为"日本文艺学"应该也无不妥之处。

如果对日本文艺的研究仅止于作家、作品、思想内容等的发生的原因及其影响的话，那么"日本文艺史"也还是恰当的。其中认识普遍的文艺性，思考其作为文艺的类型所包含的意义，把握正如日本文艺样式所标明的日本文艺独自的统一点，究明其内部构造中存在的特殊的体制，并由此来确认日本文艺在一般文艺体系中所占的位置，那么"日本文艺史"一名就很难涵盖如上内容。另外就算是在进行具体的作品的解释和批评时，应该进行历史的、联系作者（更严谨的说包括该作者的各个时期）、那个时代的读者，甚至包括其后各个时代是如何解释和如何批评的，要阐明这一事实"文艺史"也不能胜任。文艺研究到最后，如果是文艺性的问题，光凭史学的态度是解决不了的。无论是国学者（而且主要是文献学者）还是持唯物史观态度的人，如果是站在彻底的史学的态度上，那他们对于解决文艺性的问题注定是力不从心的。通过上述分析和论证，冈崎义惠承认，日本文艺正如其名所示，是研究文艺性的历史的存在样式的作业，史学的态度和理论的态度两方面该如何融合如何取舍，的确是个棘手的问题。但是与其将这一学科定名为"日本文艺论及日本文艺史"倒不如索性为了统一，简单明了的采用"日本文艺学"为上。

总而言之，"（文艺学）可以理解为是与绘画论、雕刻论、音乐论、演剧论等等并列并居于美学、艺术学之下的一个部门来考察比较合适。"[①] 可见，冈崎义惠对于日本文艺学的学科定位，在纵向上是居于艺术学、美学之下，横向上是作为文学与部门艺术并列的，也就是说它们分别是研究文学、绘画、雕刻、音乐、戏剧等的特殊美学规律的学科，同时指出"要凸现文艺的美的本质和作为艺术样式的特性等是非它（指文艺学）莫属的"[②]。由此，日本文艺学的实质和核心是文艺美学性质的这一点已经清晰可见了。通过对基础学科和辅助学科的逐一论证，冈崎义惠初步实现了对"日本文艺学"这一新兴学科的学科厘定，比较明晰地界定了学科范围，为这一新兴学科的真正树立成立并逐渐完善奠定了坚实的基础。

三、"日本文艺学"的研究对象与方法

我们知道，"日本文艺学"是冈崎义惠针对近代国文学而提出的，在当时而言，这是倡导以科学的方法对日本文艺进行系统的评价和研究的一种新主张。一门独立的学科不但要有明确的学科研究对象，还必须有一种与之相适应的科学的研究方法。日本文艺学在当时的日本之所以显得特立独行，除了它所界定的学科研究对象的特殊性质之外，其研究方法也一直是学界所争论的一个焦点。那么这一新兴学科究竟应该如何科学而系统地去进行研究呢？我们首先应该了解，文艺学作为一门现代学科，自然具有一般科学的性格，但另一方面，学科的性格又是由学科的研究对象所规定的。所以，既然已经明确了文艺学是以文艺为研究对象

---

① 冈崎义惠：『文芸学概論』，劲草书房 1978 年版，第 20 页。
② 冈崎义惠：『文芸学概論』，劲草书房 1978 年版，第 22 页。

的一门学科，与一般科学相比，它必定同时具有作为特殊学科的性格。也就是说，文艺学的这一特殊性格就是由其具体研究对象——文艺来决定的，那么研究方法顺理成章地自然也应该由学科对象、学科性质来决定。

文艺学作为一门现代学科，毋庸置疑有着自己的研究对象和方法。冈崎义惠指出，和其他一切科学一样，文艺学的研究对象就是真理，探究真理就是科学的目的，强调作为探究真理的方法，必须采取高度运用人类的理性的态度。对于研究人员的理性，冈崎义惠概括为理论、实证、直观[①]这三个方面。然而这缺一不可的三者在具体的研究工作中究竟应该如何运用，具体地说就是孰轻孰重、轻重缓急应该如何把握呢。对此，冈崎义惠认为这些应该根据研究对象不同来具体操作。

1. 哲学与美学的研究方法

哲学的方法是把握真理——也就是把握人类的精神文化的价值的根据，它的方法可以说主要是靠论理和直观，而实证方面比较少。冈崎义惠归纳说这就是作为以精神文化为研究对象的科学的基础学科的性格。而文艺学正如我们在前文中所提到的，是以精神文化的表现之一即由美所创造的世界为研究对象的，所以冈崎义惠一直坚持文艺学的基础学是且只能是美学（这一点，我们在本章的第三节中会有详细的论述），而美学则要是靠论理和直观来究明美的真相的。对于美学中的美的研究成果，冈崎义惠认为正如同数学中的定理和公式一样，既抽象又有直观的成分。而"美的价值究竟由什么决定必须要依靠哲学的原理化"。[②]

具体到美学而言，冈崎义惠指出如果过多地吸收了经验的事象的研究，就容易流于美学的资料调查或是美学的应用研究。当然，要决定美的价值是必须要留心和注意不悖于经验的事实的，是应该以经验的事实为参考和材料对美的世界的构造进行考察和

---

① 冈崎义惠：『文芸学概論』，劲草书房 1978 年版，第 2 页。
② 冈崎义惠：『文芸学概論』，劲草书房 1978 年版，第 5 页。

研究的。此时可以充分利用种种可视为美的体验的具体的研究成果。在此，冈崎义惠又提醒我们注意，这种经验的事实的研究本身并不是美学的研究或工作，仅仅是心理学的成果或社会学的成果而已。另外，美学同样有着将美的原理适用于具体的现象，并验证是否能够适用应用方面的内容也是事实。接着，冈崎义惠对于美学和艺术学进行了辨析，指出如果是逐一列举具体的美的现象并对其美的意义进行说明的话，这已经接近于实证的方法方向了。但是这种做法要落实到非常精密地、全面的、具体的现象中去的话，对于研究根本原理的美学而言，首先是不可能也是不现实的，即便这一做法作为全面的科学研究体系化，也只能是旁的学科，也就是艺术学。

对于美学作为其应用方面，根据美学的原理对美的现象进行说明的工作，冈崎义惠认为这属于验证美学的原理的确实性的工作，或者是对解明美学原理的必要范围内的研究。举例说明，比如要验证诸如崇高或悲壮等美的范畴，为了探究其本质，一般的做法往往是从自然美、艺术作品等中选出几个崇高的代表，对其间的所谓崇高或悲壮的美进行相当精密的解析吟咏。然而如果妄想要对所有自然和艺术中存在的崇高的美一一进行说明是不可能的，同样如果对于悲壮的说明采用把古希腊以来的悲壮剧全部研究一遍的做法，也肯定是背离了美学的领域的。就美学而言，这些做法完全是没有必要的，如果实施了，那就不再是美学而估计是艺术学或旗下的演剧学、文艺学了。

对于这样一门还比较年轻的学科，冈崎义惠认为美学领域的研究成果还并不充分，在肯定艺术美的研究现状在艺术各部门都在进行，并被统一到了美学的旗下，有了一些成果的同时，也指出了对自然美的研究还不成体系。美学中的艺术各论就是艺术美的成果，所以当时学术界也有观点提倡艺术学的独立，冈崎义惠认为提倡艺术学独立的人多存在要将艺术从美学中分离出来的倾向，严肃地指出这样的考虑是不正确的。在他看来，艺术学应该作为一门以美学为基础学科的带有应用性质的学科而存在，同样的道理推及至文艺学，也就是说应该在这样的艺术学中来认识我们所说的文艺学。

2. 文献学的研究方法

我们首先来看看在众多学者眼中几乎等同于近代国文学的文献学的情况。文献学是明治以来出现并流行于日本国文学界的 Philologie 一词的译语。文献本来指记录古代的文物制度的书籍以及精通此项的人,但是文献学中的文献主要指的就是记录在文书里的东西,通过这些来认识过去的文化的学科就是文献学。Philologie 本来是德语,来源于热爱语言或是学问的希腊语 philologia(philog+logos),收集古代希腊、罗马的文书,并以了解当时的文化为目的,但因为对其而言语言的注解是重要的作业,在英语中的 philology 指的是语言学。所以虽然开始时以研究古代文书为主,但是在各国都已经演变为研究古典,现在就成了借助于文献了解过去的文化遗产。比起这一学科的具体定义宽泛了许多。简而言之其本身的目的就在于对过去的认识的再认识,因为要通过记录进行文化史的研究,那么必然与古文书史、思想史、风俗史、艺术史等等诸多学问互相交叉互有重合,文献学研究最显著的一点就是古文书史的研究,包括书志学、本文校订等等,对此冈崎义惠曾一针见血地指出,"古文书的搜索、文书批判、校核注释等无一例外都是立足于文献学的(是属于文学的)外部的研究"[①],也就是将古文献本身作为研究对象而非研究材料,而此种"将日本文艺视为素材并从作为素材的资料中去研究和评论各种各样杂多的所谓学问"[②] 把文学仅仅视为历史文献资料,而并非视文学本身为学科研究对象,这从根本上就不符合文学研究的内部要求和客观规律。与此相对,文献以外的世界以及文艺性自身的问题才是文艺学所最为关注的,换句话说与国文学(文献学)仍局限于文学的外部研究相比,当时的"日本文艺学"已经开始将目光转向了文学的内部。也正如实方清所评价的

---

① 冈崎义惠:『日本文芸学』,岩波书店 1941 年版,第 60 页。
② 参见实方清:『日本文芸学の主体と方法——重ねて文芸学の対象と方法について』,『日本文芸論集』(山梨英和大学),1991 年 12 月。

"'日本文艺学'是在文艺性上认识日本文艺（将其置于文艺性上去认识），是使文艺性本身在学问中体系化"① 的科学研究文学的学科。当然，"日本文艺学"也并不否认，在文艺学的研究过程中，在一定程度上也需要对文书进行查证、批判等，然而这些终究不过是进入正题前的准备工作，按照冈崎义惠的说法，这些只是辅助学科而已。与将所有与文艺相关的文献、资料进行彻头彻尾的研究相比，文艺学则认为，如果与文艺性的关系不甚密切的则无需过多的深入。也就是说文艺学可以在一定程度上借鉴古文书史的研究成果但绝不等同于文献学研究。诚然，作为文艺学的对象，"文艺"有很多都是以文献的形态存在的，对文献的研究本身也蕴含着文艺这一要素，然而如果与文艺性并无直接关系，那么也就不成其为文艺学的研究，所以冈崎义惠认为，立足于古文书进行精密的考证、批判、校核、注释，以及对古籍典故风俗等追根究底等单纯的书志意义上的钻研，并不是真正的文艺学者所主要关注和身体力行的。虽然从当时日本学界的具体情况而言，更多的学者热衷于的仍然是从史料入手的古文书史的研究工作，这些固然是文艺学的必要的准备工作，但却不是文艺学的中心工作，而文献学的研究方法有可以借鉴之处，但绝不能照搬照抄地应用到文艺学的研究当中。

3. 解释学的研究方法

国文学中的另一大派系解释学又如何呢？首先需要指出的是，一切的表现物都可以成为解释学的对象，即使具体到传统的国文学研究中，其实际的研究对象也并非只是文艺而已。基于国文学的"杂学"性质，相关解释、研究或仅仅停留在语义解释（语释）的阶段，或仅仅针对其中所表现的某种思想方面，而这些在冈崎义惠看来应该分别归属于国语学、国语史或是"日本思想史"的领域而并非货真价实的文艺研究。另外如国文学中的涉

---

① 参见实方清：『日本文芸学の主体と方法——重ねて文芸学の対象と方法について』,『日本文芸論集』（山梨英和大学），1991 年 12 月。

及风俗、制度等方面的研究，自然也应该有其各自所属的研究领域。冈崎义惠举例说，如果是对某一物语的某一章在文法的关系上该如何做出解释之类的问题，自然应该是在国语学的研究领域来进行解释；而关于某一节究竟表现了佛教思想还是表现了儒教思想之类的问题，则应该从思想史的角度去进行考察等。

　　解释学在国文学研究中多体现为文艺批评评论的形式，这一领域在国文学中也一直占据着重要的地位。文艺评论简单地说就是对文艺作品进行解释、鉴赏和评论（价）的工作，对此，冈崎义惠首先肯定和指出即使在"日本文艺学"里也不能否认其重要性。然而，"解释学"的研究对象未必都是文艺的，一切的表现物都可以成为解释学的对象，除文艺之外，法令、数学等也无不需要相应的解释。所以，有"文艺学"参与的解释，应该是对某对象的文艺的意义的把握和阐明，通俗地说也就是对作为文艺，它所表现出的是什么这一点的解释。对此，冈崎义惠举了几个例子，诸如某物语究竟是悲壮或是哀愁亦或是令人感铭至深？某诗歌的一节是应该解释为象征还是仅仅是感觉、印象的再现？某诗句的音数是5、7、5还是221、2221、212？认为诸如此类的对于美的意义的解释，就已经可以视为是文艺学解释的萌芽了。如此看来，在文艺学的范围内，一般解释学与文艺学的解释可以互为辅助和补充，"解释学"和"文献学"一样，在各自的方法上都是有特色的，解释学的方法也完全可以纳入到"文艺学"研究当中去。对于究竟何为解释，冈崎义惠认为那种只把词语释义、文法的解释视为解释的人，和反方面的认为一切的解释都是文艺学的解释的两种做法都不可取。为此，还特意提到了日本的古典作品，也就是日本第一部诗集的《万叶集》。作为日本古典文学作品的杰出代表的《万叶集》自然是后人争相膜拜和研究的对象，如前面所提到的"国学"开创者的僧人契冲就是主要通过对《万叶集》与古代假名的深入探讨，从对此前的和歌内容、思维方式等考察入手，总结出了"国学"的研究方法。而要真正树立起"日本文艺学"这一新兴学科，决不能无视这一经典文本的存在，而是应该应用科学的研究方法和手段对其进行考察，使这一学科科学系统的理论密切联系实际即具体的文艺作品，从而迈出完善这一学科的坚实的一步。冈崎义惠决不认可"日本文艺学"对于《万叶集》大包大揽地进行研究，不能因为《万叶集》在很大程度上在文艺性方面有其存在的价值，《万叶集》的非文艺性的侧面也要并到"日本文艺学"中去，因为《万叶集》这一文献并非是除了可以从其文艺性的一面来审视之外别无他物的存在。同时他也强调了"文艺学"所研究的并不仅仅只是某些文艺的片断的部分而已。所谓对某作品进行"文艺学"的解释，其终极目标在于追求其文艺意义上的统一点，其间由种种观点衍生出的解释都应该从属于上述目标。比如《万叶集》的文艺学的解释可以以《万叶集》中的歌作为艺术品为单位，长歌、反歌抑或是将某首反歌作为独立的来看待，数首的短歌是作为连歌来看待，还是应该作为每一首具体短歌的集合来看待……等等诸如此类。关于这一点我们从《万叶风的探究》（昭 35 宝文馆）就可窥知一二。其中的论文包括：《对〈万叶集〉的美的探求》、《〈万叶集〉的美的思潮》、《叙事性与抒情性》、《抒情的展开》、《男性美与女性美》、《季节的表现》、《咏物之歌》、《人麿的羁旅之歌》、《人麿的长歌与短歌》等，从上述有关《万叶集》的文艺学的论文我们可以发现，这是对某一具体作品或是某类作品结果属于何种美的范畴的研究，以及对于其具有何种独特的美以供鉴赏等过程的体系探究。这其间自然不可或缺语学的、思想史的、风俗史的以及其他一般文化史的解释，只是这些全都是研究的素材，是作为准备阶段的工作来考察的，然而研究的主体最终仍旧归到对美的意义的把握上。

当时，日本学术界占据主导地位的仍然是沿袭英、法体系的名为文学概论、文学论的文艺理论或是文艺体系的研究。比如国文学者们往往将夏目漱石的《文学论》奉为"圣经"，尝试对具体的作品进行解剖、批判。除此之外，很多人主张直观地评价文艺作品、作家，重视个人主观意见，而不顾甚至无视学术的客观性，在当时的国文学界，借鉴赏批评之名所进行的诸如此类的研究仍旧十分盛行。"文艺学"的解释目的不仅仅在于追究某作品本来意味为何，而是对从文艺的意味出发，对所看到的统一与特性集中于同一个作品的认可，其中必然是有着文艺理论的根据的。某作品除其文艺的意味之外意欲表现什么则不是与文艺学有着直接关联的东西了。所以，解释学和文献学一样，在与文艺的这一点相关的范围之内与"文艺学"是相一致的，然而研究对象却是不尽相同的，这意味着文艺学与二者的研究方法是可以互相借鉴的。

四、"日本文艺学"与"文艺美学"

在《文艺学概论》中，冈崎义惠对于文艺学是这样定义的："文艺学作为精神文化学的一个部门，立足于美学的原理，浸透于特殊的历史事象，是探究其间语言表现体的意味并将其还原至美的意义的一门学问。"[①]　显而易见，无论是与近代国文学还是他派的日本文艺学相比，冈崎义惠文艺学旗帜鲜明地提出了"美学原理"、"美的意义"之于文学研究的意义，在日本开辟了从美学视角切入文学研究的先河。尽管冈崎义惠本身并非美学学者和专家，但其有关文艺学的著述都是在美学的基础上，并以探究文艺之美为根本目的的。如在《文艺学的研究》一文中，他将其在昭和 26 年（1951）出版的《文艺学概论》与夏目漱石的《文学论》相提并论，在推崇《文学论》是以夏目漱石自身的英国文学素养和心理学、社会学为基础的"堪称（此前）文艺学体系方面的最高水准"，"在某种意义上也许可以说是唯一的相关学术成果"的同时，强调"我是以本人日本文艺的教养和德国美学等为基础写下了《文艺学概论》……"[②]除此之外，前文也曾列举过其他论著，可以说，无论是理论著作还是作品分析，冈崎义惠所坚持的都是一以贯之的立足于美学传统。他所大力提倡的"日本文艺学"之最为显著的特点，就是试图将国文学研究与美学融合起来对日本文艺进行研究，其着眼点牢牢地锁

---

①　冈崎义惠：『文芸学概論』，劲草书房 1978 年版，第 11 页。
②　冈崎义惠：『文芸学的研究』、『国文学　解释と鑑賞』，第 31 卷第 10 号日本文学研究法，至文堂，1966 年 8 月号，第 21～22 页。

定在日本文艺的艺术性和美上，所以虽然命名为"日本文艺学"（为区分于其他"日本文艺学"，后人也尊称为冈崎文艺学，本文中如无特殊说明，均指冈崎义惠的日本文艺学），但其实质似乎可以用文艺美学来概括。

冈崎义惠文艺学的显著特征首先体现在其研究对象严格限定在基于美学的视点这一点上。冈崎义惠一再强调"文艺"一词实在是在欧洲各国语言中都无法找到对应的一个理想的学术用语。之所以理想是因为"欧洲的 literature，Literatur，littréature 等等词，听来几乎都是文献、文书之类的含义……然而用汉字'文艺'就能既简明扼要又恰如其分地把这些意思都涵盖进去了。"①所谓"这些意思"自然是文献、文书类所不具备的，也就是说汉语词汇"文艺"一词从字面上理解就是文学、艺术，而艺术又必然涉及到美和审美。冈崎义惠认定"文艺"一词之内涵丰富实在是妙不可言，所以融"国文学研究"与美学基础为一炉的"日本文艺学"的定名，也就顺理成章信手拈来了。我们从冈崎义惠在为这一学科命名之时的种种考虑就可以看出，此"日本文艺学"远非单纯字面意义上的"日本文艺学"，而是意图彰显"文艺"之字面以外的"美"的本质的，说明当时的冈崎义惠是有意识地赋予了其"文艺美学"的本质和重任的。

1. 西方哲学、美学背景

冈崎义惠所处的时代和环境决定了他所能接受和深受影响的是经典的西方的哲学、美学思想，包括狄尔泰、康德、黑格尔等人的影响。然而在承认狄尔泰的哲学背景的同时，冈崎义惠也强调其对狄尔泰反拨的成分更多。"德国文艺学的狄尔泰遗风正是我所不能苟同的，我所提倡的并非狄尔泰式的精神科学的文艺学。"② 冈崎义惠所提倡和致力于的是将文艺学视为以美学基础的艺术学之一的学科，因为文艺是一门语言艺术，文艺学就是语言

---

① 冈崎义惠：『日本文芸学』，岩波书店1941年版，第5页。
② 冈崎义惠：『日本文芸学新論』，宝文馆1961年版，第283页。

（文）艺术（艺）学，而艺术是美的表现。这正是冈崎义惠与当时学术界流行的文献学、民俗学、社会学、历史学等的根本不同之处。他指出，正因为是文艺学是有关美的学问，所以是有着哲学价值的学问。而要承认美的普遍妥当性，必须要采取思考先验的东西的批判的方法。"在某种意义上，我接受了康德的美学系统。"① 我们知道，康德美学是西方美学发展史上的一个重要转折点。其思想体系丰富深刻而又包含着矛盾，留给后人无数问题，提供无数启示。其中存在着许多可能成长为美学大树的种子。这些种子或产生新的美学思想体系，拓展为具体理论观点，或直接地对当时时代的影响，或间接地对 20 世纪美学发展产生巨大的影响。康德的美学系统对于冈崎义惠的日本文艺学思想究竟有着怎样的影响呢？应该说主要体现在以下几个方面。

首先是"静观说"的影响。在实践中，日本文艺学实际上正是以探究文艺的本质——美为终极目的的。在冈崎义惠 1951 年的《文艺学概论》中，最为重视的就是康德的美的静观说。康德认为应该抛却道德性、实用性等现实的"关心"去把握对象，基于主体的趣味的判断力的"美"的根据。这一美的静观说，在以后很大的影响了德国的观念论美学。所谓"趣味应该是抛却一切关心，对某一对象或某一表象本身纯粹以满足或是不满足来判断的能力。其中可获得满足的对象就将其命名为美。"② 冈崎对于康德的立场是持赞成态度的，"我以为作为艺术意志的文艺意志是出自美的客观需要的，是不可能消解在其他领域的，这似乎也和康德学派所主张的静观性差不多。"③

第二，在日本文艺学的研究中重视"直观（觉）"的作用其中也有康德美学的影子。西方文艺理论史上，摹仿与灵感、感性与理性、再现与表现长期尖锐对立。由于形而上学机械论的影响，它们仅从感性或仅从理性观点出发，阐发各自的文艺美学观，因而各有其片面性。康德在《判断力批判》中，首次打破形

---

① 冈崎义惠：『日本文芸学新論』，宝文馆 1961 年版，第 283 页。
② 冈崎义惠：『文芸学概論』劲草书房 1978 年版，第 155 页。
③ 冈崎义惠：『文芸学概論』劲草书房 1978 年版，第 155 页。

而上学的理论框架，确立了采用感性与理性相统一的方法来研究文艺，将文艺现象作为感性与理性相统一的整体来进行研究。这是一种较为辩证的研究方法，为整个西方特别是德国近现代义艺理论的发展指出了一条正确的道路。康德的《判断力批判》较为深刻准确地揭示了文艺审美活动中感性与理性、合规律性与合目的性等互相对立而又统一的"二律背反"的矛盾现象，对后世文艺美学的研究有着深远的影响并具有丰富的启发性。比如冈崎义惠所倡导的日本文艺学在方法论中也特别指出"直观（觉）"对于文艺研究的重要性，强调在研究过程中应该将"直观（觉）"与理性较好地结合起来，并点明了"直观（觉）"在应用中的度的问题。对此，让人很容易就联想到康德所提及的感性和理性相统一的方法论。

第三，回顾西方美学和文艺理论史，我们会发现在一千余年的时间发展过程中，并未形成自己独立的研究领域，不是将其同哲学、论理学混为一谈，就是将其与生理学看作是一回事。只是到了康德，才在西方史上首次将认识与意志、真与美之间的情感范围，和美的领域也就是文艺审美独立出来。与此同时，康德还指出了文艺的审美范围在于情感，从而起到沟通知和意的桥梁作用，进而系统地构建了其哲学体系，真正实现了真善美的有机统一，并且使文学艺术成为了区别于知、意、宗教等不同的人类掌握世界的特有方式之一，为后来日本文艺学所追求的探究文艺中的审美规律，提供了直接和间接的理论基础。

第四，冈崎义惠所提出的"文艺意志"、"艺术意志"应该说受到了西方文学理论上"游戏说"的影响和启发。而这"游戏说"正是康德首开先河，他在《判断力批判》中提出艺术的本质在于"自由的游戏"的观点，从一定程度、侧面揭示了艺术的本质，也成为席勒与斯宾塞"游戏说"的直接理论渊源。

当然，除了康德之外，黑格尔的历史哲学、席勒的审美观都对冈崎义惠的美学思想形成奠定了基础，这种对于各个流派和学说的兼收并蓄和合理运用，在很大程度上影响和促成了日本文艺学的树立和健康发展。

2. 作为独立学科的"日本文艺学"成立的可行与必然性

冈崎义惠对于当时的日本学术界有着清醒而深刻的认识。在他看来，同时代研究日本文艺的所谓专家学者大多更像是历史学家，绝大多数的人往往执拗于作家、作品、时代、社会环境等方面，致力于对其进行细致入微的历史事实的探索考察。事实上，对于冈崎义惠所要致力树立和建设日本文艺学这样一个新兴学科，国文学界内外都是颇有争议的。或者说当时的学术界也许是惯性和惰性使然，很多学者仍旧沿袭着近代国文学的那一套，对于冈崎义惠就文艺的价值根源提出的一些新的构想，学术界并没有表现出积极的态度，但冈崎义惠却仍旧苦心孤诣地不断向世人展示其日本文艺学的研究成果。

文艺学究竟是怎样的？首先文艺学当然不同于自然科学的通过理论与实验从对象中发现抽象的法则。也不同于哲学，从对象的事象面出发并超越之，理清论理的思路，并志在提出某些概念。更不是史学，埋头于对象的个体的、连续的性格，仅仅满足于确认仅此一次的事象。冈崎义惠通过与其他关联学科的对比，揭示出文艺学的目的在于将具体的对象所拥有的文艺的价值，还原为普遍的美的价值。宣称文艺学的难度就在于，它是一种以文艺事象之根本的美的价值和这一美的价值所具体化的文艺事象为媒介的研究。

但令人遗憾的是，当时研究文艺的人们根本不去思考文艺作品的美的意义，而是似乎更乐于安逸于其他方向。比如要志在研究美的价值，理应必须要朝着美学的方向探索，然而回顾历史就可得知事实绝非如此，事实就是当时的学术界几乎视美学于不顾，而倾心于史学、自然科学等研究。冈崎义惠认为，一般热心于史学的研究家往往潜心于作品的出现有何社会根据方面的研究，或者对于该作品究竟受何影响、影响了谁和什么等等问题上纠缠不休。并具体指出历史唯物论和比较文学即分别为二者的代表。而日本学术界当时的主要问题就在于堆砌与作品相关的历史事实，比如选取某一具体作品，对于其成立的经纬及该文本的意义津津乐道煞费苦心；或者认为文艺研究就是对很多作品进行细致周到的解释并身体力行之。对此，冈崎义惠明确指出，如果真是要明确某作品的美的价值的话，上述做法还都谈不上是将该作品真正作为文艺作品来处置和对待的，所以也就不能冠之以文艺研究的称号，并就此反问道：究竟应该如何去做才能真正明确美的价值呢？并提醒这是文艺学者首先要思考的问题。

对于"日本文艺学"的基础学科为何应该是美学而非其他，以及美学为何具备作为文艺学原理的学科资格这些问题，冈崎义惠作出了如下辨析："日本文艺学"的基础学科应该定义为为文艺学的成立或树立提供了确实依据的学科，也就是说，这一学科必须是为文艺学的对象即为明确以文艺作为文艺学的学科对象提供根据的学科。具体而言应该是能阐发、究明文艺的存在理由及其理论的必然性，并确定文艺学的操作的原理、法则，将文艺学的本质不偏不倚地扎根于学科领域上的学科。在冈崎义惠看来，能满足上述条件的非美学莫属了。从前文我们已经知道，冈崎义惠所定义的文艺本身就是以美为本质的，所以以此为学科对象的文艺学务必应该立足于美学的基础之上，并应该遵循着美学所指示的"文艺"这一学科研究对象深入研究下去，同时，文艺学的研究的基本方法和方针也应该遵循于美学的原理。冈崎义惠认为这才是文艺学的"正道"，强调如果能坚持以美学为基础，文艺学的对象和方法就不会出现偏差。与当时近代国文学和英美文艺研究、德国文艺学等以往所谓文献研究、文艺批评、历史主义等的文艺研究相比，冈崎义惠独树一帜地指出，立足于美学的立场才是真正的文艺学的研究方法。必须要将文艺研究的基础置于以美的价值为学问的美学之上。

对于这一将从美学视角研究的新兴学科"日本文艺学"，既然再三强调以美学作为该学科的基础学，那么与作为一个独立学科的美学本身相比，其存在的必要性和意义何在呢？对此，在充分认可和肯定美学基础的同时，冈崎义惠也着重强调了美学并不能替代文艺学，从而进一步明确了文艺学作为一门新兴学科成立的必要性。"日本文艺学在根本的点上有美学应用的含义,同时又有着美学出发点的含义。"① 日本文艺的研究已经将已有的美学成果作为说明的基础在应用,与此同时,还可以从日本文艺的研究出发开辟出新的美学的道路。如果美学(此处所指的是包括艺术学、艺术史含义在内的美学)能对日本文艺的特殊的表现法中所表现出的一个个美的意义也能精细地彻底地究明,那么所谓的冈崎义惠的"日本文艺学"也就没有存在的理由了。但事实却是,将其完全等同于美学而非以美学为基础学科,结合文艺的特质来进行的研究则失去了文艺研究的根本意义,会因为其必须要涵盖的研究领域而丧失自我的研究中心。这是因为美学这一学科归根究底是要研究和处理美的根本问题的,如果用来究明一个个具体的美的现象的研究,会显得过于笼统和庞杂。所以,基于相对于美学而言这一研究有着特殊领域,则其方法也必然会有着与其相适应的特殊的要素,冈崎义惠认为"是可以建立一门从美学的入手,并继而独立出来的一门学科的。"与此同时我们还应该回顾一下当时日本美学界的一些情况。正如冈崎义惠所提到的那样,在当时的日本学术界尤其是美学界,几乎仍然是德国美学一统的局面,对此,冈崎义惠感叹道:"著名的有影响力的美学者几乎都是德国美学的继承者、倡导者和转述者,和日本本土的东西却是完全隔绝的。"② 对当时日本的美学现状表示了不满,他甚至承认在青年时代所受到的教育和环境的影响下,他自己当时根本的立场是全盘寄托于西洋美学之上的。不论德国美学如何先进和优秀,也不可能完全将基础建立在他国美学之上来研究日本文艺和日本文艺之美。可是,当时多数日本美学者却仍旧沉浸和陶醉于或者说是迷信于德国美学的沿袭和叫卖,而尚未真正对日本自身的美加以重视,所以,当时的美学可以说根本没有也不会去从学理的视角即美学的视角去研究和探索日本文艺作品,而这一点对于探究日本文艺的本质又是迫切的至关重要的,鉴于此,冈

---

① 冈崎义惠:『日本文芸学』,岩波书店 1941 年版,第 655 页。
② 冈崎义惠:『日本文芸学』,岩波书店 1941 年版,第 655 页。

崎义惠才"只能不揣浅薄敢于承担这一历史重任……冒昧涉足美学领域",[①] 并提出应该树立和完善"日本文艺学"。可见这一新兴学科所要研究和解决的问题正是美学所没有进行或不可能进行,同时对于文艺研究而言又是急需的关键的,这也是"日本文艺学"树立并不断完善从而成长为独立学科的可行和必然之处。可以说,冈崎义惠的"日本文艺学"是在一定的历史条件和时代背景之下诞生并兴起的,是有着日本鲜明民族特色的文艺美学。

3. "日本文艺学"的文艺美学内涵

对于"日本文艺学"丰富的文艺美学内涵,我们主要可以通过将"日本文艺学"和传统文艺理论以及美学从以下几个方面的比较来进行概括说明。

其一表现在研究对象、研究视角的特殊性上。通过前文我们也了解了"日本文艺学"与相邻诸学科的关系,对于相互之间研究领域和研究对象的可能重叠和交错之处进行了辨析。简单说来,相对于文艺理论是主要研究文艺的一般问题和一般规律而言,"日本文艺学"的学科对象是日本文艺,更具体地说应该是从美学视角去研究日本文艺的艺术性、文艺性,也就是一门探究日本文艺的审美规律的学科。冈崎义惠所追求的是到日本固有的美意识、美的思想中去探究日本文学的本质,并认为由此应该可以勾勒出日本文学的历史痕迹。对于我而言,"这是眼下唯一的日本文学理论,同时也是日本文学史。"[②] 因为与文学相关范围内的美意识、美学思想的解剖和体系化就水到渠成的成为了文学理论,而具体的事实的确定和相互之间的关系就构成了文学史,二者相辅相成,不可能完全割裂开来。而美学是研究人对现实的审美关系的科学,是研究和处理美的根本问题的一门学科,研究的主要对象是艺术,但不研究艺术中的具体表现问题,而是研究艺术中的哲学问题。具体到文艺的研究上,也是从文艺本质特征入

---

① 冈崎义惠:『日本文芸学』,岩波书店1941年版,第656页。
② 冈崎义惠:『日本文芸学』,岩波书店1941年版,第403页。

手来展开对美学的全面研究，而绝不是从任何文艺现象入手来进行美学研究，也就是说不是用来究明一个个具体的美的现象的研究。也可以说，"日本文艺学"是一门联系美学与文艺理论的学科，它所要研究的领域正是美学与文艺理论一直以来都忽略或是无暇顾及的，其文艺美学内涵是显而易见的。冈崎义惠的以美学为基础学科旨在究明日本文艺的美的特质的"日本文艺学"，不是仅仅停留在空洞的口号和空想上，在具体研究日本文艺，探究其美的规律和意义方面，冈崎义惠也做了一些有益的尝试和探索，比如在早期的论文《哀的考察》中，不但对"哀"的各种观点和诸多问题进行了归纳，还具体联系到记纪（《古事记》、《日本书纪》）时代、万叶时代、平安朝初期谣物相关作品中的"哀"，并对其本质进行了研究。"哀"是日本文化的一个特征，也是美的日本表现，是一篇试图以究明日本的美的实相作为日本文艺学的基础性的研究的成果，其目的可以说是希望通过日本文献来究明美的意味，所以其中也运用了相当严密的文献学的方法，是志在从文艺现象去探求一般美的现象。冈崎义惠希望通过公开这种研究成果，从而更加深入地研究日本文艺的具体现象。另外早期的相关论文还有《有心与幽玄》，毫无疑问，这些都是尝试从文艺作品对日本美学的风貌进行具体研究的论文，都是具有文艺美学实质的研究成果。

其二，表现在"日本文艺学"在研究的出发点和方法上。我们知道，"日本文艺学"的出发点就是研究日本文艺的美学规律，这些美学规律既涉及到形而上的方面，也涉及到形而下的方面。因此，"日本文艺学"在方法论上是独具特色的，其重点是探索日本文艺的现象之美，也就是具体的美学准则。冈崎义惠指出，因为美学的特色在于以一般美的价值为研究对象，所以不可能要求美学触及到个别的美的现象的研究，那么承担这一重任的不言而喻就是"日本文艺学"了。他强调研究文艺的学者应该不断地遵循一般美的价值，探寻每位作者、每部作品的存在的意义，并反过来从每位作者、每部作品中确认一般美的价值被现象化的可能性。也就是说，文艺研究人员应该清醒地认识到文艺学的职责所在，即以个别的现象和一般美的价值为媒介，来研究文艺独特的美学规律和审美特性。相对于文艺学的研究可以从精神史、解释学、样式论等方面来进行而言，"日本文艺学"的最根本的基本学科是美学，所以无论是精神史的推进也好，解释学或文艺批评也罢，都应该以美的精神发展为中心，要与美的意义和价值相关。"否则就脱离了文艺的独自的领域而只是一般精神科学了。"①并据此提出了"样式"论，认为样式论是文艺的独特形态，因此可以凭借把握样式来清晰而科学地把握日本文艺的美的意义和价值，并总结和归纳了日本文艺样式的三个特征：即形成的浑融性、表现的融合性、世界观的情调性。

其三，表现在所运用的独特的民族话语和学术术语方面。和中国一样，日本的美学和文艺理论都是在西方近代文化和现代学科体系的影响和介入下发生的，很多学科话语几乎都是源自、译自西方相同学科的通用话语，然而所谓优美、崇高、悲壮、滑稽等这些美学上为世界所认可的根本的美的范畴和西方模式，显然是日本的岛国文学不能照搬照用的。冈崎义惠深刻地认识到要研究具有日本本国特色的固有的美意识和美的现象在文艺实践中的表现，用现成的西方的学科话语是无法描述的。在"日本文艺学"的学科领域，在对日本文艺的文艺性进行深入研究的基础上，对前人的成果兼收并蓄，开创性地提出了哀、幽玄、谐趣、闲寂②等独具日本特色的文艺美学学科话语，从而为摆脱模仿西方的桎梏，建立起一门全新意义的文艺美学实质的"日本文艺学"奠定了基础。

冈崎义惠在西方哲学、美学博大精深的思想的熏陶和影响下，并没有全盘西化，而是关注日本文艺的特质，在尝试结合日本固有的美意识、美学基础研究日本文艺方面开辟了一片新领地。在理论支持下，具体联系日本各个时代的经典作品，留下了诸多不可磨灭的文艺美学成果，值得我们学习和借鉴。

---

① 冈崎义惠：『日本文芸学』，岩波书店 1941 年版，第 654 页。
② 此处的中日文分别对应如下：哀（哀れ）、幽玄（幽玄）、谐趣（おかし）、闲寂（詫び）、幽雅（寂び）。

第七章　冈崎义惠与日本的文艺美学

一、日本文艺美学的内涵

1. 文艺美学的哲学基础

冈崎义惠所处的时代和环境决定了他所能接受和深受影响的是经典的西方的哲学、美学思想，包括狄尔泰、康德、黑格尔等人的影响。然而在承认狄尔泰的哲学背景的同时，冈崎义惠也强调其对狄尔泰反拨的成分更多。"德国文艺学的狄尔泰遗风正是我所不能苟同的，我所提倡的并非狄尔泰式的精神科学的文艺学。"[1] 冈崎义惠所提倡和致力于的是将文艺学视为以美学基础的艺术学之一的学科，因为文艺是一门语言艺术，文艺学就是语言（文）艺术（艺）学，而艺术是美的表现。这正是冈崎义惠与当时学术界流行的文献学、民俗学、社会学、历史学等的根本不同之处。他指出，正因为是文艺学是有关美的学问，所以是有着哲学价值的学问。而要承认美的普遍妥当性，必须要采取思考先验的东西的批判的方法。"在某种意义上，我接受了康德的美学系统。"[2] 我们知道，康德美学是西方美学发展史上的一个重要转折点。其思想体系丰富深刻而又包含着矛盾，留给后人无数问题，提供无数启示。其中存在着许多可能成长为美学大树的种子。这些种子或产生新的美学思想体系，以拓展为具体理论观点，或直

---

[1]　冈崎义惠：『日本文芸学新論』，宝文馆 1961 年版，第 283 页。
[2]　冈崎义惠：『日本文芸学新論』，宝文馆 1961 年版，第 283 页。

接地对当时时代的影响，或间接地对 20 世纪美学发展产生巨大的影响。康德的美学系统对于冈崎义惠的日本文艺学思想究竟有着怎样的影响呢？应该说主要体现在以下几个方面。首先是"静观说"的影响。在实践中，日本文艺学实际上正是以探究文艺的本质——美为终极目的的，在冈崎 1951 年的《文艺学概论》中，最为重视的就是康德的美的静观说。康德认为应该抛却道德性、实用性等现实的"关心"去把握对象，基于主体的趣味的判断力的"美"的根据。这一美的静观说，在以后很大的影响了德国的观念论美学。所谓"趣味应该是抛却一切关心，对某一对象或某一表象本身纯粹以满足或是不满足来判断的能力。其中可获得满足的对象就将其命名为美。"① 冈崎对于康德的立场是持赞成态度的，"我以为作为艺术意志的文艺意志是出自美的客观需要的，是不可能消解在其他领域的，这似乎也和康德学派所主张的静观性差不多。"②

第二，在日本文艺学的研究中重视"直观（觉）"的作用其中也有康德美学的影子。西方文艺理论史上，摹仿与灵感、感性与理性、再现与表现长期尖锐对立。由于形而上学机械论的影响，它们仅从感性或仅从理性观点出发，阐发各自的文艺美学观，因而各有其片面性。康德在《判断力批判》中，首次打破形而上学的理论框架，确立了采用感性与理性相统一的方法来研究文艺，将文艺现象作为感性与理性相统一的整体来进行研究。这是一种较为辩证的研究方法，为整个西方特别是德国近现代义艺理论的发展指出了一条正确的道路。康德的《判断力批判》较为深刻准确地揭示了文艺审美活动中感性与理性、合规律性与合目的性等互相对立而又统一的"二律背反"的矛盾现象，对后世文艺美学的研究有着深远的影响并具有丰富的启发性。比如冈崎义惠所倡导的日本文艺学在方法论中也特别指出"直观（觉）"对于文艺研究的重要性，强调在研究过程中应该将"直观（觉）"

---

① 冈崎义惠：『文芸学概論』劲草书房 1978 年版，第 155 页。
② 冈崎义惠：『文芸学概論』劲草书房 1978 年版，第 155 页。

与理性较好地结合起来并点明了"直观（觉）"在应用中的度的问题。对此，让人很容易就联想到康德所提及的感性和理性相统一的方法论。

第三，回顾西方美学和文艺理论史，我们会发现在一千余年的时间发展过程中，并未形成自己独立的研究领域，不是将其同哲学、论理学混为一谈，就是将其与生理学看作是一回事。只是到了康德，才在西方史上首次将认识与意志、真与美之间的情感范围和美的领域也就是文艺审美独立出来。与此同时，康德还指出了文艺的审美范围在于情感，从而起到沟通知和意的桥梁作用，进而系统地构建了其哲学体系，真正实现了真善美的有机统一，并且使文学艺术成为了区别于知、意、宗教等不同的人类掌握世界的特有方式之一，为后来日本文艺学所追求的探究文艺中的审美规律提供了直接和间接的理论基础。

第四，冈崎义惠所提出的"文艺意志"、"艺术意志"应该说受到了西方文学理论上"游戏说"的影响和启发。而这"游戏说"正是康德首开先河，他在《判断力批判》中提出艺术的本质在于"自由的游戏"的观点，从一定程度、侧面揭示了艺术的本质，也是后世席勒与斯宾塞"游戏说"的直接理论渊源。

当然，除了康德之外，黑格尔的历史哲学、席勒的审美观都对冈崎义惠的美学思想形成奠定了基础，这种对于各个流派和学说的兼收并蓄和合理运用在很大程度上影响和促成了日本文艺学的树立和健康发展。

2. 作为独立学科的"日本文艺美学"成立的可行与必然性

冈崎义惠对于当时的日本学术界有着清醒而深刻的认识，在他看来，同时代研究日本文艺的所谓专家学者大多更像是历史学家，绝大多数的人往往执拗于作家、作品、时代、社会环境等方面，致力于对其进行细致入微的历史事实的探索考察。事实上，对于冈崎义惠所要致力树立和建设日本文艺学这样一个新兴学科，国文学界内外都是颇有争议的。或者说当时的学术界也许是惯性和惰性使然，很多学者仍旧沿袭着近代国文学的那一套，对于冈崎义惠就文艺的价值根源提出的一些新的构想，学术界并没有给予积极的态度，但冈崎义惠却仍旧苦心孤诣地不断向世人展示其日本文艺学的研究成果。

文艺学究竟是怎样的？首先文艺学当然不同于自然科学的通过理论与实验从对象中发现抽象的法则。也不同于哲学，从对象的事象面出发并超越之，理清论理的思路，并志在提出某些概念。更不是史学，埋头于对象的个体的、连续的性格，仅仅满足于确认仅此一次的事象。冈崎义惠通过与其他关联学科的对比揭示出文艺学的目的在于将具体的对象所拥有的文艺的价值还原为普遍的美的价值。宣称文艺学的难度就在于，它是一种以文艺事象之根本的美的价值和这一美的价值所具体化的文艺事象为媒介的研究。

但令人遗憾的是，当时研究文艺的人们根本不去思考文艺作品的美的意义，而是似乎更乐于安逸于其他方向。比如要志在研究美的价值，理应必须要朝着美学的方向探索，然而回顾历史就可得知事实绝非如此，事实就是当时的学术界几乎视美学于不顾，而倾心于史学、自然科学等研究。冈崎义惠认为，一般热心于史学的研究家往往潜心于作品的出现有何社会根据方面的研究，或者对于该作品究竟受何影响、影响了谁和什么等等问题上纠缠不休。并具体指出历史唯物论和比较文学即分别为二者的代表。而日本学术界当时的主要问题就在于堆砌与作品相关的历史事实，比如选取某一具体作品，对于其成立的经纬及该文本的意义津津乐道煞费苦心；或者认为文艺研究就是对很多作品进行细致周到的解释并身体力行之。对此，冈崎义惠明确指出，如果真是要明确某作品的美的价值的话，上述做法还都谈不上是将该作品真正作为文艺作品来处置和对待的，所以也就不能冠之以文艺研究的称号，并就此反问道：究竟应该如何去做才能真正明确美的价值呢？并提醒这是文艺学者首先要思考的问题。

对于"日本文艺学"的基础学科为何应该为美学而非其他以及美学为何具备作为文艺学原理的学科资格这些问题，冈崎义惠作出了如下辨析:"日本文艺学"的基础学科应该定义为为文艺学的成立或树立提供了确实依据的学科,也就是说,这一学科必须是为文艺学的对象即为明确以文艺作为文艺学的学科对象提供根据的学科。具体而言应该是能阐发、究明文艺的存在理由及其理论的必然性,并确定文艺学的操作的原理、法则,将文艺学的本质不偏不倚地扎根于学科领域上的学科。在冈崎义惠看来,能满足上述条件的非美学莫属了。从前文我们已经知道,冈崎义惠所定义的文艺本身就是以美为本质的,所以以此为学科对象的文艺学务必应该立足于美学的基础之上,并应该遵循着美学所指示的"文艺"这一学科研究对象深入研究下去,同时,文艺学的研究的基本方法和方针也应该遵循于美学的原理,冈崎义惠认为这才是文艺学的"正道",强调如果能坚持以美学为基础,文艺学的对象和方法就不会出现偏差。与当时近代国文学和英美文艺研究、德国文艺学等以往所谓文献研究、文艺批评、历史主义等的文艺研究相比,冈崎义惠独树一帜地指出,立足于美学的立场才是真正的文艺学的研究方法。必须要将文艺研究的基础置于以美的价值为学问的美学之上。

对于这一将从美学视角研究的新兴学科"日本文艺学",既然再三强调以美学作为该学科的基础学,那么与作为一个独立学科的美学本身相比,其存在的必要性和意义何在呢?对此,在充分认可和肯定美学基础的同时,冈崎义惠也着重强调了美学并不能替代文艺学,从而进一步明确了文艺学作为一门新兴学科成立的必要性。"日本文艺学在根本的点上有美学应用的含义,同时又有着美学出发点的含义。"[1] 日本文艺的研究已经将已有的美学成果作为说明的基础在应用,与此同时,还可以从日本文艺的研究出发开辟出新的美学的成果的道路。如果美学(此处所指的是包括艺术学、艺术史含义在内的美学)能对日本文艺的特殊的表现法中所表现出的一个个美的意义也能精细地彻底地究明,那么所谓的冈崎义惠的"日本文艺学"也就没有存在的理由了。但事

---

[1] 冈崎义惠:『日本文芸学』,岩波书店 1941 年版,第 655 页。

实却是，将其完全等同于美学而非以美学为基础学科结合文艺的特质来进行的研究则失去了文艺研究的根本意义，会因为其必须要涵盖的研究领域而丧失自我的研究中心。这是因为美学这一学科归根究底是要研究和处理美的根本问题的，如果用来究明一个个具体的美的现象的研究，会显得过于笼统和庞杂。所以，基于相对于美学而言这一研究有着特殊领域，则其方法也必然会有着与其相适应的特殊的要素，冈崎义惠认为"是可以建立一门从美学的入手，并继而独立出来的一门学科的"。与此同时我们还应该回顾一下当时日本美学界的一些情况。正如冈崎义惠所提到的那样，在当时的日本学术界尤其是美学界，几乎仍然是德国美学一统的局面，对此，冈崎义惠感叹道："著名的有影响力的美学者几乎都是德国美学的继承者、倡导者和转述者，和日本本土的东西却是完全隔绝的。"[①] 对当时日本的美学现状表示了不满，他甚至承认在青年时代所受到的教育和环境的影响下，他自己当时根本的立场是全盘寄托于西洋美学之上的。不论德国美学如何先进和优秀，也不可能完全将基础建立在他国美学之上来研究日本文艺和日本文艺之美。可是，当时多数日本美学者却仍旧沉浸和陶醉于或者说是迷信于德国美学的沿袭和叫卖而尚未真正对日本自身的美加以重视，所以，当时的美学可以说根本没有也不会去从学理的视角即美学的视角去研究和探索日本文艺作品，而这一点对于探究日本文艺的本质又是迫切的至关重要的，鉴于此，冈崎义惠才"只能不揣浅薄敢于承担这一历史重任……冒昧涉足美学领域"[②] 并提出应该树立和完善"日本文艺学"。可见这一新兴学科所要研究和解决的问题正是美学所没有进行或不可能进行同时对于文艺研究而言又是急需的关键的，这也是"日本文艺学"树立并不断完善从而成长为独立学科的可行和必然之处。可以说，冈崎义惠的"日本文艺学"是在一定的历史条件和时代背景之下诞生并兴起的，是有着日本鲜明民族特色的文艺美学。

---

① 冈崎义惠：『日本文芸学』，岩波书店 1941 年版，第 655 页。
② 冈崎义惠：『日本文芸学』，岩波书店 1941 年版，第 656 页。

3.“日本文艺学”的文艺美学内涵

对于“日本文艺学”丰富的文艺美学内涵，我们主要可以通过将“日本文艺学”和传统文艺理论以及美学从以下几个方面的比较来进行概括说明。

其一表现在研究对象、研究视角的特殊性上。通过前文我们也了解了“日本文艺学”与相邻诸学科的关系，对于相互之间研究领域和研究对象的可能重叠和交错之处进行了辨析。简单说来，相对于文艺理论是主要研究文艺的一般问题和一般规律而言，“日本文艺学”的学科对象是日本文艺，更具体地说应该是从美学视角去研究日本文艺的艺术性、文艺性，也就是一门探究日本文艺的审美规律的学科。冈崎义惠所追求的是到日本固有的美意识、美的思想中去探究日本文学的本质，并认为由此应该可以勾勒出日本文学的历史痕迹。对于我而言，“这是眼下唯一的日本文学理论，同时也是日本文学史。”① 因为与文学相关范围内的美意识、美学思想的解剖和体系化就水到渠成的成为了文学理论，而具体的事实的确定和相互之间的关系就构成了文学史，二者相辅相成，不可能完全割裂开来。而美学是研究人对现实的审美关系的科学，是研究和处理美的根本问题的一门学科，研究的主要对象是艺术，但不研究艺术中的具体表现问题，而是研究艺术中的哲学问题。具体到文艺的研究上，也是从文艺本质特征入手来展开对美学的全面研究，而绝不是从任何文艺现象入手来进行美学研究，也就是说不是用来究明一个个具体的美的现象的研究。也可以说，“日本文艺学”是一门联系美学与文艺理论的学科，它所要研究的领域正是美学与文艺理论一直以来都忽略或是无暇顾及的，其文艺美学内涵是显而易见的。冈崎义惠的以美学为基础学科旨在究明日本文艺的美的特质的“日本文艺学”不是仅仅停留在空洞的口号和空想上，在具体研究日本文艺，探究其美的规律和意义方面，冈崎义惠也做了一些有益的尝试和探索，

---

① 冈崎义惠：『日本文芸学』，岩波书店 1941 年版，第 403 页。

比如在早期的论文《哀的考察》中，不但对"哀"的各种观点和诸多问题进行了归纳，还具体联系到记纪（《古事记》、《日本书纪》）时代、万叶时代、平安朝初期谣物相关作品中的"哀"并对其本质进行了研究。"哀"是日本文化的一个特征，也是美的日本表现，是一篇试图以究明日本的美的实相作为日本文艺学的基础性的研究的成果，其目的可以说是希望通过日本文献来究明美的意味，所以其中也运用了相当严密的文献学的方法，是志在从文艺现象去探求一般美的现象。冈崎义惠希望通过公开这种研究成果，从而更加深入地研究日本文艺的具体现象。另外早期的相关论文还有《有心与幽玄》，毫无疑问，这些都是尝试从文艺作品对日本美学的风貌进行具体研究的论文，都是具有文艺美学实质的研究成果。

其二，表现在"日本文艺学"在研究的出发点和方法上。我们知道，"日本文艺学"的出发点就是研究日本文艺的美学规律，这些美学规律既涉及到形而上的方面，也涉及到形而下的方面。因此，"日本文艺学"在方法论上是独具特色的，其重点是探索日本文艺的现象之美也就是具体的美学准则。冈崎义惠指出，因为美学的特色在于以一般美的价值为研究对象，所以不可能要求美学触及到个别的美的现象的研究。那么承担这一重任的不言而喻就是"日本文艺学"了。他强调研究文艺的学者应该不断地遵循一般美的价值，探寻每位作者、每部作品的存在的意义，并反过来从每位作者、每部作品中确认一般美的价值被现象化的可能性。也就是说，文艺研究人员应该清醒地认识到文艺学的职责所在，即以个别的现象和一般美的价值为媒介来研究文艺独特的美学规律和审美特性。相对于文艺学的研究可以从精神史、解释学、样式论等方面来进行而言，"日本文艺学"的最根本的基本学科是美学，所以无论是精神史的推进也好，解释学或文艺批评也罢，都应该以美的精神发展为中心，要与美的意义和价值相关。"否则就脱离了文艺的独自的领域而只是一般精神科学了。"[①]

---

① 冈崎义惠：『日本文芸学』，岩波书店 1941 年版，第 654 页。

并据此提出了"样式"论，认为样式论是文艺的独特形态，因此可以凭借把握样式来清晰而科学地把握日本文艺的美的意义和价值，并总结和归纳了日本文艺样式的三个特征即形成的浑融性、表现的融合性、世界观的情调性。

其三，表现在所运用的独特的民族话语和学术术语方面。和中国一样，日本的美学和文艺理论都是在西方近代文化和现代学科体系的影响和介入下发生的，很多学科话语几乎都是源自、译自西方相同学科的通用话语，然而所谓优美、崇高、悲壮、滑稽等这些美学上为世界所认可的根本的美的范畴和西方模式显然是日本的岛国文学不能照搬照用的。冈崎义惠深刻地认识到要研究具有日本本国特色的固有的美意识和美的现象在文艺实践中的表现，用现成的西方的学科话语是无法描述的，在"日本文艺学"的学科领域，在对日本文艺的文艺性进行深入研究的基础上，对前人的成果兼收并蓄，开创性地提出了哀、幽玄、谐趣、闲寂等独具日本特色的文艺美学学科话语，从而为摆脱模仿西方的桎梏，建立起一门全新意义的文艺美学实质的"日本文艺学"奠定了基础。

冈崎义惠在西方哲学、美学博大精深的思想的熏陶和影响下，并没有全盘西化，而是关注日本文艺的特质，在尝试结合日本固有的美意识、美学基础研究日本文艺方面开辟了一片新领地。在理论支持下，具体联系日本各个时代的经典作品，留下了诸多不可磨灭的文艺美学成果，值得我们学习和借鉴。

二、日本文艺的样式

在坚持立足于美学的立场才是真正的文艺学的研究方法这一点上，冈崎义惠着重提出了"样式"这样一个学术用语。他一再强调必须要将文艺研究的基础置于以美的价值为学问的美学之上，但与此同时也指出文艺研究者们所不能忽视的一个方面，那就是美学的特色在于以一般美的价值为研究对象，在涉及到个别的美的现象的研究的应用方面，则应该清醒地认识到此为文艺学的职责所在，并自觉地肩负起这一领域的研究重任。文艺研究应该以个别的现象和一般美的价值为媒介，遵循美的规律，探寻每位作者、每部作品的存在的意义以及美的实质和体现，并反过来从每位作者、每部作品中确认一般美的价值被具象化的可能性。那么，美的价值与每个现象究竟是如何结合的，该如何给联系的媒介下一个定义或概念呢？冈崎义惠认为，类型与样式正是针对解决这一问题应运而生的，而且指出"不解决这一问题，文艺学就无法继续开展、建设。"① 首先，文艺学是精神科学之一，不同于自然科学，但也不等同于史学、哲学，那么文艺学的独特领域究竟是什么呢？对此，冈崎义惠在垣内松三对文艺学研究的成果基础上借用了"样式"这一术语（详见第一章）。冈崎义惠认为，较之"日本文艺的样式"，"日本文艺的样式论的意义"或"样式论的立场来看日本文艺"在文艺学的表述上更为确切。因为日本文艺本身就是他所指的一个样式，也就是说是文艺的日本的样式，是一个民族样式，所以，日本文艺本身就只能是一个样式而不是别的其他，其主题应该是如何从日本文艺中发现该样式的意义。

1. 冈崎义惠对于样式的理解

与诸多现代学科术语一样，样式一词作为艺术学的术语，是西方学术用语的翻译词汇，具体而言是"Stil"一词翻译过来的。按照一般的理解，样式似乎经常用于表达和具有某一特色的某种方式上的类型之类的含义，然而冈崎义惠却对"样式"一词情有独钟，要将"样式"作为一个相当严密的学术用语提出来，并尝试着赋予其新的内涵和意义。

首先冈崎义惠澄清了样式不同于"genre"。在当时的日本学术界，在将"样式"界定在学术领域的范围之初，仍然有人将样式等同于"genre"的含义，"genre"作为外来语也经常原封不动地被使用。细究其含义，大致应该相当于种类、种目（类别、体

---

① 冈崎义惠：『日本文芸学』，岩波书店 1941 年版，第 654 页。

裁）。据冈崎义惠考证，"genre"本是法语，和英语的"genus"意同，本来是生物学上分类用语，在日语中的对应词是"属"。后来，西方已经将之应用于诗的分类了，甚至明确了其作为文艺论的用语，用其来指代文艺的种目。不但在法国，在其他西方国家也同样被广泛使用。对此，冈崎义惠认为这一词汇本来就是借自自然科学，是依据形态的共通点对对象来进行分类的，所以应用到文化科学和精神科学上并不名正言顺。也就是说，"genre"这一词并不能等同于冈崎义惠所指的样式。

冈崎义惠继续考察了"Stil"一词，认为这一词大致和英语中的"style"意义相同。用于指人的外貌的整体特征时，与日语的"姿"、"风"等词接近，而在文艺领域，则多用来指文章的外形上的特色。不过正如前文提及的，样式开辟了美术史研究的新的思路，所以在美术史上，样式还用来指作品蕴含的内在的特征。冈崎义惠借用这一词，指出"文艺学对这一词的使用也大体同于美术史。"[①] 但是与"stil"基本对应的"样式"就日本文艺而言无疑是一个有着更深刻含义的术语。当然，冈崎义惠提出"样式"这一学术用语并归纳和总结了"样式"的三个特征并不完全是他独创的，而是建立在他对前人的研究成果兼收并蓄的同时，对日本文艺外在的诸样式进行了深入而全面的论证和研究基础之上的。很明显，在对纷繁复杂的外在样式进行研究的过程中，冈崎义惠应该受到了森鸥外的《审美新说》对样式的系统阐释的启发。

森鸥外在《审美新说》中对于样式做出了如下的阐述：

（一）"艺术随着历史的发展所派生出的样式"（历史上的意geschichtlicher Begriff）——指时代、个人等的样式。

（二）"因艺术种类派生的样式"——艺术的材质、题目所作的样式。如音乐、雕刻自然分属不同的样式，但同是雕刻又因木、金、石等材质不同而形成不同的样式。而历史画与风俗画、悲壮剧与滑稽剧之间的样式差异就是题目之不同所致。

---

① 冈崎义惠：『日本文芸学新論』，宝文馆 1961 年版，第 58 页。

（三）"随时随地兴废，跨于诸艺术之间"的样式。"理想样式及实际样式 idealistischer und realistischer Stil"——这两种样式的区别的标准有很多，フォルケルト用了更明确的释义。一面是增盛式 potenzierender Stil（理想）与事实式 Thatsachenstil（实际），一面是类化式 typisierender Stil 与个物化式 individuali-sierender Stil（实际）。这是最主要的样式差别。

在上述基础上，冈崎义惠对样式有了如下的理解，样式可以体现在个人、时代、艺术门类、表现法等种种方面，体现在对外在诸样式研究上就是从个人样式、流派样式与地方样式、时代样式几大方面着手，同时逐一细化。具体而言，如个人样式上分别从和歌、俳谐、物语、小说等所体现的个人样式；流派样式则从和歌、俳谐、近世小说、戏曲的流派以及现代流派；地方样式又分别从地域的样式、风土的样式；时代样式则从时代样式的本质、时代样式的研究、时代样式的展开等。简而言之就是艺术意志的实现方式。因为这一方式是超越了个人的好恶，遵循艺术规律的，所以具体表现在艺术品上时，虽然所呈现的样相也许千差万别，然而却都是艺术意志的目标即美的价值的表现。从美这一点而言，样式是美所呈现的姿态，从追求美的人的角度而言，样式是实现美的过程和方法在美的制作品（艺术品）上留下明显印记的状态。

2."样式的有无是决定是否为艺术的重要标志"[1]

冈崎义惠高度重视样式，甚至认为"样式的有或无是决定是否为艺术的重要标志"。因为首先从鉴赏者的角度出发，如果我们能从一个作品中感受到美，并判断其为艺术品，这其实就是从作品中读到了样式所在。正如《审美新说》中所说，提及个人样式，一般都有褒贬之意，有样式自然是意味着获得了艺术的价值。另外，时代、门类的样式也是如此，冈崎义惠分别以文艺复兴的时代样式和绘画的门类样式来举例说明，作为文艺复兴的作

---

① 冈崎义惠：『日本文芸学新論』，宝文馆 1961 年版，第 61 页。

品必然获得和显示了这一时代作为艺术的样式，绘画作品则表现了其包含绘画艺术的价值的样式。而与此相对，文艺复兴时期创作的却丝毫没有艺术的价值的作品，则决不会被视为是文艺复兴样式的载体，同样，涂抹在画布上的非艺术的东西也决不会被认为有所谓的绘画样式。也就是说，美的价值是如何在作品上表现的，其实现的方法呈现出的显著的状态就是样式，正因为实现的方法千差万别，所以才有了样式的诸相（诸种形态）。

样式不是仅仅指每部作品的每个特性。所以在任何情况下，样式都不会是单一的事象的个体。发现每个事象中艺术意志发挥作用的痕迹，与表现美的价值进行区分识别，唯有到此时才能说具有了样式。样式是宣告美的价值所在的一个信号。某一作品一旦被认可具有了样式，就意味着该作品获得了作为美的东西的资格，成为了艺术品了，作品也就完成了由物到美的转身。

其次，从艺术生成的角度看，冈崎义惠认为"其实样式就是创作的方法"[①]。作者要创作某部作品，该创作的方法如果在作品上打上美的价值的烙印，就可以说该作品具有了样式。除此之外，无论其所运用的方法是以何种方式，都是无样式的方法，所以由此创作出来的也不能称其为艺术品。因此，样式是且只能是意味着美的价值的存在。美的价值的存在，又是由美的理念的范畴等规定的，否则，究竟什么是美，美不美就无从得知了，所以艺术样式必然要设想美的理念的存在。美究竟是什么一言难尽，但是至少能确认美是否存在，否则，样式也就无从谈起，如果样式未被认可的话，那该作品究竟是否为艺术品也就无从判断了。

之所以认为样式即"创作的方法"同样是受到了《审美新说》的启发。这里的"方法"不是司空见惯的一般的"方法"，冈崎义惠将之限定为"著明"（"著明"意为独到、非常明亮）"的方法。那么"著明"究竟是什么意思呢？冈崎义惠指出这首先是该作品的创作的方法具有异于其他或者同于其他的显著的属性。该属性往大了说，首先应该是实现人类的意志，其次是反映

---

① 冈崎义惠：『日本文芸学新論』，宝文馆1961年版，第64页。

人的美的需求。实现人类的意志是人有别于和高于其他生物及非生物的地方，是人类对于文化理想的要求或者说是达到文化意志的目的。另外，反映人类的美的需求是将该文化意志的艺术意志的一面向着美的理想的彼岸推动，从而在艺术品种烙上理想的影迹。所谓艺术的样式所拥有的"著明"的创作方法，就是人类依据遵循美的理念，实现艺术这一文化活动所最为明晰的唯一方法，这一"著明"的方法创作的即为艺术品，而基于该方法的特征也必定会毫无悬念地印刻于该艺术品之中。

再次，对于艺术的标准，冈崎义惠也从样式的角度进行了界定。人类的这一"著明"的创作方法指的就是由美的理念所规定的场合，在这一意义上，一切的艺术品都有其样式，正是针对其样式我们才称呼其为艺术。艺术这一样式在人类的创作方法中，具有着是美的这一"著明"的特色。美的样式即艺术，有美的样式所在的就是艺术品。这就是最大的样式的特征，如果将其细化，其实应该能在这最大的样式之下发现层层罗列的无限小的样式。要将之整理为科学的体系，完全像自然科学上的生物的分类那般虽然不太可能，但多少也有些相似之处。虽说艺术出自生命，但不是生物学上的生命，而是建立在人类的精神生活上才有的文化意志之上的生命，所以要求其具有与自然科学的分类不同的文化科学的整序是理所当然的。

冈崎义惠指出"所有的艺术品，都是向我们喃喃私语倾诉着的对象物，创造出艺术品的艺术就是一种样式，也就是说是基于美的要求、客观需要的著明的创作方式。"[1] 如果说科学是追求真理的一种样式，宗教是为了生活理想的统一的一种样式，那么艺术就是为了实现美的理念的人类行为的一种样式。样式并无实体，但艺术的实体就是人类的"生"。艺术只是人类的生存方式的命名，其生存方式就叫样式。所以在这个意义上冈崎义惠明确指出样式有三层含义。第一层含义，创作出作品的方法。第二层含义，该方法所特有的著明的一定的型式。该型式意味着由美的

---

① 冈崎义惠：『日本文芸学新論』，宝文馆 1961 年版，第 66 页。

理念所规定的美的存在方式。第三层含义，该型式有种种样相，每一样相就是且只是美的类型（Typus）。这里的类型，是美的普遍性和艺术品的个性的被扬弃的体现。艺术作为创造了艺术品的美的样式，细分之，其中也还包含着许多下位的样式。

冈崎义惠明确文艺就是位于艺术之下的样式之一。毋庸置疑，这一以语言表象作为表现媒体的美的样式与音乐、演剧、造型艺术等等其他诸样式一样都是艺术的一个部门。而在文艺之下，又还可以划分出抒情的文艺、叙事的文艺、戏剧的文艺等诸样式，再继续往下探寻还能发现更多层序的更多样式。当然艺术作品、文艺作品、抒情诗篇等作品本身都是一个具体的对象物，所以把它们叫做样式并不恰当。因此冈崎义惠在此所指的样式是指使某一作品成为美的对象——即某作品的创作的方式。并补充道，包括艺术、文艺、抒情等在内的一些已经用于指代对象物的东西，再将它们直呼为样式显然并不合适。但是艺术是一术，文艺是一艺，抒情是抒发情感的行为，那么其艺、其术、其行为都是为了实现美的一种方式，所以从这个意义上说将它们视为样式又似乎是可行的。当然更严谨地说，也可以说引导其术、其艺、其行为的规范就是样式。但是，这一规范却不能单纯的视为静止的、抽象的，而是应该与该作品得以成立的行为相结合，作为目的在于美的意志存在的东西，将之视为艺术创作的行为。

如果把艺术品视同于其他自然物并根据其共通的特征进行分类的话，无论艺术或文艺、抒情诗、叙事诗、戏剧诗等作为分类纲目都有其各自的含义，冈崎义惠认为这与 genre、Gattung 等对文艺作品进行分类的出发点几乎一致。但他尤其强调，文艺是一种为了实现美的理想的行为，如果是出自该行为的根源——艺术意志的话，那么文艺也好、抒情、叙事都应该视为使美现实化的样式。美的含义是美的理念表现在美的对象中，美的理念是规定现实的事象中的某些意味的东西，是不可见的东西，其成为现实的事象的状态就只能被认可为样式而非别的。

样式又有种种样相，这些样相本来就是出自人类的艺术意志，而不像动植物那样，是自然存在于外界的东西，用客观的观察进而分类的办法是无法真正把握其实态的。当然在艺术作品中肯定会留下一定的痕迹，也是有必要搞清楚的，某一作品的背后，有着从事创作的人，该作品在作家死后也会作为艺术品而长久的流传下去，由此就出现了鉴赏的人们。冈崎义惠对此比喻到，这些人就是艺术意志的发光体，是作为诱发艺术意志的人对的美的需求，并指出这些人们的某些需求所规定的美的准则，永远引导着人类的历史包括文化史、艺术史、文艺史的前进。而这些历史性的东西的介入的地方，是很难导入自然科学式的意识去进行分类的。

如此便涉及到了样式论与历史学的关系。冈崎义惠坚持样式本就不同于自然界的存在的研究，既然其属于人类的理想的存在方式的研究的思考方法，那么首先应该承认样式是来自美的理念（完全把握的方法就是美的理想）的指令，其次更要牢记不能无视它与人类文化意志形成的历史的世界的关联。而来自美的理念的指令和来自历史的世界的制约，在一定意义上是相距甚远的，又是甚至是两不相容的。这是否也符合人类的生之二律背反的规律呢。样式论里的两极的关系是文化科学的根本问题，也是一个难于解决的问题。

如果将艺术还原为单纯的美学问题，我们只需借助于美的哲学就可以了。如果将艺术限定在对艺术品的客观研究中，似乎借助于自然科学也是可行得。然而冈崎义惠明确指出，正因为我们要从艺术品中所表现出的艺术家的意志追求艺术的中心的意义，那就必须以人类的意志的活动世界——即历史的现实为问题。从而论证了以美的样式去把握在历史的现实中作为烙印打上的艺术意志的"著明"的痕迹，否则文艺学的独自的方法就无从成立。接下来要解决的就是历史的事象和美的价值的样式论的结合，又该如何去实现的问题。

3. 样式的具体化

日本文艺从样式论的角度来看，可称之为文艺的日本样式。所谓的日本的样式，就是要看它与其他国家的国民样式相比较究竟具有何种特征。冈崎义惠通过系统绵密的分析和考察，尝试着从日本文艺所具有的一些特征去把握日本文艺的样式的这一做法，对于进一步了解日本文艺在文艺的甚至在艺术的整个体系中的位置有着积极的作用。所谓日本文艺，可以从以此为背景、地域的日本这个国家或是民族的构成要素来看。日本的各个时代、各个地方、日本的各位作家的存在方式所表现出来的当时、当地及某个作家的文艺的样式，所有这些息息相关最终形成了一种日本文艺样式。冈崎义惠对于外在样式的理解明显受到了森鸥外《审美新说》对样式的系统阐述的影响，体现其在对外在诸样式研究上从个人样式、流派样式与地方样式、时代样式三大方面着手，同时逐一细化。如个人样式上分别从和歌、俳谐、物语、小说等所体现的个人样式；流派样式则从和歌、俳谐、近世小说、戏曲的流派以及现代流派；地方样式又分别从地域的样式、风土的样式；时代样式则从时代样式的本质、时代样式的研究、时代样式的展开逐一论述。在此基础之上，冈崎义惠还着重考察了日本文艺内部包含着怎样的独特之处的问题。

　　想要真正弄清楚日本文艺的内在性的样式，必须要对日本文艺的所有作品都进行绵密严正的考察，并尝试与其他国家的文艺进行比较，从中提炼出属于日本的特色，这一工作没有常年的钻研和学者本人锐利的洞察力是无法做到的。冈崎义惠凭借其对文艺本身的无限热情和追求真理的勇气以及其自身"今、昔、和、汉、洋"各方面的深厚底蕴和全面素养，开辟了这一新的研究领域，并取得了学界内外有口皆碑的丰硕的成果。

　　要想理解冈崎义惠所规定的日本文艺的样式特征，我们有必要先来回顾一下日本文学的总体特征。我们知道，日本是一个岛国，经历了漫长的史前发展，于公元初进入了文明阶段。据中国《后汉书》记载，公元57年倭国王入贡后汉，得光武帝"汉委奴国王"印绶。《魏志·侯人传》记载，公元146～188年年间倭国动乱。邪马台女王卑弥呼统一国家，公元239年派使臣至中国带方郡。公元645年，经大化改新开始确立以古代豪族为基础的天皇专制主义。公元1192年源赖朝创立镰仓幕府，使日本走上封建社会道路，一直延续至 1868 年明治维新。在第二次世界大战失败之前，日本天皇号称"万世一系"，从未受到异国异民族的统治。日本是亚洲第一个走上民族独立的资本主义道路的国家。日本的地理条件、社会条件和历史条件，决定了它的文学特征。日本文学形式在近代以前大都是短小的，结构单纯。从古代开始，短歌形式的文学最为发达，后来发展为连歌、俳谐、俳句等，迄今不衰。同时日语音节、古调单纯，诗的形式不具备押韵的条件，因而日本诗歌呈现出散文诗化的倾向。日本随笔、日记文学，都很讲求文体的优美。散文的发展促进了短篇小说形式的物语的发达。十一世纪初出现的长篇小说《源氏物语》，其结构是由短篇小说连贯而成的，前后衔接松散，叙述简单，时间推移与人物性格变化没有必然的联系。在日本，即使长篇小说，其结构也是由短小形式组成的。这一特点贯穿于整部日本文学史，成为一种传统。如江户时期井原西鹤的浮世草子《好色一代男》等长篇小说，也都是由短篇故事组合而成的。现代作家川端康成的长篇小说《雪国》，明显地具有《源氏物语》的那种结构和描写方法。日本作家在短小、单纯的结构中追求精练的艺术表现手法。短短三两句的短歌或俳句，往往能准确地表达日本歌人、俳人的感情世界，随笔和物语中的情节描写，也极少有长段落。很多作家和学者都意识到了日本文学的这些特征，如小西甚一就将之归纳为"外形上的短小"、"平和而不尖锐对立"、"情调上为主清性及内向性"[①]。冈崎义惠针对日本文艺总结了包括形成的浑融性、表现的融合性、世界观的情调性在内的三个样式特征，这些分别是对于最为明显被认知的"形成"方面、"表现法"即"观照法"的方面，以及世界观的内容方面所体现的性质进行研究得出的结论。

虽然冈崎义惠有着深厚的西方哲学美学的学术背景，但在受容的过程中，冈崎义惠一直是坚持着重视本民族的文化传统，坚

---

① 转引自菊田茂南：『岡崎義惠——日本文芸学の提唱』，『国文学 解釈と鑑賞』，1992 年 8 月，第 127 页。

持以本民族的文艺作品为研究对象的，其中他自己也谈道："尤其是日本的与东方的关联是我所最为重视的部分。"① 并强调如果真要对日本文学其进行严密的考证，至少要对与中国、印度的文艺进行充分的比较研究，才可能有说服力。正如在前文中提及的文艺是以语言为媒介的艺术之一，如果说在造型美术领域，因为没有语言障碍，进行比较研究还相对容易，涉及到文艺，则第一道必须逾越的就是要克服语言的障碍。而当时日本学界对于印度文艺知之甚少，几近空白；与中国文艺的比较固然有了一定的基础和进展，如将《万叶集》、《古今集》与唐诗的比较，对平安朝的物语与晋唐小说的比较；但严格地说也还谈不上系统的研究，所以比起与西方作品进行比较而言，最为重视的与东方的关联难度也更大。所以冈崎义惠曾经热切地期盼有更多领域诸如历史的、哲学的、心理学的、外国文艺方面的研究专家和学者能意识到日本文艺学这一新兴学科树立的必然性，并互相携手实现学科之间的成果共享。比如对日本文艺的特质进行考察，本应该对于相应的外国文艺进行深入细致的考察和研究，但实事求是地说，在日本文艺学树立之初由于当时学界的现状，在别无他法的情形下也只能是多以一些常识作为基础，这方面的论证和准备工作并不是很充分。这也进一步说明了树立并完善一门学科是一项长期的艰巨的研究工作。具体到日本文艺，冈崎义惠则有着足够的信心，认为经过从专门的立场进行深入、细致而持久的考察，已经能较好地把握日本文艺的样式。

倡导日本文艺学的冈崎义惠在《日本文艺的样式》（1939 年）中，对日本文艺的内容实质，归纳为印象多于思想；生活气息多于人生观；情调多于意志；强烈、激越、深刻不足，温和、优雅、清淡擅长；民族性上而言则是年少的女性的。如"寂び"（朴素优雅之美）、"しおり"（哀怜余韵）等虽有些许老境意味，但仍是女性的特征明显。

---

① 冈崎义惠：『日本文芸の様式と展開』，宝文馆 1962 年版，第 4 页。

4. 形成的浑融性

在《作为学科研究对象的日本文艺》(《日本文艺学》所收)这篇论文中,对于日本文艺的样式的特征,冈崎义惠列举了"优雅可怜、浑一的无构造的、单纯素朴、现实的、情调的、直观的、感性的"等诸多特征。在其后的大学的讲义中,冈崎义惠又对其进行进一步归纳为"抒情的、印象的、单纯的、优雅的",并将衍生出上述这些特征的最为根本的特性定性为"年少的"这一日本的性格。如果把着眼点放在文艺发生的主角即人的身上,我们确可以发现"年少的"这一特性的确最能表现日本式,因为上述的诸多特征无一例外都是"年少的"性情的表现。然而,如果重新回归到文艺作品本身上的话,那么其中所表现出来的最具体的特征最为恰当的表述应该是其形态上的特性了,冈崎义惠对此进行了"浑一性"、"非构筑的"说明,并进一步用更加简明扼要的语言即"浑融性"来表述这一样式特征。在揭示出"浑融性"这一显著表征的同时,冈崎义惠将其他的诸多特征也放在与此的关联角度予以研究,通过一些具体的作品,进行了更为细致的探究。当然,所谓"浑融性"这一观点并不完全是冈崎义惠的独创,事实上如德国学派的美学家鼓常良在《日本艺术样式的研究》中就曾有类似的"无框性"、"无界限性"等提法,应该说他们的所指是基本一致的。

首先来看形成的非构筑性、浑融性,究竟应该如何明确这些用词的含义呢?

诚然,日本在近代文艺学、美学方面,也是在西方的影响和介入下得以萌芽、建立并逐步发展完善的,但是东西方文化的差异以及具体国别的文艺作品的民族性等等决定了后来者对先行者可以借鉴、学习,但决不能完全照搬照抄他人的研究成果。在研究中,冈崎义惠将日本的形态和西洋的叙事诗、抒情诗、戏剧诗相比较,从而几乎无懈可击地揭示了日本文艺之不同于其他文艺的独特性,说明在样式上是如何以及怎样"浑融的"。很明显,抒情诗、叙事诗、剧诗这三种出自西方的形态论很难直接应用于日本文艺，因为如果严格从纯粹的形态意义而言，这三种形态都很难在日本文艺中找到相对应的作品。按照西方典型形态的思维考虑，比如和歌、俳谐、发句、附和等的确抒情的成分居多，但仔细考究，会发现和歌这一在日本文艺中似乎最为抒情的形态其中很多同样蕴含了叙事叙景的要素；俳谐中的叙事叙景的要素成分就更多；而发句则多为叙景（或称咏物）；至于附合一般认为多为叙事，当然也有人认为与抒情诗的性质相融合，甚至认为在某些情形下还包含着戏曲的成分在内。《古事记》和军记物语、平安朝以来的物语似乎是叙事性的，但却有的兼有日记、随笔的特色，有的以和歌为重要的构成成分；西鹤的浮世草子虽然是公认的近代的叙事诗的小说，但作为小说而言，它却有着极为特殊的构造，既像说话集、短篇小说集，在某些方面又类似于评判记、随笔之类；至于马琴的读本，客观地说其叙事的构造是比较明显的，似乎对中国小说的模仿成分较多，甚至有人对究竟能否将其归于日本的形态表示了怀疑。所以从严格意义上来说，上述日本文艺作品也不能够完全归于西方典型形态的叙事诗。有人提出日本传统的谣曲、净琉璃等接近于剧诗，但严格说起来确是抒情、叙事、剧这三种形态的融合。所以，由此看来，就内面形态而言，日本文艺的表现就仿若随笔一般，完全是自由、随心所至的，或是抒情、叙事、剧的这些要素难分泾渭，成就为极为简朴单纯的印象的、象征的形态，也就是所谓"无框性"、"无界限性"，在冈崎义惠看来，这就是浑然一体自然融合的。而日本的最高形态也正是体现在看上去无构造的、断片的却又是有着深深之焦点的那些作品如《源氏物语》、《平家物语》中。

　　在语言的语音形式方面，能发挥日本长处的应该要算是拥有无制约的自由的散文，和有这空间的结晶性的短诗形，比如俳句、和歌，575一共才17个字音组成的俳句是世界上最短小的诗，和歌也不过57577一共31个字音，比如清少纳言的《枕草子》。而恪守一定的韵律的构造的长诗形反而不是日本所擅长的。日本的文艺作品中似乎很难看到自觉对其作品进行内部构造，或对其构成要素的相互关系通过某一合理的目的进行定位，这些意图在日本文艺作品中既不是完全的也不是必要的。作品就是在实际生活中自然而然、无意志的引出的。因此就像作品的内部毫无构筑意志一样，在生活中也同样不是刻意而为之，生活的各方面都是非构筑的浑融一体的。冈崎义惠指出，日本的作家，哪怕是要将作为艺术之对象的文艺的想象的世界视为客观的一个统一的形象，即便是试图对其进行构筑，多数情况下也会暴露出构筑力的薄弱的倾向。而并不驱动构成的意志，任所拥有的东西顺其自然地发展，却反而会有浑然天成的艺术的形象喷薄欲出。[①] 冈崎义惠认为这种态度也可以理解为"女性的"、"年少的"，即并不由理智与意志对对象进行支配，而是由感觉和情调跟随着对象而行。所以，归根结底，仍然是抒情的形态占据了主导地位。其实我们稍加留意就可以发现，这一特色并不仅仅体现在日本文艺这一方面，而是和实用、娱乐、时而还与政治、道德、宗教等等浑融一体，呈现出一种难分彼此的状态。

一般而言，但凡艺术作品，当其作为一个作品存在的时候，必定是一个统一的整体。所谓统一，是因为有着部分和全体的关系，是很多相异的部分因着某一个东西从而互相相通相融，并形成一个全体，由此整个作品形成统一。一般而言，必定有着所谓的部分，而且有着统领所有部分的全体。然而，在日本文艺作品中，如果也以上述观点视之，就会发现其中的部分和全体的关系似乎并不如想象的那般明了。似乎部分和全体之间并无区别，甚至其特点就在于部分即全体，全体即部分。所以冈崎义惠提出，就这一形式原理而言，"浑一"较之"统一"更为恰当。也就是说，部分并非相对全体的构成部分，其实部分本身就是全体，虽被视为部分，却完全是自由的存在，而非所谓全体统领之下的部分，而全体本身也如同部分一般和其他所有一起无境界地融合在一起。这就是冈崎义惠所提到的"浑一性"。如果从一般的统一原理的常识加以考虑，会发现很多都属于非统一的作品。尽管如此，日本文艺却仍然有着其独特的统一的方式，或者说该统一的

---

① 冈崎义惠：『日本文芸の様式と展開』，宝文館 1962 年版，第 9 页。

方式是非常自在、流通的。部分虽为部分，其自身却拥有旺盛的生命力，然而在奥深之处却又的确融合为一体，部分绝不仅仅止于部分而已。日本文艺就是这样有别于旁的统一却依然融为一体的。换言之，不是理智的、刻意的、合理的去对作品进行整理，不是凭借着意志的力量去束缚、控制，而是任由其自生自长，自然而然地于不可言说之奥深之处融合。此种融合让人难以言明道清的情调，也许正是日本文艺随心所至的妙手偶得。从知的方面来说的话，也可以说是在直观下形成了统一，也就是说在直观上、情调上形成了统一。所以如果从常识、合理的角度来对待，要深究日本文艺的部分与部分是何种关系几乎是不可能的，其"分崩离析"的状态甚至让人疑惑不已，然而事实却是非常深地结合在一起的。可以视其为看似无统一的统一，无形式的形式。从作品本身的表面而言，的确很难说是有骨架支撑的作品。说是有血有肉血肉丰满的作品倒不为过。

　　在与其他国家的文艺作品进行比较研究时，冈崎义惠选择了中国的文艺。相比这非构筑的浑融性的日本文艺，中国的文艺则明显的多为精心构思的条理清晰之作。他用了一个十分恰到好处的比喻来说明两国文学各自的特色，从而更进一步证实了日本文艺的样式特征。冈崎义惠认为与中国文艺的骨格脉络清晰不同的是，日本的文艺所表现的是一种血肉丰满的美。作品的"血"的感受尤其明显。血是有着不停流动的特质的，不是构造性的，却有着浑融的统一力。虽然不能说完全没有构造，但与有骨格的构造之庄严相比，又可以视其为没有构造。也就是说有着看似无构造的构造。在这一点上，黑田亮也在《直觉的研究》中从心理学的角度从日本独特的剑术、能、禅等方面阐释了东洋思想，并与西洋观点进行了对比研究，对于直觉、感知，认为都是无构造的，含蓄的，指出日本文艺正是这样含蓄地被统一的。从黑田亮的观点来看，日本作品的形态正是由直觉把握了其本质。虽然和冈崎义惠的非构筑有着异曲同工之妙，但"我则更愿意将此表述为非构筑的。这虽然是魏尔夫林[①]用于表示巴洛克样式的表征的，我和他有着少许的不同，是为了表示无构造的构造。"[②]

5. 表现的融合性——物心的融合

因为坚持认为直接挪用所谓西方修辞中的写实的、譬喻的、夸张的、象征的等等不能很好地说明日本的特性，所以为了证明"表现"中的"浑融性"特征，冈崎义惠对于《万叶集》中的表现法的类型进行了研究，虽然某些地方不够严谨，但应该说不失为一次有益的尝试。另外在此所强调的日本作家对"物"和"心"的关联所持的特殊的心境和态度，其实已经涉及到世界观的问题了，但冈崎义惠仍然归于"表现"中予以说明，因为这对于如何理解日本式的表现、日本式的观照的特性是有着非常重要意义的。

表现是将内部所隐含、潜在的东西呈现出来的过程和结果，而观照则是从外部所显示的东西探寻其内部的过程和结果，二者在关系上是相反的，但是在外在与内在的相关联的路径这一点上却是相通的。因此，研究文艺的表现法上的内外相关联的样式，也大致可以适合于文艺作家在观照自然、人生、宇宙——也就是观照人的外在的世界时是如何处理其内外的关联的。

因为与日本文艺相关的自觉最早是在和歌中发端的，所以在把握这一内外的关联的方法上，冈崎义惠对此进行了深入地研究。和歌的内容本来就是"心所思所想之事"。虽然有着诸如"心"、"思"、"志"、"怀"、"情"、"感"、"意"、"心绪"等众多词语和表达方式，但是所指的不外乎都是以感情为中心的内部的精神状态。要将这一精神状态外化、表现出来，要形成文艺的形象究竟应该采取何种方法呢？《古今集序》中说："将心中所想和亲眼所见亲耳所听一并描述出来"，《万叶集》的词书则提供了

---

① 魏尔夫林（Heinrich Wölfflin，1864～1945），瑞士艺术史家，研究文艺复兴时期和巴罗克时期的美术。确立了形式史性质的方法论。著有《艺术史上的基本概念》等。

② 冈崎义惠：『日本文芸の様式と展開』，宝文馆 1962 年版，第 12 页。

"正述心绪"、"寄物陈思"、"譬喻"三种方法。这一区分在《万叶集》里虽然主要体现在恋爱歌上，然而，却也可以说是适合于一切心的表出的。"正述心绪"就是将心所思所想原封不动地直抒胸臆；"寄物陈思"则是借助于某一外物，通过与该物的一定关联来表述心所思所想；"譬喻"则仅仅出现借用之物，来间接讽示心所思所想。冈崎义惠承认这一区分法并不十分严谨和精密，但仍然可以将其为一个根本的基准。也就是作品究竟是直抒胸臆，还是物心并举，又或是仅借物间接表示，宗旨就是物与心得关联的方法的问题。具体而言，"正述心绪"的情形下，内之心与外之形完全吻合合二为一，"寄物陈思"的情形为一半吻合，而"譬喻"则是完全不吻合的。冈崎义惠同时强调指出，所谓的不吻合是仅指事实上的或是外在的情形，而从艺术世界的角度而言，这种事实上的不吻合的内与外，在借助艺术的方法使其融合之处，正是特色所在之处。

《万叶集》为古代和歌的结晶，但其中应该说反映了中国文学对它的影响。全书使用汉字为音训的万叶假名，编排学习中国《诗经》等书，作者中的山上忆良等人曾留学中国，颇受中国文学影响。中国儒家、老庄及佛教思想，对《万叶集》也有很深影响。《万叶集》的这三种方法，似乎是受到中国诗论的"赋"、"比"、"兴"的启发，但又应该是有着独创性的考虑的。不过具体到"万叶"的范围之内，这三种方法与"赋"、"比"、"兴"似乎并无太多不同，虽然正因为如此，其中所蕴含的日本式特质的东西并无太多可圈可点之处，但冈崎义惠强调随着时代的推移，展望其向着日本式的方向发展行进的历程中，还是依稀能辨认出日本式的表现和观照之发展路程的。

"正述心绪"是直接的、写实的方法，也就是最为普通的表现手法，可以说是世界通用的表现手法，虽然这并非日本所独有的表现手法，不过在日本早在散文发达的时期就已经显示其完成。不过，这并不值得作为一个特别提出的问题。最主要的问题是物与心的关系是如何形成表现的契机的。"寄物陈思"在日本的表现体现在枕词、序次、缘语、挂词等特别的修辞方面十分发达，季词也多半有"寄物"的意识，物与心的融合的方法上体现了日本式的特性。而且应该说还并不止于寄心于物的阶段，而是超出了此种知的判断的形式，呈现出一种心物不能截然区分的状态。而譬喻也是被譬之心与譬之物的区别不甚明了，也就是说心是一种情调，是物自身所有的心，还是不同于物的人的心，其中很难树立一个明确的界限。所以结果就是，无论是自然还是人类，所有万物皆在泛神论的某一情调中呈现出浑一化的倾向。对此冈崎义惠认为这已经不仅仅是表现法的问题了，甚至可以说是表现了世界观照的方式。

以上三种表现法虽然是就心的表现所言，然而在表现物的情形中，直接描述物体、寄他物而表现或譬喻成他物这三种方法同样能够成立。在《万叶集》中表现物的情形，可以都概括为"咏物"。虽然《万叶集》的"咏物"以直接表现为主，借用他物来表现某物的情形几乎没有，但是作为部分的修辞这依然是大家所认可的。这类咏物发展到后来，就出现了物之心，物之情调，也体现了物心的融合，与譬喻的方式所表达的心的表现已经很难辨别了。由譬喻表现的心的表现，牵强点说是心灵的物体化，而咏物的心的表现则是物体的心灵化，其关系按说是相反的，但是都融合到情调性中去，也就很难加以辨认了。

对于在表现法上的问题所表现出来的上述物与心的关系，冈崎义惠认为这一物心之融合的状态所包含的就广义而言是东洋式特性，但强调仍然不能忽视其中日本式的东西。简单地说他所提到日本式的物心之融合，并不是理智的、自觉性的，而是情调的、非自觉性的，这虽然是一种美的态度，也代表了一种世界观的思想。

6. 世界观的情调性——情调的美的样相

冈崎义惠对于物心融合的认识并不仅仅止于表现，在他看来这同样也可以说是一个世界观的问题，或者说至少其中有一个世界观的根基，也就是说，由此还可以探讨诸如日本人对于人生或者是更为广阔的世界究竟是如何面对、接纳并表现于文艺之中的这样的问题。实际上，这一点就涉及到了日本人的世界观、人生观，或者更具体地说这是一个更深层次的日本人的生存态度、方式的问题。在日本文艺所体现的世界观的这一问题上，冈崎义惠规定了"哀"和"谐趣"。严格地说，这两个范畴早已有之，然而冈崎义惠的功绩则在于将这二者相提并论并尝试用它们代表日本文艺的世界观、美的情调范畴的正面和背面，并与西方文艺中的悲喜剧进行了比较，从而在找出美的共性的同时更凸现了日本文艺美的独特性。这看似简单的一分为二并不能完全涵盖日本文艺全体的精神内容及派生出来的诸种的美，但是冈崎义惠以此展开对日本式美的诸象的说明应该说是一次很好的尝试，不但指明了一种研究的方向，开辟了一个研究空间，更给予了后来者诸多启示。

我们知道日本文学总的来说性格纤细、含蓄。自古以来日本自上而下的改革，对文学产生深刻的影响。明治维新以前，在日本文学中几乎听不到强烈的社会抗议的呼声。古希腊悲剧的那种雄伟崇高的观念，也不是日本作家追求的对象。他们追求的多是感情上的纤细的体验，表现的主要是日常的平淡的生活，在平淡朴素的生活中表达对社会对人生的冷静的思考。日本文学除少数例外，与激烈的阶级冲突一般都没有联系。即使是少数例外，作家的表现方法往往也是含蓄的，曲折的，所以日本文艺基本上也不存在所谓的大喜大悲，始终都是温婉的、淡淡的。这大概也是为何冈崎义惠认为日本文艺也可以用"女性的"这一特征来加以把握和概括的原因。

对于日本的文艺观，一般的认识是以"真"、"哀"、"艳"、"寂"为基础的。从"真事"始经平安时期的"物哀"到镰仓、室町时期的"幽玄"再到江户时期的"闲寂"，主要是在和歌的基础上发展和提炼出来的。对于日本文艺的上述特征，很多文人和学者早就有意识地去概括和把握。早在国学时代，本居宣长就提出了"哀"，视其为物语、和歌的本意，并将其提高到了日本式"雅^①"的精神的这样一个高度。这是本居宣长不可抹煞的业绩，然而本居宣长对于"谐趣"却似乎并未给予相应的关注。到了"国文学"时期，准确地说是大正末期的国文学者才开始重视"谐趣"。这一代表人物当属垣内松三，他不但将"谐趣"纳入到日本式美的形态中去，而且还把"谐趣"与"朴素优雅"、"幽玄"等日本文艺所具有的公认的相关特性并立，尝试着对其进行了绵密细致的研究。到了英文学者土居光知的《文学叙说》中，在《日本文学的展开》（再订版 95～97 页）中，对平安朝的美意识进行了说明，虽然特别提到了"哀"和"谐趣"的不同，并列举了很多实例，但相应的说明却稍显不足。而且除此之外，还另外提到了"丽"、"美"、"高贵、尊贵、高雅"、"讨人喜欢的，可爱的，对弱者加以关心、爱护的状态"、"艳"等等有着平安朝的特殊的情趣的内容的词。所以，在事实上土居光知虽然同时对于"哀"和"谐趣"两词进行了研究，但并没有主张特别让这两个词代表平安朝的美意识。我们已经知道，冈崎义惠的"日本文艺学"最为突出的特点就是从美学视角切入对日本文艺的文艺性进行研究，而对于日本古典文艺作品尤为关注。通过对日本文艺的系统研究并借鉴西方先进的学问理念，与西方的悲剧与喜剧相对应，冈崎义惠明确地提出以"哀"和"谐趣"这两个美学范畴来代表日本式美意识。

我们知道，西方的文艺自古希腊以来就认为戏剧是十分高尚的。一般而言，戏剧可分为悲剧和喜剧，其中悲剧又更为世人所被尊崇，喜剧则屈居其后。所谓悲剧，往往是以人生之中的各种矛盾和斗争为基调的东西。人的意志与命运的对抗、个人与境遇的摩擦、或是个人内部的如因性格的分裂而导致的对立的关系，引起的激烈的纠葛，从而产生的诸如命运悲剧、境遇悲剧、性格悲剧等种种悲剧。

冈崎义惠强调过表现日本式的"哀"这一感受的作品，基本

---

① 此处及以下各词的中日文对应分别为：雅（みやび）、丽（麗しい）、美（美しい）、高贵（あて）、讨人喜欢的，可爱的，对弱者加以关心、爱护的状态（らうさし）、艳（艶、艶めかし）。

在于爱情的世界，正因为是爱的感情，所以不会发展为斗争，而是形成融合。而人的苦恼也融入了同情、同感之中（感同身受），如同自身的心之烦恼以自怜自爱的形式咏叹出来，通过叹息，表现出将所有的一切都放任逐流的心情和态度。"哀"这一情绪虽也有发自苦闷的时候，然而却有着不能苦闷到底的要素。比如命运悲剧吧，全篇贯穿着和命运对抗的人的意志，然而相对的命运的力量却较之更加强大的力量最终令人一败涂地、无可挽回。亚里士多德的《诗学》中，认为悲剧的目的在于引发恐怖、哀怜的情绪；冈崎义惠认为相较于哀怜占据主导的"物之哀①"，与命运的抗争多半是恐怖的情绪。但是日本式的"哀"这种情绪则是服从、认命于命运的安排或捉弄，并与命运形成和解的状态，是一种向命运低头臣服，将自身托付于命运任其处置安排的情绪。所以戏剧的冲突和斗争在此几乎不能完全成立。也就因此而必然形成了抒情性的艺术。"哀"不是斗争、苦闷的世界，而是和合、同情、同感的世界。悲壮（Tragik）是悲剧的核心之美，而在日文中很难找到纯粹意义上的悲壮，更多的是所谓的"物之哀"的表现。日本的戏曲，即使看近卫的世话物，也不是西方风格的悲剧。虽然对此有人用了"悲哀剧"的说法，但实际上仍然是"物之哀"的表现。当然，悲壮在日本文艺中也并非完全难觅影踪，但是不可否认最为中心的仍然是"物之哀"而非"悲壮"，它是一种优美、纤细、沉静的观照式理念。

作为另一种戏剧类型的喜剧一般以夸张的手法，巧妙的结构、诙谐的台词及对喜剧性格的刻画，从而引人对丑的、滑稽的予以嘲笑，对正常的人生和美好的理想予以肯定。也就是说喜剧是揭发和暴露人间世界的各种丑陋，并由此引发笑的戏剧类型，但是都是持着乐观的态度围绕人间的矛盾展开的，因此结局都是可以接受的。亚里士多德的《诗学》中，悲剧是人性的善的描写，而喜剧是人性的丑陋之处的描述（这里所指的不是道德方面的善恶，而是丑陋之意），因此所引发的是无害的笑，讽刺与笑

① "物之哀"的日语对应词为：もののあれ。

是喜剧的本质。日本的"谐趣"这种感情与此大体接近，但是"谐趣"的感受中并无揭露人生的丑恶的态度，而是相对比较宽容的态度，是一种睹物而心生微笑的较为平和的心绪。比如在平安朝的用法中，看见美好的东西而引起的会心微笑的情绪就叫"谐趣"。就算看见丑陋的东西，也一笑了之，而并非揭发暴露的态度。因此，日本的"谐趣"的心情表现中不太能见到西方喜剧中所指的深刻的人生观察、批判的东西。具体说来，日本的狂言之类的都属于"谐趣"的作品，虽然其中也多少有着西方喜剧的影子，但如果以纯西方喜剧的标准来看"谐趣"，多半会认为其不属于高雅的东西。因为其仅仅是引发笑声，并不像纯正的喜剧一样，一针见血地看透人生的丑恶，描绘出其真情实景，所以在一般人的眼中不能算是深刻的东西，也有人据此也认为狂言之类的并非高雅艺术。实际上狂言的真面目仍然是表现宽容的笑的世界，和洒脱感觉的"谐趣"的境地。

回顾一下日本的文艺的发展历程，以"哀"和"谐趣"等情绪观望外界的态度自古以来已有之，且一直以来都是中心所在，因时代、作家、文艺种类而异还有许多不同的表现。冈崎义惠认为"哀"和"谐趣"堪称日本美学范畴的两面，认为日本文艺以"哀"和"谐趣"的心绪来观察观照外界的态度，是来自一种不强调大是大非、比较淡泊的气质，是乐观的平和的，从根本上来看，因为是立足于爱的感情上，所以不会有激烈的斗争的态度来观察观照外界。相对于西方悲剧表现的人类意志力的崇高，和喜剧的发挥人类的知性的锐利的本领，"哀"和"谐趣"却仍旧是感情的、情调的、心绪的东西，而不是知性的、意志的东西。

三、"文艺意志"说

冈崎义惠的"日本文艺学"体系中有一个重要的观点即文艺意志论。围绕这一观点虽然有着种种质疑，如社会历史学派的学者石山、永积等对于冈崎义惠的文艺学中假定所谓"文艺意志"的存在，以及各个时代的文学样式都由该文艺意志自律地展开这

一观点就表示了异议，对于冈崎义惠所认为的超时代超时间性的
"文艺意志"进行了批判。然而，这一观点从某种程度上揭示了
文艺既不受对象又不受概念直接约束而具有自由性的本质特征，
反映了文艺创作和欣赏中主体的自由观照及审美创造活动中主客
体相统一的规律。文艺意志在当时的提出，还是有其积极意
义的。

1. 文艺的意志与关心（无关心说批判）

冈崎义惠的"文艺意志说"明显受到了康德的"静观说"的
影响。康德认为形象是文艺的知的方面，情调自然是情的方面。
康德在分析美的判断力的时候，首先强调的就是无关心的满足。
康德认为应该抛却道德性、实用性等现实的"关心"去把握对
象，基于主体的趣味的判断力的"美"的根据。"趣味应该是抛
却一切关心，对某一对象或某一表象本身纯粹以满足或是不满足
来判断的能力。其中可获得满足的对象就将其命名为美。"[①] 也就
是说，美的价值判断是以无关心性为本质的。在美的价值判断
中，对象的存在并无重要的意义，那些既不是我们的感觉的欲望
的对象，也不是道德批判的对象，对实际利用价值毫不关心，仅
仅是对该对象的表象的满足才构成趣味。此处所谓的"无关心"
并不是说对对象本身漠不关心，而是指对其存在不予关心，仅仅
是关心其表象。对于康德的这一论调，冈崎义惠是持既赞成又批
判的态度的。他认为康德"无关心"说似乎也可以理解为美的对
象是由形象和情调共同构成的。指出如果按照这一思路的话，那
么美意识中就没有意志这一要素的参与了。文艺既然是美的对象
的一种，那么也理应具备无关心的满足这一无意志的状态的本
质。对于这一点，冈崎义惠是持保留意见的。回顾美学史，我们
可以看到，康德的无关心性的学说又被称为"静观性（Beschau-
lichkeit）"或是现实感的减退（Herabsetzung der
Wirklichkeitsgefühle），这一点为多数后来的美学者所继承，不过

---

① 冈崎义惠：『文芸学概論』，劲草书房 1978 年版，第 153 页。

在对美的态度方面持有一定程度的关心是必要的这一较为稳健的立场，应该说为更多美学者所认可。虽然在德国美学者或英美派系当中，从社会学的美学立场出发，或从实用主义的立场出发，宣扬实用价值为目的的学者并不多见，但仍有人将艺术视为了阶级斗争的宣传工具。冈崎义惠指出这样的做法无非是将文艺与美隔绝开来，生拉硬拽着文艺向政治道德靠拢罢了。冈崎义惠指出这是出于世界观的不同，但很明显，无论是偏向政治还是道德方向，都会导致轻视文化意志、艺术意志而重权力意志或道德意志的不良倾向。对于上述两种观点，冈崎义惠都是不赞同的。虽然"我以为作为艺术意志的文艺意志是出自美的客观需要的，是不可能消解在其他领域的，这似乎也和康德学派所主张的静观性差不多。"①，但他仍然辩证地批判了康德的无关心说，指出所谓的"无关心性"、"没意志性"都是附有一定前提的，简单地说，文艺是由文艺意志生发出来的，这就不可能是完全的没意志性。

2. 对"文艺意志"的肯定

冈崎义惠首先肯定了文艺意志的存在，认为文艺是由促使实现文艺体验的文化意志所支撑的。并强调如果否定文艺的意志，文艺的成立就是不可能的，没有这一意志文艺就不成为文艺。对于文艺意志，冈崎义惠作了清晰的界定，即文艺意志既不是纠葛与利害关系的实际的意欲（换言之不是权力意志的一种），也不是隶属于别的文化意志比如道德宗教科学等的东西。冈崎义惠认为很有必要再次提出来进行思考和讨论。

关于文艺意志的存在方式，冈崎义惠借鉴了大塚保治先生的《美学概论》：

美的体验从意志的角度来看，可以看到相反的两个要素。其一是消极的方面，另一则是积极方面。消极方面的特征可以用解放（Befreiung）、高扬（Erhebung）等词语来表示。此处的解放是美的体验中的意志被专一集中以脱离世事的束缚。将艺术品视

---

① 冈崎义惠：『文芸学概論』，劲草书房1978年版，第155页。

为自身独立的东西去观照，而要集中意识就要求意志本身脱离其他的牵绊，现实生活中的解放和美意识的存立也是有关的，这样一来，解放决不是堕落，而是超脱现实生活向着更高更好的世界飞扬，所以在这一意义上也可以说是高扬。至于积极方面的特征，如果要找到更为适当的词，紧张（Spannung）、集中（Konzentration）、狂热（Fascination）、热衷（Enthusiasmus）等等都是可以表示从他物完全脱离直达至美，或狂喜（Entzückung）也可，这都可算得上是美意识中意志的积极的形容。当然紧张、集中等也可用于在美之外的场合表达意志，但这和在美的领域是有所不同的。上述所有词可以用"关心"一词概括。然而，关于美意识确有着典型的无关心（Interesselos）学说，所以我选择"关心"一词怕是会招来些许误解。①

　　根据大塚保治的立场可以看出，美意识其实正是在关心这一点上包含的意志的要素，这一意志的要素从实质出发应该说更接近感情的方向，也就是一种类似于满足感的东西。如果换个角度，从创作方来看似乎和灵感（Inspiration）类似，也可以认为是美的陶醉感。冈崎义惠认为这仍旧是一种关心，是精神的集中，完全可以将这些归纳到意志的领域的，并肯定这一意义上的意志的关心，无论在文艺的创作还是鉴赏中都是可能出现的。虽然像康德、黑格尔一样持有观念论的美学学者，是以理性这一冷静的知的作用来看待人类的本质，所以对于文化现象也解释为理念的，是朝向阿波罗的方向的（尼采提出的具有理性的完整的形式。如古希腊的造型美术、荷马的叙事诗等）。然而因为文艺体验绝非一种冷静，彻底不关乎我痛痒的态度，而是文化意志中所潜藏的人类的狄奥尼索斯（尼采所提倡的一种艺术类型，即带有激情的破坏性的倾向，如古希腊的音乐舞蹈等）冲动的精神发现，所以从情意这一方面来看的话，文化意志的狄奥尼索斯面的表现，正是大塚保治所提到的带有狂热性质的美意识。当然无论

---

　　① 大塚保治著，大西克礼编集：『大塚博士講義集Ⅰ美学及び芸術論』，岩波书店1947年版，第72～73页。

创作还是鉴赏，都会存在着个人差异，此外还有国民性的不同，会同时存在比较狂热的人和比较冷静的人，但无论如何，艺术活动中肯定会体现出这些精神的紧张、集中。

冈崎义惠进而强调，这种精神的集中对于美意识萌芽的保持是很必要的，因此艺术体验要不被其他的精神活动或是现实生活的营生所左右，对于美的集中应该尝试着从所必备的内在条件去考虑。科学、道德和其他功利的行为中，也有精神的集中和美的集中的性质的不同之处，冈崎义惠认为在于艺术中的意志的存在方式。

3. "文艺意志"的特征

在肯定了"文艺意志"的存在之后，冈崎义惠对于在美的、艺术的活动中的"文艺意志"的特征进行了总结。第一，意志的发现不如感觉、感情那么明显，更多地应该关注无意志的方面。对于大塚保治所提出的集中、紧张、狂热、热衷、狂喜、陶醉等意识状态，冈崎义惠指出虽然乍看起来似乎都是十分强烈，然而仔细斟酌会得出上述这些虽说意志的成分更明显，但同时也有着感情的特色，这一发现的状态是非常自然的，几乎可以说是无意识的。不是强制着指向某一目的去集中精神，并把自己钉牢在其上的克己的、统御的态度，而是任由生命自然而然的宣泄，并将精神朝着自然的方向而去的状态。也就是说艺术家的精神集中，对于其美的东西的狂热的陶醉，与其说是意志的不如说是并非刻意计划的、其特色在生命勃发宣泄的状态中，即使感情的色彩浓厚、或称之为感动，其实之间并无鸿沟。

因此，第二个特色就是艺术的意志缺乏一种意志中的争斗的要素，而是平和的、调和的、非征服的、随顺的意志。本来，对文艺作家而言，材料的调整、表现的苦心、世界观的陶冶等等就是身为作家的苦斗的生活。接下来这不是艺术自身的问题，而是要对与艺术生活如影相随的现实生活中的种种苦难不得不忍受，克服这些苦恼的意志是必需的。但是在这些外围的苦斗的护卫下得已存在的艺术意欲本身，并不把对于人生的斗争关系视为生命，而是以人生的完全的和谐状态为目的的。而且当然在题材方面选择不和谐的人生的也很多，在表现方法上往往也有部分掺杂了不和谐的因素，但是完全成立的艺术世界的美的本质，应该是本身自律的整体和谐的状态。

在艺术上形象是与情调浑融的，而形象又意味着观照者与对象的相一致，情调就是精神的和谐的状态，其中没有对立都是调和。创作者与鉴赏者的关系也以完全整体融合协调为理想状态。完全投身于如此世界的艺术家、鉴赏者的生的姿态，在于平和的福利当中。所谓美的静观、美的满足所致的，应该就是这样一种境界状态。自古以来对于艺术本质都是在和谐这一点上进行的。

对于权力的生活意欲而言，看似无关心的这一文化的创造的意欲，与静观性其实是并不矛盾的。这一创造的静观性可以说是艺术的意志的第三个特色。这一和谐的生，与以争斗为主的权力意志的世界是大相径庭的。尤其是政治、军事那样具有统领意味的权力意志相比较，本质是非常明了的，可以认为这是涵盖文化意志全域的特征。但是在美的、艺术的意志上，意志是纯粹的创造性的东西，是使自身得已成立（构筑自身？）、使自我充盈，毫无敌对对象的存在的意志。如果美的无关心性、静观性中有关心性、活动性，那就是艺术意志的作用。

这种创造的意志从作家角度而言可以说是表现意志，也可以视为表出意志。表现意志是创造艺术的世界，其中包含了人生的再现，包含了形式美的构成。表出意志是其中所包含的生的体验的再现。鉴赏则是对表现和表出的体验，并使自己感受到内部未曾体验过的形象和情调的世界，所以概而言之，都可以称为是艺术的创造的意志。

冈崎义惠认为上述特征在其他文化意志中也有所体现表现，然而在艺术方面更为明显和引人注目。这一点从与现实生活的关联方面来说，是非现实性的、非意欲的，因此是超脱的浪漫的。有人提出艺术中虽然也有现实的、意欲的要素并建议予以重视，但可以看出，与其他的生活意欲相比较而言，文艺意志的上述特色仍然是显而易见的。

冈崎义惠将现实超脱性归为艺术意志的第四个特色。无论与现实生活保持着怎样的紧密联系倾向的艺术，从实际生活而言仍然是旁观的，想尽可能地去缩小二者之间的距离，不游离逃避于现实，光看小说是填不饱肚子的，这就是艺术的命运。和宗教、道德、科学相较，艺术意志总是不时地从权力意志的世界逸脱。

以上四点特色总结起来说就是非意志的意志。冈崎义惠认为在艺术领域，意志的东西出现了变质而进入了超意志的世界，换句话说，艺术的世界是忘我的世界。这在宗教、道德、科学领域当然也都不同程度的存在，似乎可视为文化意志一般的特征，与受到权利意志支配的实际生活有所不同，艺术中这一点表现的尤为彻底和独特。艺术是将自我融于美的形象之中，化为美的情调而熠熠生辉的这样一种独特的生命形态。

因为艺术的自我融于形象之中，并在其中生机勃勃，甚至在情调中获得精彩的新生，所以只能认为自我已经消失于此间。美的生活与基于权力意志的实际生活是相克的。可以说，艺术的意志是在权力意志支配下的鲜活的新生、再生的一种意欲。

第八章 日本文艺学的民族特色与
实现世界化的过程

我们知道,任何人文学科都不可避免的带有民族特色,这是由其研究的对象和研究的学术视角决定的。但在特殊时期,比如当某种外来文化以其先进性和异质性暂时占据了优势,对其怀有崇尚甚至畏惧之心的人们就很容易流于厚此薄彼甚至妄自菲薄而不自知。应该说,日本民族一向善于虚心接受先进的文化、制度,对一切优秀的人类文化财产一向采取的是"拿来主义"和"为我所用"的态度,同时对于本国和本民族的优秀文化传统和自有的文化体系也不一概否定,在融合外来文化方面往往对其进行"吸收、反刍、消化、融合",克服了不伦不类、非和非洋的尴尬,使外来文化并非流浮于表面而是最终得以和本土文化相融并真正扎根于日本,从而使得其在日本独特的土壤上发芽、开花、结果。

纵观历史,日本的模仿和学习应该是分两个阶段,笼统地说,古代的日本主要是向中国学习,甚至包括汉字都已经完全融入了日本的文化,成为其文字的一部分,至今仍在沿用,其他方面中国对于日本的影响就更不明自言了。但是近代以来,中国闭关锁国和盲目自大,而日本却在同样落后于西方的情况下能先于中国"开眼看世界"并果断地转而学习西方。众所周知,近代日本通过明治维新,向西方学习,在 19 世纪 90 年代确立了资本主义并在短短几年间即 20 世纪初就进入了帝国主义阶段。其中,尤其是 19 世纪 80 年代以后,西方近代化文明中的制度、精神越来越成为日本人关注的对象,学习西方政治、经济政策、人文社会学说的倾向日盛。到了明治变革时期,日本在已有的基础上,进一步表现出从物质、制度、精神各层面全面吸收西方，其结果是，日本紧跟上时代的发展步伐，在政治、经济、教育、思想文化等各个方面都取得了长足的进步和丰硕的成果。立足于本国传统，坚持民族特色与虚心学习外来文化并不冲突，当然想要通过完全的模仿来追求"东洋道德西洋技艺"，使本来完全不同于本土传统的西洋文化最终为己所用，也就是达到所谓的理想中的"和魂洋才"的境界是不可能实现的。在以极大的热情和决心去借鉴和吸收优秀的外来文化的同时，应该结合本国本民族的文化特征和文化基础，这样，即使在当今全球化的趋势下，文化的民族特色不仅不会妨碍其走向世界，相反，该国的文化在世界上会因其不可替代的民族特色而有长久的生命力。当然，这其中的道路也不可能是一帆风顺的，而是历经曲折有过反复的，这在任何时代任何国家都是一样的。我们可以从历史和别国的发展进程中获得有益的经验，并吸取教训，从而不说达到跨越式发展，至少可以少走一些弯路。

一、日本文艺学的民族特色

1. 鹿鸣馆时代及其启示

日本历史上所谓的"鹿鸣馆时代"就很值得我们深思。鹿鸣馆是日本明治维新后在东京建的一所类似于沙龙的会馆，建设的初衷是对西方各国进行外交活动、向西方文化亲近和学习提供一个场所。由于鹿鸣馆的来客基本是日本上层人士和西方各国的外国官员，其中的达官贵人有不少还是促进日本近代化的栋梁之才，因此当时很多重要的国策都出自于鹿鸣馆。鹿鸣馆建成于1883年（明治16年），是由英国建筑师乔赛亚·康德设计建造的一座砖式二层洋楼，整体建筑呈意大利文艺复兴式风格，兼有英国韵味。鹿鸣馆名称出自中国《诗经·小雅》中的《鹿鸣》篇，即"呦呦鹿鸣，食野之苹；我有嘉宾，鼓瑟吹笙。"樱州山人中井弘取"鹿鸣，燕群臣嘉宾也"之义而命名，意即迎宾会客之所。工程占地约 1.45 万平方米，历时 3 年，耗资 18 万日元（约合现在 40 亿日元），在当时也算得上是笔巨额经费。1883 年 11 月 28 日，外务卿（1885 年 12 月实行内阁制后改称外务大臣）井上馨与妻子主持了盛大的鹿鸣馆开业典礼，参加开馆仪式的各级官员、各国公使以及亲王等许多显贵和淑女共有大约 1200 多人。井上馨在典礼致辞中表示："友谊无国境，为加深感情而设本场……吾辈借《诗经》之句名为鹿鸣馆，意即彰显各国人之调和交际，本馆若亦同样能成调和交际之事，乃吾辈所期所望。"井上馨等人为了专门招待欧美高级官员，经常在鹿鸣馆举行有首相、大臣和他们的夫人小姐们参加的晚会、舞会。同时据相关资料表明，为了便于住在横滨的外国官员参加，日方还在舞会召开当日晚 8 点半，开通从横滨到东京的专列，客人到达终点站新桥后，再用人力车拉到鹿鸣馆。这里，时常能见到帽插羽毛、拖着长裙的欧美贵妇人出入；馆内鼓乐喧天，彻夜狂欢。1887 年，首相伊藤博文专门在鹿鸣馆举办了有 400 人参加的大型化装舞会，还在自己的官邸举办化装舞会，将西化之风推向高潮。这一时期日本政府"脱亚入欧"叫嚣尘上，此时的日本外交被世人称为"鹿鸣馆外交"，而这一时期也就成为了西化的"鹿鸣馆时代"。在当时整个世界范围几乎都操控在西方势力之下，鹿鸣馆不仅仅是日本上层人士附庸风雅、跳舞聚会的场所，更是日本上层人士进行外交活动的重要场所。

对此，我们姑且不论好坏，从这一不同寻常现象至少可以看出日本这一民族在对于优秀文化之来者不拒甚至狂热的一种态度。首先从建筑本身和建筑宗旨来看，西化的意图自然是不言自明的。然而从命名看，又正如前文所提及的，取"鹿鸣"之意完全是建立在对中国古典文化深刻理解的基础之上的，看似信手拈来一般，却绝无突兀生硬之感，其自然贴切令人不得不叹服日本人对于本为外来文化的中国古典文化已然达到了如数家珍的境地，这绝非一日之功所能成就之事，也充分说明日本学习和吸收外来文化并不是兴之所至、三分钟热度，其广度和深度几乎是不言自明的，也只有在漫长的历史进程中代代不懈地始终坚持学习并努力与自身文化体系相结合才有可能如此融会贯通、水乳交融。另一方面，这一看似曲高和寡的命名能在短时期内就获得几乎全社会的认可和广为流传，也充分说明了虚心汲取和融合外来文化在日本是有着深厚的社会基础的。顶着"鹿鸣"之名的西洋建筑不过是当时日本社会的一个缩影，表明曾经长时间景仰和膜拜中国文化的日本开始走上了自觉亲近和模仿、学习西洋文化之路了。鹿鸣馆落成后，井上馨还把以前成立的与外国人交际的机构挪到馆内，命名为"东京俱乐部"。该俱乐部实行会员制，一般人不许入会，只有日本皇族、高官及民间有势力的人才能加入，而且交谈只限于用英语，以彰显俱乐部的国际性。在建造西洋风格的交际场所的同时，井上馨还指示实业界的头面人物涩泽荣一耗资23万，于1890年建成了西洋式的帝国饭店，以表明日本人与欧美国民有着同样的生活方式。与此同时，井上还认为，学问、艺术方面学习欧美自不待言，各种法规、制度以及社交礼仪也要模仿欧美。于是，1885年日本先后设立了罗马学会、英吉利法律学校和法国学会等，这些机构对日本的学术和教育产生了很大影响。1886年8月，井上馨与森有礼、涩泽荣一等人还撰写了戏剧改良会宗旨，并于翌年4月邀请天皇和皇后在鸟居坂的宅邸观看戏剧表演。明治政府为使日本尽快实现近代化的良苦用心，由此可见一斑。在明治政府的文明开化方针的大力倡导和当时的社会精英亲力亲为的感召和带动下，日本上层社会吃西餐、穿西服、留分头、跳交谊舞、盖洋楼等西化风潮风靡一时。除此之外，学界、文坛乃至整个日本社会的方方面面都不可避免地受到了西化主义的洗礼。然而对于诸如身材矮小瘦弱、原本安静内敛的日本妇女不得不穿着并不习惯的西洋式宫廷长裙，吃力地旋转于装修豪华的西洋建筑内的不和谐场景，西方人并不认可，他们认为这些简直像是猴子在跳舞或是鸭子在走路，指出"鹿鸣馆"单纯是形式上的模仿，甚至有人讽刺它是"东施效颦"、"公开的大闹剧"。另一方面，对于传统的日本人来说，从感情上也是难以接受的。如近代教育家岩本善治就在《女学杂志》中指责这种做法模仿"制造了荒淫的空气"，而《国民之友》杂志也批评鹿鸣馆外交是媚外外交。因此总的来说，鹿鸣馆外交并没有取得预期的效果，在内外一片反对声中，西化主义渐渐式微，日本国粹主义、国家主义势力高涨。1889 年 2 月 11 日，也就是《大日本帝国宪法》颁布之日，文部大臣森有礼被刺杀，有传言说此事系国粹主义政治家指使。森有礼的被刺，给因井上馨改约失败而谢幕的西化主义画上了休止符，而与此息息相关的鹿鸣馆，虽然一度曾经高为日本近代西化主义象征，此时也逐渐退出了历史舞台，成为了无用之物。虽然如此，但西化主义对于日本社会的影响并没有在短时间内烟消云散，那么对于强大的外来文化，究竟应该采用何种态度已经成为了当时日本有识之士深入思考的问题。

具体到文艺方面，冈崎义惠所提出的见解在当时绝非人云亦云的言论，甚至可以说颇有"拨乱反正"之风。而且，在提出自己的看法和主张之时，冈崎义惠并不是空喊口号，而是力求联系实际，用实践去进行求证，写下了诸多甚有分量的论文和著作，对于日本学界和文坛影响深远。在当时的时代背景和整体环境之下，冈崎义惠所表现出的冷静而清晰应该说是相当难得的，他通过回顾日本文艺的历史，对于日本文化表现之一的日本文艺在古代和现代分别与中国和西方的关系进行了深刻的剖析，从而客观而理智地告诫人们，为了建立世界性的文化，就要充分认识自己过去所有文化的价值并且永远保持它的优点，并且要有决心和热情学习和吸收更加先进的外来文化。但同时也决不赞成狭隘地醉心于自己的文化而对其他文化采取排斥的态度。冈崎义惠的这一呼吁这应该说是一种科学而辩证的文艺观、文化观。

2."日本文艺学"定位及其民族特色

近代日本和中国一样，都受到了先进的西方文明强有力的冲击，作为现代形态学科的文艺学、美学在日本也同样是在西方文化的影响下逐渐确立起来并形成自己的体系的。作为这一领域的"先行者"，面对着优秀而强大的西方文明，究竟该如何取舍？同时对于本国传统又该如何进行扬弃？对此，日本也同样有过彷徨有过迷失，在日本学术界、文坛内部也各执己见。可以说日本文艺学发生的契机正是一种文化观念和心态的转换和更新。冈崎义惠（1892～1982）出生于明治年间，当时日本全方位的推行明治维新，短短的几十年间就在政治、经济、教育、思想文化等各个方面都获得了飞速的发展，迅速实现了日本的近代化。而且他所出生的高知（即当时的土佐藩）作为当时明治维新的四藩①之一，人才辈出，在新旧势力对峙和历史变迁中走在了时代的前列，可以说在明治维新和日本近代化的实现中起到了非常重要的作用。这一时代的新旧观念、和洋思想的碰撞和融合给予了他们新的文化选择和思想精神，当地的风土人情以及历史传承更是潜移默化细水长流地影响和感化了冈崎义惠。

随着当时西方尤其是德国文艺学的思潮和著作不断译介到日本，这一学问思潮逐渐影响并成为了当时日本学术界文学研究的理论根基，而冈崎义惠所提倡的"日本文艺学"更不是闭门造车的不和适宜的产物，正如他自己所概括的，"我是以本人日本文艺的教养和德国美学等为基础写下了《文艺学概论》……"而且显而易见，这一新兴学科正是在西方文艺理论和现代形态学科体系的影响下开始兴起并逐渐繁荣的。然而，这并不意味着"日本文艺学"是弃自身传统于不顾，唯西方马首是瞻的学科，而是一门以研究世界文艺中的日本文艺的特有的位置、以及研究日本式的作为一般文艺性的具体表现等为主要研究目的的学科。同时也旗帜鲜明地与当时的近代国文学划清了界限，虽然同为"日本文学"研究，但与近代国文学带有很浓厚的国家主义色彩不同的是，而正如冈崎义惠自己所宣称的，"文艺学"是与国文学相反的，奉行的是"彻底的世界主义的方向"②，"我的立场和所奉行的是国际主义的公平的原则。"③ 所以，我们可以说，"日本文艺学"的树立和不断完善就是对于如何既坚持民族特色，立足于传统精神，又不排斥反而虚心吸收和借鉴外来文化和研究成果，使

---

① 萨（摩）长（州）土（佐）肥（前）四藩。
② 冈崎义惠：『日本文芸学』，岩波书店1941年版，第624页。
③ 冈崎义惠：『日本文芸学』，岩波书店1941年版，第624页。

博大精深的传统精神与先进优秀的外来文化相得益彰，并在凸现民族特色的基础上赋予日本文艺以人类的普遍性，从而成功走向世界的一个有益的探索和创新的过程。冈崎义惠的贡献和功绩在于他既非完全承袭日本传统的国文学，也非以西洋文艺学为蓝本，纯粹对其照搬照抄地应用于日本文艺，他所提倡的"日本文艺学"是兼收并蓄、旗帜鲜明地要将美学与文艺学统一起来系统地对日本文艺进行研究的一门科学，与哲学、艺术、美学都有着千丝万缕的联系和映照。

学术界对于日本文艺学的质疑主要表现在，在一般意义的文艺学已然存在的前提下，这一新兴学科有无独立的可能及必要？对此，冈崎义惠首先指出，真正万国通用的文艺学，也就是研究世界文艺体系、世界文艺的理论以及世界文艺史的一般性的文艺学，在现有的条件下是根本不存在的。显而易见，世界文艺学的树立与全世界所有国家、各个民族、各种语言以及一切的一切都密切相关，在实现世界大同之前要树立所谓的世界文艺学几乎是不可能的。其次，就算在一定程度上存在着一般意义上的文艺学，那它也并非一个放之四海而皆准的真理，"日本文艺学"作为相对于文艺学的一门特殊文艺学，是以特殊（某一特定）文艺现象——日本文艺尤其是日本文艺的文艺性或美为研究对象的学科。对于这样特殊性的学科对象，一般意义上的文艺学是无能为力的。在实际应用过程中，"日本文艺学"在研究其学科对象方面也有着一般意义上的文艺学难以为继的特殊性和民族性。他认为这和"文艺学"尽管是艺术学的一个部门，但却仍然能作为一门独立的科学屹立有着同样道理。正因为已有的"文艺学"有着其成立的深厚的基础，而其中又极具民族色彩，所以一般意义上的文艺学是不可能在日本原封不动地推广和应用的，在日本进行的文艺学研究势必是日本式的文艺学。冈崎义惠据此批判了一部分人坚信西方文艺才是真正的文艺的偏颇观点，对于妄自菲薄以为日本自身的文艺学并无存在的必要的看法也给予了有力的驳斥。

那么究竟"日本文艺学"和一般意义上的"文艺学"究竟是

何种关系呢？可以坦然地承认前者是后者的一个分野，在一般文艺理论事实以及研究方法上是有着一定的共通之处的，然而这些却并不是"日本文艺学"的研究主旨。正如昭和 9 年（1934）10月《文学》杂志的"日本文艺学特集"的"编辑后记"所提到的，"日本文艺学以德国文艺学为规范并结合日本自身的特殊情况是否真的能够成立呢?"① 冈崎义惠指出，作为日本文艺学"范本"的德国的"文艺学"的中心其实也放在为了探究德国文艺的精神方面，所以"文艺学"本身的目标就是面向文艺的具有着民族特性的，这是不容否定的事实。

另外，当时对于"日本文艺学"的普遍看法是，所谓的"日本的文艺学"（存在与否先另当别论）应该由美学者或者是西洋文艺研究学者去研究，而"日本文艺之学问"则应该从属于"国文学"的领域，即对其存在着两种解读即"日本——文艺学"与"日本文艺——学"。冈崎义惠对此也进行了分析与辨别。"日本的文艺学"顾名思义是在日本进行的文艺学研究，似乎有默认一般意义上的文艺学不加变通就完全可以在不同国度的日本加以推广和应用之嫌，而"日本文艺——学"则是针对日本文艺进行研究的学科之意。冈崎义惠所着重的无疑是后者，而这也正是学术界质疑的地方。因为从学术常识来考虑，仿佛研究某一国的文化现象就都应该归为史学，无论对象如何，多数都被称为"某某史"，而像"文艺"这样以人类共通的文化现象为研究对象的学科，学科定名就应该为"某某学"。他们的例证是比如有"宗教学"、"伦理学"，而没有听说过被命名为"日本宗教学"、"西方伦理学"的学科，但同时却又有"日本宗教史"、"西方思想史"。所以，从这一立场来考虑，"文艺学"作为研究万国通用的文艺理论、文艺体系的学科，应该也是人类独一无二的，如果要针对某国的文艺，比如对日本文艺这一特定的史的现象进行研究，则应该是"日本文艺史"或确切地说"日本文艺学史"。对此，在

---

① 转引自安良冈康：『日本文芸学——その成立と発展』『国語と国文学』日本：东京大学国语国文学会，至文堂，1965 年 10 月，第 52～53 页。

方法论一节中我们也已经介绍过，冈崎义惠认为学科的理论体系的方法与史学的方法并非是泾渭分明的。因为理论体系的方法，本身也不可能与当时的人类的意识、学者的个性截然分开，而这些本身都属于无法彻地剥离的历史现象之一，所以理所应当地要在历史中去建构真的理论和体系，而相反，真的历史也一定能导出相应的理论和体系。继而通过回顾和环视此前以及当时的学术界，冈崎义惠分别肯定了国学者的史学业绩和唯物史观的理论体系构建业绩。但同时也指出，国学者的优势在于深刻地把握了古代和日本，对现代和世界的把握则相对较弱；唯物史观则宏观有余，对于民族性关注不足。批评他们的共同弱点就在于，急于对文化进行全体的把握却对文化的各个侧面包括其传统、根据等等都采取漠视的态度，甚至提到应该同样关注包括唯心论的方法、形式主义的研究成果，这一评价和主张自然有偏颇之处，然而冈崎义惠在此所强调的学习精密严谨的自然科学的方法，集各家之有用之处，扬长避短，从而获得一种综合的见地来开拓出一条"日本文艺学"的道路还是有启发和借鉴意义的。所以，"日本——文艺学"不应该仅仅是（西方）文艺学在日本的原原本本的简单移植，不能仅仅停留在一般文艺体系学的程度上，而是应该自觉意识到日本文艺独特的"文艺性"；而"日本文艺——学"则要力戒局限于国史范围，同样不能忘却以"文艺"的研究为己任。这样一来，二者在各自的重心上紧密地结合起来是完全可以成为一门真正独立的学科即有着鲜明民族特色的"日本文艺学"的。

　　具体而言，首先，日本文艺学的研究对象也还主要是日本文艺。冈崎义惠批评此前日本学术界的"文艺学"研究不过是德国文艺学的囫囵吞枣和机械复制而已，他强调在关注和学习外国文艺、外国的文艺研究的同时，不能失掉作为日本人的自觉。"日本文艺学"自然是以研究"日本文艺"的"文艺性"为己任。所以在日本建立"文艺学"的学科切忌全盘照搬照抄西洋的文艺学、美学的东西，其研究的对象主要是日本文艺，如冈崎义惠自身就对《万叶集》、《源氏物语》等古代日本文艺和松尾芭蕉、井原西鹤包括夏目漱石、森鸥外、永井荷风等名家的近现代日本文艺都进行过"文艺性"的研究，所探究的"文艺性"也的确是具有日本特色的。因为作为日本文艺学研究对象的文艺现象本身因为美的理念由不同的作家呈现在各自的作品中，其状态、艺术的样式都由民族的特性所决定并成立，呈现出所谓的民族样式的姿态，这种可视为历史的存在的文艺性成为了研究的对象，从而使具体国别的文艺学有了存在和独立的意义。

在研究视角上，日本文艺学同样表现出了独特而鲜明的民族性。对于日本文艺，冈崎义惠不仅仅是从当时现实状态和需要出发，而是对日本和西方的历史以及人类文化发展状况进行了较为细致的考察和研究，不但自觉地借鉴西方的文艺理论方法来对特定对象的日本文艺进行文学研究，更重要的是深刻意识到了坚持民族特色的必要性和重要性，虚心学习并吸纳日本传统文论包括日本自古以来的歌论、俳论、物语论、能论、戏曲论等的优良成果，在日本文艺学研究中很好地实现了和洋文化的相互借鉴、交流和融合。如借鉴西方先进的学术理念以及前人的研究心得，冈崎义惠在文艺研究方面颇为独创性地提出了"样式论"并基于对古往今来的日本文艺的深入研究归纳出了"形成的浑融性"、"表现的融合性"和"世界观的情调性"等日本文艺独特的样式特征。在近现代西方文化和学术体系掌握了绝对话语权的当时，冈崎义惠所致力于树立和充实的日本文艺学这一新兴学科，向当时的学术界充分展示了立足于本国优良传统，坚持鲜明的民族特色的这一姿态。在向着世界化的方向发展的趋势下，冈崎义惠冷静而客观地指出日本应该向世界证明日本传统文化的价值，而他同时也是身体力行地这样做的。在西方传统的如优美、崇高、悲壮、滑稽等美学范畴无法生搬硬套的应用于独具特色的日本文艺的情形下，冈崎义惠也尝试着将日本式的美公式化，在借鉴和吸收前人的研究成果的基础上，提出了哀、幽玄、谐趣、闲寂、幽雅等一系列术语，在与公认的西方传统范畴进行比较研究的过程中，凸现了日本文艺的美的独特性和民族性，同时也从另一方面肯定了日本文艺的美的普遍性和人类性。

二、传统精神与外来文化

和中国一样，文艺学在日本同样也是舶来品，诚如冈崎义惠在「文芸学的研究」一文中开篇所提"文艺学一词是大正末年才作为德语的译词被通用的"[①]，然而他同时也强调，究其实质，也是可以从日本自古以来的诸如歌论、俳论、物语论、能论、戏曲论等找到其传统的。也就是说，文艺学虽然和众多现代形态的学术研究学科一样都源自西方，虽然日本在此之前在文艺研究方面并没有真正意义上的明确以文艺为研究对象、有着严谨研究方法并构成科学的独立体系的这一学科，然而在日本的历史和传统上，却不乏有相应的对各种文学现象包括各门类艺术研究在内的理性思考和研究积累。从某种意义上说，致力于树立和不断完善日本文艺学的冈崎义惠既执著于日本传统文艺精神，同时也热心于西学的学习和借鉴。可以说冈崎义惠是日本现代文艺美学，乃至现代学术理念的开拓者和实践者，然而又正因为他在世纪之交西学东渐中，坚持立足于本国传统并挖掘鲜明的民族性，可以说在日本文艺美学的全新领域，冈崎义惠是一个标志性人物，他的贡献体现了日本文艺美学从传统向现代、从和洋隔绝向和洋融合的、开放性的形态的转变。我们知道，文艺不是中断的、孤立的，而是延续性的有着自身体系的。文艺学的研究自然离不开对个别作品的深入研究，但与此同时还应该关注文艺的历史，更应该以一个全局的眼光去看待文艺这一整体。比如日本文艺学，其学科对象自然是自古至今浩如烟海的日本文艺。历史上受到强大而先进的外来文化的影响，却仍旧形成并保持了自身鲜明民族特色的日本文艺也正是立足本国传统，坚持民族特色才能获得长久生命力从而实现世界化发展的最好诠释。冈崎义惠对此有着深刻的认识，他并非以一种静态、封闭的眼光来研究日本文艺，而是

[①]　冈崎义惠：『文芸学的研究』『国文学　解釈と鑑賞』日本文学研究法　第31卷第10号，至文堂，1966年8月号，第20页。

将其置于悠久而广博的历史大背景之中，辩证地肯定了日本文艺特色形成之中传统精神与外来文化的冲突、交流与相得益彰。

1. 中国古典文化与日本文艺的传统

首先，冈崎义惠没有孤立地对待日本传统。他指出："谈及传统就不得不考察作为其对立面的外来文化的存在。"① 因为这二者的确往往如影相随。一般情况下，当外来文化的传入对于本国自有文化明显将会起到重大影响时，社会对于传统的重视和保护就会有意识地予以加强。我们也可以理解为是当时处于弱势的日本伴随着民族独立自觉而一点一点产生的一种文化上思想上的自觉。对此，冈崎义惠认为，所谓传统，往往是特别的文化史上某一时期十分重要的文化在同时代外来文化的强有力的入侵和影响之下，自觉地进行深刻的反思和重视而逐渐产生和巩固的。

在此，我们可以在冈崎义惠的提示之下回顾一下日本的历史。我们知道，日本是一个岛国，在奈良时代之前，日本可以说还尚未形成成熟的本土文化，也就是说其自身传统的根基尚不牢固，尽管当时已经与中国有了贸易和文化上的一定的往来，但总的来说当时日本还没有深刻地意识到要主动去了解当时已经十分先进的大陆文化。然而到了奈良时代前后，当时先进的大陆文化即中国古代文化在两国日益频繁的交流中迅速传入日本，并很快对日本社会、文化各方面产生了深远影响。当时的日本在崇尚和憧憬并如饥似渴地吸收先进大陆文化的同时，尊重传统尊重本国固有文化的思潮也开始出现并呈现出了逐渐强化的趋势。当时的古典文艺如《古事记》、《日本书纪》、《风土记》等的编撰包括《万叶集》的成立都在很大程度上受到了中国的经史诗文的影响。所谓记纪文学之一的《古事记》是日本现存最古的历史和文学典籍，是太安万侣奉命据稗田阿礼背诵之帝记、旧辞笔录而成；另一则为《日本书纪》，它是日本留传至今最早的正史。日本神话就是利用汉字第一次较为全面的系统的记录在了上述两书当中，

---

① 冈崎义惠：『美の伝統』，弘文堂1952年版，第437页。

而一些地方民间传说则收录在《风土记》中。日本进入律令制国家的和铜五年（712），太安万侣奉命编写了《古事记》，这一部日本历史上最早的历史和文学典籍与中国文学有着密切的联系，其文体主要是散文和诗歌，除了神话和历史传说，《古事记》（712，和铜 3 年）中还有 112 首歌谣，包含长歌、短歌、片歌、旋头歌等诗歌样式，且采用了序词、枕词①等修辞手法，取得了很高的文学成就。全书采用的古汉语行文（主要是用于散文叙事）和汉字作日语标音（主要用于抒情诗歌），这一行文方式就构成了日本古代创作的基本文体②，对日本文学语言的发展具有特殊而重要的意义。《日本书纪》作为最古老的敕撰历史书，由舍人亲王等人所撰，于公元 720 年（养老 4 年）完成。记述神代乃至持统天皇时代的历史。全三十卷，明显袭用中国《汉书》等史书的编年体的书写方式，用纯汉文体写作。其中系谱一卷，但如今已亡佚。按照《古语拾遗》中所记述的，"上古之世，未有文字，贵贱老少，口口相传，前言往行，存而不忘。"可见，在记纪文学出现之前，关于日本并没有正式的文献记载，仅有口耳传说，且日本与韩国相同，当时以汉文作为正式的官方语言，考虑到文字的华美性，所以在编纂《日本书纪》时，借用中国典籍上之文字来描述日本上代所传承的传说成为了其一大特色。当时除了记纪文学之外，同时还其他各种书籍传世，同为口传文学的记录，不同作者不同的出发点必然导致相关传说或史实或有重叠，或有相违，是纪录口传文学时必定产生之现象。所以敕撰《日本书纪》的目的，就在于要打造一个"定本"以范后世。《万叶集》是日本现存最早的诗歌总集，是日本古代和歌的结晶，甚至被誉为这一时代文化方面的金字塔，究其地位类似于我国的《诗经》。其中所收诗歌自 4 世纪至 8 世纪中叶的长短和歌，其成书年代和编者尚无定论，但多数为奈良年间（公元 710～784）的作品。一般认为诗歌总集经多年、多人编选传承，约在 8 世纪后

---

① 序词，指歌前的题序；枕词，指修饰名词的定语。
② 《古事记》（712 年）就是音读字、训读字日汉文混用。无论哪种方法借汉字，阅读时还原的有声语言都是本民族语言。

半叶由大伴家持（公元 717～785）完成。其后又经数人校正审定才成今传版本。全书使用汉字为音训的万叶假名①，编排学习中国《诗经》等书，作者中的山上忆良等人曾留学中国，颇受中国文学影响，中国儒家、老庄及佛教思想，对《万叶集》也有很深影响。《万叶集》成书时，日本还没有自己的文字，全部诗歌都是借用汉字即万叶假名记录下来的。它的最大贡献在于摆脱了汉诗的窠臼，用日本民族语言，把不定型的古歌谣发展为定型的民族化、个性化的诗歌形式，为后世诗歌创作树立了典范。它同时也是中日友好交往和中国文学对日本古代文学发生影响的明证。它以中国诗歌的题材，形式和分类方法为借鉴，采用汉字作注音符号，收编了部分汉诗，同时直接反映"遣唐使"来唐情况的诗歌。

冈崎义惠认为此时的所谓传统主义的精神是在受到外来文化即中国古代文化的刺激下发生的，具体说来是同时以一种反省的姿态抵制完全异国化，其中蕴含着一种唤醒面临着被先进的外来文化完全同化之危险的国民的力量。奈良时代之后的平安时代在其初期奈良时代的遗风即异国化的倾向仍旧十分明显，但到了中期以后，则应该说是传统主义反而占据了优势，具体而言是国风文化取代了此前的唐风文化，在日本获得了充分发展和成功推广。如《古今集·序》中对于日本传统的和歌之道的宣扬与万叶复归的主张一样，与记纪万叶中有所表现的尊重传统是一致的。冈崎义惠据此强调，传统主义正是因为异国主义的存在而凸现了其存在的意义。所以，在文化的发展进程中，传统主义与异国主

---

① 日本奈良时代（710～794 年）出现的"万叶假名"，迈出了日本探索书面民族语文的第一步。日本第一部诗歌总集《万叶集》（771 年）是力图假借汉字来标记日语文的最早文献之一。日本称原本汉字为"真名"（名，即字。真名即本字）。把以《万叶集》为代表的用整个字借来标记日文的用法的汉字被称作"假名"（假，即借。假名即借字），或"万叶假名"。为了区别后来省减汉字创造的的字母假名，又称这种整体借用汉字的万叶假名为"真假名"。虽然仍借用汉字的形体，但书写出来的已经是记录日语的日文，不是汉文。如《万叶集》中咏梅咏樱原文：乌梅能波奈 佐企弓知理奈波 佐久良婆那都 伎弓佐久倍久 奈利尔弓阿良受也（今日读法：梅の花、咲きて散りなば、桜花（さくらばな）、継（つ）ぎて咲くべく、なりにてあらずや）。

义这二者缺一不可，虽然二者表面上呈现出的是一种对立的态势，其内在却不乏有综合为一体的可能性。如《万叶集》中的和歌就绝非大陆文艺的简单移植，从根本上可以说是日本传统精神的一个新的飞跃。从大量事实来看，对于外来文化的憧憬和模仿、学习的同时也激发了对于自身传统的重视，来自异国的新鲜刺激成为了令传统重获新生的催生剂，而外来文化的本土化进一步丰富和充实了传统这也是一个显而易见的事实。本国传统与外来文化这二者既相互对立又逐渐融合成了一个新的地盘。在此，冈崎义惠对异国主义和传统主义分别作了如下注释，即不断（以新鲜、优秀的文化）丰富和充实自我的精神就是所谓的异国主义，而力图使自身（固有的文化体系）代代相传的精神则是传统主义，二者同是将刹那间的现实的自我向着更广更深发展的一种冲动，是一种追求长久和遥远的热情。[①]

对于古典有着很深的造诣，同时又有着对于外来文化的强烈憧憬和求知欲望，这二者同时构成其精神的根基，再有着现实生活体验，并能融会贯通，这是冈崎义惠所认为的能够传承本国文化的大家所应必备的条件。众所周知，平安时代的《源氏物语》是日本的一部古典文学名著，是日本古代后期贵族文学的代表作品，也是整个日本古典文学中取得最高成就的作品，对于日本文学的发展产生过巨大的影响，被誉为日本文学的高峰。作品的成书年代至今未有确切的说法，一般认为是在1001年至1008年间，比我国第一批长篇小说《三国演义》、《水浒传》以及欧洲最早的长篇小说《十日谈》要早300多年，因此《源氏物语》不但是日本同时也是世界上最早的长篇写实小说，在世界文学史上也占有一定的地位。《源氏物语》是一部让日本民族整整骄傲了十个世纪的著作，川端康成在接受诺贝尔奖时所作的讲演上也曾指出：《源氏物语》是日本小说创作的最巅峰，他自己也不能与其相比较。这虽有几分自谦的成分，但是这数千年来《源氏物语》确实影响着日本文学的发展，可以说至今仍无人能超越这部著作。这

---

①　冈崎义惠：『美的伝統』，弘文堂1952年版，第440页。

部伟大的古典名著的作者是一位甚至连本名都不详的女性，现在广为流传的"紫式部"其实是人们据《源氏物语》的主人公的名字"紫上"及其她父亲的官名"式部丞"而来。紫式部出身于书香门第，父亲藤原为时是有名的中国文学学者，和歌和汉诗造诣都很精深。紫式部自幼从父亲学习中国诗文和和歌，熟读中国典籍，并擅长乐器和绘画，信仰佛教，甚至一度入宫成为中宫①彰子的女官，除了《日本书纪》之外，还为其讲授佛法和汉文古籍《白氏文集》（白居易文集）等。所以其自身相当良好的汉文学素养和功底是毋庸置疑的。出身中等贵族家庭的紫式部的婚姻和宫廷生活并不圆满，她的《源氏物语》充满对人和社会相当敏锐的观察，是一部将对平安时代的社会的观察和平安朝贵族的内心写实表现出来的杰出长篇小说。故事涉及三代，历70余年，所涉人物四百多位，其中印象鲜明的也有二三十人。人物以上层贵族为主，也有下层贵族、宫妃侍女及平民百姓。全书共五十五回，近百万字，但实际上却类似短篇集锦，以源氏这个主人公贯穿全篇。所以从体裁看，该书颇似我国唐代的传奇、宋代的话本，甚至有人认为《源氏物语》明显地受《史记》和《白氏文集》的影响，比如其中的桐壶卷中《长恨歌》的影响就清晰可见。该书行文典雅，很具有散文的韵味，加上书中大量引用汉诗及《礼记》、《战国策》、《史记》、《汉书》等中国古籍中的史实和典故，并巧妙地隐伏在引人入胜的故事情节之中，使得该书具有浓郁的中国古典文学的气氛，另外从中还可看出紫式部本身对于佛教的精深的理解和憧憬。该书是公认的歌物语和传奇物语两种传统的集大成者，其艺术特点还突出表现在所运用的日本民族语言之中。如作品中大量插入了贵族男女在爱欲生活中相互赠答的和歌，在叙事行文中，也每每渗入古代的名歌或汉诗，这些抒情的诗歌，为这部作品整个情调，增加了无限的和声，加强了这部作品的感人力量。这部作品所使用的文体可称"连绵体"，与描写这些贵族男女复杂隐微的心理活动相适应，形成了这部作品婉约多姿、缠

----

① 中宫即皇后。

绵悱恻、典雅艳丽的独特的文章风格，这些要通过日文原文才能体味到的。我们通过对《源氏物语》的初步了解也可以看出，的确如冈崎义惠所认为的那样，紫式部的《源氏物语》中必定是包含了异国主义的要素的，但这丝毫不影响其浓厚的传统精神，冈崎义惠还同时高度赞扬了万叶集以来的和歌精神（传统文化的代表）在这一物语中也体现得淋漓尽致。《源氏物语》之杰出也正是由于紫式部在其精深的汉学造诣下将对日本历史的良好的教养和尊重历史的精神很好地融合到了和歌精神之中。

而《平家物语》作为一部军记物语，虽然标志着日本古典文学开创了与王朝文学迥然有异的新的传统并给后世文学带来了极为深远的影响，然而冈崎义惠在此却将之作为了上述论点的反面佐证。这部日本中世纪长篇历史战争小说的作者不详，原称《平曲》，又称《平家琵琶曲》，本来是盲艺人以琵琶伴奏演唱的台本，只有 3 卷，后经说书艺人传唱、补充，加之一些文人校勘、改造，才在 1201～1221 年初步形成今传的 13 卷本。对于这样的一部名著，冈崎义惠一针见血地指出由于作者本身文学功底和素养不够精深，所以作品中的传统的国家主义和包括佛教、儒教在内的异国精神并没有像《源氏物语》那样融入无痕，甚至不客气地指出有些生拼硬凑的感觉，因而从古典的价值上看自然是远远不及《源氏物语》。除了强调个人的修养因素之外，同时也提及时代因素对于该书达至上乘艺术境界起到了负面的作用。具体说来因为中世本非太平盛世，冈崎义惠指出这一时代兴起的武士阶层处于乱世之中，其原有身份和地位不敌平安朝代的贵族，文化修养和艺术感觉也自然稍逊一筹，同时武家当时对于即将没落的贵族文化采取的是高压的政策和态度，所以当时时代的环境在一定程度上也阻碍了艺术教养的形成。冈崎义惠的这一观点虽有偏颇之处，但就事论事似乎也言之成理。

我们还可以接着来看俳句。俳句是日本的一种古典短诗，有着特定的格式，由五、七、五三行共十七个字音（假名）组成，也号称世界上最短的诗。日本中古的时候出现了和歌，和歌的格式是五、七、五、七、七共五句三十一音。后因多人合咏和歌，出现了长短连歌。俳句则起源于连歌①，为连歌的发句，为三句十七音；连歌的胁句，为两句十四音。加起来正好是三十一音。而中国古人有一说法，把绝句看成是律诗的一半，即所谓"绝者，截也"。古代日本诗人大半都能汉诗，所以，俳句的形成，很可能是日本人从绝句和律诗的关系上得到了启发，所以，有人认为俳句的形成得益于中国近体诗中的绝句。正冈子规②曾说："俳句、和歌、汉诗形式虽异，志趣却相同、其中俳句与汉诗相似之处尤多，盖因俳句得力于汉诗之故。"被尊称为"俳圣"的松尾芭蕉是江户前期的俳谐大师，把松永贞德的古典式技巧和西山宗因的自由奔放的散文风格熔铸一炉，并加以发展，摒弃滑稽、娱乐等文字游戏成分，使俳谐成为具有艺术价值的庶民生活诗，对于日本俳句的发展起到了举足轻重的作用。从谈林时代③到虚栗④时代，芭蕉表现出了对于中国古典诗文的热爱和向往，但同时也显示出了对于日本传统的自觉和关注。俳谐大师芭蕉学习过杜甫、李白、寒山等人的诗，而在《虚栗》一书的跋中，芭蕉写道"《虚栗》一书，其味有四。李杜尝心酒，寒山啜法粥。因而其句见遥闻远。闲寂与风雅之不为寻常者，乃寻西行之山

---

① 连歌是开始于十五世纪日本的一种诗歌，同中国近体诗联句相仿，是由多个作家一起共同创作出来的诗。它的第一句为五、七、五式的十七音，称为发句，胁句为七、七句式的十四间，第3、第4句以后为前两种句式轮流反复，最后一句以七、七句式结束，称为结句。

② 正冈子规（1867～1902），本名常规，生于爱媛县。1891年冬，着手编辑俳句分类全集的工作，1892年开始在报纸刊载《獭祭屋俳话》，提出俳句革新的主张。子规认为俳谐连歌缺少文学价值，主张使发句独立成诗，定名为俳句，为后世沿用。屋俳话》，提出俳句革新的主张。子规认为俳谐连歌缺少文学价值，主张使发句独立成诗，定名为俳句，为后世沿用。俳句可以说是子规的手中真正发展成为日本民族最短的诗歌的。

③ 江户时代的西山宗因，主张俳谐的滑稽性，强调创作上的自由奔放，革新派，称为"谈林"派。另外还有松永贞德所他提倡俳谐的娱乐性和教养性，号称"贞门"，可谓倾向于古典的一派。当时俳谐尚处于进入俳谐连歌的阶段。

④ 《虚栗》（1683），逐渐脱离谈林派风格，增加了闲寂恬淡的韵味，如"乌鸦立枯枝，秋暮正迟迟"（作于1680年前后，收入《旷野》），就是这一类作品中具有代表性的佳句。

家，觅他人不顾之虫蚀栗子也。"① 俳句的妙处，是在攫住大自然的微光绮景，与诗人的玄思梦幻对应起来，造成一种幽情单绪，一种独在的禅味，从刹那间而定格永久。而这种禅寂，在中国的诗歌里也屡有体现。比如王维的诗句"爱染日已薄，禅寂日已固"（《偶然作》）、"一悟寂为乐，此生间有余"（《反复釜山僧》）等。而日本俳句诗人，有很多能写汉诗，也有把中国的汉诗俳句化的情况。比如芭蕉的一句"长夏草木深，武士留梦痕"便是引杜诗"国破山河在，城春草木深"所作。俳句的意境的确与汉诗更多有相通之处，蕉风的形成不可否认也部分得益于汉诗，然而芭蕉所追求的是日本闲寂（侘び）、风雅（寂び）的传统精神，与李白、杜甫、寒山的汉诗中所蕴藏的所谓异国风情可以说各有千秋。芭蕉正是将传统与外来文化这两大要素逐渐自然地融为深入的现实把握，才最终成就了恬淡圆熟的"闲寂风雅"之蕉风。

2. 西方文化与明治文艺

冈崎义惠指出，到了近代（明治大正）的作家，无论是我们所熟知的文学巨匠夏目漱石、森鸥外，还是著名俳人正冈子规、岛村赤彦，甚至包括现在文坛上的一些作家，真正有大家风格的作家自身和作品中，都可以窥见上述的特色。不过时过境迁，此时的日本经历了漫长岁月的积淀，已经吸收了中国古典文化的精髓并与自身的固有文化体系融为一体，而西方先进的学问体系和近现代文化则成为了占据优势地位的新的外来文化。比如夏目漱石对东西方的文化均有很高造诣，既是英文学者，又精擅俳句、汉诗和书法。写作小说时他擅长运用对句、迭句、幽默的语言和新颖的形式。他对个人心理的精确细微的描写开了后世私小说的风气之先。森鸥外也从小受到良好的国学、汉学和兰学②教育。1882 年毕业于东京第一大学医科学校，曾任陆军军医。1884 年赴德国留学，广泛涉猎欧洲古今名著，深受叔本华、哈特曼的唯

---

① （日）松尾芭蕉著，郑民钦译：《奥州小道》，《东瀛美文之旅》，河北教育出版社 2002 年版，第 137 页。

② 江户时代中期以后由荷兰传入日本的西方学术。

心主义影响，哈特曼的美学思想成为他后来从事文学创作的理论依据。而对于新进作家，冈崎义惠尖锐地指出，尽管其中有人可能风头一时无两，受到时评家们的交口称誉，但倘若没有能力驾驭传统与外来文化的话，那么是很难创作出有着永久生命力的作品，其自身也不过是文坛过客罢了。

　　通过粗线条的回顾本国历史上的文艺发展状况，冈崎义惠提出了一个并不新颖却又的确引人深思的问题，即如何看待和保持传统的问题。他认为归根结底，异国主义是为了扩大自己，而传统主义则是为了令自己如何永久下去。唯有这二者相得益彰的结合才能求得真的发展。而我们通过回顾和研读日本自古至今的名家大作也的确可以领悟到冈崎义惠所坚持的民族性实质上是包含了三层含义的：不能过于醉心于外来文化而不自觉；也不能狭隘地执拗于传统；更不可目光短浅，仅仅关注自我和身边人周围事。对于机械模仿和民族至上的危害，我们可以分别看看平安时代的汉诗和近代"国学"的主张就一目了然了。一方面，平安汉诗简单模仿大陆文化，没有建立在深厚的自身文化的根基之上，自然无法引起民众的共鸣从而导致曲高和寡、昙花一现。另一方面，如果像"国学"那样强词夺理地宣称一切从外国采用的东西，日本原来就有，而且都没有日本原来的好，固执己见地认为正因为采用了那些外国东西，弄得日本文化不纯粹了，从而毒害了日本的国民性的话，则无疑是孤芳自赏，结局恐怕就会和盆栽一样，失去旺盛的生命力。如此偏废非但不利于外来文化的摄取、吸收，反而有可能使传统文化的健康发展偏离正确的航道。文艺本来就是一个全方位反映生活、文化等呈现出某个民族的世界观、生死观的世界，如果极端地固守某一精神必定难以成就为第一流的作品，更难得以千古流传。虽然好像有些绝对，但冈崎义惠所指摘的无论是精于模仿以假乱真的汉学者还是民族之上的国学者，都并没有留下彪炳千秋的文艺作品这一点还是有一定事实依据的。另外，对于仅仅关注现实，冈崎义惠具体所指应该是在西方自然主义文学思潮的影响下兴起的日本近代自然主义文学流派以及随之而产生的私小说①。对于自然主义文学流派以及私小说的研究和评论，在此不打算做过多阐述，但显而易见，这类似乎完全局限于关注自我的文艺作品自然是达不到冈崎义惠的"大家"要求和标准的。

　　所以我们由此可以体会到，文艺中的传统也就是所谓的传统主义并非一个一成不变的观念的形态，而是自然而然与生活密切相关的一种"润物细无声"的软渗透的状态。对于本国作家而言，冈崎义惠指出，与其以一个传统主义者卫道士的姿态出现，其自身不言自明的深厚的古典素养以及对周围人和物的关爱所细水长流似的表现出来的传统的心境应该更加有助于尊重和保护传统的立场。要做到这一点，不但需要日本国民既不失却作为日本人的立场和自觉，同时还应该对外来文化和新鲜的现实体验总保持积极性和满腔热情。这似乎就是日本人立足于传统精神而又不僵化不落伍始终保持流淌着新鲜血液的有着旺盛生命力的日本文化的精髓所在吧。

　　然而明治以来的文坛的真实情形又如何呢？曾是"文明开化"殿堂的鹿鸣馆尽管已经近乎于销声匿迹，然而其对于日本社会方方面面的影响却不是在短时期内就能挥之即去的。比如当时的学界、文坛，对于现实生活的关心、对西洋文艺的盲从仍然是显而易见的。而与此同时，对于传统的忽视甚至无视也蔓延开来。比如在当时的日本文坛乃至整个社会，青睐俄国的近代文艺似乎替代了潜心阅读日本古典文学作品从而成为了必须的高级的修养之道。单就这一点看，与江户时代的小说家们竞相阅读《水浒传》很是类似。当时的曲亭马琴就在吸收《水浒传》的基础上

---

　　①　日本大正时代产生的一种独特的小说形式。"对于私小说的概念，日本文坛一向有广义和狭义两种解释。广义的解释是：凡作者以第一人称的手法来叙述故事的，均称为私小说。但人们多数倾向于狭义的解释：凡是作者脱离时代背景和社会生活而孤立地描写个人身边琐事和心理活动的，称为私小说。按久米正雄的说法，就是作者把自己直截了当地暴露出来的小说。大正末期以来私小说在文坛上占据了统治地位，成为日本纯文学的核心，对日本现代文学的发展有很大影响。田山花袋的《棉被》是最早的一部私小说，葛西善藏的《湖畔手记》、《弱者》，志贺直哉的《在城崎》，尾崎一雄的《虫子的二三事》，泷井孝作的《松岛秋色》等，是私小说的代表作。

创作了《八犬传》。冈崎义惠认为这一著作在中国小说的深刻影响下几乎无视日本国民的内心，所以尽管轰动一时，但客观冷静地说，该作品应该是很不符合日本文艺的传统的。而俄国文化与日本文化自然也是完全异质的，而文坛却仍旧重蹈覆辙，甚至引以为豪。而理论家、评论家们也言必称西方，更有甚者，美学理论完全是德国古典美学的翻版。可以想见，学习更为优秀和先进的外来文化固然是好的，但如果仅仅限于模仿和囫囵吞枣而全然不顾本国传统和现状，那就恐怕会适得其反了。而反观当时外国人对日本的看法，会发现他们无不称赞日本的固有的精妙的传统文化，并对日本迫切地追求西化表示不解。然而置身于日本这一国度的本国的文人们却以所谓现代日本的进步和向西方看齐为荣，对他人的不解不置可否一笑了之。然而外国人的不解或是不满难道仅仅只是针对对当时盲目狂热的日本人的种种做法吗？不然，冈崎义惠敏锐地意识到这是有识之士对于当时某些日本人数典忘祖的一种忧患意识。在西方希望更多地了解日本传统文化时，作为生于斯长于斯的日本人却对于本国优秀的传统文化嗤之以鼻。冈崎义惠对此感到了深深的忧虑，反问道：这难道不值得我们深思吗？

不单在当时日本，在西方占据了绝对主动权和更多话语权的近代甚至今日，都存在这样一个误区：即认为西洋文艺代表着普遍性，拥有着最高文艺的资格，如果不西化就难以成为世界性的文艺。所以日本明治年间的作家、批评家对于西洋文化的先进和伟大之处十分推崇，而对于传统则夸大了传统的落后和贫乏的一面。尽管在当时特殊的时代背景和整体环境下，冈崎义惠面临着有着绝对强有力话语权的西方和日本社会有些狂热的"崇洋媚外"还是冷静而客观地强调了一个事实，那就是如果迷失了本来的自我而盲目西化，那么明治文艺从世界史的观点来看就只可能是沦为西洋文艺的枝节末梢。也就是说，即使从西化的角度来看，这也并非真正的世界化，也不是真正的发展。仅仅是迷失自我、自我消亡的西化而已。如果西化就意味着世界化，那么世界性的东西也就是西方的东西，也就意味着西化了的日本即原原本本的东洋的东西根本就没有在世界立足。另一方面，从日本的角度来看的话自我消亡的西化终将导致日本文艺的不复存在。冈崎义惠掷地有声地说："日本的东洋的毫无疑问也是世界文艺的重要一环。"① 冈崎义惠进而强调说，向着世界化的方向发展绝不是狭义的西洋化。日本应该向世界证明日本传统文化的价值，并由此而与其他各国的优秀的文化并列于世界之林。单纯的西化并不能让日本真正地实现世界化，相反只能是作为一个拙劣的西方的模仿者而丧失自身的世界性的价值。试想在记载世界文艺史的时候，如果是作为一个全盘模仿西方的日本文艺，其所能占据的分量之少可想而知，而绝大部分的篇章和内容仍然肯定是以西方思潮为主流的。所以，日本文艺要想获得平等的话语权，在世界文艺史中也占据一席之地，则必须清醒地认识到不能将明治文艺简单西化。也就是说，本来的日本精神应该在西方先进文化理念和学问体系的压倒性影响下仍然很好地坚守住独自的样式，并成功地实现充实和丰富文艺的世界。冈崎义惠庆幸地看到，尽管有着这样那样的不如意，日本有着成功摄取先进外来文化而不盲从的优秀传统，在西方文明的强大攻势下，明治文艺终究还是没有沦为彻底的简单西化。我们甚至也可以看到，明治文艺因为吸收西方的文化理念和体系从而走向了世界化，通过对西洋的深入了解，激发出了其自身内在的生机和活力，从而逐渐使其成长为有着民族特色的鲜活生命力的日本文艺。明治文艺在历经世界化的过程中成功地突破了彻底简单西化这一危机，为日本民族特色的文化的普遍性奠定了基础。对于盲目的西化主义者和偏狭的国粹主义者的一个共同之处，即他们对于日本文艺采取的认为传统仅有特殊性而无普遍性的一刀切的观点，冈崎义惠是持批判态度的。立足日本的传统也是可以实现世界化的，日本的传统文化也是具有普遍性的一种特殊的文化形态，日本文艺正是文艺的样式之一，而明治文艺也是日本样式内部的一个发展阶段的产物。在研究明治文艺的时候，还是应该看到，并不是日本固有的在接触

---

① 冈崎义惠：『美的伝統』，弘文堂 1952 年版，第 457 页。

到西洋文化的过程中导致自身变色或是褪色，而是其本来的色彩普遍化了。

冈崎义惠严肃地批评了文坛为了取悦于西方文化而轻视甚至诋毁传统文化的做法是绝不可取的。诚然，明治以来的文艺的确是在西方近代文艺的介入和影响下发展起来的，但冈崎义惠认为这一事实并不完全等同于这样的明治文艺就会阻断日本的东洋的精神的进展。历史上日本古代对中国大陆文化的吸收和传承、改造可谓相当成功，而当时先进的大陆文化并没有吞噬或是消灭日本的传统，尽管有先进落后的高低之别，但在文化的层面双方基本是平等的，所以堪称是相得益彰的。与此相比，近代日本对于西方学问的低姿态实在是令人忧虑。鉴于此，冈崎义惠一再强调，文坛绝不能忘却了自身作为本国文化传承和发扬的责任，而只知盲目崇尚和扩大进展。以史为鉴，基于漫长历史岁月中对中国古典文化的成功学习和吸收的经验，在一定程度上甚至可以说正是对向西方的先进学问、艺术体系的引进和学习中使日本固有的传统获得了新的生命力。而历史和事实也终归会证明，深厚的传统和持久生命力的作品往往是万古流芳的。

冈崎义惠所提倡的传统主义和民族特色虽然是针对日本文艺而言，有着鲜明的国别色彩和一定的时代局限性，但我们依然可以从中获得一些有益的启示。也就是说，在学习和吸收优于自身的文化的同时，非但不能忘记本民族的自觉，更应该大力宣扬立足本国传统坚持民族特色，唯有如此，才能在当今日益与世界接轨的全球化时代，使本国文化以及相关学科在凸现民族性的同时真正实现世界化的发展。

结　语

　　中日文化包括各种艺术理论的交流最为密切。在古代，日本主要向中国学习，以中国为师，对此中日学术界多有论述。但近代以来，日本作为输入西方艺术理论的"中间人"对中国文艺学科由古典形态向现代形态的转换而产生的重大影响，我国学术界却很少有人研究，本成果弥补了我国在这方面研究的不足。另外，近现代中日文化包括文艺学科在内的一切变革，都是在西方文化的介入之下发生的，中西问题是 20 世纪中国文艺学建构的一个重要问题，它直接关系到 21 世纪中国文艺学的发展。本研究成果通过对近现代中日引入西方文艺理论、刺激中日文艺理论家由古典形态转化为现代形态面临的问题分析，以及对中日一些重要文艺理论家、美学家如何致力于东西文艺理论、东西美学内在品质的化合，即现代精神与传统神髓结合的艰辛历程的追述，为 21 世纪中国文艺理论家、美学家如何重建当代形态的文艺学、美学体系走中西结合的道路，提供可资借鉴的经验。

主要参考文献

日文

[1] 芳賀矢一．芳賀矢一選集（第六巻）．日本：国学院大学，1982

[2] 酒井敏、原国人．森鴎外論集　歴史に聞く．日本：新典社，2000

[3] 鈴木貞美．日本の「文学」概念．日本：作品社，1998

[4] 三上参次、高津鍬三郎．日本文学史（上巻）．日本：金港堂，1890

[5] 芳賀矢一．国文学読本．日本：冨山房，1890

[6] 芳賀矢一．国文学史十講．日本：冨山房，1899

[7] 高木市之助．国文学五十年．日本：岩波書店，1967

[8] 芳賀矢一．日本文献学．日本：富山房，1928

[9] 岡崎義恵．日本文芸学．日本：岩波書店，1941

[10] 高田里惠子．文学部をめぐる病──教養主義・ナチス・旧制高校．日本：松籟社，2001

[11] 土居光知．文学序説．日本：岩波書店，1927

[12] 伊藤正雄．新版　忘れ得ぬ国文学者たち．日本：右文書院，2001 年

[13] 岡崎義恵．雑華集．日本：宝文館，1962

[14] 岡崎義恵．史的文芸学の樹立．日本：宝文館，1974

[15] 岡崎義恵．美的伝統．日本：弘文堂，1952

[16] 岡崎義恵．文芸学概論．日本：勁草書房，1978

［17］小西甚一編．能勢朝次著作集　第一巻．日本：思文阁，1985

［18］岡崎義恵．日本文芸学新論．日本：宝文館，1961

［19］岡崎義恵．日本文芸の様式と展開．日本：宝文館，1962

［20］大塚保治著，大西克礼編．大塚博士講義集Ⅰ美学及び芸術論．日本：岩波書店，1947

［21］笹沼俊暁．『国文学』の思想——その繁栄と終焉．日本：学術出版会，2006

［22］和歌文学会．和歌文学講座第1巻．日本：桜楓社，1969

［23］岡崎義恵．岡崎義恵著作集1〜10．日本：宝文館，1962

［24］東北大学文学部国文学研究室．岡崎義恵博士著作解題（岡崎義恵先生喜寿記念祝賀会）．日本：宝文館，1970

［25］東北大学文学部国文学研究室．岡崎義恵博士著作解題．続篇（岡崎義恵先生追悼記念会）．日本：宝文館，1986

［26］岡崎義恵．日本芸術思潮　第1巻〜第4巻．日本：岩波書店，1949〜1950

［27］岡崎義恵．日本文芸新選　第1巻〜第4巻．日本：勁草書房，1950

［28］岡崎義恵．万葉集大成．日本：平凡社，1953

［29］久松潜一．万葉集講座．日本：創元社，1952

［30］岡崎義恵．文芸学．日本：弘文堂書房，1947

［31］岡崎義恵．日本文芸の様式．日本：岩波書店，1939

［32］岡崎義恵．日本の文芸．日本：宝文館，1953

［33］岡崎義恵．日本古典の美．日本：宝文館，1973

［34］日本文学研究資料刊行会．日本文学研究の方法（古典編）．日本：有精堂，1977

［35］岡崎義恵．日本詩歌の象徴精神（古代篇）．日本：宝文館，1970

[36] 岡崎義恵．古代日本の文芸．日本：弘文堂書房，1943

[37] 岡崎義恵、松村緑．近代詩選．日本：武蔵野書院，1953

[38] 岡崎義恵．近代の抒情．日本：河出書房，1951

[39] 岡崎義恵．近代文芸の美．日本：宝文館，1973

[40] 矢野博士還暦記念刊行会．近代文芸の研究．日本：北星堂書店，1956

[41] 岡崎義恵．芸術をめぐる考察．日本：宝文館，1975

[42] 岡崎義恵．芸術と思想．日本：角川書店，1948

[43] 岡崎義恵．芸術としての俳諧．日本：要書房，1950

[44] 岡崎義恵．芸術論の探求．日本：弘文堂書房，1941

[45] 岡崎義恵．日本文芸と世界文芸．日本：宝文館，1971

[46] 岡崎義恵．芭蕉と西鶴．日本：支倉書林，1946

[47] 小宮豊隆、麻生磯次、能勢朝次．芭蕉講座（第 2 巻）．日本：東京創元社，1955

[48] 開国百年記念文化事業会．明治文化史（第 7 巻）．日本：洋々社，1953

[49] 岡崎義恵．荷風論．日本：弘文堂書房，1948

[50] 岡崎義恵．漱石と微笑．日本：東京ライフ社，1956

[51] 岡崎義恵．森鴎外と夏目漱石．日本：宝文館，1973

[52] 岡崎義恵．漱石と則天去私，日本：宝文館，1980

[53] 日本文学研究資料刊行会．日本文学研究資料叢書 夏目漱石．日本：有精堂，1970

[54] 日本文芸学会編．日本文芸学の体系．日本：弘文堂，1988

[55] 西尾実．日本文芸学概論．日本：法政大学通信教育部，1953

[56] 北住敏夫．日本文芸学．日本：朝日新聞社，1948

[57] 吉田精一．日本文芸学論攷．日本：目黒書店．1945

[58] 浜田正秀．文芸学概論．日本：玉川大学出版部，1977

[59] 実方清博士喜寿記念論集編集委員会編．日本文芸学

の世界：実方清博士喜寿記念論集．日本：弘文堂，1985

　［60］中江兆民訳．維氏美学．日本：文部省編輯局．1883

　［61］稲垣達郎、岡保生編．坪内逍遥研究．日本：近代文化研究所，1976

　［62］小田切秀雄．日本近代文学．日本：青木書店，1955

　［63］小林修、玉村周編．争点　日本近代文学史．日本：双文社．1995

　［64］鈴木貞美．現代日本文学の思想．日本：五月書房，1992

　［65］斎藤信策．何故に現代我国の文芸は国民的ならざる乎．日本：太陽，1908（2）

　［66］岡崎義恵．文芸学的研究．国文学　解釈と鑑賞（日本文学研究法），1966（8）

　［67］菊田茂男．岡崎義恵—日本文芸学の提唱．国文学　解釈と鑑賞，1992（8）

　［68］衣笠正晃．一九三〇年代の国文学研究—いわゆる「文芸学論争」をめぐって．言語と文化（法政大学），2004（2）

　［69］安良岡康．日本文芸学——その成立と発展．国語と国文学（東京大学国語国文学会），1965（10）

　［70］笹沼俊暁．時枝誠記の『文学』批判—岡崎義恵との論争をとおして．稿本近代文学，1999（12）

　［71］実方清．日本文藝学の基本問題．人文論究（関西大学文学部），1962（8）

　［72］実方清．日本文芸学の主体と方法——重ねて文芸学の対象と方法について．日本文芸論集（山梨英和大学），1991（12）

　［73］近藤忠義．回想十五年——国文学を中心に．日本評論，1946（8、9合併号）

　［74］熊谷孝、乾孝、吉田正吉．文芸学への一つの反省．文学，1936（9）

　［75］近藤忠义．国文学の普及と『鑑賞』の問題．国文学

解释と鑑賞（东京大学国语国文学会编），1939

[76] 松田毅一．日本的南蛮文化．京都：淡交社，1993

[77] 佐藤道信．明治国家与近代美术．东京：吉川弘文馆，1999

[78] 高阶秀尔．江户中的近代．东京：筑摩书房，1996

[79] 金田民夫．日本近代美学序说．京都：法律文化社，1990

[80] 高阶秀尔．日本近代的美意识．东京：青土社，1986

[81] 高阶秀尔．美术史中的日本与西洋．东京：中央公论美术出版社，1995

[82] 中村二柄．东西美术史——交流与相反．东京：岩崎美术社，1994

[83] 岛本浣等编．美术史和他者．京都：晃洋书房，2001

[84] 山本正男．东西方艺术精神的传统和交流．东京：理想社，1966

[85] 原田平作．日本的近代美术——与欧美比较．京都：晃洋书房，1997

[86] 匠秀夫．日本的近代美术和西洋．东京：冲积舍株式会社，1991

中文

[87] 叶渭渠．日本古代文学思潮史．北京：中国社会科学出版社，1996

[88] 叶渭渠、唐月梅．日本现代文学思潮史．北京：中国华侨出版公司，1991

[89] 何德功．中日启蒙文学论．北京：东方出版社，1995

[90] 夏晓红．阅读梁启超．北京：生活·新知·读书三联书店，2006

[91] 李华兴、吴嘉勋．梁启超选集．上海：上海人民出版社，1984

［92］王勋敏、申一辛．梁启超传．北京：团结出版社，1998

［93］［美］张灏．梁启超与中国思想的过渡（1890～1907）．崔志海、葛夫平译．南京：江苏人民出版社，1993

［94］蒋广学．梁启超和中国古代学术的终结．南京：江苏教育出版社，1998.

［95］金雅．梁启超美学思想研究．北京：商务印书馆，2005

［96］夏晓虹．觉世与传世——梁启超的文学道路．北京：中华书局，2006.

［97］石云艳．梁启超与日本．天津：天津人民出版社，2005

［98］李喜所．梁启超与近代中国社会文化．天津：天津古籍出版社，2005

［99］［日］狭间直树．梁启超·明之日本·西方——日本京都大学人文科学研究所共同研究报告．北京：社会科学文献出版社，2001

［100］郑匡民．梁启超启蒙思想的东学背景．上海：上海书店出版社，2003

［101］王国维．王国维遗书．上海：上海古籍书店，1983

［102］王国维．静安文集．沈阳：辽宁教育出版社，1997

［103］王国维．王国维全集书信．刘寅生、袁英光编．北京：中华书局，1984

［104］陈寅恪．金明馆丛稿二编．上海：上海古籍出版社，1980

［105］聂振斌．中国近代美学思想史．北京：中国社会科学出版社，1991

［106］王晓秋．近代中日文化交流史．北京：中华书局，2000

［107］陈鸿祥．王国维年谱．济南：齐鲁书社，1991

［108］陈鸿祥．人间词话注评．南京：江苏古籍出版社，2002

［109］冯天瑜．新语探源——中西日文化互动与近代汉字术语生成．北京：中华书局，2004

[110] 赵庆麟．融通中西哲学的王国维．上海：上海社会科学院出版社，1992

[111] 卞崇道、王青．明治哲学与文化．北京：中国社会科学出版社，2005

[112] 佛雏．王国维哲学、美学论文辑佚．上海：华东师范大学出版社，1993

[113] 佛雏．王国维哲学译稿研究．北京：社会科学文献出版社，2006

[114] 周一平、沈茶英．《中西文化交汇与王国维学术成就》．上海：学林出版社，1999

[115] 钱剑平．一代学人王国维．上海：上海人民出版社，2002

[116] 刘刚强．王国维美论文选．长沙：湖南人民出版社，1987

[117] 章启群．百年中国美学史略．北京：北京大学出版社，2005

[118] 夏中义．王国维——世纪苦魂．北京：北京大学出版社，2006

[119] 聂振斌．王国维美学思想述评．沈阳：辽宁大学出版社，1997

[120] ［日］近代日本思想史研究会．近代日本思想史：第一卷．马采译．北京：商务印书馆，1983

[121] ［日］近代日本思想史研究会．近代日本思想史：第二卷．李民等译．北京：商务印书馆，1991

[123] ［日］安冈昭男．日本近代史．林和生、李心纯译．北京：中国社会科学出版社，1996

[124] ［日］加藤周一．日本文化论．叶渭渠等译．北京：光明日报出版社，2000

[125] 郑彭年．日本西方文化摄取史．杭州：杭州大学出版社，1996

[126] ［英］M·苏立文．东西方美术的交流．陈瑞林译．南

京：江苏美术出版社，1998

　　［127］［日］关卫．西方美术东渐史．熊得山译．上海：上海书店出版社，2002

后　记

　　本书是我主持的国家社科基金项目"近代日本作为输入西方文艺理论的'中间人'对中国现代文艺学学科建立及其影响之研究"和教育部人文社会科学研究（博士点基金）项目"日本近代文艺学、美学话语对中国现代文艺学、美学的影响"的结项成果。这两个项目分别在 2008 年 7 月和 2009 年 5 月结项，鉴定等级均为"优秀"。前者 30 万字，后者 28 万余字，原本将它们作为两部专著分别出版，现因出版经费问题，将它们稍加删节后整合为一部，书名为《近代中日文艺学话语的转型及其关系之研究》。"绪论"为彭修银、李颖、李超所撰；"上篇"第一章为李娟所撰；第二章为潘云所撰；"中篇"第三章、第四章、第五章为彭修银所撰；"下篇"第六章、第七章、第八章为皮俊珺所撰。

　　感谢国家社科基金、教育部人文社会科学研究（博士点基金）以及中南民族大学重点学科的支持；感谢原东京大学美术史研究室主任河野元昭教授和原东京大学美学与艺术学研究室主任佐佐木健一教授在我完成研究课题过程中提供的帮助；感谢人民出版社刘丽华主任在本书的编辑和出版过程中付出的辛勤劳动。

彭修银

2009 年 10 月于中南民族大学

责任编辑:刘丽华
文字编辑:费　仁
版式设计:鼎盛怡园

图书在版编目(CIP)数据

近代中日文艺学话语的转型及其关系之研究/彭修银　皮俊珺
　等著．-北京:人民出版社,2009.11
ISBN 978 - 7 - 01 - 008451 - 0

Ⅰ.近…　Ⅱ.①彭…②皮…　Ⅲ.文艺学-研究-中国-现代
Ⅳ.10

中国版本图书馆 CIP 数据核字(2009)第 201613 号

近代中日文艺学话语的转型及其关系之研究

JINDAI ZHONGRI WENYIXUE HUAYU DE ZHUANXING JIQI GUANXI ZHI YANJIU

彭修银　皮俊珺　等著

人民出版社 出版发行
(100706　北京朝阳门内大街 166 号)

北京市文林印务有限公司印刷　新华书店经销

2009 年 11 月第 1 版　2009 年 11 月北京第 1 次印刷
开本:710 毫米×1000 毫米 1/16　印张:21.25
字数:300 千字　印数:0,001 - 3,000 册

ISBN 978 - 7 - 01 - 008451 - 0　定价:38.00 元

邮购地址 100706　北京朝阳门内大街 166 号
人民东方图书销售中心　电话 (010)65250042　65289539